Anne Hertz & Friends

JUNGER MANN ZUM MITREISEN GESUCHT

Anne Hertz & Friends

JUNGER MANN ZUM MITREISEN GESUCHT

Knaur

Besuchen Sie uns im Internet:
www.knaur.de

© der einzelnen Beiträge 2012 bei den Autoren
© der Zusammenstellung 2012 Knaur Verlag
Ein Unternehmen der Droemerschen Verlagsanstalt
Th. Knaur Nachf. GmbH & Co. KG, München
Alle Rechte vorbehalten. Das Werk darf – auch teilweise – nur mit
Genehmigung des Verlags wiedergegeben werden.
Umschlaggestaltung: ZERO Werbeagentur, München
Umschlagabbildung: FinePic®, München
Satz: Adobe InDesign im Verlag
Druck und Bindung: CPI – Ebner & Spiegel, Ulm
Printed in Germany
ISBN 978-3-426-65291-6

2 4 5 3 1

Inhalt

Unser Vorwort: *Wenn das Leben eine Kirmes wäre!*	7
Anne Hertz, *Abschlepper gesucht*	11
Eva Lohmann, *Von italienischen Mücken und deutschen Elefanten*	31
Jana Voosen, *Nach mir die Sintflut*	49
Miriam Kaefert, *Panama – oh, wie schön!*	71
Janine Binder, *Die Sache mit der Elfe*	85
Wiebke Lorenz, *Zimmer in Aussicht*	105
Michaela Möller, *Das Monster, das gar kein Monster war*	127
Silke Schütze, *Frau Schröder fährt ans Meer*	141
Kirsten Rick, *Die 1000 Hügel von Langeland*	147
Anette Göttlicher, *Der Jungbrunnen*	171
Frauke Scheunemann, *Fragen Sie den Dackel*	191
Tanja Heitmann, *Rio im Kopf*	205
Constanze Behrends, *Minas Blog*	225
Tatjana Kruse, *Ausfahrt mit Piero*	243
Esther Hell, *Rollermädchen*	259
Volker Klüpfel & Michael Kobr, *Osterwunder unter Palmen*	261
Anne Hertz, *Liebe macht Wuff*	287
Anna Koschka, *Ein Mann für griechische Stunden*	291
Kerstin Gier, *Widerstand ist zwecklos*	311
Anne Hertz, *Liebe auf den ersten Blick*	325
Anne Hertz & Friends	341

Unser Vorwort:

Wenn das Leben eine Kirmes wäre!

Junger Mann zum Mitreisen gesucht! Erinnern Sie sich noch daran? An diese handgemalten großen Schilder, die Buchstaben oft liebevoll mit nostalgischen Schnörkeln gepinselt, wie sie früher – und heute leider kaum noch – an vielen, vielen Jahrmarktsbuden hingen? Die die Sehnsucht nach Freiheit und Abenteuer weckten, ein Leben fernab von allen spießigen gesellschaftlichen Konventionen versprachen – oder auch nur eine sichere Zuflucht vor der Steuerfahndung?

Ja, das waren noch Zeiten, als junge Männer ihr Schicksal selbst in die Hand nehmen und sich auf den Weg machen konnten, heute hier und morgen dort, in jeder Stadt eine andere Frau oder wenigstens ein Mädchen, das sie glühend verehrte. Und diese Mädchen, das waren wir, liebe Leserinnen. Oder, wenn Sie ein Leser sind, waren Sie derjenige, der diese Rummelplatz-Romeos heimlich beneidete: um die Lässigkeit, mit der sie auf dem bereits gestarteten Fahrgeschäft herumturnten, um unter Einsatz ihres Lebens die Chips der Gäste einzusammeln oder Sicherheitsbügel zu schließen. Um ihre verwegenen Tätowierungen auf den muskulösen Oberarmen, um die Zigarette, die cool aus dem rechten oder linken Mundwinkel hing. Erinnern Sie sich daran?

Manchmal denken wir beide, Frauke und Wiebke, an diese

Zeiten zurück, in denen alles möglich war, inklusive der ganz großen, ganz echten, ganz wahren Liebe, an die man als Teenager noch glaubt (und als Erwachsene sicher auch, aber ein bisschen … anders): Wir standen auf der Kirmes in Büttgen[1] wie so viele andere Mädchen, am *Calypso* oder dem *Breakdancer,* in der Hand eine Zuckerwatte oder einen Liebesapfel, hier und da ein knutschendes Pärchen in Sicht, das gleichzeitig zum Beat von »You're my heart, you're my soul« von Modern Talking wippte. Oder an der *Raupe,* mit der wir nur aus einem einzigen Grund fuhren: für den einen kurzen Augenblick, wenn sich das Verdeck schloss und wir mit unserem jeweiligen Schwarm ein paar verstohlene Küsse tauschen konnten. Rammten uns beim Autoscooter mit irgendwelchen Jungs, um mit ihnen zu flirten, trafen uns hinterm Festzelt zu heimlichen Fummeleien (es sei denn, da lag gerade eine Bierleiche herum) und ließen uns einlullen von den bunten Lichtern und vom ewigen »Das macht Laune, das macht Spaaaaß, und schon beginnt die nächste Faaaaahrt!«, das monoton aus den Lautsprechern den gesamten Platz beschallte; vermischt mit den Rufen der Losverkäufer, die für nur wenige Pfennige den Hauptgewinn versprachen und jedes Mal mit einer Glocke bimmelten, wenn wieder ein Glückspilz die *Freie Auswahl* gezogen hatte. Jahrmarktsromantik, ja, das war das Gefühl, was diese Schilder mit der Aufschrift *Junger Mann zum Mitreisen gesucht* in uns Jahr für Jahr weckten, wenn die fahrenden Leute mit ihren Trecks wieder in unser Dorf kamen. Von dieser Romantik handelt dieses Buch – *nicht.*

---

1 Ja, in unserer Vita steht, dass wir in Düsseldorf geboren wurden, der glänzenden Modestadt mit der Kö und der längsten Theke der Welt. Das stimmt auch. Aber die Wahrheit, dass wir die nächsten achtzehn Jahre in einem rheinischen Kaff verbrachten, haben wir bisher wohlweislich verschwiegen. Sagen Sie's nicht weiter.

Nein, es handelt vom wahren, vom echten Leben, in dem die jungen Männer zum Mitreisen oft nichts anderes als unterbelichtete Karussellbremser mit schlechten Zähnen sind. In dem die *Freie Auswahl* nur die Entscheidung zwischen verschiedenen Nieten bedeutet und die bunten Lichter lediglich dazu da sind, uns den klaren Blick auf die Realität zu verschleiern. Aber trotzdem: Jede und jeder von uns greift doch wieder und wieder in die große Lostrommel der Liebe und des Lebens, in der Hoffnung, dass auf dem nächsten Zettel etwas anderes steht als *Leider verloren.*

Also haben wir unsere Freundinnen – Kerstin Gier und Jana Voosen, Tanja Heitmann, Anette Göttlicher, Kirsten Rick, Silke Schütze und viele mehr – gebeten, uns Geschichten zu erzählen: Von jungen Männern zum Mitreisen und von solchen, die man lieber gleich zu Hause lässt, weil sie maximal für eine Geisterbahnfahrt zu gebrauchen sind; darüber, wie sich die Suche nach dem anfühlt, was man sich wirklich wünscht, selbst wenn manchmal nicht ganz klar ist, was das sein könnte. Mal romantisch, mal witzig, mal böse, mal melancholisch. Geschichten also, die so sind wie das Leben: immer anders, als man es erwartet.

Wir wünschen gute Unterhaltung!

PS: Wir freuen uns sehr, dass wir für dieses Buch sogar zwei *echte* »junge Männer zum Mitreisen« gewinnen konnten: Volker Klüpfel und Michael Kobr, die ihre ganz *eigene* Vorstellung von Romantik haben. Also: Anschnallen und festhalten, die Herren kommen ab Seite 261 vorbei und sammeln Ihre Chips ein. Aber Vorsicht: Bei dieser Fahrt werden Sie garantiert nicht in Zuckerwatte gepackt …

Anne Hertz

Abschlepper gesucht

A lso dass du dir immer wieder so einen Mist kaufst – die reine Geldverschwendung.« Mit spitzen Fingern greift Tanja nach der neuen *Dörte* und wedelt mir mit dem Heft vor der Nase herum. »Da steht doch ständig das Gleiche drin. Hier, echt unglaublich: *Fünf Kilo in zehn Tagen – die neue Bikini-Diät, Top-Volumen trotz feiner Haare – modische Frisurentrends genau erklärt* und, natürlich, *Das große Liebeshoroskop plus Special: Die neuen Tarot-Karten, exklusiv in* Dörte.«

»Na ja«, versuche ich, mich zu verteidigen, »ich fahre doch morgen mit dem Zug, und da dachte ich ...«

Tanja unterbricht mich mit einem empörten Schnauben. »Quatsch! Du hast dieses Blättchen wahrscheinlich sogar im Abo. Kannste ruhig zugeben.«

Die Leute vom Nachbartisch gucken schon. Ich merke, wie mir deutlich wärmer wird. Wir sitzen im *Mandala*, einer sehr gemütlichen Kneipe mit einem sehr überschaubaren Gastraum. Man kriegt hier eigentlich immer ganz gut mit, was am Nachbartisch gesprochen wird, was ich nicht selten spannend oder lustig finde. Heute ist mir das allerdings nicht so recht, denn schließlich geht es um mich.

Ich greife über den Tisch und nehme Tanja die Zeitschrift

weg. »Na und?«, zische ich sie dann an, »was wäre schon dabei? Ich interessiere mich eben für solche Themen.«

Tanja rollt mit den Augen. »Hanna, du bist eine intelligente junge Frau. Du hast sogar mal studiert. Nicht übermäßig lang und erfolgreich, aber immerhin. Was also willst du mit Zeitschriften, die uns Frauen weismachen wollen, unser Glück hinge von der richtigen Konfektionsgröße oder der perfekten Frisur ab? Das ist doch Blödsinn! Genau wie die Dauerrubrik *Die Wahrheit über Männer* in all ihren Variationen. Wenn da nur ein Funken *Wahrheit* drin wäre, müsstest du deinen Traummann längst gefunden haben.«

Tanja kann so verdammt rechthaberisch sein. Leider kann sie aber auch verdammt recht haben – tatsächlich ist die Sache mit dem Traummann seit der Pleite mit Tobias wieder mal in ganz weite Ferne gerückt. Offen gestanden, war das auch ein Grund, die aktuelle *Dörte* zu kaufen. *Liebeshoroskop* und *neues Tarot* – das klang sehr vielversprechend. Aber wenn ich das jetzt zugebe, bin ich geliefert. Ob ich behaupte, ich sei an den Trendfrisuren für feines Haar interessiert? Wenig wahrscheinlich bei meiner sehr starken Naturkrause.

Ich sage also erst einmal nichts dazu und bestelle uns stattdessen noch zwei Bier. Tanja zieht das Heft wieder zu sich hinüber und schlägt es auf. Ein kleines Tütchen aus Zellophanfolie fällt heraus, in ihm ein Stapel mit bunten Kärtchen. Bevor ich selbst zugreifen kann, hat Tanja das Tütchen schon genommen und reißt es auf.

»So, das ist also das *neue Tarot*. Was ist denn daran neu?« Sie breitet die Karten auf dem Tisch aus. »Sieh dir mal die Bilder an, ich finde, die sehen genauso aus, wie man sie kennt. Das ist doch ein ganz alter Hut.«

»Natürlich sehen die so aus. Aber wenn du dir mal die

Mühe machen würdest, den dazugehörigen Text im Heft zu lesen, würdest du schnell feststellen, dass es hier um eine neue Deutungsmöglichkeit der Karten geht. Eine neue Legetechnik eben.« Von meinem entschiedenen Vortrag gänzlich unbeeindruckt, prustet Tanja los.

»Neue Legetechnik? *Technik?* Also, Hanna, mal ehrlich – hier geht es nicht um Atomphysik. Das ist totaler Eso-Quatsch. Falls du Hilfestellung bei der Frage brauchst, woran es bei dir und den Männern hapert, frag doch einfach mal mich, deine beste Freundin. Ich hätte dir gleich sagen können, dass dieser Tobias …«

»Jetzt reicht es mir aber!«, fahre ich ihr über den Mund. »Wenn du wirklich eine gute Freundin wärst, würdest du einfach mal mitspielen, um mich von meinem Liebesfrust abzulenken, anstatt hier ständig den Oberlehrer zu geben. Es kann schließlich nicht jede ihre große Liebe schon in der Oberstufe kennenlernen und dann glücklich und zufrieden bis an ihr Lebensende mit ihr zusammen sein. Oder zumindest bis zum dreißigsten Geburtstag.«

Tanja schaut mich erstaunt an. »He, Süße, mal halblang, ich wollte dich doch nicht ärgern. Also, das tut mir jetzt leid. Und wenn es dich tatsächlich aufmuntert, dann spielen wir sofort dein neues Liebestarot. Also, gib mal die *Dörte,* ich lese vor, und du legst. Einverstanden?«

Ich nicke und schiebe ihr die Zeitschrift rüber.

»Also«, sagt sie und blättert, »Seite 105. Mal sehen. Aha. *Das neue Liebestarot. Legen Sie den Liebesdialog. Ob Sie den Mann Ihres Herzens schon kennen oder nicht, spielt dabei keine Rolle. Ist er Ihnen noch unbekannt, richten Sie Ihre Frage an die universelle männliche Energie.«*

Tanja zieht die Brauen hoch, sagt aber nichts. Hmpf. Ich

muss zugeben, dass das so laut vorgelesen schon ein bisschen gaga klingt. Tanja liest weiter.

»*Die Karte, die Sie als Ihre Frage ziehen, zeigt Ihr tieferes Anliegen an Ihr Gegenüber auf. Die erhaltene Antwort hilft Ihnen, sein Anliegen und Verhalten besser zu verstehen.* Na, das werden wir sehen. *Die Texte zu allen Karten finden Sie auf den nachfolgenden Seiten.* Okay, misch mal die Karten.«

Ich tue, wie mir geheißen, und verteile dann die Karten mit der Rückseite nach oben auf dem Tisch. Tanja stupst mich auffordernd an.

»So, und jetzt ziehst du die Frage- und danach die Antwortkarte und legst sie nebeneinander.«

Mittlerweile starren diverse andere Gäste mehr oder minder unauffällig zu uns herüber, und ich würde das Spiel gerne abbrechen, aber wenn Tanja nun schon brav mitmacht, kann ich wohl kaum schwächeln. Also ziehe ich aus der Reihe die erste Karte und lege sie vor mich hin. Sie zeigt eine Hand, die aus einer Wolke ragt und eine Goldmünze hält. Das Ass der Münzen. Tanja guckt wieder in das Heft und liest laut vor.

»*Jeder Weg beginnt mit einem ersten Schritt. Ich bin bereit, ihn zu gehen, wohin er mich auch führen mag. Ich weiß, dass ich die Herausforderung annehmen kann, wenn ich ihr begegne. Und ich weiß, dass ich den besonderen Menschen erkenne, wenn ich ihm begegne. Auch wenn ich nicht alles auf einmal erreiche, werde ich meinem Ziel sicher näher kommen. Ich werde die Hand heben, wenn sich die Chance bietet.*«

Auweia, was für ein inhaltloses Geschwurbel! Ich traue mich gar nicht, Tanja anzugucken. Die lacht sich innerlich bestimmt schon schlapp. Aber da muss ich jetzt durch – auf zur zweiten Karte! Unschlüssig lasse ich meine Hand über der Reihe kreisen, entschließe mich dann für die dritte Karte von links und drehe sie um. Aha. Eine Art Papst in rotem Gewand und einer goldenen Mütze. Der Hierophant.

»Du sagst, was du willst, nennst das Kind beim Namen, auch wenn es für andere unangenehm wird. Du bist ein weiser Führer, die Liebe wird dir folgen. Du stehst für Wissen und Recht ein, die Wahrheit wird am Ende siegen.«

»Sehr kryptisch«, gebe ich zu. »Und das soll mir den Weg zur männlichen Energie weisen? Ist da irgendwo noch genauer erklärt, was ein Hierophant ist? Klingt irgendwie nach … nach einer australischen Rüsseltiergattung.«

Tanja prustet laut. »Tja, meine Liebe, du musst das hier schon ein bisschen ernster nehmen, wenn es dich wirklich weiterbringen soll. Mal gucken, ob die Karten noch besser erklärt werden.« Sie blättert weiter. »Ah, hier: der Hierophant. *Diese Karte symbolisiert generell Verbundenheit und Treue, Wissen und Freundschaft.* Und – klingelt da was bei dir?«

Ich schüttle den Kopf. »Nein, leider nicht. Wobei, Tobias war ein echter Besserwisser und Klugscheißer, vielleicht ist er damit gemeint?«

Der Blick von Tanja ist mehr als skeptisch. »Aber *Verbundenheit* und *Treue?* Bei einem notorischen Fremdgänger? Nee, damit muss ein anderer Mann gemeint sein. Wer weiß – vielleicht spaziert hier gleich einer durch die Tür? Immerhin wirst du den besonderen Menschen erkennen, wenn du ihm begegnest. Du brauchst dann nur die Hand zu heben. Sagen die Karten.« Sie kichert.

»Ha, ha. Sehr komisch. Ich werde daran denken, wenn *er* gleich einfach zu uns ins *Mandala* spaziert. Bevor es aber so weit ist, trinke ich noch ein Bier.«

»Das ist eine gute Idee. Ich auch!«

Ich will gerade der Bedienung zuwinken, als direkt hinter mir eine sehr melodische, tiefe und vor allem sehr laute Stimme losdröhnt. »Guten Abend, meine Herrschaften!«

Oh, ein Straßenkünstler? Mitten im *Mandala*? Neugierig drehe ich mich um.

»Ich würde hier gerne einen Abschleppvorgang verkürzen. Befindet sich unter Ihnen der Halter des Fahrzeugs mit dem amtlichen Kennzeichen HH-AH 2156?«

Kein Straßenkünstler. Ein Polizist. Und was für einer! Er sieht umwerfend aus. Ich bin zwar etwas kurzsichtig, aber selbst auf fünf Meter Entfernung kann ich erkennen, dass er strahlend blaue Augen hat. Die blonden, vollen Haare fallen ihm in die Stirn, was ihm etwas Verwegenes gibt, und obwohl er hier eine knochentrockene Ansage macht, verrät ein Grübchen in seiner Wange, dass er eigentlich grinst. Wow, wow, WOW!

Tanja beugt sich zu mir rüber. »Sieht der nicht toll aus? Los, heb die Hand!«

»Spinnst du? Das ist doch gar nicht mein Auto!«

»Na und? Denk an die Karten! Da ist er, der *weise Führer!* Melde dich!«

»Nein, das ist doch total peinlich, wenn sich hier zwei Leute melden.«

»Wieso? Bisher hat noch niemand gesagt, dass ihm das Auto gehört. *Du* wolltest doch die Karten legen! Dann musst du jetzt auch mal machen, was sie dir raten.«

Der Polizist räuspert sich. »HH-AH 2156? Ist hier irgendwo der Halter? Ich muss sonst den Abschlepper rufen, Sie blockieren eine Einfahrt.«

»Na also: Er nennt die unangenehme Wahrheit beim Namen«, erkennt Tanja. »Da isser, dein Hierophant. Nun mach schon, melde dich. Heb einfach die Hand!«

Ich weiß nicht, ob es am Bier liegt oder an der Tatsache, dass ich mich offenbar in einer allgemeinen Lebenskrise befinde – ehe ich selbst begreife, was ich da mache, hebe ich tatsächlich die Hand. Prompt steuert der Polizist auf mich zu.

»'n Abend! Polizeiobermeister Fichtner. Sie stehen da aber wirklich ganz ungünstig, gnädige Frau.«

»Ich … äh … tut mir leid.«

Er mustert mich prüfend. »Können Sie überhaupt noch fahren?«

Mir wird heiß und kalt. Warum zum Geier habe ich mich gemeldet? Ich muss verrückt geworden sein! Aus den Augenwinkeln kann ich sehen, dass Tanja auf ihrem Stuhl vergnügt hin und her rutscht. Na super.

»Ja, also, ich glaube schon. Ich habe eigentlich nur ein Bier … also vielleicht auch zwei … aber … äh …« Mein Gestammel ist grauenhaft. Der Typ muss glauben, ich hätte eine Vollmeise und einen Blutalkohol von mindestens zwei Promille.

Polizeiobermeister Fichtner schüttelt tadelnd den Kopf, entscheidet sich dann aber für eine weniger strenge Herangehensweise. »Also, ich schlage vor, Sie geben mir den Schlüssel und ich parke für Sie um. Und wenn Sie morgen wieder nüch… also wenn Sie morgen ausgeschlafen haben, dann holen Sie Ihren Wagen hier ab. Einverstanden?«

Ich nicke und stehe auf. Ein Superplan. So wird's gemacht.

Als ich draußen mit POM Fichtner vor einem mir völlig unbekannten, uralten Opel Kadett stehe, fällt mir auf, dass der Plan nur einen kleinen, aber entscheidenden Haken hat: Ich habe keinen Autoschlüssel. Mist, was sage ich jetzt nur?

POM Fichtner schaut mich erwartungsfroh an, ich wühle hektisch in meiner Handtasche.

»Tut mir leid«, murmle ich schließlich. »Ich glaube, ich habe meinen Autoschlüssel verloren.«

Fichtner schüttelt missbilligend den Kopf. »Frau Thiele, der Wagen kann hier nicht stehenbleiben! Sonst bleibt mir nichts anderes übrig, als ihn abschleppen zu lassen.«

Ich nicke schuldbewusst. Der Wagen parkt auch echt blöd. Gleichzeitig frage ich mich, wie Fichtner auf die Idee kommt, dass ich Thiele heiße. Tue ich nämlich nicht, mein Name ist Kotlarski.

»Dreihundert Euro kommen da auf Sie zu, das ist Ihnen hoffentlich klar!«, ermahnt mich Fichtner mit strenger Stimme.

»Ja, aber ich finde den Schlüssel wirklich nicht. Ich muss ihn irgendwie verloren haben«, verteidige ich mich kleinlaut.

Fichtner mustert erst mich, dann das Auto. Auf einmal hellt sich seine finstere Miene etwas auf. Anscheinend hat er eine Idee. »Also, es gehört zwar eigentlich nicht zu meinen Aufgaben – aber wenn ein Bürger in Not ist, will ich mal nicht so sein. Ihr Auto ist ja ein ziemlich altes Modell. Ich werde es kurzschließen und Sie dann nach Hause fahren. Dort haben Sie bestimmt einen Ersatzschlüssel, oder?«

»Ich … äh … ja, aber das ist doch gar nicht nötig, also, ich meine …«

»Frau Thiele, die Alternative ist das Abschleppen. Also, wenn Sie dreihundert Euro übrig haben, dann macht das ja nichts. Frage mich allerdings, ob Ihr Autochen hier überhaupt noch so viel wert ist.« Er grinst.

Scheiße! Wie komme ich aus der Nummer bloß wieder raus? Ich denke fieberhaft nach. Währenddessen geht mein

Freund und Helfer zu seinem Streifenwagen und bespricht etwas mit seinem Kollegen, der das Trauerspiel geduldig beobachtet hat. Jetzt steigt auch er aus und geht zum Kofferraum, um Fichtner irgendetwas zu geben. Genau kann ich es nicht erkennen, aber es sieht aus wie ein Kleiderbügel. Fichtner kommt zurück.

»Heute haben Sie aber Glück im Unglück. Mein Kollege hat gerade eine Uniform aus der Reinigung geholt.«

Aha. Ich verstehe rein gar nix. »Ja und? Wieso habe ich da Glück?«

»Na, wir haben jetzt einen Drahtbügel. Ich kann also das Fenster und somit den ganzen Wagen öffnen. Dann schließe ich ihn kurz, und wir fahren los, mein Kollege folgt uns und nimmt mich später wieder mit zurück. Genau so machen wir es jetzt.«

Ehe ich noch etwas sagen kann, macht er sich am Fenster des Opels zu schaffen. O mein Gott, ich lasse einen Bullen ein fremdes Auto klauen! Ob ich dafür in den Knast gehen kann? Und wie mag dieses schöne Delikt im Juristendeutsch heißen? Hätte ich mehr als die drei Semester Rechtswissenschaften absolviert, die ich tatsächlich geschafft habe, wüsste ich es vielleicht.

Ein Klack, dann schwingt die Wagentür auf. Fichtner setzt sich rein und öffnet mir die Beifahrertür.

»Also, Moment mal!«, protestiere ich. »Ich habe noch gar nicht bezahlt und bin mit einer Freundin hier.«

»Ist das die Dame, die dort drüben steht und uns zuschaut?«

Ich blicke über die Schulter. Tatsächlich, da steht Tanja. Ihrem Gesichtsausdruck nach zu urteilen, hat sie gerade den Spaß ihres Lebens.

»Hallo«, ruft Fichtner ihr zu, »ich fahre Ihre Freundin eben nach Hause. Sie hat ihren Autoschlüssel verloren.«

Tanja nickt und ruft zurück: »Ja, kein Problem. Danke schön!«

Spinnt die? Die kann mich doch jetzt nicht hängen lassen!

»Nun steigen Sie schon ein«, fordert mich der Polizist auf. Ich zögere noch einen Augenblick, dann setze ich mich neben ihn. Vielleicht komme ich so am einfachsten aus der Nummer raus – ich lasse mich um die nächste Ecke fahren und absetzen, Fichtner weiß ja zum Glück nicht, wer ich wirklich bin. Wenn dann der wahre Halter seinen Wagen vermisst meldet, soll das nicht mein Problem sein.

Fichtner hat unter dem Lenkrad zwei Drähte hervorgefummelt, der Wagen startet wirklich. Okay, das beeindruckt mich. Ansatzweise.

»Ich bastle in meiner Freizeit gerne an alten Autos rum«, erklärt Fichtner seine eher ungewöhnlichen Fähigkeiten.

»Aha. Na, dann fahren Sie mich mal nach …«

»Moorfleet, in den Eichbaumer Elbdeich.«

»Bitte?«

»Na, ich weiß doch, wo Sie wohnen. Wir haben natürlich schon eine Halterabfrage gemacht. Deswegen wusste ich auch, dass Sie Frau Thiele sind.« Er fährt los.

Moorfleet? Elbdeich? Das ist am Ende der Welt und klingt nicht gut. *Gar nicht* gut.

Okay, Hanna, denke ich, während mich POM Fichtner in einem fremden Kadett über die Elbbrücken chauffiert und sein Kollege hinter uns herfährt, *genau jetzt ist der Moment gekommen, an dem du dem vermeintlichen Helfer in der Not reinen Wein einschenken musst. Es ist sonst vollkom-*

men ausgeschlossen, dass diese Sache hier noch eine gute Wendung nimmt, eher im Gegenteil. Wir werden bei einer Wohnung landen, in der eine Frau Thiele wohnt und zu der ich keinen Schlüssel habe, weil ich ja eben nicht Frau Thiele bin. Die hingegen wird vermutlich nicht zu Hause sein, denn ihr Auto stand ja in der Hamburger Innenstadt. Mittlerweile hat sie vielleicht auch schon entdeckt, dass ihr Wagen fort ist, sie ruft die Polizei und, und, und …

»Ein kleines bisschen schimpfen muss ich aber schon«, unterbricht der Polizist meine Gedanken.

»Äh, schimpfen?«

»Ja, natürlich! Ich meine, seien Sie doch bitte mal ehrlich«, er senkt vertraulich die Stimme und beugt sich ein bisschen zu mir rüber. Sofort stellen sich die kleinen Härchen auf meinen Armen auf, und ich bekomme eine Gänsehaut; ob vor Angst oder weil mich seine Nähe irritiert, kann ich nicht sagen. »Sie wären doch tatsächlich noch Auto gefahren, oder? Nach da draußen ist es ein ganzes Stück, und um diese Zeit fahren doch heute gar keine öffentlichen Verkehrsmittel mehr!«

»Also, äh«, setze ich an, beschränke mich dann aber einfach nur auf ein beschämtes Nicken. Die Nummer hier kriege ich eh nicht mehr geradegebogen. Wenn es ganz, ganz, GANZ gut läuft, kann ich ihn vor *meiner* Wohnung irgendwie abwimmeln, darauf warten, dass er verschwindet und dann irgendwie zusehen, dass ich mitten in der Nacht zurück in die Stadt komme. Was nicht einfach werden dürfte, denn in der Tat fahren keine öffentlichen Verkehrsmittel mehr, im Portemonnaie habe ich noch genau fünf Euro, was auf gar keinen Fall für ein Taxi reicht, und meine EC-Karte liegt bei mir zu Hause. Tja, da liegt sie gut.

»Na ja, Frau Thiele«, fährt POM Fichtner mit einem versöhnlichen Grinsen fort, »ist ja noch mal alles gutgegangen, und wir sind alle auch nur Menschen, nicht wahr?« Er dreht den Kopf zur Seite und sieht mich direkt an, dabei entdecke ich ein paar unglaublich niedliche Sommersprossen auf seiner Nase. Oh, Mist, der Kerl sieht echt verboten gut aus – und ich kann höchstens damit glänzen, mich selten dämlich verhalten zu haben.

»Sagen Sie, woher kommt eigentlich Ihr ungewöhnlicher Name?«, will er nun wissen.

»Thiele?«, frage ich nach. Er lacht laut auf.

»Nein, natürlich nicht! Ich sprach von Ihrem Vornamen, so einen hört man ja nicht sehr häufig.«

Das glaube ich ihm aufs Wort, zumal ich keinen blassen Schimmer habe, wie denn mein beziehungsweise Frau Thieles Vorname lautet. »Hmmm«, gebe ich mich deshalb einsilbig und starre angestrengt nach vorn auf die Straße. Tanja, wenn ich das hier überlebe, bringe ich dafür dann *dich* um!

»Nun sagen Sie schon, der hat doch bestimmt eine Bedeutung oder so etwas.«

»Ach, lieber nicht«, versuche ich, mich rauszureden, »das ist doch albern.«

»Kommen Sie!« Er setzt eine Art bettelnden Hundeblick auf – sehr, sehr niedlich. »Ich verrate Ihnen auch, dass ich Kaspar heiße.«

»Das ist aber doch eine schöner Name!«, gebe ich zurück. Mein Retter nickt.

»Ja, jetzt mit Mitte dreißig habe ich mich daran gewöhnt und finde das auch. Aber was meinen Sie, wie ich als Kind immer von allen gehänselt worden bin? So von wegen Kasperle.« Er lacht. »Vielleicht bin ich sogar deshalb Polizist geworden, ich wollte es meinen doofen Klassenkameraden mal so richtig zeigen.« Jetzt muss ich kichern, das klingt so offen und sympathisch, dass ... dass ... dass mir sofort wieder einfällt, in welcher blöden Lage ich mich befinde!

»Kann ich mir vorstellen«, sage ich, um überhaupt mal etwas Sinnvolles von mir zu geben. »Kinder können grausam sein.«

»Damit haben Sie sicher auch Ihre Erfahrungen gemacht«, kommt Kaspar auf seine Ausgangsfrage zurück. »Also, erzählen Sie mir auch etwas über Ihren Namen.«

Himmel, der ist aber hartnäckig. Gut, denke ich mir halt was aus.

»Ja, also, mein Name ... nun, wenn Sie es wirklich wissen wollen, er bedeutet: *Warmer Sommerwind, der sanft durch grüne Baumwipfel weht.*« Während ich das sage, muss ich mir schwer das Lachen verkneifen. Polizeiobermeister Fichtner wirft mir einen irritierten Blick zu.

»*Das alles* bedeutet Hortensia? Donnerwetter!«

Jetzt ist es endgültig um mich geschehen, ich pruste laut los und muss sofort danach ziemlich schwer husten, weil ich mich dabei verschlucke.

»Mensch, Frau Thiele!« Kaspar klopft mir mit einer Hand auf den Rücken, was sich alles andere als unangenehm anfühlt. Irgendwie fürsorglich. Aber was will man auch erwarten, der Mann ist Polizist! »Jetzt krepieren Sie mir hier mal nicht.« Er zwinkert mir zu. »Wäre doch schade um so eine hübsche Frau wie Sie!«

»Ja«, bringe ich ächzend hervor und freue mich gleichzeitig über das *hübsche Frau,* während ich mich in der nächsten Sekunde erneut wegen meiner Schwindelei in den Hintern beißen könnte. POM Fichtner flirtet ganz offensichtlich mit mir – oder besser gesagt: mit Hortensia Thiele –, und ich habe keine Chance, diese Steilvorlage irgendwie zu verwandeln.

Na ja, versuche ich, mich selbst zu trösten, *wenn ich nicht die Hand gehoben hätte, wäre es so weit wie jetzt gar nicht erst gekommen. Vielleicht halten das Schicksal, das Ass der Münzen oder der Hierophant ja noch eine Lösung für mich bereit?*

»So, Frau Thiele, da wären wir.« Zwanzig Minuten später halten wir vor einer Art Kleingartensiedlung, deren beste Jahre schon vorbei waren, bevor sie diese überhaupt gesehen hat: kleine, windschiefe Lauben, an den meisten Zäunen fehlen Latten, selbst die obligatorischen Gartenzwerge gucken ziemlich düster drein. Unwahrscheinlich, dass hier schon jemals ein Bus des Hamburger Verkehrsverbundes gehalten hat. »Eichbaumer Elbdeich 14, bitte sehr.«

»Danke«, antworte ich unsicher und drücke mich tiefer in den Sitz. Wir schweigen einen Moment. Er sieht mich an. Irgendwie … erwartungsvoll. Was ist denn jetzt noch?

»Vielleicht wäre jetzt der richtige Zeitpunkt, um auszusteigen?«, schlägt er schließlich vor.

»Ach ja, natürlich.« Während meine Hand in Zeitlupentempo zum Türgriff wandert, schreit in mir alles: *NEHMT MICH WIEDER ZURÜCK MIT IN DIE STADT! ICH WILL HIER NICHT BLEIBEN!*

»Ihren Haustürschlüssel haben Sie aber, oder?«, fragt POM Fichtner »Sie scheinen ja heute ein bisschen … vergesslich zu sein.«

»Doch, doch, den habe ich«, behaupte ich schicksalsergeben. Nicht dass mein Retter in der vermeintlichen Not jetzt auch noch Hortensia Thieles Wohnungstür aufbricht, das wäre wirklich ein bisschen viel des Guten.

Wir steigen aus, ich gehe ums Auto herum und strecke Kaspar meine Hand hin, die er ergreift und schüttelt.

»Ich ... äh ... danke Ihnen noch einmal ganz herzlich«, verabschiede ich mich und blicke ein letztes Mal in die großen, blauen Augen des Polizisten.

»Keine Ursache.« Er lächelt. »Es ist nicht die unangenehmste Seite meines Berufs, jungen Damen zu helfen.«

»Oh ... äh, danke.« Ich merke, wie ich rot anlaufe, entziehe ihm meine Hand und mache Anstalten, mich von ihm wegzudrehen.

»Sagen Sie«, werde ich von ihm zurückgehalten.

»Ja?« Ich wende mich ihm wieder zu, er nestelt an der Brusttasche seiner Uniformjacke und holt einen Moment später eine Visitenkarte hervor, die er mir hinhält.

»Wenn Sie mal wieder Probleme oder so haben«, er räuspert sich und guckt etwas verschämt zu Boden, »dann, äh, können Sie sich gerne melden, Frau Thiele.«

Ich nehme die Karte und betrachte sie nachdenklich. Soll ich jetzt doch alles aufklären? Dass er mich für die falsche Frau hält und alles nur ein blödes Missverständnis war? Andererseits: Wie soll ich ihm das als *Missverständnis* verkaufen, ich habe ja ganz eindeutig gelogen. »Danke«, ist also alles, was ich sage.

»Schönen Abend noch!« Kaspar Fichtner wendet sich ab, geht rüber zum Streifenwagen, in dem sein Kollege sitzt, steigt ein, winkt mir noch einmal zu – und ist einen Augenblick später schon um eine Ecke verschwunden.

Ich bleibe ratlos zurück und seufze schwer. Jetzt stehe ich hier rum, am Ende der Welt und ohne eine Ahnung, wie ich nach Hause kommen soll, dabei ist es gleich Mitternacht. Ich hole mein Handy aus der Tasche. Es nützt nichts, Tanja hat mir das hier eingebrockt, nun muss sie sich eben opfern und mich hier irgendwie abholen.

Ich wähle die Nummer meiner besten Freundin, sie geht ran, meldet sich lachend mit »Na, du?« – und im nächsten Moment erstirbt das Gespräch. Super, Akku leer! Genervt befördere ich das Handy zurück in meine Tasche. Dann bleibt mir wohl nichts anderes übrig, als zu Fuß den Heimweg anzutreten. Toll, da werde ich von hier aus mit Sicherheit die ganze Nacht unterwegs sein.

Als ich schon losmarschieren will, fällt mir etwas ein: der Kadett! Wie bescheuert bin ich eigentlich? Ich kann doch das Auto nehmen! Wäre ja sowieso besser, es wieder dorthin zu bringen, wo es war. Frau Thiele hat ja vielleicht noch gar nichts gemerkt. Mein Alkoholpegel müsste wieder okay sein, warum also nicht? Mit eiligen Schritten steuere ich den Wagen an. Die Tür ist zum Glück immer noch unverschlossen. Ich lasse mich auf den Fahrersitz plumpsen. Wie ging das jetzt mit dem Kurzschließen? Kaspar Fichtner hat doch einfach nur die Drähte aneinandergehalten, schon sprang der Motor an. Das müsste ich auch hinkriegen.

Ich schnappe mir die beiden Kabel und drücke sie zusammen. Sofort passiert …

… nichts. Okay, so einfach ist es also nicht. Als ich mir die Dinger genauer ansehe, bemerke ich, dass die Isolation an zwei Stellen zurückgeschoben wurde. Ich bringe sie entschlossen aneinander. Ein Stottern erklingt, im nächsten Moment springt der Wagen an. *Ha!* Hanna Kotlarski ist ein Teufelsweib und hat mal eben so ein Auto kurzgeschlossen!

Klopf, klopf, klopf! Erschrocken zucke ich zusammen, jemand pocht gegen das Seitenfenster. Mein Kopf fährt herum. Nein, es ist nicht *jemand* – kein geringerer als POM Kaspar

Fichtner tippt mit dem Knauf seiner Taschenlampe gegen das Glas und bedeutet mir, das Fenster zu öffnen. Ich drücke auf den Knopf dafür, die Scheibe fährt langsam hinunter.

»Na?«, will er wissen. »Doch noch mal auf Tour?«

»Ich, hmm, ja, also … Ich wollte den Wagen nur in die Garage stellen«, lüge ich in der Hoffnung, dass er jetzt nicht von mir wissen will, wo meine Garage ist.

»Ach?« Er zieht die Augenbrauen in die Höhe. »In die Garage also?«

»Ja, genau. Und was wollen Sie hier noch?« Meine Stimme zittert merklich. Kaspar Fichtner scheint einen Moment nachzudenken, dann betrachtet er mich mit ziemlich strenger Miene.

»Tja, Frau Thiele«, fängt er an, »lassen Sie es mich so formulieren: Es gibt da etwas, das mich rasend interessieren würde.«

»Hä?« Wo führt denn das jetzt hin.

»Eine Frage geht mir nicht mehr aus dem Kopf.«

»Welche Frage denn?« Ich verstehe echt nur noch Bahnhof.

»Also, genau genommen sind es sogar drei Fragen.«

»Gleich drei?«

Er nickt. »Die erste davon lautet: Was ist Ihr Geheimnis?«

»Mein … Geheimnis?«

»Genau. Es muss ein Geheimnis geben«, erläutert er, »denn anders kann ich mir das beim besten Willen nicht erklären.«

»Ja, was denn?«, rufe ich einigermaßen ungeduldig, der soll mich hier nicht weiter foltern!

»Also, ich frage mich, wie Sie es hinkriegen, dass Sie noch so gut aussehen.«

»Gut aussehen?«

»Ja, so vital und jung.«

»Vital und jung?«

»Ich hätte Sie auf höchstens dreißig geschätzt, da darf ich doch mit Recht erstaunt sein. Immerhin sind Sie Jahrgang 1939. Also das finde ich echt unglaublich, wie Sie sich mit über siebzig gehalten haben!« Gut, dass ich sitze, denn in diesem Moment sackt mir vermutlich sämtliches Blut in die Knie und mir wird schwindelig.

»Wie kommen Sie denn darauf?«, stottere ich.

Fichtner grinst jetzt so breit, dass er eine Banane auf Anhieb quer essen könnte. »Na, da höre ich über den Polizeifunk auf der Rückfahrt, dass eine Frau Thiele gerade ein Auto als gestohlen gemeldet hat. Komischer Zufall, nicht? Zwei Thieles an einem Abend. Also dachte ich, dass eine Personenabfrage vielleicht eine gute Idee sei. Und bingo – das war Ihre Anzeige: Hortensia Thiele, den Namen gibt es nur einmal. Dann habe ich mir natürlich Sorgen um Sie gemacht – eine ältere Dame wie Sie, noch dazu ordentlich einen im Tee – da kann man ja schon mal tüddelig werden und versehentlich das eigene Auto klauen. Wer weiß, was Ihnen heute Abend noch alles passieren könnte. Also nehme ich Sie mal besser in Gewahrsam.«

»In Gewahrsam?«, echoe ich.

Er nickt und öffnet die Fahrertür. »Zu Ihrer eigenen Sicherheit. Rutschen Sie mal rüber.«

Ich zögere einen Moment. »Bin ich jetzt verhaftet?« Was für ein furchtbarer Abend! Und alles nur wegen dem Scheiß-Tarot! Ich kauf mir nie wieder die *Dörte!*

»Ich sach mal: nicht wenn Sie mir meine beiden anderen Fragen beantworten.«

Ich nicke matt.»Und die wären?«

»Erstens: Wie heißen Sie denn wirklich?«

»Hanna. Hanna Kotlarski.«

»Hanna *Kotlarski*. Soso. Auch nicht viel besser als Hortensia Thiele.« Er grinst.

»Bitte? So eine Frechheit!«, platzt es aus mir heraus, bevor ich mir auf die Zunge beißen kann. Eventuell ist es nicht gut, einen Ordnungshüter, der mich gerade einer Lüge überführt hat, so anzuhupen. Andererseits: Schlimmer kann es jetzt auch nicht mehr werden.»Wenn ich jetzt nicht in Polizeigewahrsam wäre, dann ...«

»Okay, okay.« POM Fichtner hebt beschwichtigend die Hände.»War nicht böse gemeint. Friede, okay? Ich fahr Sie dann jetzt nach Hause, Frau Kotlarski. Einfach zurück zum *Mandala*?«

Ich nicke und rutsche nun tatsächlich auf den Beifahrersitz, Fichtner steigt ein.

Die gesamte Rückfahrt nach Hamburg – immerhin geschlagene fünfunddreißig Minuten – schweigen wir uns an. Mir fällt aber auch wirklich nichts Geistreich-Spritziges ein, womit ich diese Situation noch retten könnte. Mist, Mist, MIST!

An der Ecke vor dem *Mandala* fährt Fichtner rechts ran.

»Bitte sehr, da wären wir.«

»Danke.« Ich schnalle mich ab und öffne die Beifahrertür. Bevor ich aber aussteigen kann, legt Fichtner seine Hand auf meinen linken Arm.

»Nicht so schnell: Ich hatte noch eine zweite Frage.«

Stimmt, da war ja noch was.»Nämlich?«

»Würden Sie nächste Woche mal mit mir essen gehen?«

»Wie bitte?«

»Keine Sorge! Ein rein beruflicher Termin. Ermittlungsarbeit pur: Mich würde brennend interessieren, wie Sie auf die völlig bescheuerte Idee gekommen sind, sich einfach zu melden, als ich im *Mandala* nach dem Fahrzeughalter gefragt habe.«

Jetzt muss wiederum ich grinsen. »Das war wegen der *Dörte,* Sie Hierophant.«

»Wegen welcher Dörte? Und was bitte ist ein Hierophant?« In seinem Gesicht stehen fünfhundert Fragezeichen.

»Das erkläre ich Ihnen, wenn Sie mich genau hier am Donnerstagabend um acht zum Essen einsammeln.«

Bevor Kaspar Fichtner dazu noch etwas sagen kann, bin ich schon aus dem Auto gehüpft und schlage die Tür zu. Ja, jeder Weg beginnt mit dem ersten Schritt! Die Karten lügen eben nicht. Und in der *Dörte* steht doch die Wahrheit. Tanja hat einfach keine Ahnung!

Eva Lohmann

Von italienischen Mücken und deutschen Elefanten

Es kommt oft vor, dass wir uns schon beim Aufwachen hassen, Jan und ich. Es passiert über Nacht. Wir gehen einigermaßen friedlich ins Bett und wachen am nächsten Morgen als Feinde auf. Ich habe dafür verschiedene Theorien, die wahrscheinlichste davon geht so: Wir sind dick geworden. Im Laufe der Jahre, ich muss wohl nicht extra erklären warum, haben wir zugenommen. Jan am Bauch, ich am Po. Die üblichen Stellen, man kennt das. An manchen Tagen nehmen wir es leicht, dann nennt Jan mich »sein Prachtweib« und ich streichle lachend über den kleinen Babyelefanten, den er verschluckt hat und der seitdem in seinem Bauch wohnt. Aber dann gibt es eben auch die Nächte, nach denen wir uns hassen.

Je dicker Jan wird, desto lauter schnarcht er. Vielleicht drückt der volle Bauch auf die Lungen oder das Fett legt sich über Organe, irgendwas mit dem Zwerchfell wird es wohl zu tun haben, so fundiert weiß ich es nicht. Meine Theorie stützt sich nicht auf Wissen, sie nährt sich von nächtlichem Hass. Denn oft liege ich todmüde wach, und jedes Mal wenn der Schlaf endlich kommt, schnarcht Jan dazwischen. Wenn ich es doch schaffe einzuschlafen, mischen sich Kettensägen oder wilde Tiere in meine Träume und lassen mich sofort wieder aufschrecken. Es ist ein Martyrium.

Morgens, wenn der Hass langsam geht und Verzweiflung sich in unsere Augen legt, klage ich ihn an: »Ich konnte nicht schlafen. Du warst so laut.« Er sagt dann: »Kann gar nicht sein. Ich habe kein Auge zugemacht. Ich war ja wach die ganze Zeit und hatte Rückenschmerzen.«

Das ist Jans Theorie: Je dicker mein Po, desto größer die Kuhle auf meiner Seite des Bettes und desto stärker seine Rückenschmerzen. Er hat mir das schon öfter erklärt, es hat irgendwas zu tun mit meinem Körperschwerpunkt und einer ungünstigen Gewichtsverteilung auf der Matratze, so genau verstehe ich es nicht.

Besonders schlimm hassen wir uns im Urlaub. Das vergesse ich oft vor lauter Vorfreude, aber seit gestern sind wir für einen Kurztrip in Italien, und heute Nacht fiel es mir sehr schnell wieder ein. Ich lag neben Jan im Hotelzimmer, es gab nur ein Bett, es gab nur einen Raum, keine Schlafcouch im Wohnzimmer, keinen Ort zum Ausweichen, nur das Zimmer, Jan, ich und die Mücken.

Sie schienen auf uns gewartet zu haben: Endlich wieder deutsches Frischfleisch in Italien. Sobald wir das Licht ausgeschaltet hatten, konnten wir ihr leises, aggressives Summen hören, das von allen Seiten näher und näher kam, quälend langsam immer lauter wurde und ganz plötzlich verstummte. Dann hatte eine von ihnen angedockt. Jan und ich schlugen uns selbst in blinder Wut auf die Ohren, die Arme, den Hals. Wenn wir Glück hatten, surrte die Mücke kurz auf, nur um es sich ein paar Zentimeter weiter auf einer Handfläche bequem zu machen.

Die Biester feierten ein Fest, und wir waren der Festtagsbraten. Sie besoffen sich an unserem Blut. Ich starrte in die Dunkelheit und stellte mir vor, wie sie durch das Hotelzimmer torkelten, aus dem Fenster flogen und ausgelassen nach ihren Freunden riefen, um sich gemeinsam wieder auf uns zu stürzen. Ja, die italienischen Mücken feierten eine Party, und je besser ihre Stimmung war, desto schlechter wurde unsere.

Wir versuchten uns zu schützen, indem wir uns in die Decken wickelten, bis sich kleine Schweißseen auf unserer Haut bildeten und wir schwer durch den Leinenstoff auf unseren Gesichtern atmeten. Todmüde drehte ich mich von links nach rechts und weckte Jan damit auf. Wenn er wieder einschlief, weckte er mich mit seinem Schnarchen. Im Minutentakt motzten wir uns gegenseitig an. Kurzum: Wir schliefen nicht, wir waren aber auch nicht wach, wir hassten die Mücken und vor allem uns.

Morgens wachten wir auf, komplett gerädert. »So laut«, sagte ich.

»So ungemütlich«, sagte er.

»Und so viele Mücken«, seufzten wir beide.

Wir lagen noch eine Weile herum, der Hass verflog langsam, Selbstmitleid machte sich breit. Nach dem Frühstück schlafwandelten wir zum Pool und legten uns dort auf die Liegen, um endlich in Ruhe weiterschlafen zu können.

Hier liege ich jetzt. Natürlich konnte ich nicht noch mal einschlafen, die Sonne ist zu heiß, mein Kopf zu dick und schwer, und neben mir liegt Jan und schnarcht. Mit weit geöffnetem Mund und von Minute zu Minute lauter. Die anderen Poolgäste gucken schon. Vorsichtig pikse ich ihm mit

dem Zeigefinger von der Seite in den Bauch. Jan gibt ein un-
schönes grunzendes Geräusch von sich und schlägt meine
Hand weg, weil er sie für eine lästige Mücke hält. Noch einmal bohre ich ihm meinen Zeigefinger ins Fleisch, diesmal
etwas unsanfter. Der Bauch federt nach, Jan bleibt völlig unbeeindruckt.

Dieser Bauch.

Ich drücke noch einmal hinein.

Dieses Nachfedern.

Und dann mache ich etwas, das in Beziehungen eigentlich
verboten werden sollte: Unverhohlen betrachte ich das ganze Dilemma, nackt und ungeschützt unter der toskanischen
Mittagssonne. Die weiße, irgendwie wächserne Haut. Die
blonden Brusthaare, von denen er ruhig ein paar mehr haben
könnte. Die seitlichen Ringe, die sich gegen den Badehosen-
rand drücken. Den Bauchnabel, in dem ich immer, *immer*
Flusen finde. Jan ist ein heller Typ, »nordisch« würde man
wohl im besten Fall sagen. Und er ist jetzt dreiunddreißig
Jahre alt, genau wie ich. In unserem Alter verlässt man sich
gegenseitig nicht mehr, nur weil dem anderen zufällig ein Ba-
byelefant im Bauch wächst. Aber schön ist das nicht.

Seufzend drehe ich mich auf die Seite und checke die Lage
am Pool. Familien, Kinder, Geschrei, Gummitiere auf dem
Wasser und genau gegenüber, auf der anderen Seite, ein braunes Augenpaar.

Ein braunes Augenpaar, das nicht wegguckt.

Ich gucke auch nicht weg, ich gucke genauer hin. Sieht aus
wie ein Italiener aus dem Bilderbuch. Groß, braun, dunkelhaarig, typische Bartstoppeln und richtig viele Haare auf der
Brust. Um es kurz zu machen: Das Gegenteil von Jan. Auf
der Liege neben dem Braunauge-Bartstoppel-Bilderbuch-

Italiener sitzt eine Frau. Und zwar eins der Exemplare, das Frauen wie ich brauchen wie Herpes beim ersten Date. Ihr Gesicht gleicht einer der klassischen Schönheiten von Botticelli. Dunkle, lange Locken kringeln sich an den Spitzen leicht feucht um die braunen Schultern. Um ihren Körper hat sie gnädigerweise ein Handtuch geschlungen, aber ich ahne Fürchterliches. *Geh zurück in die* Gala, *du blöde Kuh. Nur dort kann ich Frauen wie dich ertragen.*

Sie steht tatsächlich auf. Leider nicht, um sich ins nächste Hochglanzmagazin zu verpissen, sondern um ihren Luxuskörper aus dem Handtuch zu wickeln und ihren winzigen Hintern Richtung Pool zu schwingen. Ich schaue ihr mit offenem Mund zu, dann wieder Richtung Braunauge. Der hat mich nicht aus den Augen gelassen, wahrscheinlich mit Genugtuung meine neidischen Blicke gesehen und lacht mich nun aus.

Wobei, nein. Es sieht tatsächlich aus, als würde er mich nicht aus-, sondern anlachen. Zuckt mit den Schultern, als wolle er sagen:»Ich weiß, sie sieht aus wie eine Göttin – aber sie nervt.«

Alle Anwesenden glotzen diese Frau an (außer Jan, der schnarcht), die mit ihrem süßen kleinen Hintern jetzt in den Pool dippt. Sie trägt einen Trinkini. Ein Trinkini tut so, als ob er Badeanzug und Bikini in einem wäre, kriegt es aber trotzdem hin, seine Trägerin völlig nackt aussehen zu lassen. Überall schwarze, enganliegende Schnüre, durch die straffe Hautflächen blitzen. Ich erinnere mich dunkel, mit ungefähr vierzehn Jahren einen ähnlichen Körper gehabt zu haben.

Als Miss Trinkini ihre Titten ins Wasser gleiten lässt, schaue ich auf meine knubbeligen weißen Knie. Sie sind über und über mit rot leuchtenden Mückenstichen bedeckt.

Eigentlich mag ich meine Figur. Sie ist okay, wirklich. Nur neben den Miss Trinkinis dieser Welt vergesse ich das manchmal.

Ich ziehe ganz dezent das Strandtuch über die angezogenen Oberschenkel und schiebe die Sonnenbrille zurück auf meine Nase. Über die Knie hinweg – und ganz aus Versehen, ehrlich – fällt mein Blick wieder auf die andere Seite des Pools. Und genau in diese wunderschönen, italienischen, braunen Augen.

Warum guckt der nicht weg?

Zum Mittagessen schaffen wir es gerade so in die Trattoria vierzig Meter Luftlinie vom Hotel. Dort fallen wir erschöpft in die harten, hässlichen Plastiksessel und begießen uns mit Mineralwasser. Wir sind die einzigen Gäste.

»Wo sind denn die anderen?«, frage ich Jan, dessen blasse Haut einen bedenklich rötlichen Schimmer bekommen hat.

»Die anderen …?«

»Die anderen Gäste. Wo sind die?«

Jan verzieht die Mundwinkel, nach drei Jahren Beziehung kennt er mittlerweile die meisten meiner Macken: »Die sind natürlich in den *guten* Restaurants mit dem *leckeren* Essen, weißte doch. Die Bude hier haben sie nur für Idioten wie uns aufgestellt, die auf jeden Scheiß reinfallen.«

»Ja«, sage ich trotzig, »wahrscheinlich.« Wenn in einem Restaurant nicht mindestens zwei Tische besetzt sind, bevor wir uns ebenfalls setzen, werde ich nervös. Vor allem im Ausland. Dann bin ich überzeugt, dass es sich um ein furchtbares Restaurant handeln muss, einen Laden, in den noch nie ein Einheimischer einen Fuß gesetzt hat. Eine Kaschemme, von der auch der letzte Tourist in seinem Reiseführer gelesen hat, dass hier alter Fisch zu überteuerten Preisen verkauft wird. In der sogar der Kellner über uns lacht, weil es tatsächlich noch Touristen gibt, die so dumm sind, in sein Restaurant zu kommen.

Konsterniert bestelle ich Gnocchi mit Gorgonzolasoße und mache mir Sorgen. Jan kippt in der Mittagssonne ein Glas Rotwein und ist augenblicklich betrunken: »Jetzt entspann dich mal. Ist doch Urlaub.« Er versucht, mir einen Rotweinkuss auf den Mund zu drücken, aber ich drehe meinen Kopf zur Seite und wechsle das Thema.

»Wir müssen heute aber noch irgendwas machen.«

»Ach. Was denn?«

»Ich weiß nicht genau, was macht man denn so hier?«

»Du meinst, was machen *die anderen*?«

Ich nicke langsam. Was die anderen machen, ist schon immer eine wichtige Frage in meinem Leben gewesen. Seit ich als Siebzehnjährige mit meinem ersten Freund in Urlaub gefahren bin, stelle ich mir die Frage, was andere Pärchen im Urlaub den ganzen Tag erleben. Und ob wir genug machen. Meistens habe ich das Gefühl, aus dem Urlaub nicht das Optimum herauszuholen. Wir schlafen, wir essen, wir gammeln wahlweise am Pool oder am Meer.

»*Die anderen* machen natürlich den ganzen Tag ausschließlich großartige Sachen«, sagt Jan sarkastisch. Mittlerweile haben wir zwei dampfende Teller vor uns stehen. Für ein schlechtes Restaurant haben die hier verdammt leckere Gnocchi.

»Was möchtest *du* denn machen?«

Ich zucke mit den Schultern: »Keine Ahnung.«

»'n bisschen Kultur vielleicht? Bilder gucken im Museum?«

Ich stelle mir vor, mich bei der Hitze zusammen mit fotografierenden Japanern und italienischen Taschendieben durch die Stadt zu drängen, und schüttele den Kopf.

»Stadtrundfahrt?«

Ich erinnere mich, wie ich mir bei unserer letzten Stadtrundfahrt im offenen Doppeldecker eine Mittelohrentzündung geholt habe, und schüttele erneut den Kopf.

»Weinprobe?«

Ich seufze resignierend: »Nö. Da versteh ich doch kein Wort.«

»Gut. Dann verstehe ich nicht, was dagegenspricht, weiter am Pool zu entspannen und Sonne zu tanken. Rumliegen können wir beide eh am besten.« Jan startet einen neuen Versuch, mir einen Rotweinkuss aufzudrücken, aber ich schiebe ihn weg.

»Das können wir doch nicht machen! Drei Tage Italien, und wir liegen nur in der Sonne herum. Das machen nur langweilige Menschen.«

Jetzt seufzt Jan ebenfalls. Das Lachen ist aus seinem Gesicht verschwunden: »Weißt du, was mich langweilt? Deine ständige Unzufriedenheit.«

»Na, vielen Dank auch.«

Und dann hassen wir uns mal wieder für ein paar Minuten, schweigen uns an, und ich trinke währenddessen einen merkwürdigerweise ebenfalls ziemlich leckeren Espresso.

Als wir vom Mittagessen kommen, ist der Poolbereich wie zur Bestätigung unseres kleinen Streits leer gefegt. Die Liegen stehen unbesetzt in der Mittagshitze, im Wasser dümpelt ein aufblasbares Krokodil verlassen vor sich hin. Auch mein Italiener ist mit seiner Freundin verschwunden. Ich will mir gar nicht vorstellen, was die gerade machen. Vögeln sich wahrscheinlich in ihrem Hotelzimmer die Seele aus dem Leib, während wir in diesem Urlaub noch keinen einzigen leidenschaftlichen Kuss ausgetauscht haben. *Sex nicht vergessen,* schreibe ich mir in Gedanken auf die To-do-Liste dieses Urlaubs, während Jan mit vollem Magen und Rotweinschwips in den Pool springt.

»Die machen jetzt alle Siesta, die Südländer.«

Stimmt, keiner ist so doof, sich dieser drückenden Mittagshitze auszusetzen. Außer uns. Ich seufze auf, genervt von mir selbst: Der Gedanke an die anderen ist manchmal ganz schön anstrengend. Schließlich haben wir den Pool gerade ganz für uns. Und dann zwinge ich mich, *die anderen* einfach mal kurz zu vergessen, und mache eine Arschbombe in den Pool.

Und dann noch eine und noch eine!

Jan lässt seinen Babyelefanten wie eine Insel im Wasser schwimmen und sieht dabei endlich wieder entspannt aus. Später quetschen wir unsere Körper ungefähr siebenundzwanzig Mal durch die enge Wasserrutsche für Kinder bis zwölf. Dauernd bleiben wir stecken, schreien, ziehen uns gegenseitig an den Füßen und haben irritierenderweise richtig viel Spaß. Eigentlich ist es doch ganz schön, nicht nur das zu machen, was alle machen.

Aber irgendwann wird Jan schlecht. So richtig schlecht. So schlecht, dass er es nicht mehr zu unserem Hotelzimmer schafft, sondern nur gerade noch aus dem Pool klettern kann, bevor er sich in einen der Büsche übergibt. Typisch. Mein Freund hat einen Sonnenstich. Wie uncool ist das denn bitte schön?

Ich bringe ihn ins Hotelzimmer, lege ihm ein Kühlpack

auf die Stirn und verbringe den Rest des Tages mit meinem Buch auf der Terrasse. Von Jan höre ich über Stunden keinen einzigen Ton aus dem Schlafzimmer. Na super. Dann wird das heute Abend ja wohl auch nichts mehr mit dem Sex. Nicht, dass ich wahnsinnige Lust darauf hätte, aber es steht nun mal auf meiner Liste. Diese blöde Liste. Seit wann gibt es die eigentlich? Früher kam es nicht vor, dass wir schon morgens voneinander genervt waren. Früher gingen wir verliebt ins Bett und wachten verliebt wieder auf. Manchmal wachten wir auch mitten in der Nacht auf, weil der andere geschnarcht oder sich umgedreht hatte; dann schauten wir uns verliebt an, glaubten an ein Zeichen und machten stundenlang Sachen, die nur sehr Verliebte machen, denen es egal ist, dass sie in vier Stunden wieder aufstehen und in eine Firma müssen. Heute wachen wir auf und machen uns gegenseitig Vorwürfe, noch ehe wir richtig die Augen aufhaben.

Es dämmert schon, als ich nach Jan schaue. »Ich habe Hunger. Kommst du mit, was essen?«

Er liegt im Bett und glüht. »Mir ist schlecht«, flüstert er und bewegt sich keinen Zentimeter.

»Kann ich irgendwas für dich tun?«

»Leg dich doch ein bisschen zu mir, ich fühl mich gerade ein bisschen einsam …«

Ich lege mich neben ihn und starre auf die Umrisse der Hotelzimmereinrichtung. Nach nur wenigen Minuten fängt Jan an zu schnarchen. So viel zum Thema Einsamkeit. Um uns herum summt es schon wieder ununterbrochen, Jans aufgeheiztes Blut scheint die Stimmung unter den Mücken zu schüren. Dieses verfluchte Rumgesumme. Wenn sie wenigstens beim Fliegen nicht dieses Geräusch machen würden. Wenn sie uns wenigstens nicht die ganze Nacht durch terrorisieren würden. Ich würde mein Blut gerne mit ihnen teilen, wenn sie mir ein bisschen entgegenkämen. Wenn sie sich alle auf einmal, sagen wir gegen sechs, das ist doch eine vernünftige Zeit, hinsetzen würden, um an einer möglichst angenehmen Stelle anzudocken. Ich würde sie großzügig gewähren lassen, bis sie volltrunken und satt von mir abfallen würden. Und dann könnten wir alle in Ruhe schlafen gehen. Ich verfange mich in meinen Träumen von einer Welt, in der die Mücken und wir friedlich zusammen leben könnten. Kurz nicke ich ein, vor Erschöpfung oder vielleicht auch einfach nur, weil ich so viel Blut verloren habe. Dann setzt sich eine Mücke in mein Ohr. Ich könnte schreien vor Wut.

Ich schaue auf den Reisewecker. Schon nach zehn. Draußen ist es jetzt dunkel. Zum Essengehen ist es auch schon zu spät. Vorsichtig schäle ich mich aus dem Bett, aber als ich im Badezimmer das Licht anknipse, zischt Jan sofort: »Spinnst du? Mach das Licht wieder aus, das merken die doch!«

Irritiert tapse ich zurück ins Zimmer: »Wer merkt was?«

»Na, die Mücken. Du bist echt so bescheuert. Mach aus jetzt.«

Ich weiß selbst, wie aggressiv ich werden kann, wenn man mich beim Schlafen stört. Trotzdem werde ich sauer.

»Arschloch. Die Mücken sind eh überall, ist doch egal jetzt.«

Betont langsam schlurfe ich zum Lichtschalter, drücke ihn runter und stehe im Dunkeln. Nur Sekunden später fängt Jan wieder an zu schnarchen. Und dann setzt sich eine Mücke unter mein Auge, so dicht, dass ich sie sogar in der Dunkelheit erkennen kann. Wie dreist kann man sein? Ich schlage mir ins Gesicht und wische die Hand notdürftig am Kleid ab. Dann schnappe ich mir ein Handtuch vom Sessel und fliehe Richtung Pool.

Hier draußen ist es nicht ganz so heiß wie im Zimmer. Barfuß laufe ich quer durch die Anlage. Von der Hotelbar kann ich Stimmen hören, da trinken sie sich warm, die glutäugigen Italiener, während die Deutschen schon mit Sonnenstich in den Hotelbetten liegen.

In dem Moment, in dem ich ihn sehe, ist es schon zu spät. Am Beckenrand vom Pool sitzt, ganz allein, die Füße im Wasser, mein Bilderbuchitaliener und lächelt. Lächelt. Mich. An.

Wahrscheinlich hat er mich schon den schnurgeraden Weg herankommen sehen, mein Ziel ist der Pool, das weiß ich, das weiß er, es gibt keinen Weg zurück. Trotzdem werde ich langsamer, versuche, so lässig wie möglich weiterzugehen. Was macht der Italiener hier, ganz allein? Sollte der nicht mit Miss Trinkini drüben an der Bar stehen, Rotwein trinken und von Amore reden? Und was mache ich hier?

Und warum sind es jetzt nur noch ein paar Meter bis zum Pool? Was mache ich, wenn ich dort angekommen bin, also jetzt?

Was mache ich JETZT?

»Buona Sera, deutsche Mädchen.«

Mädchen? Sehr schmeichelhaft für meine dreiunddreißig Jahre, von denen man mir, da bin ich sicher, achtunddreißig ansieht.

»Buona sera.«

Da stehe ich nun neben ihm, peinlichst berührt und bewegungsunfähig, während er mit den Füßen im dunklen Pool herumplätschert, mir in die Augen lächelt und so tut, als sei unser nächtliches Treffen das Normalste von der Welt. Ich senke den Blick.

»Du wollte schwimme, Signora?«

»Schwimmen, nö, wieso?« So weit kommt es noch, dass ich mich jetzt hier vor dir ausziehe, Bilderbuchmann.

»Weil du haste alles mitgebrachte für Schwimme.« Mit dem Kinn zeigt er auf das Handtuch über meiner Schulter. Verdammt, das Handtuch.

»Ach, nein, nein, ich ...«

Er zieht die Füße aus dem Wasser, steht jetzt ganz nah neben mir und riecht gut. Wieder senke ich den Blick. Hat hier gerade etwas geknistert? Und dann fängt er an, sich auszuziehen.

O mein Gott.

Mit einem Ruck zieht er sich das Hemd über den Kopf. Kurz steht er mit nacktem Oberkörper vor mir, dann wirft er das zusammengeknüllte Teil Richtung Liegestühle. Ich stehe da und bekomme kein Wort heraus. Was, wenn jetzt jemand kommt? Aber der Bilderbuchitaliener kümmert sich nicht um mögliche Zuschauer. Mit einem Grinsen auf den Lippen zieht er auch seine Hose aus und steht kurz in Boxershorts am Beckenrand, bevor er mit einem Kopfsprung in den Pool taucht. Er schwimmt ein paar Züge und bleibt in der Mitte vom Wasser stehen. »Komme Sie, Signora, isse gar nicht kalt.«

»Woher wissen Sie eigentlich, dass ich Deutsche bin?«, versuche ich, Zeit zu gewinnen. Wahrscheinlich hat er es an meinen dicken weißen Beinen erkannt. Oder an meiner unbeholfenen Art, kein Flirt auf den Lippen, kein Zwinkern im Auge.

»Iche habe Informazione, Signora.«

Soso, Informationen. Woher auch immer. Aber es wirkt, ich gebe mich geschlagen. Es ist heiß, es ist Nacht, und vor mir im Pool schwimmt ein Bilderbuchmann. Es ist Italien, Mann! Und als er untertaucht und ich sehe, wie er unter Wasser in Richtung Beckenrand schwimmt, ziehe ich das Kleid über den Kopf und lasse mich schnell ins Wasser gleiten.

Er taucht direkt vor mir wieder auf. »Ciao.« Seine Nase ist nur ein paar Zentimeter von meiner entfernt.

»Ciao.«

Er holt seine Hand aus dem Wasser und wischt mir dicht unterm Auge über die Wange.

»Du hattest Kampf heute Nacht?« An seinem Zeigefinger kleben eine tote Mücke und ein bisschen Blut. Ich muss lachen.

»Ja, es ist ein Kampf mit euren italienischen Mücken …«

Er lacht ebenfalls und kommt noch näher. Diesmal schlage ich die Augen nicht nieder. Ich glaube eher nicht, dass ich noch mehr Mücken im Gesicht habe. Und falls doch, dann könnte er sie mir jetzt wegknabbern. *Das ist wirklich nah jetzt, Bilderbuchmann«*, will ich noch sagen, »Scusi«, will ich noch sagen, aber ich komme zu nichts mehr. Denn plötzlich habe ich einen Propeller im Mund.

Er küsst mich, einfach so, hat gar nicht gefragt, aber hey, ich hätte wohl auch nichts gesagt, immer dieses Rumgeeiere, da ist es wohl besser, dass er sich einfach nimmt, was er will, das nennt man wohl Temperament.

Wo war ich noch mal? Ach ja, küssen. Ich sollte wohl mitmachen. Momentan stehe ich noch da wie ein Karpfen mit offenem Mund, ich will zurückküssen, aber ich finde den Einsatz nicht. Die Propellerzunge wirbelt in meinem Mund herum und macht das Zurückküssen irgendwie schwierig. *Beruhig dich*, denke ich, Männer küssen eben unterschiedlich, und kurz denke ich an Jan und daran, dass er das irgendwie besser kann, aber dann verbiete ich mir diesen Gedanken und versuche, wenigstens etwas Initiative zu zeigen, indem ich die Arme um den fremden Mann vor mir lege. Das Poolwasser plätschert leise, dann drückt sich ein dichtes, nasses Fell frontal gegen mich, das sich nahtlos über die Schultern nach hinten zieht. Argh. Das sah heute Mittag irgendwie auch besser aus, als es sich jetzt anfühlt. Schon wieder denke ich an Jan, an seinen weichen, glatten Rücken mit den paar blassen Sommersprossen.

Der Bilderbuchitaliener fühlt sich durch meine unbeholfene Umarmung animiert. Ich bin eingekeilt zwischen Italiener und Beckenrand. Wie sagt meine Freundin Katharina immer? *Die guten Männer drücken dich beim Küssen gegen die Wand.* Das hatte ich mir aber irgendwie anders vorgestellt. Das ist jetzt doch irgendwie ein bisschen beengend. Und dann beginne ich mich ganz langsam und sehr ernsthaft zu fragen, wie ich aus dieser Nummer wieder rauskomme.

Auf meinem Hintern liegen nun zwei Hände, die kräftig zupacken, dabei raunt er irgendwas von Frauen mit Kurven und leckerem Nachtisch, und ich glaube, das ist ein Kompliment. Sieh an. Miss Trinkini hat zwar einiges zu bieten, Kurven sind aber offensichtlich nicht im Angebot. Ich gebe mir trotzdem keine Mühe mehr, mitzumachen.

Als er eine Atempause macht, schiebe ich ihn weg von mir, den Bilderbuchmann ohne Bilderbuchkuss, der abgesehen von seinem Aussehen nicht viel taugt. Ich drehe mich um, klettere aus dem Becken und versuche gar nicht mehr, dabei eine gute Figur zu machen. Nehme mein Handtuch, trockne mich notdürftig ab und stammle eine Entschuldigung, während der Italiener mit einem verdutzten Gesichtsausdruck allein im Pool steht und die Welt nicht mehr versteht. Ich werde sie ihm heute Nacht allerdings auch nicht mehr erklären. Ich will nur eins: ganz schnell zurück zu Jan, bevor mein schlechtes Gewissen mich einholt.

Etwas Gutes hat die Sache: Ich bin so gar nicht mehr neidisch auf Miss Trinkini – deren Liebesleben muss noch sehr viel öder sein als meines. Schöne Menschen haben eben nicht zwingend auch guten Sex. Nun tun die beiden mir fast ein bisschen leid.

Ich ziehe mein Kleid über und knie mich an den Beckenrand. »Tschüss, Bilderbuchmann, du warst eine Illusion«, flüstere ich und drücke ihm einen Kuss auf die nasse Stirn. Dann drehe ich mich um und laufe zurück zum Hotelzimmer.

Das Gras fühlt sich warm an unter meinen Füßen. Fremdgehen hat früher auch mehr Spaß gemacht. Damals konnte man mich aber auch noch beeindrucken, wenn man mir eine Propellerzunge in den Mund steckte. Jan, es tut mir so leid. Ich hatte vergessen, wie sehr ich ihn mag, deinen Bauch. Auch mit dem Babyelefanten. Nein, gerade wegen dem Babyelefanten. Und deine blasse Haut, die mag ich auch. Deine Entspanntheit. Und deine Art, mir zu zeigen, dass »die anderen« uns egal sein können. Und dein Schnarchen, auch wenn es mich jede Nacht aufs Neue wahnsinnig macht. Und. Und. Und.

Eigentlich habe ich ja auch gar nichts gemacht. Ich habe nur ein einziges Mal den Blick nicht gesenkt. Und vielleicht ein bisschen zu lange stillgehalten. Aber dann bin ich doch auch gegangen, Jan. Siehst du, hier bin ich wieder, es ist doch fast nichts passiert, und einmal ist sowieso keinmal, oder nicht?

Die Anti-Insektenkerze auf unserer Terrasse ist erloschen. In ihrem noch warmen Wachs schwimmen drei Mückenleichen. Den noch lebenden werde ich mich nun reumütig zum Fraß vorwerfen. Im Zimmer ist alles ruhig und dunkel. Ich ziehe mich aus, krieche ins Bett und drücke meinen schwimmbad-kalten Körper gegen Jans glühenden Rücken. Er atmet ruhig und ein bisschen zu leise.

»Na, hast du einen Ausflug gemacht?«

Ich nicke. Er kann mich nicht sehen, man hört nur die Bewegung meines Kopfes auf dem Kissen, aber das reicht.

»Und jetzt bist du wieder da?«

Ja, ich bin wieder da, nicke ich ins Kissen.

»Schön«, sagt er ruhig und ohne ein Anzeichen von Ironie. Und: »Bleibst du jetzt bei mir?«

»Ja.« Wenn ich darf.

Das liebe ich an ihm. Jan sieht nicht nur nordisch aus, er ist es auch: drei schlichte Fragen und die Sache ist klar. Ich gehöre zu ihm und nirgendwo anders hin. Und dann fängt er an, leise zu schnarchen. Die ersten Mücken kommen angeflogen und tauchen ihre feinen Rüssel in meine Haut. Ich lasse sie gewähren, bewege mich keinen Zentimeter und gebe keinen Laut von mir. Still liege ich da, starre in die italienische Dunkelheit und lausche Jan und den Mücken. Morgen früh fliegen wir nach Hause.

Jana Voosen

Nach mir die Sintflut

Die Geschichte, die Sie nun lesen werden, könnte Sie ganz schön überraschen – denn im meistverkauften Buch der Welt wird sie etwas anders erzählt. Das liegt daran, dass die Autoren nicht dabei waren, ganz im Gegensatz zu mir ...

Es ist früh am Morgen, die Sonne noch nicht aufgegangen, als ich an diesem Tag durch unser Dorf wandere. Die kühle Luft kriecht mir die Beine hoch, während ich bedächtig einen Fuß vor den anderen setze. Mein Ziel ist die Stadtmauer, wo es um diese Zeit noch still ist, so dass ich nachdenken kann. Über das Leben, meine Zukunft. Ich will nicht für immer im Steinmetzbetrieb meines Vaters arbeiten. Den ganzen Tag auf einem Felsen herumkloppen, eingehüllt vom Staub, nein, das ist nicht das, wovon ich träume. Dummerweise träume ich von gar nichts. Dort, wo ich bin, fühle ich mich nicht wohl, aber ich weiß auch nicht, wo es mir besserginge.

Meine Familie hält mich für unzufrieden und einen Nörgler; mehr als einmal habe ich gehört, wie mein Vater den Herrgott fragte, warum ausgerechnet er mit einem Sohn wie mir gestraft wurde, schmächtig, faul, undankbar und mit

Flausen im Kopf. Noch schlimmer ist der traurige Blick meiner Mutter, wenn sie mir des Abends einen Teller Suppe auffüllt und dabei seufzt. Meist mache ich dann gute Miene zum bösen Spiel, erzähle begeistert von der Qualität des neu angelieferten Marmors, aber so richtig täuschen lässt sich davon niemand.

Gerade als ich das Stadttor durchschreiten will, höre ich jemanden im Laufschritt hinter mir herkommen. Eine Sekunde später klopft mir eben dieser Jemand so derbe auf den Rücken, dass ich strauchele und in den Staub falle. Vorwurfsvoll blinzele ich zu meinem besten Freund Raphael hinauf, der mich bestürzt ansieht und mir dann hilfreich die Hand entgegenstreckt.

»Elias, Alter, das tut mir leid. Komm, ich helfe dir auf. Ist alles in Ordnung?«

»Ja, ja, schon gut«, wehre ich ab und klopfe mir den Staub vom Gewand.

»Du solltest mehr essen, sonst bläst dich ja bald ein Windstoß um«, behauptet er und betrachtet mich kritisch von oben bis unten. »Ehrlich, du wirst immer dünner. Was ist denn los mit dir? Hast du Hunger?« Eifrig kramt er in seinem Beutel und hält mir einen Kanten Brot entgegen. Ich schüttele den Kopf.

»Den Hunger, den ich fühle, kann kein Essen stillen«, erkläre ich und ernte, wie erwartet, einen verständnislosen Blick.

»Durst?«, fragt Raphael nach einer kurzen Pause unsicher. Ich verneine abermals und setze meinen Weg fort, während mein bester Freund neben mir hertrottet. Wir grüßen die Wachen am Stadttor mit einem Nicken, und da sie uns seit Jahren kennen, lassen sie uns ohne weiteres passieren.

»Hunger, den kein Essen stillt? Elias, so langsam mache ich mir wirklich Sorgen um dich«, murmelt Raphael. »Was machst du überhaupt zu dieser nachtschlafenden Zeit hier draußen vor der Stadt?«

»Dasselbe könnte ich dich fragen.«

»Ich genieße die Ruhe«, erklärt er friedfertig grinsend. »Du weißt ja, zu Hause ist es im Moment manchmal etwas … lauter.«

»Wie geht es denn Hannah und dem kleinen Gabriel?«, erkundige ich mich nach seiner Familie. Prompt tritt ein Strahlen in seine Augen.

»Phantastisch, einfach phantastisch. Ich sage dir, eine Familie zu gründen war die beste Entscheidung meines Lebens. Du solltest auch langsam darüber nachdenken, dir ein Weib zu nehmen. Glaub mir, das hilft bestimmt gegen deinen … Hunger.« Er legt mir freundschaftlich den Arm um die Schultern, aber ich entwinde mich ihm.

»Diese Leier höre ich jeden Tag zu Hause«, sage ich ärgerlich. »Wenn du kein anderes Gesprächsthema hast, dann kannst du mich genauso gut in Ruhe lassen. Ich bin hergekommen, um nachdenken zu können.«

»Schon gut, schon gut.« Beschwichtigend hebt mein Freund die Hände. »Ich wollte dir nicht zu nahe treten.«

»Eine Frau ist bestimmt nicht die Lösung für mein Problem«, sage ich und starre in den Sonnenaufgang, der das weite Land um uns herum in rotes Licht taucht.

»Sondern?«

»Wenn ich das wüsste. Mein Leben kommt mir so eingefahren vor. So vorhersagbar. Dabei bin ich gerade mal zwanzig Jahre alt! Ich will nicht das Leben meiner Eltern führen, den Betrieb übernehmen, heiraten, Kinder haben und irgendwann sterben. Da muss es doch noch etwas anderes geben. Irgendwo da draußen.« Sehnsüchtig blicke ich in die Ferne.

»Wo?« Mit angestrengt zusammengekniffenen Augen folgt Raphael meinem Blick. »Dort?«

»Nein, nicht genau dort. Aber irgendwo«, versuche ich ihm zu erklären, doch mir schlägt blanke Verständnislosigkeit entgegen. »Schon gut«, seufze ich schließlich, »lass uns umkehren.«

»Okay.« Er scheint erleichtert. »Keine Sorge, Elias, alles wird gut werden«, versucht er, mir Mut zuzusprechen. »Das Leben kann von einem Moment auf den anderen plötzlich Sinn machen.«

Von der Innenseite des Stadttores ertönen dumpfe Schläge wie von einem Hammer und erinnern mich daran, dass ich wieder den ganzen Tag Steine behauen werde. Meine Laune sinkt, wenn dies überhaupt möglich ist, noch weiter.

»Ich weiß genau, wann es bei mir so weit war: als ich Hannah das erste Mal gesehen habe«, plaudert Raphael weiter, während wir durch das Tor gehen. Ein dunkelhaariger Mann steht nur wenige Meter von uns entfernt und schlägt eine Steintafel an die innere Stadtmauer. Ein letzter Hieb mit dem Hammer, dann tritt er einen Schritt zurück, betrachtet sein Werk und wendet sich zum Gehen. »Diese wunderschönen, großen, dunklen Augen, dieser sanfte Blick«, schwärmt es neben mir, während ich mich wie magisch angezogen auf den Anschlag zubewege und davor stehen bleibe. Schließlich hat auch Raphael gemerkt, dass ich ihm gar nicht mehr zuhöre, und unterbricht seinen Bericht.

»Was steht denn dort?«, will er wissen und blickt verständnislos auf die penibel in den Stein gemeißelten Buchstaben.

»Junger Mann zum Mitreisen gesucht«, buchstabiere ich mühsam, weil es auch mit meinen Lesekünsten nicht allzu weit her ist. *»Für eine Schiffsreise von unbestimmter Dauer suchen wir einen jungen, flexiblen Mann, der gut mit Tieren umgehen kann.«*

Kurz nach Einbruch der Dämmerung treffe ich mich erneut mit Raphael. Gemeinsam machen wir uns auf den Weg zum anderen Ende der Stadt.

»Elias, hast du dir das auch gut überlegt? Eine Schiffsreise, also, das klingt irgendwie anstrengend, findest du nicht?«

»Ich finde, es klingt wunderbar«, sage ich und schreite mit langen Schritten voran, so dass er mir nur mit Mühe folgen kann. Wir lassen die dichtgedrängten Hütten der Arbeiter hinter uns und gelangen in eine vornehmere Gegend.

»Aber du kannst doch noch nicht einmal schwimmen«, gibt er zu bedenken und schüttelt so sorgenvoll das Haupt, dass ich lachen muss. Gut gelaunt klopfe ich ihm auf die Schulter.

»Das übernimmt doch das Schiff für mich.«

»Und wenn es kentert?«

»Wird es schon nicht.«

»So optimistisch kenne ich dich gar nicht.« Verwundert sieht er mich von der Seite an. »Und was ist mit den Tieren? Du sollst doch gut mit Tieren umgehen können.«

»Das kann ich. Agda und ich verstehen uns prächtig«, sage ich und meine damit unsere Hausziege.

»Ob das reicht?«

»Nun sei doch nicht so miesepetrig.« Gut gelaunt ramme ich ihm meinen Ellbogen in die Seite, so dass die Luft pfeifend aus seinen Lungen entweicht. »Endlich passiert mal etwas in meinem Leben! Eine Schiffsreise – das ist es, was ich brauche. Die Welt bereisen, neue Länder kennenlernen, diesem tristen Dasein hier entfliehen.«

»Ja«, kommt es einsilbig zurück. Ich sehe Raphael in die traurigen Augen.

»Ich komme ja wieder«, tröste ich ihn, denn plötzlich wird mir klar, weshalb er meinen Plänen so negativ gegenübersteht, »und dann bringe ich dir und deiner Familie Geschenke mit. Von überall auf der Welt. – Da vorne muss es sein.«

Eine Gruppe von etwa drei Dutzend jungen Männern drängt sich vor dem großen, aus Stein errichteten Haus. Ich klopfe einem von ihnen auf die Schulter. »Entschuldigung, ist dies das Anwesen des Patriarchen Noah?«, erkundige ich mich höflich, als er sich zu mir umdreht. Von oben herab mustert er mich abschätzig.

»Siehst du hier sonst noch irgendwo ein Haus, in dessen Vorgarten ein Schiff steht?«, fragt er spöttisch und wendet sich brüsk von mir ab.

»Vielen Dank für die Auskunft«, sage ich übertrieben freundlich und sehe konsterniert auf seine kräftigen, von sehnigen Muskelsträngen durchzogenen Arme. Doch von diesem Rüpel lasse ich mir die gute Laune, die mich unerklärlicherweise seit heute Morgen nicht mehr verlassen hat, nicht verderben. Stattdessen betrachte ich staunend den riesigen Rumpf des erwähnten, fast fertiggestellten Schiffes, den ich bisher für einen etwas unförmigen Anbau des Hauses gehalten hatte. »Sieh dir das bloß mal an! Und das Ding soll schwimmen? Es ist ja geradezu gigantisch.«

»Wenn du da das Deck schrubben musst, hast du viel zu tun«, grinst Raphael, aber ich ignoriere seine Unkenrufe und greife nach seinem Arm.

»Komm, wir gehen weiter nach vorne.«

»Ach, wir stehen doch hier ganz gut«, wehrt er ab, doch ich ziehe den sich Sträubenden hinter mir her durch die Ansammlung von kräftigen Burschen. Endlich profitiere ich einmal von meiner mangelnden Körpergröße, denn obwohl hier und da ein unwilliges Knurren zu hören ist, gelingt es mir, flink wie ein Wiesel durch die Menge bis ganz nach vorne zu huschen. »Verzeihung … Entschuldigt bitte … Ist mir sehr peinlich … Oh, war das Euer Fuß, mein Herr? Nicht meine Absicht …«, höre ich Raphael hinter mir beteuern.

Vor dem Eingang des Hauses angekommen, bleibe ich so abrupt stehen, dass mein Freund unsanft gegen mich rempelt. »Kannst du nicht aufpassen?«, fragt er vorwurfsvoll und betastet vorsichtig sein Kinn. »Was soll das alles überhaupt?« Doch ich beachte ihn gar nicht, denn im selben Augenblick öffnet sich die große, kunstvoll behauene Steintüre und heraus tritt der Patriarch Noah. Er trägt ein kostbares Gewand aus feinstem Tuch, der weiße Bart hängt ihm in ordentlichen Flechten fast bis zu den Knien.

»Seid gegrüßt«, sagt er mit sonorer Stimme und hebt beide Arme. »Ich freue mich, dass ihr so zahlreich meinem Aufruf gefolgt seid. Dies ist meine Familie: meine Frau, meine Söhne und Schwiegertöchter.«

Mein Blick streift über die Genannten und bleibt an der zierlichen Gestalt hängen, die ganz rechts in der Reihe neben Noahs ältestem Sohn steht. »Ach du heiliger Jehova«, stoße ich hervor, was mir einen unsanften Rippenstoß von Raphael einbringt.

»Halt die Klappe, willst du dich versündigen? Der Patriarch ist ein strenggläubiger Mann, das weiß doch jedes Kind«, zischt er mir ins Ohr. »Wenn du den Job haben willst, dann solltest du den Namen des Herrn nicht missbrauchen.« Aber ich höre ihm gar nicht zu, und auch die Worte Noahs dringen nur wie aus weiter Ferne an mein Ohr, während ich seine junge Schwiegertochter betrachte, die ihr schlichtes Kleid trägt, als sei es die Robe einer Königin. Mit wachen, hellbraunen Augen, die im Schein der Kerze in ihrer Hand leuchten wie flüssiges Gold, sieht sie aufmerksam in die Menge, bis ihr Blick den meinen trifft. Schnell schließe ich den Mund, der mir bei ihrem Anblick offen stehen geblieben ist. Noch nie habe ich etwas so Schönes gesehen! In ihren Augen blitzt es auf, und statt, wie es sich für eine verheiratete Frau ziemt, die Lider zu senken, hält sie meinem Blick stand. Ihre Mundwinkel umspielt ein leichtes Lächeln. Wie in Trance lächele ich zurück.

»Was grinst du denn so blöd?«, erkundigt sich Raphael. Mit schier unmenschlicher Anstrengung reiße ich mich von dem wunderbaren Anblick los.

»Ich freue mich«, rede ich mich heraus.

»Worüber denn?« Verständnislos sieht mein Freund mich an. »Dass Gott eine Flut über uns bringen wird, die alles Leben auf der Erde auslöschen soll? Was ist daran gut?«

»Hä?« Was redet er denn da? Habe ich irgendwas verpasst? Im gleichen Moment realisiere ich die Unruhe um mich herum: Die Männer scharren mit den Füßen und flüstern aufgebracht miteinander, während Noah die Stimme erhebt, um die Unruhe zu übertönen.

»Der Herr zürnt euch für euren Lebenswandel! Die Menschen sind boshaft und grausam, sie leben in Sünde, statt einander in Liebe zu begegnen. Deshalb wird Gott alles Leben auf der Erde vernichten. Ich rate euch, umzukehren auf eurem Weg und ihm zu gehorchen. Wenn ihr guten Willens seid, wird er vielleicht gnädig sein, und …« Bevor der Patriarch mit seiner Predigt fortfahren kann, wird er von einem grobschlächtigen Kerl aus den hinteren Reihen unterbrochen.

»Gibt es hier nun eine Stelle zu vergeben oder nicht?«, ruft er, und zustimmendes Gemurmel ertönt. Noah, dieser stattliche Mann mit dem zerfurchten Gesicht, sinkt in sich zusammen, lässt die Schultern hängen und sieht mit einem Mal sehr alt aus. Resigniert hebt er die Schultern und wendet sich seinem jüngsten Sohn zu, der mit einer großen Steintafel in der Hand hinter ihm steht, die er nun seinem Vater überreicht.

»Ja, es gibt eine Stelle zu vergeben«, sagt der schwerfällig. Ich hänge wie gebannt an seinen Lippen, denn eins ist mir klar, seit ich das erste Mal in die Augen der Schönheit gesehen habe: Ihr will ich nah sein! Für immer! Und das bedeutet, dass ich einen Platz auf diesem Schiff bekommen muss, koste es, was es wolle. Doch Raphael, der neben mir unruhig von einem Fuß auf den anderen tritt, scheint es plötzlich sehr eilig zu haben.

»Komm, wir gehen. Ich will nach Hause«, flüstert er und versucht, mich mit sich zu ziehen.

Ich stehe wie ein Fels in der Brandung.

»Was soll das? Glaubst du wirklich, du hast eine Chance auf den Job? Sieh dich doch mal um.« Mit einer ausladenden Handbewegung deutet er auf die Männer. »Einer stärker und größer als der andere. Wieso sollte Noah ausgerechnet dich nehmen?«

Weil ich seine Schwiegertochter liebe, fährt es mir durch den Kopf, doch das behalte ich lieber für mich. »Körperliche Kraft ist nicht alles«, sage ich stattdessen und wende meine Aufmerksamkeit wieder Noah zu.

»Es handelt sich um die Gattung der Theraphosidae«, erklärt dieser jetzt, »sie ist das einzige Tier, das wir noch nicht fangen konnten, um es mit auf unser Schiff zu nehmen. Wer mir als Erster ein männliches und ein weibliches Exemplar bringt, der darf mitreisen.« Mit diesen Worten hält er die Steintafel hoch über seinen Kopf, so dass alle sehen können, was darauf abgebildet ist.

Mir entfährt ein quiekender Laut, entsetzt mache ich einen Satz zurück. Während sich die Kerle um mich herum vor Lachen biegen, halte ich mir erschrocken die Hand vor den Mund und sehe beschämt zu Noahs Schwiegertochter hinüber, die jedoch nicht in den allgemeinen Spott mit einstimmt, sondern mir beruhigend zuzwinkert. Dadurch ermutigt, zwinge ich mich, mir das Tier auf der Tafel näher anzuschauen. Ich betrachte den schwarzen, mit borstigen Haaren überzogenen Leib, die gekrümmten, in alle Richtungen abstehenden acht Beine und spüre, wie die Knie unter mir nachgeben. Wie aus weiter Ferne höre ich Noahs Stimme sagen: »Seid gewarnt. Der Biss dieser Spinne ist absolut tödlich, also seid vorsichtig. Geht mit Gott.« Ich spüre einen dumpfen Aufprall, bevor mich gnädige Dunkelheit umfängt.

»Elias? Elias!« Noch nie hat eine schönere Stimme meinen Namen gesagt als die, die jetzt an mein Ohr dringt. Eine kleine, weiche Hand schlägt mir leicht auf die Wange, und ich möchte sie festhalten, an meine Lippen ziehen und jede Fingerspitze mit Küssen bedecken. »Elias?« Ich schlage die Augen auf und sehe in ihre hellen Augen. »Ah, da seid Ihr ja wieder. Wie geht es Euch?«

»Wunderbar«, flüstere ich. »Einfach wunderbar.«

Sie lacht leise.

»Wie erfreulich«, meldet sich eine andere Stimme zu Wort. »Dann können wir ja wieder reingehen. Sarah, kommst du endlich?« Über ihrem lieblichen Gesicht erscheint jetzt ein anderes, bärtiges, dessen dunkelbraune Augen mich forschend mustern. *Ihr Mann*, fährt es mir durch den Kopf. Das Herz wird mir schwer. Plötzlich schäme ich mich, so hilflos auf dem Rücken liegend, und rappele mich mühsam auf, während Raphael mir hilfreich unter die Arme greift.

»Habt Dank für Eure Hilfe«, murmele ich verlegen und wage es nicht, Sarah in die Augen zu schauen. »Wir werden jetzt besser gehen.«

»Ja, geht mit Gott«, sagt Noahs Sohn im Befehlston und wendet sich zum Gehen. »Komm, Sarah.«

»Natürlich.« Ihre Stimme klingt so weich wie Morgentau. »Sicher wollt Ihr Euch gleich morgen auf die Jagd begeben, bevor die Sonne aufgeht«, wispert sie mir zu, bevor sie sich anschickt, ihrem Mann ins Haus zu folgen. »Geht hinaus in die Wüste und sucht unter großen Steinen, dort fühlen sie sich wohl.« Erstaunt reiße ich die Augen auf. Sie nickt mir verschwörerisch zu.

»Sarah!«

»Ich komme schon.«

»Elias, wir müssen dringend etwas unternehmen.« Mit sorgenvoll zerfurchter Stirn läuft Raphael auf dem Heimweg neben mir her. »Eine Sintflut. Weißt du, was das bedeutet? Wenn Noah recht hat, dann werden wir alle sterben.«

Ich höre ihm gar nicht zu, denn mittlerweile habe ich mich von meiner Ohnmacht erholt und muss an mich halten, um in meiner Euphorie nicht wie ein junges Reh neben meinem

Freund herzuhüpfen. Sie liebt mich auch! Will mich bei sich haben! Warum sonst hätte sie mir den Tipp mit der Wüste gegeben?

»Das kann doch alles nicht wahr sein. Wieso sollte Gott so etwas tun? Die Menschheit von der Erde auslöschen, sogar die Kinder, sogar ... Gabriel.«

Ich schaffe es nicht rechtzeitig, mir einen dem Gesprächsthema angemessenen betroffenen Ausdruck ins Gesicht zu zwingen, als mein Freund mich mit echter Verzweiflung in den Augen ansieht. Prompt verfinstert sich seine Miene. »Was grinst du denn da so dämlich? Das ist überhaupt nicht lustig. Bist du bei deinem Sturz auf den Kopf gefallen?«

»Ach, Raphael, ich bin so glücklich. Endlich weiß ich, wo mein Platz im Leben ist! Sag ehrlich, findest du nicht auch, dass sie die schönste Frau auf Erden ist?« Abrupt bleibt mein Freund stehen und sieht mich fassungslos an. »Na schön, außer Hannah, von mir aus«, räume ich ein, weil ich sein Weib nicht beleidigen will, obwohl diese Sarah natürlich nicht das Wasser reichen kann. Aber das muss ich ja ihrem Ehemann nicht auf die Nase binden. Der läuft jetzt trotzdem so rot an, als hätte ich ebendies getan, und brüllt: »Bist du von allen guten Geistern verlassen?«

»Aber wieso denn? Du hast doch selbst gesagt, wenn die Richtige kommt ...«

»Diese Frau ist *verheiratet.* Sie gehört einem anderen. Und es ist eine schwere Sünde, die Frau eines anderen zu begehren, das weißt du doch!«

»Aber ...«

»Nichts *aber.* Kein Wunder, dass Gott zornig ist. Kein Wunder, dass er uns bestrafen will.«

»Du glaubst doch nicht wirklich an diesen Quatsch von

der Sintflut?«, frage ich verdattert. »Das sind doch bloß die Hirngespinste eines Greises.«

»Und wenn nicht? Was, wenn nicht?«, gibt Raphael mit sich überschlagender Stimme zurück. »Wir müssen etwas unternehmen! Wir müssen unsere Familien in Sicherheit bringen! Wir müssen die Menschen zur Umkehr bewegen …«

»Jetzt fängst du auch noch damit an.«

»… und zuallererst musst du dir diese Frau aus dem Kopf schlagen!«

»Das werde ich nicht«, erkläre ich störrisch. »Wie könnte ich? Seit meine Augen sie erblickt haben, weiß ich endlich …«

»Interessiert mich nicht«, unterbricht Raphael mich rüde. »Es ist eine Sünde.«

»Und selbst wenn. Glaubst du wirklich, den alten Herrn da oben interessiert das? Weißt du, wie viele Sünder es auf der Welt gibt? Als ob ich da einen Unterschied machen könnte!«

»*Ich alleine kann ja doch nichts ausrichten* – so denken Tausende«, sagt Raphael aufgebracht. »Du willst also nicht einlenken?«

»Ich denke gar nicht daran.«

»Dann eben nicht.« Brüsk wendet er mir den Rücken zu und läuft schnellen Schrittes davon. Verwirrt sehe ich ihm nach.

»He! Jetzt warte doch! Wovon reden wir hier überhaupt? Du kannst doch dem Patriarchen nicht allen Ernstes Glauben schenken? Der Typ ist ein Spinner – denk bloß daran, was er alles an Getier mit auf sein Schiff nehmen will!« Dabei fällt mir die vor mir liegende Aufgabe wieder ein, und mein

Magen macht einen angstvollen Hüpfer. Ach, Sarah, geliebte Sarah, muss meinen Weg zu dir ausgerechnet ein solches Ungetüm kreuzen?

In dieser Nacht träume ich von Spinnen, so groß wie Kühe, die mich umzingeln. Auf ihren hohen, behaarten Beinen staksen sie auf mich zu, tödliches Gift tropft von ihren Beißklauen, mit denen sie in purer Mordlust klappern. Näher, immer näher kommen sie, während ich in ihrer Mitte liege, ausgeliefert und unfähig, mich zu rühren, unfähig, zu schreien …
Schweißgebadet wache ich auf und sehe mich um. Im Wohnraum, in dem ich nachts mein Schlaflager aufschlage, ist es ganz still. Noch kein Sonnenstrahl dringt herein, die Glut in der Feuerstelle ist längst verloschen. Ich widerstehe der Versuchung, mich wieder tief unter meinem Lammfell, das mir als Decke dient, zu vergraben, stehe stattdessen auf, kleide mich an und verlasse auf leisen Sohlen, um meine Geschwister und Eltern nicht zu wecken, das Haus.

Mit jedem Schritt, den ich weiter in die Wüste hineinlaufe, scheinen meine Beine schwerer zu werden. Doch tapfer schleppe ich mich voran und versuche, das Bild der Spinne, das sich auf meine Netzhaut gebrannt hat, zu verscheuchen. Stattdessen denke ich lieber an sie. An Sarah. Meine Liebe, mein Leben! Der sanfte Blick ihrer goldbraunen Augen treibt mich vorwärts. Für sie kann ich es schaffen. Meine Ängste überwinden, das Monster fangen und mir damit einen Platz in ihrer Nähe sichern. Wenn auch nicht an ihrer Seite. Noch nicht.
Leider gestaltet sich die Suche nach der Spinne sehr viel schwieriger, als ich angenommen hatte, denn obwohl ich

Stein um Stein umdrehe und mir darunter allerhand Getier begegnet, bleibt die Theraphosidae unauffindbar. Ich flüchte vor Echsen, Schlangen und Skorpionen und kehre am Ende dieses ersten Tages meiner Jagd unverrichteter Dinge nach Hause zurück. Von nun an quäle ich mich Morgen für Morgen aus dem Bett und durchkämme die Wüste. Nichts. Ich bin kurz davor, jede Hoffnung fahren zu lassen. Doch dann passiert es: Eine Woche später, ich befinde mich auf dem Rückweg ins Dorf, stoße ich mit dem Fuß an einen flachen Stein, greife danach und drehe ihn ohne große Hoffnung mit einer schnellen Bewegung herum.

Vier Spinnen krabbeln mir entgegen. Sie sehen genau so aus wie auf Noahs Steintafel. Sie sind – riesig. Und unbeschreiblich hässlich! Trotz der eisigen Kälte bricht mir augenblicklich der Schweiß aus allen Poren. Meine Beine zucken unkontrolliert, als wollten sie Reißaus nehmen. »Ogottogottogottogott«, wimmere ich, und es kümmert mich dabei überhaupt nicht, dass ich den Namen des Herrn missbrauche.

Mit zitternden Fingern fische ich in meinem Beutel nach dem irdenen Krug, in dem ich die Viecher transportieren will, und lege ihn auf den Boden. Dann greife ich nach einem Stock und pikse eins der Ungetüme damit in die Seite. Es macht einen unwilligen Schritt nach vorne. Vor Ekel schüttele ich mich.

Träge kommt die Spinne auf mich zu. Gleich wird sie mich anspringen, ihre Klauen in meine Haut stoßen, ihr Gift in mich pumpen! »O Gott, o Gott!« Keine Sintflut kann schlimmer sein als *das* hier. Wer kommt nur auf die Idee, ausgerechnet diese widerlichen Kreaturen retten zu wollen?

Der Gedanke an Sarah bewahrt mich vor einer Ohnmacht. Ihre schönen Augen sehen mich bittend an, während ihr süßer Mund die Worte spricht: »*Elias. Mein Geliebter. Ich weiß, dass du es schaffen kannst. Tu es für uns.*« Entschlossen packe ich den Stock fester und schiebe das Tier mit Nachdruck in den Krug. Es wehrt sich nicht einmal, sondern fuchtelt nur hilflos mit den behaarten Beinen in der Luft herum. Ich schiebe ein zweites Exemplar hinterher, verschließe den Krug mit dem passenden Deckel, unterdrücke mit Erfolg den aufkommenden Brechreiz und nehme die Beine in die Hand. Den Krug an mich gepresst, renne ich den ganzen Weg bis zum Haus des Patriarchen, wo ich mit der Faust gegen die Tür hämmere.

»Aufmachen! Macht auf! Ich habe sie! Ich habe sie!« Kaum hat Noah mir die Türe geöffnet, drücke ich ihm den Krug in die Hand. »Sie sind hier drin, die Spinnen. Jetzt darf ich mitreisen, nicht wahr, Herr? Ich darf mit Euch reisen? Ich bin doch der Erste? Oder?« Angstvoll sehe ich ihn an. Noah nickt langsam und betrachtet den Krug in seiner Hand. Mit einem Mal fällt mir siedend heiß ein, dass ich nicht die leiseste Ahnung habe, ob es sich bei den beiden Exemplaren wirklich um ein Männchen und ein Weibchen handelt. Doch sofort schiebe ich den Gedanken beiseite. Bis das jemand feststellt, sind wir längst auf hoher See. In meiner Begeisterung hüpfe ich von einem Bein aufs andere, während Noah mich abschätzend mustert.

»Du bist nicht sehr kräftig«, sagt er dann. Ich halte mitten in der Bewegung inne. »Auf dem Schiff brauche ich einen starken Mann, der mir zur Hand geht.«

»Aber ich habe doch die Spinnen gebracht«, sage ich empört. »Und Ihr habt versprochen …« Inzwischen hat sich auch der Rest der Familie in der Eingangshalle eingefunden. Alle sehen mich an, aber ich sehe nur sie.

»Du hast recht«, sagt Noah nach einer Weile, »ich habe es versprochen, und mein Versprechen halte ich.« Ich verbeuge mich tief vor ihm.

»Habt Dank, Herr, Ihr werdet es nicht bereuen.« Er nickt knapp und reicht seinem jüngsten Sohn den Krug. Erleichtert sehe ich ihm hinterher. Jeder Meter, der zwischen mir und den Spinnen liegt, entspannt mich.

»Sarah, nimm den jungen Mann mit in die Küche und gib ihm zu trinken. Wie heißt du, mein Sohn?«

»Er heißt Elias«, antwortet Sarah statt meiner. Das Herz will mir vor Glück in der Brust zerspringen.

»Elias, ganz recht, Herr. Sohn des Steinmetzen Jakob.« Ich verbeuge mich erneut und folge Sarah in die Küche. Voller Entzücken lasse ich meinen Blick über ihren Körper gleiten, dessen Konturen sich unter dem fließenden Gewand freilich kaum erahnen lassen.

»Setzt Euch doch.« Mit einem freundlichen Kopfnicken weist sie mir einen Platz nahe dem Ofen, in dem das Feuer knistert. Doch ich bleibe wie angewurzelt stehen, so dass sie beinahe gegen mich prallt, als sie mit einem Becher Wein aus der Vorratskammer zurückkehrt.

»Verzeiht.« Eine entzückende Röte überzieht ihr schönes Gesicht. Ich atme tief den Duft ein, der von ihrem braunen, schweren Haar zu mir herüberweht.

»Sarah«, stoße ich hervor und greife nach ihr. Meine Hände legen sich um ihre schmale Taille, ich schließe die Augen, und mein Mund findet den ihren. Der tönerne Becher fällt zu Boden und zerschellt, während ich ihre Süße schmecke und mir wünsche, die Zeit würde für immer stillstehen. In diesem Moment ist das Leben perfekt: Ich spüre keine Angst mehr, nur Geborgenheit, Liebe.

Und dann spüre ich noch etwas: Einen festen Stoß vor die Brust, der mich zurücktaumeln lässt.

Keuchend ringe ich nach Luft und sehe meine Angebetete verwirrt an, die mit in die Hüften gestemmten Händen vor mir steht. Ihre schönen Augen blitzen vor Zorn.

»Was fällt Euch ein, mich auf diese unzüchtige Art zu berühren?«, faucht sie mich an.

»Es tut mir leid, wenn ich zu stürmisch war«, entschuldige ich mich, spüre aber auch einen leichten Unwillen in mir aufsteigen. Wieso zerstört sie diesen perfekten Augenblick?

»Zu stürmisch? Untersteht Euch, mich jemals wieder anzufassen!« Verständnislos sehe ich sie an.

»Aber liebt Ihr mich denn nicht?«

»Euch lieben?« Sie sieht so verdutzt aus, dass sie darüber ihre Empörung zu vergessen scheint. Und dann lächelt sie sogar. Aber es ist nicht das Lächeln, in das ich mich verliebt habe. »Nein, Elias, ich liebe Euch nicht. Wie kommt Ihr nur auf diesen absurden Gedanken?«

Mein Herz zerspringt in tausend Stücke.

So schnell ich kann, laufe ich aus der Stadt hinaus und lehne mich dort schwer atmend gegen die Mauer. Die Wüste liegt vor mir, als wäre nichts geschehen. Als wäre mein Herz nicht gebrochen worden. Wieder sehe ich Sarahs spöttisches Lächeln vor mir. Sie liebt mich nicht. Hat es nie getan. Das stärkste Gefühl, das sie mir gegenüber empfunden haben mag, war Mitleid. Mitleid mit dem schmächtigen Kerl inmitten der kräftigen Bewerber um die Stelle auf dem Schiff. Deshalb hat sie mir geholfen. Alles andere ist nur in meinem Kopf geschehen.

Natürlich werde ich unter diesen Umständen nicht mitreisen. Wie könnte ich? Sie Tag für Tag mit ihrem Ehemann sehen, an meine Schmach erinnert werden ... nein, lieber bleibe ich hier. In meinem tristen Leben. Offensichtlich habe ich mich getäuscht. Da draußen gibt es nichts für mich. Überhaupt nichts.

Ein dumpfes Donnergrollen reißt mich aus meinen Gedanken. Ich sehe in den Himmel, an dem sich dichte, schwarze Wolken zusammenbrauen. Ein dicker Tropfen trifft meine Nasenspitze und zerplatzt vor meinen Augen. Na klar: Das passt zu diesem durch und durch misslungenen Tag. Jetzt fängt es auch noch an zu regnen ...

Als mir das Wasser bis zum Bauchnabel reicht, muss ich endlich zugeben, dass der alte Noah wohl doch nicht der verrückte Spinner ist, für den ich ihn gehalten habe. Und auch wenn es mit meinem Lebenswillen nach der Zurückweisung durch Sarah nicht so weit her war, spüre ich ihn jetzt mit jedem Zentimeter, den das Wasser an meinem Körper hochsteigt und meine Kleidung durchnässt, wieder stärker aufflammen. Ich will noch nicht sterben! Unwillkürlich falte ich die Hände und fange, ohne mir dessen wirklich bewusst zu sein, an zu beten: »Ach komm schon, Gott, bitte lass mich leben. Es tut mir sehr leid, dass ich die Frau eines anderen begehrt habe«, beteuere ich inbrünstig. »Und auch dass ich meine Eltern nicht so geehrt habe, wie sie es verdient hätten. Und dass ich mich mit Raphael gestritten habe, der es doch stets nur gut mit mir meint – und der obendrein vollkommen recht hatte.«

»Freut mich, das zu hören«, erklingt plötzlich die Stimme meines besten Freundes, und ich reiße erstaunt die Augen auf. In einem aus Zypressenholz zusammengezimmerten,

recht stabil aussehenden Boot kommt Raphael auf mich zu-
gepaddelt und winkt mir fröhlich zu. Neben ihm an Deck
stehen dicht gedrängt Hannah und Gabriel, seine Eltern und
Geschwister und meine Familie.

»Was macht ihr denn hier?«, frage ich aufgeregt und wate
auf sie zu.

»Na, wonach sieht es denn aus? Dich retten natürlich.«

Vor Rührung und Erleichterung steigen mir die Tränen in
die Augen. Mit vereinten Kräften werde ich ins Boot gehievt,
stehe triefend nass vor meinem besten Freund und falle ihm
um den Hals.

»Raphael, du bist ein wahrer Freund!«

»Schon gut, schon gut. Ist doch Ehrensache.« Verlegen
klopft er auf meinem Rücken herum.

»Hier, Elias, damit du nicht frieren musst.« Damit legt mir
Raphaels kleine Schwester Johanna eine warme Decke um
die Schultern. Ich drehe mich zu ihr um, doch der Dank, den
ich ihr aussprechen will, bleibt mir im Halse stecken.

»Herrgott Sakra«, entfährt es mir. Den Bruchteil einer Sekunde später durchzuckt ein mächtiger Blitz den schwarzen
Himmel und erleuchtet Johannas Gesicht. Hinter mir
schnalzt Raphael unwillig mit der Zunge.

»Elias«, ermahnt er mich. »Wenn du so weitermachst,
kentern wir noch.«

»Verzeihung«, sage ich atemlos. »Das habe ich nicht so gemeint. Wirklich nicht«, rufe ich nach oben, um Gott zu be-
sänftigen. »Es ist nur ... deine Schwester ...«, fahre ich an
Raphael gewandt fort, »sie ist so groß geworden. Und so
schön.«

An dieser Stelle muss ich mich nun auch einmal zu Wort melden. Mein Name ist Raphael, wie Sie vielleicht schon richtig vermuten.

Unser Boot ist nicht gekentert, wir alle haben die Flut überlebt, und Elias hat nie wieder den Namen des Herrn missbraucht. Jedenfalls nicht, ohne sich jedes Mal danach in aller Form dafür zu entschuldigen. Er hat auch nie wieder eines anderen Weib begehrt. Stattdessen hat er sich rettungslos in meine Schwester verliebt: Johanna und er haben noch auf dem Schiff geheiratet. Wir alle waren uns einig, dass ich unter den gegebenen Umständen durchaus einmal Priester spielen und den beiden Gottes Segen aussprechen durfte. Dieser war offensichtlich einverstanden, denn er hat keine weiteren Blitze geschickt.

Was aus dem Patriarchen Noah und seinem Schiff wurde, weiß ich nicht. Aber gestern marschierten plötzlich zwei große graue Tiere mit langen Stoßzähnen vorbei, das lässt doch hoffen. Und so oder so: Seit wir wieder festen Boden unter den Füßen haben, tragen Elias und Johanna ihren Teil dazu bei, die Erde neu zu bevölkern. Ich sag's doch: Alles wird gut, und manchmal macht das Leben von einem Moment auf den anderen Sinn.

Miriam Kaefert

Panama – oh, wie schön!

Die Tigerente lächelt. Sie hat die handliche Größe einer Coladose, sie ist weich, waschbar und stumm. Sie wird sich nicht beschweren, wenn ich zu spät zum Frühstücksbuffet komme, sie wird nicht mit Tennissocken in Trekkingsandalen durch die Lobby watscheln, und wenn sie nachts neben mir liegt, werde ich nicht das Gefühl haben, in meinem Bett würde gerade ein Walross ersticken.

Die Tigerente – meine ideale Reisebegleitung.

Bei so vielen Vorteilen ist es völlig unwesentlich, dass sie keine Flugpläne lesen, Check-in-Schalter finden oder Koffer schleppen kann. Mach ich alles selbst. Ab heute. Ich bin fast vierzig Jahre alt, da werde ich mich doch von meiner Zweizimmerwohnung in Bexbach bis in den Flieger Richtung Mittelamerika durchschlagen können. Außerdem bin ich Steuerberaterin, ich finde jedes Schlupfloch – dagegen ist das richtige Gate nun wirklich ein Klacks –, ich rechne alles hübsch und kann dem Finanzamt erklären, warum tausendzweihundert Euro für einen Weinkühlschrank von einem Anwalt selbstverständlich als Werbungskosten abgesetzt werden dürfen. Ich bin gerissen, patent und schlau. Im Berufsleben. Im privaten … na ja. Da lass ich mich gerne mal fallen. Ganz ehrlich: Wenn man den ganzen Tag rechnet und kalkuliert, ist es herrlich, die Dinge hinterher einfach passieren zu lassen. Soll sich doch der Mann an meiner Seite mit dem Organisationskram herumschlagen. Okay, jetzt ist der Mann weg. Dann mache ich es eben selbst. Auch kein Problem. Tigerente und ich – wir brauchen uns vor nichts zu fürchten. So steht es übrigens auch in Janoschs Buch.

»Oh, wie schön wird Panama«, sage ich und durchsuche meine Unterwäscheschublade weiter nach dem Ringel-Bikini. Tigerente lässt dies unkommentiert, aber lächelt. Es gibt für mich also gar keinen Grund, nervös zu werden.

Werde ich auch nicht, jetzt, kurz vor der Abreise. Wo sind eigentlich meine Zigaretten? Ach nein, ich habe ja vor zwei Monaten aufgehört. Ich sollte unbedingt noch mal bei der Taxizentrale anrufen.

Es ist ganz normal, ein Taxi zum Bahnhof drei Tage vorher zu bestellen und in regelmäßigen Abständen nachzufragen, ob das auch alles klappt. Ich muss durch die ganze Stadt, das dauert doch bestimmt eine Viertelstunde. Und dann mit dem Zug nach Frankfurt, noch einmal zwei Stunden. Das will geplant werden. Ich komme schließlich immer zu spät, bei jeder Verabredung und manchmal auch ins Büro.

Aber halt, ich habe mich falsch ausgedrückt: Ich *kam* immer zu spät. Vergangenheitsform! Deshalb hatte ich ständig Ärger mit meinem jeweiligen Lebensabschnittsgefährten. Auch Vergangenheit! Mit Tigerente und mir wird alles anders. Stefan, Hauke, Sven und Thomas-Dietrich, all ihr Verflossenen, schaut her! Ohne euch bin ich zuverlässig, pünktlich und organisiert. Ich brauche niemanden, der augenrollend hinter mir steht und mich minütlich anbellt: »Wir verpassen den Flieger!« Das haben sie wirklich *alle* behauptet. Ist aber natürlich nie passiert.

Diesmal bin ich sowieso bestens in der Zeit: Meine beiden Koffer stehen gepackt vor der Haustür, der Reiseführer ist griffbereit in meiner Handtasche, und soeben hat der Taxifahrer geklingelt. Ich schnappe meinen handlichen Plüschbegleiter, stopfe ihn in meine überfüllte Handtasche, balanciere den Koffer vier Stockwerke hinunter und hoffe, dass er nicht mehr als zwanzig Kilo wiegt. In Gedanken sehe ich mich am Flughafen schon Übergepäckgebühren zahlen. Ist das eigentlich teuer? Egal. Es gibt ja keinen, der mir das jemals vorwerfen wird. Und irgendwie wird es mir gelingen, das bei der nächsten Steuererklärung elegant unterzubringen.

Knappe drei Stunden später habe ich es geschafft: Der Zug fährt in den Flughafen Frankfurt ein. »Welcome to Fränkfurt Ärport«, schnarrt der Schaffner. Die erste und zweite Etappe meiner Reise hätte ich hiermit komplikationslos gemeistert. Ich habe es eben doch drauf, es wird alles glattgehen, ich werde schön, erholt und voller Lebenslust wiederkehren in mein neues, selbständiges Leben. Schön!

Aber wo muss ich jetzt lang? Hier am Frankfurter Flughafen war ich erst zwei Mal, eskortiert von männlichen Begleitungen mit Führungsanspruch. »*Links! Rechts! Hast du die Papiere? Wieso musst du ausgerechnet jetzt auf die Toilette? Fünf Mal habe ich dich an die Tickets erinnert!*« Alles vorbei. Dieses Mal werde ich nicht hinterherdackeln, sondern vorangehen. Es ist ein gutes Gefühl. Und fürchten muss ich mich vor gar nichts!

Meine Ziele habe ich im Kopf: erst einmal nach London, dann Miami und dann weiter nach Panama City. Zwanzig Stunden Reisezeit insgesamt, irgendwo an diesem Flughafen ein- und dann noch zweimal umsteigen. Sehr gut, ich bin vorbereitet.

Die Frage, ob ich jetzt nach links oder rechts gehe, kann ich mir trotzdem gerade nicht beantworten. Ich bleibe auf dem Bahnsteig stehen, den Koffer fest umklammert, und sehe mich nach einem Hinweisschild um. Stattdessen sehe ich überall diese geschäftig umhereilenden Menschen, man hat ja überhaupt keinen Überblick.

»Entschuldigung«, sage ich kurz entschlossen und tippe wahllos einem an mir vorbeihastenden Menschen auf die Schulter. Ein Anzugträger, registriere ich. Der muss sich auskennen, gondelt doch bestimmt ständig auf Businesstrips durch die Welt.

»Ja?«, sagt eine tiefe Stimme. Im eiligen Geschubse steht plötzlich eine rote Krawatte vor mir, umrahmt von einem schwarzen Mantel. Mehr sehe ich nicht, der Träger ist groß, ziemlich groß. Ich schaue höher. Er tiefer. Unsere Blicke treffen sich.

Oh!

Das ist … der Mann ist ja … gutaussehend, also attraktiv. Lange nicht so einen attraktiven … Was auch immer, ich kann nicht denken. Ich schaue ihn an, sekundenlang, also mindestens drei, und die wirken wie dreißig, wenn man gerade stumm in den Augen eines fremden Menschen versinkt. »Braune Augen«, entfährt es mir. Oje.

»Wie bitte?« Wieder diese tiefe Stimme. Ja, wie bitte? Was rede ich hier für einen Mumpitz?

»Ich, äh, ich weiß nicht, wo es langgeht«, stammle ich. Und habe es hiermit geschafft: Ich habe aus einem potenziell magischen Moment – zwei Menschen, ein Flughafen, tiefe Blicke – eine äußerst peinliche Situation gezaubert. Aber dieser Mann reagiert: großartig. Es grinst nicht spöttisch, sondern er sieht sogar ein bisschen besorgt aus. Zauberhaft! Ebenfalls zauberhaft: sein dunkler Beinahe-Vollbart, ich mag nämlich Männer, keine Milchbubis.

Er beugt sich noch ein Stück tiefer zu mir runter: »Haben Sie sich verlaufen? Kein Wunder, der Flughafen ist ja auch riesig. Wo genau müssen Sie denn hin? Halt, wir verlassen erst mal den Bahnsteig, hier ist es viel zu voll!« Spricht es und legt ganz sanft seine Hand auf meinen Rücken. Nicht auf die distanzlose Art und Weise, sondern höflich und beschützend zugleich. Ich gehe, dem leichten Druck folgend, vor ihm her – endlich mal ein Mann, dem man nicht hinterherhecheln muss! – und beginne, die Situation zu genießen. Es ist doch herrlich: Ich bin souverän und frei und bestimme selbst, was ich tue und denke. Und ein bisschen Herzklopfen schon am Flughafen? Mehr kann ich mir doch gar nicht wünschen. Meine Reise ist schließlich so etwas wie mein extra organisierter Selbstfindungstrip mit integrierter Narrenfreiheit.

Dass ich diesem Mann gerade exakt so orientierungslos vorandackele wie all den Besserwissern, mit denen ich bisher Bett und Leben geteilt habe, hinterher – nein, das kann man so nicht sagen.

Bevor ich mich aber doch fragen muss, ob ich wirklich so souverän bin, wie ich mir einrede, haben wir die riesige Flughafenhalle erreicht. »So, hier können wir uns wenigstens verstehen«, sagt er. Wieder treffen sich unsere Augen. Meine blauen und seine braunen. Aus lauter Angst, wieder etwas Sinnarmes zu sagen, murmle ich: »Mhmmm.«

»Sie müssen mir schon sagen, wo Sie hinwollen. Sonst kann ich Ihnen nicht helfen!«

»Ich möchte nach Panama. Wenn ich Glück habe und den richtigen Flieger erwische, komme ich irgendwann morgen Mittag am Tocumen-Airport in Panama Stadt an, insgesamt dauert die Reise mehr als zwanzig Stunden, ein Alptraum, eigentlich«, erkläre ich ihm und frage mich, ob das wohl sachdienliche Hinweise waren. Er soll mir ja nur den Weg zum Schalter erklären. Aber dieser schöne Mann lächelt mich einfach an. Und sagt dann mit einem Augenzwinkern: »Oh, wie schön ist Panama!« Bei dem Blick wird mir plötzlich ganz warm, wohlig warm.

»Ja, es wird bestimmt wunderschön!« Ich lächle zurück. »Panama ist ein Kindheitstraum von mir, dank Janosch. Es geht mir eigentlich gar nicht um das Land. Es geht mir um die Suche danach. Um das Glück. Ich musste als Kind immer weinen bei dem Buch.« So, das wäre ein guter Zeitpunkt, um den Mund zu halten. Eigentlich. »Es geht im Leben nicht ums Ziel. Es geht um den Weg. Na, wahrscheinlich komme ich sowieso niemals an. Ich verlaufe mich ja schon vor dem Abflug! Es ist meine erste Reise ganz allein, ich habe nur eine Tigerente im Gepäck. Meine Begleitung, stumm, aber freundlich«, quassle ich weiter und spiele nervös am Verschluss meiner braunen Ledertasche herum. Soll ich sie ihm zeigen?

Die Tigerente? Bin ich denn jetzt völlig von der Rolle? Ich sollte den Mann nach dem Weg fragen, statt ihm mein schrabbeliges Kuscheltier vor die Nase zu halten und ihn mit sentimentalen Erinnerungen zu belästigen. So kann ich mir diesen potenziellen Flughafenflirt ganz schnell von der Backe putzen!

Er lächelt wieder – oder immer noch? – und scheint meinen Redefluss kein bisschen erschreckend zu finden. »Zusammen brauchen wir uns vor nichts zu fürchten«, sagt dieser Wunderkerl schmunzelnd, »erinnern Sie sich?«

Oh, natürlich erinnere ich mich, ich habe das Buch tausend Mal gelesen. Ich fasse es einfach nicht!

Sein Grinsen wird nun etwas schief: »Herrje, was rede ich nur. Ich sollte Ihnen den Weg erklären, statt hier sentimentale Erinnerungen zum Besten zu geben. Gehen wir vorher einen Kaffee trinken? Dann zeige ich Ihnen erst einmal den direkten Weg zum Coffeeshop!«

Gut, dass ich so früh am Flughafen war und noch längst nicht zum Check-in muss. Seit einer halben Stunde sitze ich schon mit Jan in der Airport Lounge. Wir sprechen über Panama. Das heißt: Er schwärmt von den Bocas del Toro, den schönsten Palmeninseln aller Zeiten, und ich betrachte ihn mit einer Mischung aus Fassungslosigkeit, Geilheit und Faszination. Diese Hände! Keine manikürten Bankerfinger, sondern richtige Männerpranken. Und dazu seine braunen Augen. Er erinnert mich an einen Braunbären, mit seiner tiefen Stimme, den ruhigen Bewegungen, seiner Souveränität und dem dichten Haar. Kein kleiner Bär, ein großer! Ein richtiger Beschützer, gleich fühle ich mich viel entspannter. Was ich aber auf keinen Fall zugeben will, schon gar nicht vor mir selbst. Ich bin schließlich souverän und von allen Männern unabhängig. Jedenfalls für die nächsten drei Wochen.

Jan ist Ingenieur, er baut Wasserentsalzungsanlagen. Aber was mich gerade besonders begeistert: Er kennt Panama. Da hat er wohl auch schon einmal so ein Entsalzungsding montiert. Ob er verheiratet ist? Einen Ring trägt er jedenfalls nicht.

Plötzlich stelle ich fest, dass er gar nicht mehr redet. Er schaut mich an. Habe ich Kaffeeschaum im Gesicht? Das wäre unangenehm. Ich versuche es mit einem Lächeln.

»Musst du nicht los?«, fragt er. Das blöde *Sie* hat er sich gleich gespart, wir sind ja hier schließlich nicht bei einem Firmentermin.

»Ich? Nein, Quatsch. Ich habe noch Zeit«, behaupte ich. Natürlich habe ich geplant, pünktlich zwei Stunden vor Abflug einzuchecken – aber da ich locker vier Stunden früher hier war, gibt es keinen Grund zur Eile. »Das ist alles kein Problem«, füge ich hinzu und sehe ihm tief in die Knopfaugen.

»Ich habe auch noch Zeit«, sagt er, ohne mir überhaupt zu erzählen, wo er denn hinfliegt. Ich vergesse vor lauter Panama-Fragereien, mich danach zu erkundigen.

»Das ist wie in einem Film«, sagt er nach dem dritten Kaffee. »Wir sind auf dem Flughafen ineinandergelaufen. Und jetzt sitzen wir hier …« Er beendet den Satz nicht. Ich tue es nach einem weiteren tiefen Blick schon: »Wir sitzen hier – und es fühlt sich an, als wäre ich schon im Urlaub. Oh, wie schön ist Kaffee trinken!« Wir lachen beide. Dann wird er plötzlich ernst.

»Wie ist eigentlich deine Route nach Panama? Fliegst du direkt?«

»Frankfurt, London, Miami, Panama Stadt«, zähle ich auf, »London Heathrow, um genau zu sein.«

Jan kräuselt die Stirn, was ihn noch bäriger aussehen lässt: »Junge Frau, ich möchte Ihnen ja nicht zu nahe treten, aber hast du heute schon mal das Radio angemacht? Oder ins Internet geschaut?«

Ich bin verwirrt. »Nein, ich habe gepackt. Und mein Internetzugang streikt momentan sowieso.«

»Da haben dein Internet und die Londoner Fluglotsen ja etwas gemeinsam.«

Ich verstehe nicht gleich, wie er das meint, deshalb frage ich: »Fluglotsen? Noch mal bitte: Was machen die?«

»Sie streiken«, erklärt Jan geduldig, »wie so oft, sie streiken. Seit heute Morgen um sieben, mein Flug war einer der wenigen, die überhaupt noch aus Heathrow abgehoben sind.«

Ich verstehe. Er wartet also gar nicht auf seinen Abflug. Gut, dann hat er mehr Zeit, um sie mit mir zu verbringen, und ... *Halt!* Jetzt wird mir langsam klar, dass ich möglicherweise ein Problem habe. Und nun? Was mache ich denn jetzt? Gut, dass Jan da ist. Als ich das denke, fühlt es sich so an, als würde er schon sehr lange da sein. Also: bei mir.

Er hat bereits sein Telefon in der Hand: »Ich rufe die Airport-Hotline an, die haben genauere Informationen«, sagt er und legt beruhigend seine Hand auf meine. Ich erschrecke mich fast, weil diese harmlose Berührung mich in Aufruhr versetzt – und mich gleichzeitig prickelnde Wärme durchströmt. Ohne nachzudenken, lege ich meine andere Hand auf seine. Wieder treffen sich unsere Blicke. Wenn sich dieser körperliche Klein-Kontakt schon so innig anfühlt – wie ist es dann, wenn er mich im Arm hält? Oder wir uns küssen?

Ich drücke seine große Pranke ein bisschen, während er in der Warteschleife hängt. Jan zwinkert mir kurz zu, sehr lässig wirkt das, wie ich finde. Soll er doch in der Warteschleife festhängen, gerne ein paar Stunden, solange wir nur weiter so sitzen bleiben. Hand in Hand.

Ich atme tief ein und zwinge mich, wieder klare, sachliche Gedanken zu fassen. Wie zum Beispiel diesen: Ich will nach Panama! Und von diesem Flug nach London hängen die nächsten drei Wochen meines Lebens ab. Ich brauche ein Flugzeug, das mich nach Heathrow bringt! Das muss ich wohl gerade verdrängt haben. *Reiß dich zusammen,* ermahne ich mich in Gedanken. *Kaum taucht ein gutaussehender, fürsorglicher Kerl auf, schon wirst du wieder zum kleinen Mädchen.*

Aber es fühlt sich so gut an!

Jan schaut mich an und schüttelt stumm den Kopf. »Heute Mittag geht nichts mehr«, sagt er leise. »Besser, wir gehen sofort zum Schalter!« Ich nicke, lasse seine Hand aber nicht los, bis er aufsteht.

Eine halbe Stunde und diverse Telefonate von gestressten Check-in-Mitarbeitern später sind wir kein Stück weiter, was meinen Flug angeht. Die Londoner lotsen keinen Flieger mehr, und das wahrscheinlich bis morgen früh. Der rotgesichtige Lufthansa-Fachangestellte hat ständig ein Telefon am Ohr, wechselt zwischen Englisch und Deutsch und erklärt mir dazwischen, dass er nach »alternativen Möglichkeiten« suche, wie ich mein Ziel in absehbarer Zeit doch noch erreichen könnte.

Ich halte Jans Hand und bleibe relativ ruhig. Sogar, als der Schalterbedienstete darum bittet, sich vertrauensvoll an seinen Kollegen am Information-Desk zu wenden, der würde alles koordinieren. Als ich mein Ticket wieder in die Handtasche packe, fällt mein Blick auf die Tigerente. Sie lächelt mich an. Aufmunternd, wie ich finde, verschwörerisch. *Zusammen brauchen wir uns vor nichts zu fürchten,* erinnere ich mich und lächle Jan an.

Statt zum Informationsschalter leitet er mich jetzt zielstrebig in eine girlandenbehangene Flughafenkneipe: *Bar*

Canario steht in gelben Plastikbuchstaben darüber. »Bevor wir dem Wahnsinn verfallen«, sagt Jan, als wir an der mit Plastikpalmen und Gummibananen verzierten Theke stehen. »Wir trinken jetzt einen Rum auf Panama! Und in drei Minuten geht die Reise weiter.« Ich bin begeistert. Endlich jemand wie ich: jemand, der auch im Angesicht drohenden Unheils noch in der Lage ist, entspannt einen zu kippen.

»Oh, wie schön wird Panama«, rufe ich und bestelle gleich die zweite Runde beim genervt wirkenden hessischen Barmann. Warm läuft mir der Rum die Kehle herunter. Schon komisch, wie selbstverständlich wir miteinander umgehen. Nicht wie zwei eben noch Fremde am Frankfurter Flughafen. Glücklich macht mich das! Unbeschwert! »Das nenne ich Urlaub. Gleich nach der Ankunft habe ich den schönsten Mann am Ort kennengelernt, eine Stunde später stehe ich mit ihm an der Bar!«

Jan lacht, tief und laut, wie einer, mit dem man nächtelang trinkend an schummrigen Tresen stehen kann. Großartig! »Mein Gott, du bist wirklich phantastisch«, sagt er plötzlich. »Du rettest einen ziemlich miesen Tag, dessen Höhepunkt es werden sollte, dass ich mich auf meinem Sofa über das Fernsehprogramm ärgere.« Dann küsst er mich. Einfach so, er beugt sich ein Stück runter, legt seinen Arm um mich, küsst mich. Und haut mich damit fast um. Die Reise, der Flug, der Streik, der Rum und vor allem der Mann, wer soll denn da noch gelassen bleiben? Ich bin weit davon entfernt.

Mit rasendem Puls küsse ich ihn zurück, spüre ihn, schmecke den Rum auf seiner Zunge und habe mit geschlossenen Augen das Gefühl, dass dies der perfekte Urlaubsmoment ist. Oder noch viel mehr als das. Meine Hand fährt durch sein dichtes, dunkles Haar, es fühlt sich gut an, aber so sehr achte ich gar nicht darauf, weil ich ihn immer weiterküsse. Warm ist mir, vom Rum, vom Gefühl in der Kehle, im Bauch und tiefer. Seine warmen Hände auf meinen Wangen. Ich muss jetzt mal die Augen öffnen. Und sehe seine, wie sie mich direkt anschauen.

»Panama ist so wundervoll, so wundervoll schön, nicht wahr?«, sagt er. Mir fällt ein, dass der kleine Bär das zum kleinen Tiger sagt. Bei Janosch.

»Ja«, bringe ich nur mit belegter Stimme hervor und sehe ihn an: »Ich weiß, dass es dumm von mir ist. Aber jetzt, in dieser Sekunde, ist mir dieser verdammte Fluglotsenstreik egal. Die werden mich da schon irgendwie hinbringen.« Er lächelt und umarmt mich; ich mache die Augen zu und schmiege mich eng an seine Brust. Nun ja, an seinen Mantel, seinen kratzigen Wintermantel. Aber das hilft mir, denn auch mit zwei Rum intus hätte ich mich das, was ich sage, mit direktem Blickkontakt nicht getraut: »Ich hätte gern Sex mit dir. Jetzt. Es würde diesen Urlaubstag perfekt machen.«

Er schiebt mich ein Stückchen zurück. Und: wieder dieses Lächeln. »Komm«, sagt er nur, legt zehn Euro auf den Tresen, greift nach meinem Koffer und nimmt meine Hand.

Zwei Minuten später sind wir im Zimmer, auf dem frisch bezogenen Bett mit Blick aufs Meer. Nein, nicht ganz. Schön wäre es. So viel Romantik ist hier auf die Schnelle aber nicht aufzutreiben. Die Toilette schon. Auch noch die für Behinderte, weil die viel größer ist und fast nie jemand reinkommt. Ganz ehrlich? Mich würde jetzt nicht einmal ein Plumpsklo schrecken.

Langsam zieht er mir die Jacke aus. Dann mein bequemes Baumwolltop, extra für die lange Reise heute habe ich es angezogen. Seine Hose, sein Hemd, der rote Schlips, wir entkleiden uns langsam und gründlich, ohne dabei aufzuhören, uns zu küssen. Das hier wird keine Rein-raus-Nummer auf dem Flughafenklo.

Jans Hände packen meinen Hintern, fest, aber nicht grob, ich umschlinge seinen Nacken. Der Mann hebt mich hoch, mühelos, und ich vergesse sogar, verlegen zu lachen und mich aus seinem Griff zu befreien, wie ich es sonst immer mache, weil ich denke, ich wäre zu schwer für solche akrobatischen Aktionen. Jetzt bin ich gedankenlos. Ich will nur fühlen.

Ich fühle nur.

Und ich fühle mich einfach nur gut dabei.

Als ich aufwache, blickt er mich an. »Gefällt es dir hier in Panama?«, fragt Jan mich grinsend.

»Oh, wie schön«, seufze ich und strecke mich wohlig auf der weichen Matratze. »Das Zimmer gefällt mir. Sehr geschmackvoll mit dem dunklen Holz. Nur das Wetter, das wurde mir anders versprochen!« Draußen schüttet es bei höchstens zehn Grad.

»Hat dir denn niemand gesagt, dass Regenzeit ist? Schlechte Beratung!«, antwortet Jan gespielt entrüstet und zieht mich an sich. »Bei diesem Wetter empfiehlt es sich, im Bett zu bleiben!«

Ich sehe ihn an und wieder durchfährt mich diese Mischung aus Faszination und Fassungslosigkeit: Ich habe innerhalb von vierundzwanzig Stunden das erlebt, was ich mir von drei Wochen Lateinamerika nicht einmal erträumt hätte. In Jans Bett in Mainz. »Oh, wie schön ist Panama«, seufze ich, es ist bestimmt das zehnte Mal, seitdem wir gestern ineinandergelaufen sind.

»Das Land unserer Träume«, zitiert Jan Janosch, »da brauchen wir nie, nie wieder wegzugehen.«

Nein, das werden wir auch nicht, da bin ich mir sicher. Unser Panama liegt im Taunus, und an der Tür steht Jans Name. Aber wenn ich das Geld von der Fluggesellschaft irgendwann wiederbekommen sollte – dann werden wir ins echte Panama fliegen. In das Land, in dem es nach Bananen duftet. Die Tigerente, der Mann meines Herzens und ich.

Janine Binder

Die Sache mit der Elfe

Bevor ich Ihnen die Geschichte mit der Elfe erzähle, möchte ich, dass Sie etwas von mir wissen. Mein Name ist Matilda. Ich bin Polizeibeamtin, bodenständig, logisch, realistisch und keineswegs spirituell angehaucht. Ich habe keine Traumfänger in meiner Wohnung hängen, lese keine Bücher über Zwerge oder Hobbits, glaube nicht an Engel. Ich verstehe die Naturgesetze – okay, in ihren Grundzügen, aber ich weiß, dass Menschen, und seien sie noch so klein, nicht fliegen können und sich auch nicht plötzlich materialisieren und Glitzerstaub durch die Gegend werfen. Ich habe keine außerkörperlichen Erfahrungen hinter mir und bin in den letzten Jahren auch nicht auf den Kopf gefallen, glaube ich jedenfalls. Trotzdem ist ausgerechnet mir diese Sache mit der Elfe passiert. Beziehungsweise: Sie passiert immer noch, aber dazu später. Fangen wir vorne an.

Es war ein heißer Tag im Sommer. Ein Besuch der Bundeskanzlerin hier bei uns in Köln war gerade ohne größere Zwischenfälle über die Bühne gegangen, ich hatte einen Zwölf-Stunden-Dienst hinter mir und mich kurz vor Feierabend noch so richtig mit meinem Vorgesetzten gezofft. Das lag zum einen daran, dass er mich den ganzen Tag in der prallen Sonne sinnloserweise eine Brücke hatte sperren lassen, unter der Angie letztlich gar nicht herfuhr, und zum anderen daran, dass unsere kleine, streng geheime und angenehm gefühlsneutrale Bettgeschichte mal wieder in den letzten Zügen lag. Ich hatte den Kuchen also ordentlich auf, war todmüde und fuhr viel zu schnell mit meinem Renn-Smart über die A 4. Mein Handy hatte ich kurz vorher noch wutentbrannt in den Beifahrerfußraum gepfeffert, wo es nun gerade vor sich hin brummte. Sollte der Herr Chef und Bettgefährte doch mit der Fußmatte telefonieren. Ich hatte gepflegt die Nase voll!

Da passierte es.

Es gab einen Knall – und vor mir auf der Windschutzscheibe klebte eine Art rosagewandete Barbiepuppe, während vor meinen Augen glitzernde Sternchen explodierten. Ich trat sofort auf die Bremse und diagnostizierte gedanklich bereits einen Hitzschlag mit Halluzination – vielleicht war das eine der beiden Feierabendbiere auch schlecht gewesen, wer weiß das schon. Auf jeden Fall war ich mir sicher, dass auf der A 4 in der Regel keine Barbiepuppen vor Windschutzscheiben fliegen. Ich blickte in den Rückspiegel: Nein, eine Brücke, auf der ein kleines Mädchen nun jämmerlich nach seiner Puppe schrie, gab es auch nicht. Da das Ding aber leider immer noch vor mir hing, mir die Sicht nahm und auf das Einschalten des Scheibenwischers mit lautem, im Auto deutlich hörbarem Geschimpfe reagierte, fuhr ich rechts ran. Ich schüttelte vor dem Aussteigen kurz den Kopf, um trotz Müdigkeit und Feierabendbier wieder klar zu denken, und trat diesem Ding entgegen.

»Was fällt dir denn ein? Einfach meinen Flugweg kreuzen, ich habe eine wichtige Mission!«, fiepste es mir entgegen.

Ich bin nicht die Art Frau, die aufschreit, wenn sie sich

erschrickt. Vermutlich wäre jetzt trotzdem der richtige Zeitpunkt für ein kleines »Huch« gewesen, oder um ein paar entscheidende Fragen zu stellen, von denen »Was bist du?« wohl die naheliegendste sein dürfte. Stattdessen starrte ich das rosa Ding sprachlos an.

Es hatte sich mittlerweile aufgerappelt und stand auf meiner Motorhaube – na ja, beziehungsweise da, wo der Smart sie hätte, wenn sein Motor nicht hinten wäre. Das Ding stemmte die Händchen in die Hüften und musterte mich von oben bis unten. Ich, noch immer in Uniform, blickte mit meinem besten kritischen Bullenblick zurück. Ich bemerkte, dass mein winziges Gegenüber lila glitzernde Flügel hatte, die etwas ramponiert aussahen.

Eine Weile sagte keiner von uns irgendwas, dann hob das Ding ab, schwirrte etwas wacklig um mich herum, durch die geöffnete Autotür und setzte sich aufs Lenkrad. »Der Rums hat mir die Flügel zerdrückt, das dauert, bis ich wieder vernünftig fliegen kann«, teilte es mir genervt mit. »Aber wenn du schon mal da bist, kannst du einfach mein neuer Auftraggeber sein. Guck nicht so blöd, steig ein und fahr los!«

Sprachlos gehorchte ich, setzte mich auf den Fahrersitz, schloss die Tür und ließ den Motor an. Das Ding hopste auf dem Armaturenbrett herum und zog eine Spur aus Glitzerstaub hinter sich her.

»Könntest du das seinlassen?«, fragte ich genervt. Es war eine Sache, eine Halluzination zu haben, eine andere, dass diese auch noch Spuren hinterließ.

»Was denn?« Es guckte mich grinsend und mit großen blauen Augen an, während weiterer Staub von seinen Flügeln segelte.

»Dieses Geglitzer, das muss ich alles wegputzen.«

»Kann ich nix für. Ich erscheine auftragsgemäß immer so, wie meine Kunden mich haben wollen.« Immerhin setzte es sich still hin und baumelte mit den Beinchen über dem Radio herum.

»Ich will dich gar nicht sehen, ich will ins Bett!«, knarzte ich zurück. Dabei fiel mir endlich ein, woran das Ding mich erinnerte: an Julia Roberts als Peter Pans Elfe Glöckchen in diesem Film, *Hook*. Kaum hatte ich das gedacht, fiepste das Ding los: »Ist das nicht furchtbar? Ich nehme jede Form an, die man sich wünscht, und trotzdem entscheiden sich mindestens zwanzig Prozent meiner weiblichen Kunden für das kurzhaarige Breitmaul in diesem dummen Film.« Die Elfe rollte mit den Augen. »Weitere zwanzig Prozent sehen mich als kleine Version der bezaubernden Jeannie, und die restlichen sechzig Prozent als Prinzessin Lillifee, was nicht besser ist. Aber das geht noch, meine männlichen Kunden haben einen Hang zu diesem schrecklichen blauen Dschinn aus Disneys *Aladdin*-Film, und es ist unheimlich anstrengend, ständig diese aufgeblasenen Arme zu bewegen.« Sie seufzte. »So, nun aber genug von mir. Ab sofort geht es um dich! Da du mich gerade von meinem anderen Auftrag abgehalten hast, ist es an dir, mir einen neuen zu geben. Wohlgemerkt, keinen Wischiwaschi-Auftrag, kein *Geh mir Brötchen holen* oder *Mach, dass morgen schönes Wetter ist.*«

Ich schwieg. *Wenn ich nicht auf diese seltsame kleine Wahnvorstellung reagiere,* dachte ich, *wird sie von selbst verschwinden.*

»Ich verschwinde nicht einfach so. Erst ein neuer Auftrag.« Die Elfe hüpfte auf, verlor wieder ein wenig Glitzerstaub und zeigte grinsend ihre großen Julia-Roberts-Zähne, während sie auf meinem Armaturenbrett Pirouetten drehte.

»Ich habe keinen Auftrag nach diesem Scheißtag. Ich will einfach nur ins Bett.«

»*Bring mich ins Bett* ist kein Auftrag, den eine gute Auftragselfe, wie ich es bin, hören will. Komm, sei ein bisschen kreativer. Brauchst du nicht viel Geld, ein schönes Haus, wünschst du dir vielleicht den Weltfrieden?«

»Den könntest du bewerkstelligen?«, frage ich aufrichtig erstaunt.

»Nö!«

»Warum bietest du es dann an?«

»Um deinen Gedanken auf die Sprünge zu helfen!«

Ich hielt vor dem Haus, in dem ich wohnte, ignorierte die Elfe, stieg aus und knallte die Tür zu. *Ha, eingesperrt,* wollte ich triumphieren, als sie einfach durch das geschlossene Fenster auf mich zuflog.

»Netter Versuch.« Sie richtete sich das Haar. »Weißt du, eine Auftragselfe, die man sich einmal angelacht hat, wird man so schnell nicht mehr los!« Ich ging resignierend auf die Haustür zu. Während sie neben mir herflatterte, ertönte ein etwas nerviges Klingeln.

»Das ist nicht nervig!«, beschwerte sie sich. »Das gehört zum Glöckchen-Erscheinungsbild nun mal dazu.«

»Hör auf, meine Gedanken zu lesen!«

»Geht nicht, passiert ganz automatisch, du denkst zu laut!«

»Du bist eine Halluzination«, teilte ich ihr gereizt mit. »Ich bin einfach nur müde und hätte das zweite Bier nicht trinken sollen. Wenn ich morgen ausgeschlafen habe, bist du weg!« Ich betrat meine Wohnung und fiel, noch immer in Uniform, aufs Sofa, wo ich sofort einschlief.

Als ich am nächsten Tag träge ein Auge öffnete, saß das Ding auf meinem Wohnzimmertisch und sah mich an. »Guten Morgen!«

»Verpiss dich!«

»Geht nicht, ich habe noch mal nachgefragt!« Die Elfe deutete nach oben. »Also an ganz oberer Stelle. Ich kann erst gehen, wenn du mir einen Auftrag gibst, einen ordentlichen!« Mühsam öffnete ich das zweite Auge. »Ich dachte immer, bei einer Elfe gibt's drei freie Wünsche?«

»Drei Wünsche gibt's bei Feen, dahin muss ich erst aufsteigen, darum rück halt jetzt einen Auftrag raus, ich erledige ihn und dann kann ich mich wieder um meine Karriere kümmern und du ...« Sie machte eine ungeduldige Handbewegung. »Na ja, was immer du so tust.«

Ich stand auf und ging in die Küche. Sie flatterte leise klingelnd hinter mir her. »Also? Auftrag?«, beharrte sie und stach mir mit einem Finger gegen die Nasenspitze.

»Jaja«, brummte ich und überlegte fieberhaft, während ich mir Frühstück machte. Gut, ich wünschte Oli die Pest an den Hals, wegen der doofen Brückenaktion und auch, weil er mich nervte, aber ...

»Die Pest wurde aus unserem Repertoire gestrichen. Die macht, seit es Impfungen und Medikamente gibt, nicht mehr viel Sinn«, fiepste die Elfe und hinterließ Fußspuren im Kräuterquark auf meinem Brot. »Aber wenn du dem jetzigen Kerl die Pest an den Hals wünschst, vielleicht willst du dann einen neuen Mann?« Sie wackelte unzüchtig mit dem Unterleib und sah mich herausfordernd an.

Ich schüttelte den Kopf. Ich war ein glücklicher, zufriedener Single. Gut, glücklich und zufrieden eher im weiteren Sinne, aber auf jeden Fall Single, und das wollte ich auch bleiben.

»Das sagen sie alle.« Die Elfe landete auf dem Wasserhahn und wusch sich den Quark von den Füßen.

»Wirklich, ich brauche keinen Mann«, beteuerte ich. »Was ich jetzt brauche, ist etwas Ruhe an meinem freien Tag.«

»Ruhe habe ich nicht im Angebot, die wurde auch aus dem Repertoire gestrichen wegen mangelnder Nachfrage.«

Zwei Stunden Glöckchengeklingel später hatte ich herausgefunden, dass die Auswahlmöglichkeiten einer Auftragselfe offensichtlich recht begrenzt waren – und das um mich herumflatternde Exemplar eine besondere Vorliebe für das Thema *Mann* zu haben schien.

»Aber gut, da mir nichts Besseres einfällt«, gab ich mich geschlagen, »besorg mir einen Mann. Hauptsache, ich habe meine Ruhe vor dir! Aber einen ordentlichen«, setzte ich dann spontan hinterher, denn tatsächlich wusste ich sehr genau, wie der richtige Mann für mich aussehen würde, wenn ich denn einen haben wollte. »Dunkelhaarig, blauäugig …«

»Du bist aber oberflächlich. Nur Äußerlichkeiten, tze!« Sie holte einen Block hervor und notierte mit einem viel zu großen Bleistift, was ich sagte.

»… Nichtraucher, guter Autofahrer, intelligent, aber kein Nerd, sexy, sportlich, aber nicht zu sportlich, belesen, ein bisschen … ähm …« Vor meinem inneren Auge flackerten ein paar attraktive Männergesichter vorbei.

»Ich notiere dazu mal *verwegen*«, schmunzelte die Elfe. »Und optional mit Dreitagebart.«

Allmählich kam ich in Fahrt. »Er darf nicht zu viel trinken, er sollte gut riechen, ordentlich sein, aber nicht pedantisch, älter als ich …«

Sie notierte fleißig und brummte vor sich hin: »Das könnte

ein guter Auftrag werden, ein schwieriger, aber nicht zu schwierig für mich.«

»… redegewandt, aber kein Plappermaul, und ganz wichtig, er darf mich nicht nerven.«

Die Elfe legte den Kopf schief: »Sexuelle Vorlieben?«

Ich verneinte und konzentrierte mich darauf, nichts zu denken. Sie schlug die Hacken zusammen, grüßte zackig – und war weg.

Ich atmete auf. Es war wohl doch nur ein schlechter Traum gewesen, eine Halluzination, irgendwas in dieser Richtung. *Und nun ist es vorbei,* dachte ich erleichtert. Ich naives Ding.

Olis Hand lag auf meinem Arm, ich zog mir die Bettdecke um den nackten Körper und schmiegte mich an ihn. Unser Streit war zwar nicht vergessen, aber zur Seite geschoben. Ein wunderbarer Vorteil unseres kleinen Arrangements: Wir mussten uns nicht wieder vertragen, denn wir mochten uns ohnehin nur auf die körperliche und schweigsame Art. Schläfrig wollte ich die Augen schließen, während er in seinem Buch blätterte – da blitzte es direkt vor meiner Nase rosa auf. Die Elfe stand vor mir und schwenkte eine große, beleuchtete Anzeigetafel, auf der stand: *DER MANN DEINES LEBENS!*

»Ach, geh weg, das ist nur Oli, mein Chef.«

»Was hast du gesagt?« Er blickte mich irritiert an.

»Ich … äh … ich habe gar nichts gesagt«, stotterte ich peinlich berührt. »Das kam von draußen.«

Er runzelte die Stirn, vertiefte sich aber wieder in sein Buch. Die Elfe sagte: »Du brauchst nicht laut sprechen. Denk einfach.«

Ich dachte: *Verpiss dich!*

»Haha«, lachte die Elfe.»Ich finde, der Mann passt toll zu dir.«

Nein, dachte ich sehr resolut.

»Warum nicht?« Die Elfe legte den Kopf schief, dann zählte sie auf:»Belesen: *Check!* Intelligent: *Check!* Dunkle Haare und blaue Augen: *Check!* O mein Gott, da könnte sogar ich schwachwerden.« Sie klimperte mit den Wimpern.»Guter Autofahrer: na ja, halber Check! Sexy …« Sie lüftete die Bettdecke.»*CHEEEEEHECK!* Soll ich weitermachen?«

Nein, dachte ich so laut, wie es mir zu denken möglich war.

»Warum nicht? Also, ich meine, du gehst mit ihm ins Bett!«

Jepp, aber der Gute kann nicht treu sein!

»Treue stand nicht auf der Liste!« Die Elfe kramte in ihren Taschen und zerrte einen Zettel hervor.»Soll ich das ergänzen?«

»Ja bitte!«, sagte ich genervt.

Oli hob den Blick von seinem Buch:»Matilda, mit wem redest du?«

»Mit der Elfe!«, platzte es aus mir heraus, bevor mein Kopf mich davon abhalten konnte.

»Du spinnst doch!«

Ich nickte, fest davon überzeugt, tatsächlich einen an der Mütze zu haben. Immerhin las er weiter, ohne dazu eine Frage zu stellen.

Verfickte Scheißelfe, dachte ich.

»Matilda, bitte, mit wem redest du?«, machte sie Oli nach, tänzelte über die Bettdecke und machte einen Salto.»Er ist also nicht treu – und was noch?«

Ich überlegte kurz. *Wir können uns eigentlich nicht ausste-*

hen, dachte ich dann und fühlte mich auf einmal nicht mehr wohl in diesem Bett. Ich schälte mich aus der Decke und zog meine Sachen an.

»Aber warum?« Die Elfe deutete auf die zerwühlten Laken. »Also, ich meine, wenn ihr euch nicht mögt.«

Das wäre mal ein Auftrag für dich: Finde heraus, warum wir immer wieder miteinander im Bett landen!

Die Elfe wackelte tadelnd mit dem Zeigefinger. »Verstößt gegen Auftragselfensatzung Nummer 12 a: Immer nur ein Auftrag pro Kunde! Aber keine Sorge, ich finde schon noch den richtigen Mann für dich.«

Von nun an tauchte dieses nervige Ding immer dann auf, wenn ich es am wenigsten gebrauchen konnte. Nahm ich einen Unfall auf und nur einer der Beteiligten passte irgendwie in mein *Männersuche-Auftragsschema,* wie die Elfe es nannte, erschien sie mit einem Knall, verstreute ihr Glitzerpulver, zuckte entschuldigend mit den Schultern, wenn ich davon niesen musste, und ratterte die Vorzüge des jeweiligen Mannes herunter. Tippte ich an einer Festnahmeanzeige, fand sie immer etwas, was den Verhafteten in meinen Augen attraktiv machen sollte – ganz egal, ob er randaliert oder geklaut hat oder auf andere Art mit dem Gesetz in Konflikt geraten war, so wie derjenige, den wir mit einer nicht unerheblichen Menge Betäubungsmitteln in seiner Tasche nach einer halsbrecherischen Verfolgungsjagd geschnappt hatten. »Schnapp ihn dir!«, raunte sie mir zu. »Ich habe doch genau gesehen, dass dir sein knackiger Bizeps gefällt.«

Du spinnst wohl, dachte ich und bemühte mich, nicht noch einmal bewundernd das anzusehen, was sein enges weißes T-Shirt nur unzureichend verhüllte.

»Sexy, verwegen, blaue Augen, dunkle Haare, gut Auto fahren kann er auch.« Sie flog auf ihn zu und versuchte, ihre Arme um seinen durchtrainierten rechten Oberarm zu schlingen. »*Sportlich!*«, krakeelte sie verzückt und kam wieder zu mir zurückgeflattert. »Wo bitte ist jetzt dein Problem?«

»Stehen Sie mal auf!«, bat ich den Herrn. »Und drehen Sie sich um!« Er blickte mich irritiert an, tat aber wie geheißen. Hinter dem Rücken kamen die Handfesseln zum Vorschein, die ich ihm selbst angelegt hatte.

»Ach, das haben wir gleich!« Die Elfe zog einen goldenen Schlüssel aus ihrem Täschchen und wollte sich gerade ans Werk machen, als ich sie an einem Flügel packte.

Nichts da, dachte ich wieder mal, so laut ich konnte.

»Matilda, langsam wirst du lästig!«

Dann verschwinde doch einfach.

»Das könnte dir so passen!«

Seufzend forderte ich den Mann auf, sich wieder zu setzen. Er zwinkerte mir zu: »Selbstgespräche, was?«

»Sie reden nur, wenn Sie gefragt werden!« Ich guckte streng und setzte mich wieder an den Schreibtisch.

Das nächste Mal tauchte mein Quälgeist plötzlich auf der Schulter eines Richters auf, während der Anwalt mich im Kreuzverhör schwitzen ließ, und warf Kusshände in die Luft. Bei einer Verkehrskontrolle plingte es und die Elfe flatterte mir vor der Nase herum, als ich ein Verwarngeld kassieren wollte. Schließlich erschien sie sogar neben einer Leiche, schlug die Hand vor den Mund und fiepste: »Der wäre es gewesen! Mist, du kommst zu spät!«

Immerhin: Nach dem Mordopfer hatte ich einige Tage

Ruhe, bis zu dem Abend, als ich alleine vor meinem Laptop saß und mal wieder mit meiner Chat-Bekanntschaft mailte. *Klingeling* – sie tauchte plötzlich auf meiner Tastatur auf und deutete auf das Chatfenster: »Triff dich mit ihm!«

»Nein!«, sagte ich.

»Warum nicht?«

»Ein anständiges Mädchen trifft sich nicht mit Internetbekanntschaften«, erklärte ich von oben herab.

»Ein anständiges Mädchen geht auch nicht mit seinem Chef ins Bett.« Ich senkte den Blick. »Ha! Zwölf Punkte für die Elfe!«, brüllte sie und hopste über die Tastatur. Erst als sie total außer Puste innehielt, merkte ich, was sie getippt hatte: Wollen wir uns treffen? Sie nahm Anlauf, sprang und landete auf der Enter-Taste.

»Du spinnst wohl!« Ich fegte sie unsanft von der Tastatur. Gerne! Wird ja auch Zeit, kam es von meinem Internetfreund zurück. Die Elfe zupfte an meinem Ärmel, als ich keine Anstalten machte, zu antworten: »Los jetzt! Seit Monaten schreibt ihr euch E-Mails, ihr gefallt euch, er ist nett ... trefft euch, *zack, zack!*« Sie klatschte in die Hände und guckte streng.

Ich verabredete mich tatsächlich mit einem Wildfremden im Kölner Zoo. Wir verbrachten einen schönen Tag, obwohl es für mich etwas nervig war, dass die Elfe jubilierend um uns herumschwirrte. »Ist er nicht toll? Ist er nicht super!« Ich nickte brav. Er schaute mich verliebt an, ich schaute ein bisschen skeptisch zurück.

Zu Hause hopste die Elfe vor mir herum: »Auftrag ausgeführt, Auftrag ausgeführt«, jubelte sie. »Jetzt werde ich endlich Deluxe-Auftragselfe und dann Ein-Wunsch-Fee, Zwei-

Wunsch-Fee, Drei-Wunsch-Fee … und danach vielleicht Gott!«

Irgendwas war faul an der Geschichte. Ich spürte es, mein Polizistenbauchgefühl hatte noch nie versagt und bei der Chat-Bekanntschaft meldete es sich ganz gewaltig. Die Elfe wischte mit den Händen durch die Luft. »Du spinnst ja. Der ist super und passt prima zu dir. Ihr werdet glücklich bis an euer Lebensende, mit vielen kleinen Kindern und einem tollen Haus, das hat er ja und, und wenn seine Frau endlich ausg…« Sie schlug sich die winzigen Hände vor den Mund, und ich riss die Augen auf.

»Was hast du da gerade gesagt?«

»Ach nichts!«

»Er ist verheiratet, hast du gesagt!«

»Ach, stört dich das? Stand gar nicht auf der Liste!« Sie schaute unschuldig und verschwand in einem glitzernden Funkenregen.

Komm zurück, dachte ich konzentriert, *KOMM SOFORT ZURÜCK!*

»Ich bin doch kein Hund! Mich kann man nicht rufen!«, meckerte sie mir entgegen, als sie mit einem leisen Glockenklingeln wieder erschien, allerdings auf allen vieren und mit Schwanz, der beschwingt wedelte.

Ich stemmte die Hände in die Hüften. »Ergänze auf der Liste: *ungebunden!*«

»Willst du ihn nicht wenigstens noch einmal treffen, vielleicht ist er ja doch …«

Ich setzte meinen bösen Bullenblick auf.

»Na gut, dann halt nicht.« Ihre kleine Unterlippe begann leicht zu zittern. »Aber so wird das nichts. Ich muss den Auftrag erfüllen, aber du arbeitest nicht das kleinste bisschen mit. Das … das ist gemein!« Die Tränen kullerten über ihr Gesicht, und sie schniefte in ein kleines rosa Taschentuch.

»Kannst du nicht einfach einen anderen Auftrag annehmen?«, versuchte ich, einen konstruktiven Vorschlag zu machen.

»Da-ha-has geht ni-hi-hicht«, schluchzte sie nun laut auf. »Wenn ich dich nicht an den Ma-ha-hann bringe, dann bekomme ich die Beförderung nie-hie-hicht. Und wenn ich nicht langsam zur Ein-Wunsch-Fee aufsteige, schaut mich Willibald nie-hie-hiemals an.«

»Wer ist denn Willibald?«, fragte ich erstaunt.

Sie schielte über ihr Taschentuch hinweg: »Niemand.«

»Und du weinst, weil niemand nicht mit dir spricht?« Ein Grinsen breitete sich auf meinem Gesicht aus. »Kann es sein, dass du selbst einen Mann suchst?«

»Ich bin hier rein professionell unterwegs«, zickte mich die Elfe an.

»Nun, vielleicht solltest du lieber mal selbst mit deinem Willibald sprechen, als mich dazu zu bringen, mit Ehebrechern und anderen Totalausfällen anzubändeln?«

»Pah!« Sie streckte mir ihre kleine Zunge heraus und verschwand in einer pudelrosa Glitzerwolke.

Tatsächlich hatte ich danach über zwei Wochen Ruhe vor meiner kleinen Nervensäge. Das nächste Mal erschien sie, als ich gerade einen Seminarraum betrat. Ich sah mich schnell um – ja, am anderen Ende des Raumes stand ein Kollege, den ich flüchtig kannte und der mit seinen dunklen Haaren und blauen Augen genau das sein dürfte, was die Elfe für mich suchte.

»Ah, sehr gutes Umfeld, um sich zu verlieben, lauter junge Polizisten, alle knackig – besonders der dahinten.« Sie kicherte, machte einen Purzelbaum, rieb sich die Hände und zog mich an meinem Pullover auf einen Platz schräg hinter dem dunkelhaarigen Kollegen. »Von hier hast du ihn gut im Blick.«

Geht gar nicht, dachte ich und betrachtete skeptisch sein AC / DC-T-Shirt.

»Hätte ich gewusst, dass das hier so locker zugeht, hätte ich mir auch etwas anderes angezogen«, sagte eine Stimme neben mir, als habe auch ihr Besitzer meine Gedanken gelesen. Ich blickte erstaunt zur Seite und sah einen Mann, der mich vom Platz neben mir freundlich anlächelte und sich dann wieder seinen Seminarunterlagen zuwandte.

»Was mischt der sich denn ein?«, grollte die Elfe.

Aber ein nettes Lächeln hat er, dachte ich spontan.

»Der geht wirklich gar nicht!«, ereiferte sich die Elfe. »Guck dir mal die Brille an. Und noch dazu passt er gar nicht ins Schema.« Sie flatterte hoch und drehte mein Kinn entschieden in die Richtung meines dunkelhaarigen Kollegen, bevor sie wieder auf meinem Tisch landete. »Den oder gar keinen! Ich hab langsam die Nase voll von dir!«

Du kündigst? Meine Gedanken klangen hoffnungsvoll.

»Geht nicht, Kündigungen des Auftragselfenvertrags verbietet § 53 t der Auftragselfensatzung. Ach, warum musste ich auch sichtbar werden, als ich gegen dein doofes Auto geflogen bin!« Sie trat gegen meinen Kugelschreiber, er rollte über meinen Tisch und fiel zu Boden. Ich bückte mich danach – zeitgleich mit meinem Sitznachbarn. Unsere Finger berührten sich, und es kribbelte leicht. Er lächelte mich an und zwinkerte.

Die Elfe hüpfte in die Luft. »Schau den nicht so an, der ist nichts für dich.«

Wieso denn nicht?

»Er hat manikürte Finger! Der ist schwul!«

Ich seufzte. Vermutlich hatte die Elfe recht. Schade eigentlich.

Das Seminar war total langweilig, bereits nach wenigen Minuten konnte ich ein Gähnen nicht unterdrücken. Dabei bemerkte ich, dass die Elfe auf dem Nebentisch saß und mit abfälligem Gesichtsausdruck auf den Block meines Nachbarn sah. »Er malt«, sagte sie höhnisch. »Ein Kreativer!« Sie lief seinen Arm hoch und setzte sich auf seine Schulter. »Und die Brille, die Brille geht gar nicht!« Die Elfe schubste sie ihm von der Nase. Er schaute irritiert auf und dann in meine Richtung. Dabei konnte ich sehen, dass er grüne Augen hatte. Wirklich nicht mein Geschmack, aber eigentlich eine ganz schöne Farbe.

»Schöne Farbe?« Die Elfe lachte und kletterte auf seinen Kopf, wo sie etwas aufführte, was entfernt an einen Walzer ohne Partner erinnerte. »Grüne Augen, Froschnatur – von der Liebe keine Spur«, singsangte sie dazu.

»Lass das!«, brummte mein Nachbar und fuhr sich mit der Hand durch die Haare. Ich zuckte zusammen. *Er kann die Elfe sehen!*

»Nein, kann er natürlich nicht.« Die Elfe stapfte mit großen Schritten wieder über seinen Arm auf meinen Tisch.

»Aber er hat doch gerade …« Vor lauter Aufregung vergaß ich wieder, zu denken statt zu sprechen. Er hob den Blick und sah mich an.

»Ist was?« Er wedelte mit der Hand vor dem Gesicht herum, als verscheuche er eine Fliege.

»Was hast du gerade ge… ähm … also, was malst du da?«

»Filme.«

Ich zog eine Augenbraue hoch. »Filme? Wie das?«

»Na ja, nicht wirklich Filme«, lenkte er ein, »nur Filmfiguren. Das Seminar ist so langweilig!«

»Ruhe bitte dahinten«, ertönte es von vorne. Die Kollegen drehten sich kurz zu uns um, auch der mit den dunklen Haaren. Die Elfe zog mir an den Haaren.

»Los, lass den Loser neben dir, da vorne sitzt das Glück!« Ich verdrehte die Augen und wischte die Elfe weg.

Mein Sitznachbar schob mir sein Blatt rüber. »Errätst du, welcher Film das ist?« Er deutete auf einen gezeichneten Glatzkopf mit traurigem Gesicht, neben dem ein kleiner Junge stand und auf der anderen Seite etwas, das wohl einen Geist darstellen sollte. Ich überlegte kurz: »Bruce Willis in *The Sixth Sense*.«

Er pfiff leise durch die Zähne und deutete auf einen gezeichneten Typen mit Sonnenbrille im Bademantel.

»Das ist zu leicht«, raunte ich. »Das ist der Dude, *The Big Lebowski*.« Er nickte und drückte mir den Stift in die Hand: »Du bist dran.«

Ich sah die Elfe an und grinste. Ein paar Minuten später hatte ich ein Porträt von ihr auf das Blatt gekritzelt.

»*Hook*«, sagte er, »Julia Roberts als Glöckchen!«

»Pah!«, rief die Elfe entrüstet. Ich musste lachen.

»Wenn Sie das Thema Sozialvorschriften bei LKW-Kontrollen nicht interessiert«, donnerte der Seminarleiter von vorne, »dann sollten Sie den Raum einfach verlassen.« Dabei machte er eine merkwürdige Handbewegung, als wolle er irgendetwas – vermutlich uns – im wahrsten Sinne des Wortes hinauswischen.

»Aber …«, hob ich an.

»Raus!«, donnerte es mir entgegen.

Eine Minute später fand ich mich mit meinem Sitznachbarn vor der Tür wieder. Wir schauten uns ratlos an.

»Und, was machen wir jetzt?«, fragte er schließlich mit einem schiefen Grinsen.

Ich deutete auf die Seminartür: »Auf das nächste Seminar warten? Gefahrgutkontrollen bei LKW. Wenn er uns dann wieder reinlässt.« Wir mussten beide lachen.

»Auf den Schreck brauche ich jetzt erst mal einen Kaffee«, sagte er schließlich. »Kommst du mit?«

»Neeeeeeeeeeeeeeeiiiiin! Nicht mit dem!«, brüllte die Elfe.

»Sehr gerne«, sagte ich zu ihm und warf der kleinen Nervensäge einen trotzigen Blick zu.

Ab hier erzähle dann besser ich weiter, Matilda weiß nämlich so manches nicht. Tach, ich bin ... nein, nicht die Elfe: Ich bin jetzt eine Fee! Für diesen Wahnsinns-Coup haben sie mich nämlich befördert, sofort. Was bedeutet, dass Willibald und ich jetzt Kollegen sind, zwei Ein-Wunsch-Feen auf dem gemeinsamen Weg nach ganz weit oben.

Ich habe mir Matildas Rat nämlich zu Herzen genommen und Willibald einfach auf mein Problem angesprochen. Er war gar nicht so von oben herab, wie ich befürchtet hatte, ganz im Gegenteil. Und er hatte gerade auch zu leiden, denn er musste sich mit Matildas Sitznachbarn als erstem Kunden herumschlagen und befürchtete, dass man ihm den Ein-Wunsch-Status wieder aberkennen würde. Der Kunde wünschte sich die perfekte Frau – und alle, die ihm Willibald zuführte, waren ihm zu langweilig, zu anhänglich, zu nervig, zu dumm, hatten sowohl beim rückwärts Einparken als auch auf der Autobahn diverse Defizite ... Sie merken es schon: Die beiden sind einfach füreinander bestimmt. Also fälschte Willibald die Seminareinladungen, damit sie sich begegneten, und bestach einen alten Kollegen, der dem Seminarleiter gerade den Wunsch erfüllen sollte, endlich einmal als Autoritätsperson wahrgenommen zu werden.

Der Rest war ein Kinderspiel: Nachdem mir endgültig klargeworden war, dass ich Matilda nicht zu ihrem Glück zwingen konnte, solange sie es merkte, musste ich einfach nur versuchen, sie von jemandem abzuhalten. Dann flüsterte Willibald seinem Kunden ein, was er zeichnen solle, ich hatte natürlich gut überwacht, was Matilda so für Filme guckt und ihm eingeflüstert, welche Figuren sie erkennen würde. GESCHUMMELT? Nein, das war nicht geschummelt, geraten haben die zwei schließlich selbst. Und zum Kaffee verabredet auch. Und danach zum Abendessen. Dabei habe ich dann ein Weinglas umgeschmissen, er hat ihr die Serviette gereicht, Willibald hat wieder dafür gesorgt, dass es kribbelte, als sie sich kurz berührten – ganz simple Elfentrickkiste –, dann ein tiefer Blick in die Augen und zack, da waren sie fällig, unsere Auftraggeber. Die beiden sind jetzt schon seit drei Jahren zusammen, wir überprüfen das genauestens, alle paar Wochen gehen Willibald oder ich den beiden ordentlich auf den Wecker und arbeiten den »Seid ihr noch glücklich«-Fragebogen ab. Sind sie, nur das mit dem Heiraten und den Kindern verweigern sie noch, da sind sie zu cool für. »Wir führen nicht diese Art von Beziehung!«, behauptet Matilda immer. Aber Willibald und ich kriegen das schon noch hin, wir haben da einen Plan, der macht uns sicherlich sofort zu Drei-Wunsch-Feen. Ich finde, zwei neurotische Singles zum Heiraten und Kinderkriegen zu bewegen, das ist doch 'ne Leistung, die muss belohnt werden. Also werde ich jetzt erst mal Matildas Anti-Baby-

pille durch Süßstoff ersetzen, Sie werden sehen, das geht dann ruck, zuck mit der Hochzeit.

Ach, und sollte Ihnen mal eine Auftragselfe begegnen – davon gibt es mehr, als Sie glauben –, bitte denken Sie nicht an Julia Roberts, Jeannie oder Prinzessin Lillifee. Auch wir würden gerne weniger lächerlich aussehen. Danke.

Und jetzt komm, Willibald, es geht looooos!

Wiebke Lorenz

Zimmer in Aussicht

*E*ine Woche Urlaub! Schon seit gefühlten Ewigkeiten versuche ich, ein paar freie Tage herauszuschinden, aber bisher hat es nie geklappt. Zu Jahresbeginn haben wir diesen wichtigen Neukunden gewonnen, den ich höchstpersönlich betreuen muss. Im April war dann plötzlich die halbe Belegschaft krank, also gab's Urlaubssperre für das restliche Team. Im Juni – da saß ich schon fast auf gepackten Koffern – wurde mein alter Chef sang- und klanglos gefeuert, und sein Nachfolger macht nicht unbedingt den Eindruck, als würde man sein Herz im Sturm erobern, indem man ihm, quasi als Begrüßungsgeschenk, einen Urlaubsantrag unter die Nase hält. Er ist mehr so der »Man wächst mit seinen Aufgaben«-Typ, was mich langsam, aber sicher in eine »Sie geht auf dem Zahnfleisch«-Frau verwandelt.

Aber jetzt ist es endlich so weit: Die letzte Septemberwoche wird mir ganz allein gehören! Sieben wundervolle Tage, ein hübsches Hotel an der Côte d'Azur, ein Weingut in der Toskana oder … ach, völlig egal, Hauptsache weg aus Hamburg und ein bisschen Sonne tanken. Das wird großartig, und jetzt kann mich wirklich nichts mehr stoppen.

Außer vielleicht *M. Schnickedöns.*

»Da ist nichts mehr zu machen«, teilt besagte Dame mir

soeben am Last-Minute-Schalter im Flughafen mit, als ich mich dort nach einem schönen Reiseziel erkundige. Verwirrt lasse ich meinen Blick über die zahlreichen bunten Tafeln gleiten, die an der Wand hinter dem Schalter angebracht sind und die exotischsten Urlaubsreisen anpreisen.

»Wieso?«, will ich wissen. »Da hängen doch noch jede Menge Angebote. Die klingen alle gar nicht schlecht, Frau …«, ich linse auf ihr Namensschild, »Frau … Schnicke-mann?«

»Schnickedöns«, korrigiert sie mich mit indigniertem Blick und deutet mit dem Finger über ihre Schulter. »Aber das sind alles Reisen für zwei Personen.«

»Aber Sie haben doch sicher auch noch etwas für Singles, oder?«

M. Schnickedöns zuckt mit den Schultern. »Zu zweit ist das alles gar kein Problem, aber *allein* …« Sie betont das letzte Wort, als würde es sich um eine ansteckende Krankheit handeln. Ich merke, wie mir das Blut in die Wangen steigt.

»Ich kann mir ja wohl schlecht irgendjemanden von der Straße greifen, nur damit ich eine Begleitperson habe«, zicke ich sie an.

»Soll es alles schon gegeben haben«, erwidert sie, und ich bin mir wirklich nicht sicher, ob das ein Scherz sein soll – oder ein ernstgemeinter Ratschlag. Ich beschließe, überhaupt nicht auf diesen Schwachsinn einzugehen.

»Aber Sie bekommen doch bestimmt nicht mehr alle diese Pärchenreisen verkauft, oder?«, hake ich stattdessen nach.

»Das wäre möglich«, bestätigt M. Schnickedöns.

»Und dann bleiben Sie lieber auf den Angeboten sitzen, als dass Sie sie an Einzelpersonen verkaufen? Das ist doch total unlogisch!«

»Sie können selbstverständlich gerne für zwei Personen zahlen und trotzdem allein reisen.« Ihr Lächeln ist eiskalt. »Das steht Ihnen frei.«

»Tolle Idee! Ich könnte natürlich auch Sie mitnehmen, nett und freundlich wie Sie sind«, gebe ich ironisch zurück. »Würde Ihnen das gefallen, Frau Schnickendöner?«

»Hören Sie«, erwidert sie aggressiv und beugt sich über den Schalter zu mir, »ich habe die Regeln nicht gemacht. Alles, was ich Ihnen sagen kann, ist, dass ich momentan nichts für Alleinreisende habe.« Mit diesen Worten dreht sie sich um und verschwindet in dem kleinen Büroraum hinter sich.

Ich starre ihr noch eine Weile sprachlos nach. Es kann doch nicht sein, dass ich in Hamburg bleiben muss, nur weil ich Single bin. Glücklicher Single, nebenbei bemerkt, überzeugter Single ... und vor allem ein Single, der sich dafür nicht diskriminieren lassen will! Angriffslustig sehe ich mich in der großen Halle um. Es dürfte ja wohl kein Problem sein, ein paar andere Singles zu mobilisieren, und dann bekommt M. Sprittedöns mal ordentlich einen vor den Latz geballert ...

Das Ergebnis meiner Suche ist erschütternd: Tatsächlich stehen an den zahlreichen anderen Last-Minute-Schaltern ausschließlich Pärchen, die interessiert die verschiedenen Urlaubsangebote studieren und – ihren zufriedenen Gesichtsausdrücken nach zu urteilen – auch durchaus fündig werden. Auf einmal fühle ich mich wie ein Mensch zweiter Klasse, als hätte man mir das Wort *Alleinstehend* in riesigen Lettern auf die Stirn tätowiert. So sieht es also aus: Hätte ich einen Mann an meiner Seite, würden sich die Last-Minute-Anbieter um mich schlagen. So aber bin ich offensichtlich schwer vermittelbar. Wütend balle ich die rechte Hand zu einer Faust. *Das wollen wir doch mal sehen,* denke ich.

Drei Stunden später steuere ich erschöpft den allerletzten Schalter in der Halle an. Überall habe ich das Gleiche zu hören bekommen: Ja, wir haben noch eine Menge, aber für eine Einzelperson? Tut uns leid, nichts zu machen. »*Haben Sie nicht wenigstens eine Freundin, die Sie mitnehmen könnten?*«, wurde ich soeben mit mitleidsvollem Blick gefragt. »*Oder eine Mutter? Eine Mutter hat doch jeder ...*«

»Ich will Urlaub machen und ich bin allein«, schleudere ich dem jungen Mann angriffslustig entgegen, der gerade angestrengt ein paar Daten in seinen Computer eintippt. Er blickt auf und lächelt mich freundlich an.

»Kein Problem«, erwidert er zu meiner großen Überraschung ohne Zögern. Verdattert schaue ich ihn an – damit habe ich nun wirklich nicht mehr gerechnet. »An was hatten Sie denn gedacht?«

»Nun ja ... also ...«, beginne ich stotternd, immer noch darüber verwundert, dass ich nicht gleich mit den Worten »*Allein? Sorry!*« fortgeschickt worden bin. »Also, ich möchte in die Sonne, und ich möchte es schön haben. Das ist eigentlich alles.«

Der junge Mann beginnt, auf der Computertastatur herumzuhämmern. Zwei Minuten später strahlt er mich an. »Da haben wir doch schon was: Eine Woche Gran Canaria, Playa del Ingles, Halbpension, im Hotel *Carlos*. Inklusive Flug für 444 Euro.«

»Das ist ja echt günstig«, stelle ich überrascht fest, »aber Playa del Ingles ... Ich weiß nicht, ob das etwas für mich ist. Mir schwebt da doch eher etwas ... hmm, tja ... Stilvolleres vor.«

»Ach was«, erwiderte er mit einer wegwerfenden Handbewegung, »alles nur dumme Vorurteile. Ich war selbst schon da, ist wirklich nett – man muss eben die richtigen Ecken kennen.«

»Meinen Sie?«

Er nickt.

»Na ja«, überlege ich laut, »aber etwas anderes haben Sie vermutlich ohnehin nicht mehr im Angebot, oder?«

»Für Singles leider nicht, tut mir sehr leid.«

»Tja, und gegen den Preis kann man wirklich nichts sagen.«

»Kann man nicht«, stimmt er mir zu, »allerdings kommen da noch ein paar Einzelzuschläge hinzu, aber die fallen für sich gesehen kaum ins Gewicht.« Dabei schaut er mich so entschuldigend an, dass ich das Gefühl habe, gar nicht protestieren zu können. Kann er ja nichts dafür. So ein Netter! S. *Herold* lese ich auf seinem Namensschild. S wie Sven? Sascha? Sönke? Während ich überlege, welcher Name wohl am besten zu diesem durchaus attraktiven Reiseverkehrsengel passt, tippt er fleißig auf seiner Tastatur herum.

Nach fünf Minuten nennt SvenSaschaSönke eine Summe, die so astronomisch hoch ist, dass es mich fast aus den Schuhen haut. Einzeln mögen die Zuschläge nichts ausmachen, aber in Summe … 1258 Euro für eine Woche Halbpension auf den Kanaren – dafür fliegt ein Pärchen vermutlich auf eine Privatinsel in der Karibik inklusive eigenem Butler im Gepäck, was für eine Frechheit!

»Es ist leider nicht ganz günstig, wenn man sich die Freiheit nimmt, allein zu reisen«, unterbricht er meine Gedanken und strahlt mich dabei an, als würde er mir gerade ein Kompliment machen. »Aber haben Sie sich nicht einen Traumurlaub verdient?« Damit trifft er genau den Punkt, ich bin so dermaßen urlaubsreif, dass ich gleich hier – direkt vorm Last-Minute-Schalter – meine Strandmatte ausrollen könnte.

»Das können Sie laut sagen«, seufze ich und überschlage kurz, ob ich mir diesen Trip leisten kann, bevor ich mich mental in mein Schicksal füge. Was bleibt mir auch anderes übrig? »Ich nehme das. Hauptsache, es wird schön.«

»Das wird ein Urlaub, den Sie nie vergessen werden, verlassen Sie sich drauf.«

Als ich am Freitagmittag aus dem Flughafen von Las Palmas trete, strahlt mir aus einem wolkenfreien Himmel die Sonne entgegen und versöhnt mich schlagartig mit der Tatsache, dass ich im Flieger von einer grölenden Kegelgruppe umgeben war, die bereits vor Abflug sämtliche Bordvorräte an alkoholischen Getränken vernichtet hatte. Aber jetzt: 30 Grad im Schatten, ein lauer Wind weht mir um die Nase, die Palmen scheinen mir zur Begrüßung zuzuwinken ... nun kann mein Urlaub endlich beginnen!

Nachdem ich zweimal in die falsche Richtung gelaufen bin, finde ich endlich den richtigen Bus. Ich drücke dem Reiseleiter meine Buchungsbestätigung in die Hand und tuckere wenig später über die Lande, um zu meinem Hotel gebracht zu werden. Außer mir befinden sich im Bus ausschließlich Paare, deren gesammeltes Glück knapp davor ist, mir einen Zuckerschock zu versetzen. Schnell schnappe ich mir die erste leere Bank und blicke aus dem Fenster, um das Geturtel nicht mehr sehen zu müssen. Immerhin: Der Kegeltrupp ist mit einer anderen Gesellschaft angereist.

Während sich das Fahrzeug durch die engen Straßen von Playa del Ingles quält, überlege ich gespannt, welches der zahlreichen Hotels wohl meins ist. Hin und wieder hält der Fahrer an, um das ein oder andere Paar bei seiner Bleibe abzusetzen, und bisher waren alle diese Unterkünfte durchaus annehmbar. Ich merke, wie sich meine Laune immer mehr hebt.

Schließlich sitze ich allein im Bus, das nächste Hotel muss meins sein. Als das Fahrzeug auf eine große, in Weiß gehaltene Anlage mit gepflegten Grünanlagen und elegant gekleideten Pförtnern rechts und links neben dem Eingang zusteuert, verschlägt es mir die Sprache. Wow – mit dem *Carlos* habe ich offensichtlich einen absoluten Glücksgriff getan!

»Palace«, schnauzt der Fahrer in sein Mikrofon. Während ich noch überlege, ob er damit die Optik des *Carlos* kommentieren möchte, höre ich ein Kichern hinter mir und drehe mich erstaunt um. Ganz hinten ist ein Paar hochgeschnellt, das ich vorher gar nicht gesehen habe; wenn ich die Lippenstiftspuren auf dem Gesicht des Mannes richtig deute, haben sie die Fahrt knutschend in der Horizontalen verbracht. Nun stürmen sie lachend an mir vorbei nach draußen und werden von den livrierten Hotelmitarbeitern freundlich in Empfang genommen.

Ich versuche, nicht allzu enttäuscht zu sein. Andererseits: Wenn ich es recht bedenke, sind die Hotels von Stopp zu Stopp immer besser geworden – und das kann nur eins bedeuten! Wohlig aufseufzend lasse ich mich in meinen Sitz zurücksinken, schließe die Augen und male mir ein Fünf-Sterne-Hotel aus.

Als ich in Gedanken schon fast bei einem Zwölf-Sterne-Palast angekommen bin, mache ich die Augen wieder auf – und erschrecke mich. Die Umgebung hat sich deutlich verändert, wir fahren an Bettenburgen vorbei, deren beste Zeiten eindeutig hinter ihnen liegen, so sie je welche gehabt haben. Besorgt frage ich mich, ob der Fahrer mich irgendwie vergessen hat. *»Carlos?«*

»Sí, sí, *Carlos*«, erwidert er grinsend.

Vermutlich muss er wegen der vielen Einbahnstraßen einen Umweg fahren, denke ich, *gleich kommen wir wieder in einen schöneren Teil der Stadt.* Jedenfalls hoffe ich das, denn das hier ist wirklich ein recht heruntergekommenes Viertel. Ich will mich gerade wieder in meinem Sitz zurücklehnen, als der Bus unvermittelt anhält. Verwirrt sehe ich aus dem Fenster: Wir befinden uns mitten auf einer lauten Hauptverkehrsstraße.

»*Carlos*«, ruft der Fahrer und deutet nach rechts. Ich drehe meinen Kopf in die angezeigte Richtung – und kann gerade noch einen Aufschrei unterdrücken. Das ist kein Hotel, das ist bestenfalls … nun, dafür fehlen mir die Worte. Moniereisen, die an jeder Ecke aus dem Dach hervorlugen, lassen darauf schließen, dass der Bau nie seine Vollendung erlebt hat. Aus einer Kneipe links neben dem Eingang schleppen sich soeben ein paar finstere Gestalten. Ein umzäuntes Becken zwischen Hauptverkehrsstraße und rechtem Gebäudeflügel soll allem Anschein nach den Poolbereich darstellen, was in Ermangelung von Wasser allerdings überhaupt keine Rolle spielt.

»*Carlos?*«, wiederhole ich entsetzt, unfähig zu glauben, dass ich tatsächlich an meinem Bestimmungsort eingetroffen sein soll.

»Sí, sí, *Carlos*«, wiederholt der Fahrer und deutet auf einen Neonschriftzug. In der Tat, da steht es sogar in großen Buchstaben über dem Eingang. Das heißt, dort steht *ARLOS,* das C hat den anhaltenden Vibrationen des donnernden Straßenlärms vermutlich irgendwann nicht mehr standhalten können. Wie in Trance klettere ich aus dem Bus, hole meinen Koffer aus der unteren Ladeluke und schleppe mich auf den Eingang zu.

Auch im Innern des Hotels erwartet mich nicht gerade das Ambiente, das ich mir vorgestellt habe. In der Lobby lungern fünf Jugendliche herum und spielen Karten, in der Ecke steht ein Fernsehapparat, der in dröhnender Lautstärke ein Fußballspiel überträgt, nur noch übertroffen von dem Lärm, der aus der nebenan liegenden Kneipe in den Eingangsbereich hinüberschwappt. Nun, das mag ein *Carlos* sein, aber es ist doch ganz sicher nicht *mein Carlos!*

Ächzend schleife ich meinen Koffer auf die Rezeption zu, in der Hoffnung, das offensichtlich vorliegende Missverständnis sofort aufklären zu können.

»Hola«, wende ich mich an eine gelangweilt blickende junge Frau, die gerade in ein angeregtes Telefonat vertieft ist und sich offensichtlich nicht damit belasten möchte, sich meiner Sorgen anzunehmen. Geduldig warte ich ein paar Minuten, bis ich durch ein Räuspern erneut auf meine Anwesenheit aufmerksam mache. Sichtlich genervt beendet die Frau das Telefonat. »*Cómo?*«

Ich versuche, ihr auf Englisch, Deutsch und in Zeichensprache begreiflich zu machen, dass man mich im falschen Hotel abgesetzt hat, aber die Frau guckt mich nur aus großen Augen verständnislos an. Irgendwann hält sie mir eine Liste entgegen, auf der ich tatsächlich meinen Namen entdecke: Alexandra Kruse. Dahinter stehen mein Anreise- und Abreisedatum. Genauso gut hätte dort aber auch meine Beerdigung angekündigt werden können, denn das hier halte ich nicht aus!

Schließlich resigniere ich und nehme den Zimmerschlüssel entgegen; ich werde mich wohl direkt an die Reiseleitung wenden müssen, anders ist dieses Problem wohl nicht zu lösen. Also begebe ich mich schweren Herzens auf den Weg in mein Zimmer. Ich werde mich nach der langen Reise erst einmal frischmachen, dann sieht schon alles anders aus.

Als ich die Zimmertür aufschließe, schlägt mir kalter Zigarettenqualm entgegen. *Sei tapfer,* ermahne ich mich und mache einen Schritt ins Innere. Ich befinde mich in einem kleinen Zimmer, in dem mich bunt zusammengewürfeltes Mobiliar aus mindestens drei Dekaden erwartet. Eilig gehe ich auf den Vorhang am Ende des Raumes zu, hinter dem ich den Balkon vermute, und reiße ihn auf. Tatsächlich befindet sich dort ein kleiner Austritt, der sich allerdings, nachdem ich die Glastür geöffnet habe, als recht nutzlos erweist: Der Lärm, der von der Hauptverkehrsstraße nach oben dringt, ist in etwa mit einem in fünf Metern Entfernung vorbeifahrenden Güterzug zu vergleichen. Seufzend gehe ich wieder nach drinnen, um den restlichen Teil des Zimmers in Augenschein zu nehmen. Hier und da bröckelt der Putz von der Wand, und als ich einen Blick unter eines der beiden Betten werfe, könnte ich schwören, eine Kakerlake auf der Flucht zu sehen. Im Badezimmer wellt sich die Tapete vom Fußboden bis zur Decke, in der Luft liegt eine Mischung aus Mief und beißendem Reinigungsmittel, und die Toilettenspülung plätschert munter vor sich hin, ohne dass ich sie betätigt hätte. Hier kann ich keine einzige Nacht verbringen, so viel steht fest.

Eilig suche ich in meinen Unterlagen nach der Rufnummer der Reiseleitung vor Ort, greife mir mein Handy und wähle. Während ich darauf warte, dass jemand das Gespräch annimmt, überlege ich, dass es das Beste wäre, mein Anliegen ruhig und sachlich vorzutragen. Wahrscheinlich handelt es sich tatsächlich nur um ein Missverständnis, wahrscheinlich gibt es doch noch ein zweites *Carlos* in Playa del Ingles, man hat mich versehentlich in diese Bruchbude eingecheckt, und ich werde schon bald von der Reiseleitung abgeholt und zu meiner eigentlichen Unterkunft gebracht.

Nach dem zehnten Klingeln springt ein Band an, von dem mir gelangweilt mitgeteilt wird, dass das Büro bis Montag nicht besetzt ist, man aber gerne eine Nachricht hinterlassen kann. Ich mache dies so sachlich und freundlich wie möglich und schicke ein Stoßgebet zum Himmel, dass das Band trotzdem am Wochenende abgehört wird. Aber was, wenn nicht? Der Gedanke, drei ganze Nächte in diesem Hotel zu verbringen, ist mehr als unerträglich. *Bestimmt meldet sich jemand,* versuche ich mich zu beruhigen, *die meisten Gäste kommen schließlich am Wochenende an, irgendjemand muss sich doch um sie kümmern.*

Erschöpft lasse ich mich auf eins der Betten fallen, ein kleines Nickerchen täte mir jetzt sicher gut. Trotz meiner Erschöpfung kann ich allerdings nicht einschlafen, das anhaltende Plätschern der Toilettenspülung hält mich wach. Genervt stehe ich wieder auf. Okay, dann springe ich stattdessen eine Runde unter die Dusche, das erfrischt auch, und danach werde ich mich deutlich besser fühlen. Wäre doch gelacht, wenn ich aus dieser Situation nicht noch etwas machen könnte!

Nachdem ich mich davon überzeugt habe, dass sich im Bad keine Freunde der Schlafzimmer-Kakerlake versteckt haben, klettere ich in die kleine Glaskabine. So weit ich den Hahn auch aufdrehe, mehr als ein tröpfelndes Rinnsal will sich nicht einstellen. Seufzend stelle ich das Wasser wieder ab und beschließe, dass es nun eben so ist, wie es ist. Ich werde einfach ein ausgedehntes Bad nehmen, sobald ich das Hotel gewechselt habe.

Natürlich überlege ich auch, ob es Sinn macht, den Veranstalter in Deutschland anzurufen, verwerfe die Idee aber wieder, da man mir von dort aus mit Sicherheit auch nicht helfen kann. Seufzend lege ich mich schließlich wieder auf das Bett, und tatsächlich gelingt es mir diesmal, einzunicken. In einer Art Dämmerschlaf träume ich davon, wie ich am Strand entlangspaziere. Das Plätschern der Klospülung erinnert zwar nicht im Entferntesten an Meeresrauschen, aber mit etwas Phantasie kann ich mir immerhin ein kleines bisschen Urlaubsromantik vorstellen. Und wer weiß, wenn ich mir noch ein ganz kleines bisschen mehr Mühe gebe, schaffe ich es vielleicht, vor meinem inneren Auge einen gutgebauten Latin Lover zum Leben zu erwecken, der mich in die Dünen von Maspalomas entführt ...

Ein lautes Hupen auf der Straße reißt mich aus dem Schlaf. Ich fahre benommen hoch und taste nach meinem Handy, um nachzusehen, wie spät es ist. *08:38* blinkt es mir entgegen. Ich habe die ganze Nacht durchgeschlafen! Mein Kopf dröhnt, kein Wunder bei der stickigen Luft im Zimmer. Sofort drücke ich die Wahlwiederholung, aber auch diesmal läuft nur die Ansage. Seufzend setze ich mich auf, schlüpfe in meine Schuhe und schlurfe ins Bad, wo ich den Wischmopp auf meinem Kopf (offenbar habe ich etwas unruhig geschlafen; besser gesagt: mich vermutlich in Alpträumen hin und her gewälzt) mit Hilfe eines Haargummis einigermaßen bändige und mir etwas Farbe und Leben ins Gesicht creme. *Ich werde jetzt erst mal schön frühstücken*, beschließe ich, *und dann eine Lösung für das Problem finden.* Nach einem großen Milchkaffee wird alles schon ganz anders aussehen. Mit Sicherheit!

Unten in der Halle frage ich die Frau an der Rezeption gestenreich, wo sich der Speisesaal befindet: »*Desayuno?*«, versuche ich mich an meinem Reiseführerspanisch. Offensichtlich hat sie genauso schlecht geschlafen wie ich und macht nur eine vage Handbewegung. Ich schaue in die angezeigte Richtung – und erkenne erschrocken, dass sie mich in die finstere Kneipe neben dem Eingang schicken will. »*No!*«, entfährt es mir.

»*Claro que sí!*«, entgegnet sie achselzuckend.

»*Pierdes la fe, cualquier esperanza es vana*«, brüllen mir die *Heroes del silencio* aus dem Fernseher entgegen, und ich meine mich zu erinnern, dass mir mal jemand gesagt hat, dass das so viel bedeutet wie: *Du verlierst den Glauben, jede Hoffnung ist vergebens.* Vermutlich könnte man es aber auch mit *Mädchen, du bist geliefert* übersetzen.

Von wegen!

Mit großen Schritten stürme ich in mein Zimmer zurück und beginne eine großangelegte Telefonaktion. Das mache ich nicht mehr mit! Irgendjemand muss mich aus dieser Kaschemme herausholen, und wenn es die Blauhelme der Vereinten Nationen sind!

Drei Stunden später – ich habe sämtliche Filialen des Reiseveranstalters in Deutschland, Spanien und vermutlich sogar deren Callcenter in Usbekistan abtelefoniert – werfe ich mein Handy frustriert in die Ecke. Es ist einfach nichts zu machen. Ich habe sogar die private Telefonnummer von S. Herold herausgefunden und ihn gefühlte zehn Minuten angebrüllt. Doch das ändert nichts an den Tatsachen, dass ich ein Heidengeld für diese Bruchbude gezahlt und keine Möglichkeit habe, ihr vor meinem Rückflug zu entkommen, den ich auch nicht umbuchen kann. Weinend rolle ich mich auf dem Bett zusammen und wickle mich in die dünne Decke. Das ist alles ein Alptraum! Wenn ich in diesem Augenblick wenigstens nicht so mutterseelenallein wäre – aber genau die Tatsache, dass ich Single bin, hat mich überhaupt erst in diese Lage gebracht!

»Uhm ... oh, ja, Baby!« Eindeutige Geräusche aus dem Nebenzimmer lassen mich hochschrecken. Dort drüben ist offensichtlich jemand nicht so allein wie ich. Das immer lauter werdende Quietschen eines alten Bettgestells vermischt sich mit dem Lärm der Hauptverkehrsstraße und dem Rauschen der Toilettenspülung.

Ich kämpfe mich hoch, klappe den Deckel meines Koffers hoch und suche eilig ein Kleid. Ich halte es hier keine Sekunde länger aus! Immerhin befinde ich mich hier in einem Touristen-Hot-Spot, da werde ich schon irgendetwas finden, was mich ablenkt.

Auf dem Weg zum Strand entdecke ich eine kleine Bar, die auf den ersten Blick gar keinen so schlechten Eindruck macht. Hier kann ich sicher eine Kleinigkeit zum Essen bekommen, denn inzwischen knurrt mein Magen – und wer weiß, vielleicht ist es nicht die schlechteste Idee, meinen Guten-Morgen-Kaffee durch ein vorgezogenes Der-Abend-kann-kommen-Bier zu ersetzen.

Ich setze mich auf einen Hocker an der Theke und ordere ein Sandwich und ein Cerveza, bekomme allerdings gleich zwei Bier, weil das in Playa del Ingles nun mal so ist. Mir soll es recht sein, ein bisschen angeheitert, habe ich eventuell sogar die Chance, die Schrecken der letzten vierundzwanzig Stunden mit etwas mehr Humor zu nehmen.

Nach dem dritten Bier fühle ich mich bereits wesentlich

besser. Zwar habe ich nicht vor, meinen Urlaub im Delirium zu verbringen – aber fürs Erste bringt mich der leichte Glimmer durch die schlimmste Krise. Als ich bei der Bedienung gerade Cerveza Nummer fünf und sechs bestellen will, nehme ich aus den Augenwinkeln heraus eine Gestalt wahr, die sich direkt neben mir an die Theke stellt und ebenfalls ein Bier ordert. Interessiert drehe ich meinen Kopf zur Seite, um die Person näher in Augenschein zu nehmen.

Mir stockt der Atem. Da steht er auf einmal. Der Mann, der alles hat, wovon ich träume, der absolute Oberhammer!

Nein, es ist nicht sein blondes, leicht gewelltes Haar, nein, generell bevorzuge ich eher dunkle Typen. Es ist auch nicht seine große, athletische Gestalt, die mich von einer Sekunde auf die nächste wie magisch anzieht. Mein Blick gleitet über seine kräftigen Schultern, entlang seiner muskulösen Arme bis hin zu den feingliedrigen Händen, die gerade ein Portemonnaie öffnen, um das Bier zu bezahlen. In der rechten Innenseite der Geldbörse steckt etwas, das mein Herz höherschlagen lässt: eine Chipkarte des Hotels *Palace*, der großzügigen, in Weiß gehaltenen Anlage, die ich gestern bestaunt habe, bevor der Busfahrer mich vor dieser Bruchbude namens *Carlos* abgesetzt hat. Immer noch fasziniert starre ich auf die Plastikkarte – das ist sie, meine Eintrittskarte in eine andere Welt! Diese Chance werde ich ergreifen, und wenn es das Letzte ist, was ich auf dieser verschissenen Insel tue!

»Stimmt etwas nicht?«, will der Mann einigermaßen irritiert wissen, da ich ihn einige Minuten lang mit vermutlich offenem Mund und ganz direkt anglotze.

»Oh, nein, Entschuldigung«, gebe ich etwas peinlich berührt von mir. Doch dann setze ich mein verführerischstes

Lächeln auf. »Ich habe nur gerade ihre wunderschönen Hände bewundert.« Der blonde Mann lacht.

»Vielen Dank, so ein nettes Kompliment hört man selten! Wie heißen Sie?«

»Alexandra. Und Sie?«

»Ben.« Er lacht wieder. »Na, eigentlich Benjamin, aber für diesen Namen fühle ich mich mittlerweile ein bisschen zu groß. Was meinen Sie?« Ich lege betont kokett den Kopf in den Nacken und mustere ihn von unten.

»Da haben Sie wohl recht.«

»Sind Sie allein hier?«, will Ben wissen. Ich versuche, mein Lächeln von *verführerisch* auf *hintergründig* umzuschalten.

»Jetzt nicht mehr.«

Das *Palace* ist – aus der Nähe betrachtet – noch viel imposanter, als ich es vom Bus aus eingeschätzt habe. Die großzügige Eingangshalle besteht ausschließlich aus weißem Marmor, ein kleiner Springbrunnen plätschert beruhigend vor sich hin, untermalt von den zurückhaltenden Klängen, die leise aus der Pianobar im hinteren Teil der Halle herüberschweben. Mittlerweile ist es zwei Uhr nachts, aber selbst um diese Zeit stehen hinter der Rezeption drei gutgekleidete, freundlich lächelnde Hotelangestellte, bereit, den Gästen jederzeit alle Wünsche zu erfüllen. Ben hält meine Hand und führt mich an der Rezeption vorbei zu den großen Flügeltüren, durch die man hinaus zur Poolanlage gelangt.

Als wir ins Freie treten, stockt mir schon wieder fast der Atem: Wie in einer exotischen Landschaft liegen künstlich angelegte Palmenhaine vor uns, die vier großen Schwimmbecken sind in echten Sandstrand eingebettet, kleine Bambushütten geben dem Ganzen ein karibisches Flair. Unter der schummrigen Beleuchtung schimmert das Wasser türkisfarben, aus der Ferne kann man das Rauschen des Meeres hören. *Das* ist eine Poolanlage, wie ich sie mir für meine 1258 Euro vorgestellt habe!

»Wahnsinn!«, entfährt es mir. Ich fühle mich wie in einem Traum. Und zwar in einem deutlich anderen im Vergleich zu dem, der mich auf der kakerlakenverseuchten Matratze im *Carlos* heimgesucht hat. Am liebsten würde ich jetzt sofort ins Wasser springen. Nicht nur dass ich noch immer dringend eine Erfrischung nötig habe – von meinem Schwips mal ganz abgesehen, der ein bisschen Ausnüchterung vertragen könnte – die spiegelnde Oberfläche scheint mir leise und immer wieder »Komm, komm, komm!« zuzuraunen.

»Komm«, flüstert mir Ben ins Ohr, als hätte er meine Gedanken erraten, »hier ist um diese Uhrzeit niemand, lass uns ein bisschen schwimmen.« Mit diesen Worten legt er mir die Hände auf die Schultern und schiebt die Träger meines Kleids herunter, der Stoff gleitet zu Boden. Nackt tauchen wir in die Fluten ein, lassen uns im warmen Wasser treiben, schwimmen durch die Kanäle, die ein Becken mit dem anderen verbinden, genießen die Ruhe und das spiegelnde Mondlicht, das der Szenerie etwas Magisches verleiht.

Unter einer der kleinen Holzbrücken, die über die Kanäle führen, zieht Ben mich erneut an sich. Er beugt sich zu mir hinunter und küsst mich so vorsichtig und mit so viel Zärtlichkeit, als hätte er Angst, mich zu verletzen.

»Was passiert hier?«, will ich wissen.

»Etwas Wunderbares«, sagt er und zieht mich wieder fest

an sich. »Etwas ganz Wunderbares«, raunt er. »Genieß es einfach.«

»Ja«, hauche ich ihm ins Ohr. Und denke gleichzeitig: *Das ist der HAMMER! Ich bin im Palace!*

Als ich am nächsten Morgen aufwache, höre ich, dass Ben im Bad unter der Dusche steht. Behaglich räkele ich mich unter der weichen Bettdecke, lasse meinen Blick durch das hellerleuchtete Zimmer wandern. Die gesamte Einrichtung ist in freundlichen Pastelltönen gehalten, auf dem Tisch neben der kleinen Sitzgarnitur steht sogar ein frischer Blumenstrauß, der farblich auf das Zimmer abgestimmt ist. Ein großer Spiegel oberhalb der Ablage gegenüber des Badezimmers lässt den Raum noch großzügiger erscheinen, die weißen Vorhänge vor der Balkontür bewegen sich sachte hin und her. Ich stehe auf, wickele mich in die Decke und gehe hinaus auf den Balkon. Von hier aus kann ich die gesamte Hotelanlage des *Palace* überblicken: Ich entdecke sogar die kleine Holzbrücke, unter der Ben und ich uns letzte Nacht geliebt haben. Ich seufze wohlig und atme dabei tief die frische Luft ein. Hier lässt es sich schon aushalten!

Verträumt schlinge ich die Arme um meinen Oberkörper und wiege mich hin und her. Es fühlt sich fast ein bisschen so an, als hätte ich mich verliebt. Ins *Palace,* in diesen Augenblick, in Ben …

»Guten Morgen«, erklingt seine Stimme hinter mir, »schon wach?« Ich drehe mich zu ihm um, lächele ihn an, bevor ich ihm beide Arme um den Hals schlinge und ihm einen zärtlichen Kuss gebe. Statt ihn zu erwidern, wird Ben mit einem Mal seltsam steif, macht sich von mir los und schiebt mich ein Stück von sich weg.

»Es ist wirklich toll hier«, meine ich, um etwas Unverfängliches zu sagen, weil ich merke, dass ihm die Situation ein bisschen unangenehm ist. Er wirkt regelrecht unbeholfen und verlegen, was ich aber natürlich extrem süß finde – mein charmanter Urlaubsflirt ist also kein routinierter Casanova.

»Da hast du recht, ich finde es auch phantastisch«, stimmt Ben mir zu.

»Ich frage mich nur«, überlege ich laut, »wieso du so ein Glück hattest und ich so ein Pech.«

»Was meinst du?«

»Ich meine, ich bin ja auch allein hier, habe ein kleines Vermögen gezahlt und bin in der allerletzten Bruchbude untergekommen. Das Leben ist einfach nicht gerecht.« Ben schweigt und sieht mich etwas unschlüssig an. »Na ja«, traue ich mich, einen kleinen Vorstoß zu machen, »vielleicht gewährst du mir ja für die nächsten Tage Asyl? Wir könnten noch ein paar Mal … schwimmen gehen.« Dabei zwinkere ich ihm verschwörerisch zu, aber er sagt immer noch nichts. »Also«, füge ich deshalb hinzu, »natürlich nur, wenn es dich nicht stört, dass ich mich noch ein paar Nächte an dich kuschele, meine ich.«

»Ich … ähm …«, findet er nun doch seine Sprache wieder. »Ich muss dir was sagen.«

»Ja?«

»Also, ich bin eigentlich nicht allein hier.«

»Hä?« Ich mustere ihn verwirrt und sehe mich wie im Reflex einmal nach links und rechts um, als würde dort irgendjemand stehen. »Aber du bist doch hier allein«, sage ich dann. »Also, von mir jetzt mal abgesehen«, füge ich grinsend hinzu. Herrje, der ist aber *echt* schüchtern!

»Also«, erwidert Ben und fängt gleichzeitig an, von einem

Fuß auf den anderen zu treten, »genau genommen habe ich die Reise mit meiner Frau gebucht, aber sie musste noch einen Tag länger in Deutschland bleiben und ...« Er unterbricht sich. »Heute kommt sie an«, stammelt er dann weiter, »ich hole sie nachher vom Flughafen ab, und deshalb kannst du unmöglich hierbleiben.« Nach diesem Satz senkt er den Kopf und betrachtet interessiert seine nackten Füße, bevor er wieder aufblickt und mich zerknirscht ansieht. Für einen kurzen Moment weiß ich nicht, ob ich nun lachen oder Ben eine Ohrfeige verpassen soll. Seine Frau kommt heute nach? Er hat mich gestern Abend abgeschleppt – okay, ich bin auch gerne mitgekommen, aber egal –, obwohl er *verheiratet* ist? Nicht dass ich komplett weltfremd wäre, aber er hätte es – beziehungsweise: *sie* – ja mal mit einer einzigen Silbe erwähnen können! Schon will ich dazu ansetzen, ihn zu fragen, ob er eigentlich noch ganz dicht ist und mich für ein billiges Flittchen hält, das man mal eben so im Urlaub vernaschen kann – aber dann entscheide ich mich von einer Sekunde auf die andere dazu, ihn einfach nur freundlich anzulächeln.

»Ach«, sage ich, »das macht doch nichts. Wirklich, das macht gar nichts!« Mit diesen Worten beuge ich mich vor und gebe dem verdutzten Ben einen Kuss auf die Wange.

Ich aale mich gemütlich in einem Liegestuhl, als der Kellner mir eine weitere Margarita reicht. Die Nachmittagssonne scheint angenehm warm auf mich herab, am Ende des Urlaubs kann ich bestimmt eine beachtliche Bräune vorweisen. Nach dem ersten Schluck stelle ich das Glas auf dem kleinen Tischchen neben mir ab, lehne mich zurück und schließe die Augen. So könnte ich ewig hier liegen! Der Stress der vergangenen Monate ist so gut wie vergessen, ich fühle mich so gut und erholt wie schon lange nicht mehr. Die leisen Klänge des Pianos aus der Bar wiegen mich sanft in einen Dämmerschlaf, mein Körper wird ganz leicht und treibt hinweg in süße Träume von Estebán, dem Tennislehrer, der mich für heute Abend zum Essen eingeladen hat. Ich stelle mir seine tiefbraunen, warmen Augen vor, in denen ich am liebsten versinken würde. Dazu seine schwarzen, dichten Haare, sein fast jungenhaftes Lachen – ich seufze wohlig, vielleicht werden wir nach dem Essen ja noch einen Spaziergang durch die Dünen von Maspalomas machen ...

Für den Bruchteil einer Sekunde blitzt ein anderes Bild in meinem Kopf auf. Ben und seine Frau. Ich habe die zwei heute Vormittag kurz in einem Supermarkt in Playa del Ingles gesehen, als sie gerade dabei waren, einige Desinfektionsmittel zu kaufen. Natürlich tun die beiden mir irgendwie leid. Aber mittlerweile haben sie es sich im *Carlos* mit Sicherheit gemütlich gemacht. Gemütlicher jedenfalls, als wenn ich für einen handfesten Ehekrach zwischen den beiden gesorgt hätte. Ben hat das glücklicherweise auch sofort eingesehen. Nachdenklich nehme ich einen weiteren Schluck von meiner Margarita und blinzele in den Himmel. Ich sollte mich dringend eincremen. Sonst hole ich mir am Ende noch einen Sonnenbrand.

Michaela Möller

Das Monster, das gar kein Monster war

Ich schlage die Augen auf. Ein Ruck geht durch meinen Körper. Ich versuche, aufzustehen und so schnell es geht, von hier wegzukommen, aber der Restalkohol drückt mich zurück aufs Bett. Nicht auf meins. Ich besitze keine Baumwolllaken in den Farben des Hamburger SV. Mühsam unterdrücke ich ein Aufstöhnen. Selbst in meinem angeschlagenen Zustand weiß ich, dass es besser ist, keine Aufmerksamkeit auf mich zu ziehen.

Da an Bewegung gerade nicht zu denken ist, lasse ich den Blick auf der Suche nach einem Fluchtweg durch das halbdunkle Schlafzimmer wandern. An der Wand, die mir am nächsten ist, steht das obligatorische IKEA-Regal, das überquillt vor DVDs. Gott, er hat eine richtige DVD-*Sammlung!* Ich erkenne eine Mischung aus Splatter und Horror, bis ich an *Love Actually* mit Hugh Grant hängenbleibe – eine Entdeckung, die ich spontan durchaus charmant finde.

Neben dem Regal steht ein alter, brauner Ledersessel, von dessen Lehne meine Spitzenunterhose baumelt. Die brennende Stehlampe daneben ist an Geschmacklosigkeit nicht zu übertreffen; eins der Exemplare, an die man einen Fünf-Euro-Schein tackern muss, damit man es auf dem Flohmarkt für vier Euro verkauft bekommt. Ich stelle mir vor, wie mich der Mann neben mir im Bett zum Lächeln bringt, während wir auf dem Trödelmarkt zusammen seine Lampe an eine ältere Dame verkaufen, verwerfe den Gedanken jedoch wieder, bevor er mir gefallen kann.

Auf dem Schreibtisch neben der Lampe stapeln sich Papiere und Bücher mit Titeln wie *Principles of Cognitive Neuroscience, Lexikon der Neurowissenschaft Band II* oder *The Neurosciences and the Practice of Aviation Medicine.* Stifte, leergekratzte Puddingbecher und unzählige beschriebene bunte Zettel liegen über den aufgeschlagenen Büchern verstreut. Irgendwo darunter muss sich die Tastatur für den Computer befinden, dessen Bildschirm aus dem Chaos herausragt. Meine Güte, wo bin ich hier nur wieder gelandet?

Langsam und geräuschlos versuche ich, mich umzudrehen, wobei ich einen Widerstand unter dem Kissen spüre. Mit den Fingern ziehe ich einen Plüschhund hervor, der mich mit seinen großen, braunen Knopfaugen mitleidig ansieht. Der Mann hatte ein Kuscheltier in seinem Bett! In der Küche würde ich wahrscheinlich auf Kaffeebecher mit Horoskopaufdruck oder frauenfeindlichen Witzen stoßen.

Erst jetzt wage ich es, den Mann neben mir genauer zu betrachten. Sein Mund steht offen, die Haare in Wirbeln von seinem Kopf. Wie war noch sein Name? Es fällt mir nicht ein. Wahrscheinlich, weil ich alle Männer, mit denen ich im Bett lande, Ben nenne. Der Einfachheit halber.

»Christian, mein Name ist Christian!«, kommt mir seine Stimme gegen meinen Willen wieder ins Gedächtnis. Mein Blick wandert über seine Geheimratsecken, eine spitze Nase und sanft geschwungene Lippen. Ich mag volles Haar, markante Nasen und schmale Lippen.

Der Geruch von Bier und Zigarettenrauch steigt mir von

meinen offenen Haaren in die Nase, dass mir schlecht wird. *Mist.*

Obwohl ich mir die Hand vor den Mund halte, gelingt es mir, nahezu lautlos aus dem Bett zu klettern. Jahrelanges Training, irgendwann zahlt es sich eben immer aus. Mit der freien Hand schaffe ich es mehr schlecht als recht, meine Kleider zusammenzusammeln und in meine Tasche zu stopfen.

Die Tür vom Schlafzimmer in den Flur ist geschlossen. Sehr ungünstig, wenn man gerade befürchtet, sich übergeben zu müssen, und zeitgleich unfassbar leise sein will. Mit Engelsgeduld öffne und schließe ich die Tür hinter mir und finde mich in einem dunklen Flur wieder. Vier weitere Türen führen vom Parkett aus irgendwohin. Zu meiner Linken liegt die Küche; im Halbschatten erkenne ich eine aufgerissene Packung Fertigpizza, einen Teller, einen Becher, eine Mikrowelle. Typischer Singlemännerhaushalt. Jede Nacht von Samstag auf Sonntag bietet sich mir das gleiche Bild. Trotzdem halte ich kurz inne und sehe mich und den Fremden, wie wir an jenem Tisch zusammen frühstücken. Wie mir seine Geheimratsecken egal werden. Und die Bettwäsche vom Hamburger SV. Und die Splatter-DVDs. Mein Herz krampft sich bei diesem Gedanken zusammen. Ich schüttle entschlossen den Kopf, so dass das Bild von Christian und mir am Frühstückstisch verschwindet.

Zu meiner Rechten befindet sich die Eingangstür. Ich steure wahllos auf die nächste Tür zu und lande tatsächlich im Badezimmer. Dem Himmel sei Dank!

Für einen Moment atme ich durch und stelle fest, dass sich mein Magen etwas beruhigt hat. Da ich keinen Lichtschalter finde, steige ich halb blind in Schlüpfer, Jeans und Pullover.

Doch bevor ich flüchten kann, überkommt mich eine weitere Übelkeitswelle. Ich stemme meine Hände auf das Waschbecken und atme durch. *Puh ...*

Im Badezimmerspiegel vor mir bricht sich das Mondlicht. Was ich so zu sehen bekomme, ist alles andere als malerisch: Meine Haare hängen strähnig auf den Schultern, die Mascara ist verschmiert, als hätte ich tiefschwarze Augenringe, und meine Haut wirkt so fahl, als sei ich selbst einer von Christians Horror-DVDs entsprungen. Es ist so ein entsetzlicher Anblick, dass mir die fast schon besiegte Übelkeit wieder langsam den Hals hochkriecht.

»Nun komm schon! Reiß dich zusammen! Du bist Profi!«, raune ich mir selbst in strengem Ton zu – und übergebe mich in die Toilette.

Na gut. Hätten wir das wenigstens erledigt.

Als ich meinen Mund ausgespült habe und gerade versuche, ein paar in Mitleidenschaft gezogene Haare notdürftig zu retten, höre ich ein Geräusch, ähnlich einem Poltern. Eilig greife ich nach meiner Tasche. Das Letzte, was ich jetzt gebrauchen kann, ist ein halbnackter Mann, der mich wahlweise aufzuhalten versucht oder, noch viel schlimmer, mich einfach so gehen lässt, mir die Tür aufhält und mir vielleicht noch hilfsbereit die Bahnverbindungen hinterherruft.

Der Flur ist leer. Ich brauche nur drei Sekunden, um die Haustür hinter mir zu schließen, und weitere zwanzig den langen Flur im vierzehnten Stock des Hochhauses entlang und um die Ecke, wo zu meiner Überraschung der geöffnete Fahrstuhl scheinbar auf mich wartet. Ich springe hinein, gerade noch rechtzeitig, bevor die Türhälften sich wieder schließen, und lehne mich an die Wand. Mit geschlossenen

Augen, dem Kopf im Nacken und der Handtasche an meine Brust gedrückt, atme ich tief ein.

Geschafft. Die Sache ist erledigt. *Puh!*

Ich atme erleichtert aus. Der Fahrstuhl setzt sich in Bewegung, obwohl ich noch kein Stockwerk ausgewählt habe.

»Darf ich mit?«

Ich schreie kurz auf und reiße hektisch die Augen auf. *Was war das?*

Verdammt. Ein laufender Meter in hellblauem Pyjama und mit blanken Füßen steht dicht in eine Ecke neben der Tür gedrückt. Er sieht mich mit großen Augen an und legt sich nervös die kleinen Hände auf die blonden, strubbeligen Haare, als hätte er Sorge, die Decke des Fahrstuhls könne ihm jeden Moment auf den Kopf fallen.

Der Aufzug sinkt unbeeindruckt von unserer Begegnung weiter in die Tiefe. Das Getriebe rattert.

»Was machst du hier?«, fragt der Kleine, nimmt seine Hände vom Kopf und verschränkt sie skeptisch vor dem Schlafanzug.

»Ich? Die Frage ist wohl eher, was du hier machst. Es ist mitten in der Nacht. Und wie bist du überhaupt hier reingekommen?«

»Wie soll ich schon hier reingekommen sein? Durch die Tür natürlich«, sagt er ein wenig eingeschüchtert. »Ich stand hier in die Ecke gedrückt, als du dazugestolpert bist.«

»Hm.«

»So mache ich es immer, wenn das Monster, das gar kein Monster ist, nachts durch diese Ritzen zwischen dem Holz bei uns im Flur gekrochen kommt und ...«

»Okay. Schluss. Aus«, unterbreche ich ihn und klinge dabei, als handle es sich um einen Hundewelpen. »Ich muss

131

dich sofort wieder zu deiner Mutter bringen. Wo wohnst du?«

Der Kleine zwängt sich nur noch weiter in die Ecke.

»Neeiiin! Hast du gar nicht zugehört? Da ist doch das Monster, das gar kein Monster ist!« Bevor ich ihn aufhalten kann, drückt er blitzschnell auf mehrere weit auseinanderliegende Etagen und dann auf den Notknopf des Fahrstuhls, woraufhin wir ruckartig zum Stehen kommen. »Nur ein Verrückter würde jetzt dorthin zurückgehen«, erklärt er mir. »Weißt du, ich habe es ganz deutlich gehört. Es ist durchs Nachbarzimmer gekrochen und hat ganz furchtbare Geräusche gemacht. Es hat geächzt und gestöhnt. Und fast hätte es mich schon gehabt. Ein Glück, dass ich so schnell bin, weißt du!«

Ich weiß vor allem, dass es nicht richtig ist, mitten in der Nacht mit einem fremden Jungen in einem Fahrstuhl festzustecken, und drücke entschlossen ebenfalls den Notfallknopf, weil ich davon ausgehe, dass die Fahrt dann weitergeht. Falsch gedacht. Der Kleine deutet meinen Gesichtsausdruck auf seine eigene Art.

»Du brauchst keine Angst vor dem Monster, das gar kein Monster ist, zu haben. Es kommt nicht in den Fahrstuhl.«

»Ach ja?«

»Es hat Angst vor Fahrstühlen« meint der Kleine, als wäre dies das Selbstverständlichste der Welt.

»Hat das Monster Angst vor Fahrstühlen, oder davor, stecken zu bleiben?«, frage ich, während ich darüber nachgrüble, wie ich hier wieder herauskomme und ob heutzutage Aufzüge noch abstürzen. Doch der kleine Junge tippt sich nur auf die Stirn.

»Du stellst aber komische Fragen. Es gruselt sich vor den

Schiebetüren«, entgegnet er und rutscht an ebenjenen herab auf seinen Hosenboden. »Aber zur Sicherheit habe ich noch meine Geheimkombination gedrückt. Die macht, dass der Aufzug stehenbleibt.« Er sieht sehr zufrieden mit sich aus.

Ich drücke derweil den Knopf für die Notfallsprechanlage. »Hallo? Hallo, ist da wer? Ich bin ... wir sind stecken geblieben! Können Sie bitte den Fahrstuhl wieder in Bewegung setzen?«

Ein Rauschen kommt als Antwort aus der Sprechanlage.

»Oder Hilfe holen?«

Wieder nur Rauschen.

»Hallo? Bitte!«

Rauschen.

Der Junge schüttelt mit dem Kopf.

Ich zücke mein Handy und suche Empfang. In allen Ecken dieses verdammten Fahrstuhls.

Schließlich gebe ich auf.

Für eine Weile herrscht Stille. Der Kleine vergräbt seine Zehen sehr konzentriert in den Beinen seines Schlafanzugs, bis er mit seinen abstehenden Haaren und den großen blauen Augen wieder zu mir aufsieht. »Willst du da die ganze Zeit stehen bleiben? Mein Papa merkt nie so schnell, dass das Monster, das gar kein Monster ist, wieder da war. Und dann dauert es noch gaaanz lang, bis der Fahrstuhl wieder ruckelt und die Männer in den blauen Hosen mit den Hosenträgern und den Helmen vor der Tür stehen.« Seine Augen leuchten kurz auf. »Manchmal darf ich dann sogar einen der Helme tragen.«

»Das ist ja großartig.« Aus Mangel an Alternativen und in tiefster Erleichterung darüber, dass mir gerade der Meter

Schlafanzug erklärt hat, dass dieser Fahrstuhl nicht abstürzen wird, lasse ich mich auf den Boden sinken.

Wir schweigen. Ich frage mich, was in dem Kleinen vorgeht, während dieser an seinem Pyjamasaum zupft. Leider kenne ich mich mit Kindern so gut aus wie mit dem Spalten von Atomen. Obwohl: Über Letzteres habe ich mal einen Artikel überflogen, glaube ich.

»Bist du auch vor dem Monster, das gar kein Monster ist, weggerannt?«

»Pfff. Ich bin erwachsen«, antworte ich und lasse das Handy zurück in meine Handtasche rutschen. »Und warum sollte ich Angst vor einem Monster haben, wenn es gar kein Monster ist?«

»Weil es«, sagt der Junge mit beschwörendem Ernst und kneift dabei die Augen zusammen, »wahrscheinlich noch etwas vieeel Schlimmeres ist als ein«, das letzte Wort flüstert er, »Monster!«

»Hm.« Mit gleichem Ernst nicke ich langsam. »Da ist was dran.«

Der Kleine scheint zufrieden, dass ich es endlich verstanden habe, und setzt, um mich vollends zu beruhigen, hinterher: »Aber wie ich dir ja schon erzählt habe, hier im Fahrstuhl sind wir sicher. Wegen der Türen! Das verstehst du doch, oder?«

»Ja. Ja, das habe ich jetzt verstanden.«

»Gut«, bekräftigt er und spielt mit seinen Zehen.

Mein Blick wandert auf meine Armbanduhr. Fünf Uhr und dreiundzwanzig Minuten. Ich kann nur hoffen, dass der Papa des Kleinen kein Langschläfer ist. Aber bei meinem Glück sitzen wir bis Mittag fest. Kurz überlege ich, ob ich hier drin eine rauchen kann, stelle den Gedanken daran jedoch wieder ein und lege stattdessen den Kopf in den Nacken.

Vielleicht werde ich langsam zu alt für diese Kurzausflüge?

Aber wenn ich zu lange bei einem Mann bleibe, dann geht mein Herz auf Reisen. Es kriecht mir aus der Brust über Bauch und Beine, stopft sich in die Hosentasche irgendeines Typen und ward nicht mehr gesehen, bis sein neuer Besitzer es für angemessen hält, meinem Herzen einen ordentlichen Knacks zu verpassen.

»Aber wenn du nicht vor dem Monster, das gar kein Monster ist, weggerannt bist«, dringt die Kinderstimme erneut zu mir, »wovor bist du denn dann weggelaufen?«

»Vor gar nichts«, brumme ich und beobachte den Zwerg aus dem Augenwinkel.

»Hmm.«

Meine Antwort scheint ihn nicht zu überzeugen. Mit schiefem Kopf und seinen Oberkörper gegen die Knie gedrückt, betrachtet er mich genauer. »Aber warum bist du dann gerannt? Ich habe dich den Flur bei uns auf dem Stock entlanglaufen hören, und dann bist du in den Fahrstuhl gesprungen.«

»Ich bin nicht gelaufen«, behaupte ich etwas zerknirscht. »Erwachsene haben es einfach immer etwas eiliger als Kinder.«

»Und hast du darum deinen Pullover falschrum an? Da sieht man ja den Schnipsel am Kragen.«

»Ich …« Ich kann doch unmöglich einem Jungen erzählen, dass ich einen Typen abgeschleppt und mit ihm geschlafen habe, um dann aus seinem Bett zu flüchten, bevor er wach werden konnte.

»Weißt du, ich finde, du kannst ruhig zugeben, dass du auch Angst vor dem Monster hast. Das ist gar nicht schlimm«, erklärt mir der Knirps begünstigend. »Mein Papa sagt immer, dass es schon okay ist, vor etwas Angst zu haben. Obwohl das bei dir witzig ist, weil das Monster Erwachsenen ja nichts antut.«

Langsam verliere ich die Nerven. Ich bin müde und verkatert, und das Letzte, was man mir in meinem jetzigen Zustand – und im Übrigen auch sonst – anvertrauen sollte, ist ein Kind.

Allerdings komme ich hier trotzdem nicht raus. Also bitte. Ich atme durch und gebe mir alle Mühe.

»Jetzt hör mir mal zu, Kleiner, dieses Monster gibt es nicht. Es ist eine Erfindung deiner Phantasie! Und Weglaufen bringt sowieso gar nichts. Du kannst in deinem Leben nicht immer davonrennen, wenn du dich vor etwas fürchtest. Dann wirst du ein Angsthase und schrecklich einsam.«

Der Kleine sieht mich groß an, sichtlich entsetzt über das eben von mir Gesagte. Seine Augen werden kugelrund und füllen sich mit dicken Tränen, die langsam über seine Wangen kullern.

Vermutlich wäre nun der richtige Zeitpunkt, ihn in den Arm zu nehmen und etwas weniger Rationales, aber sehr Tröstendes zu sagen.

Ich schlucke.

Er schluckt.

»Und das Monster gibt es doch«, wispert er und wischt sich die laufende Nase am Schlafanzugärmel ab.

»Okay, okay«, beeile ich mich zu sagen und reiche dem Jungen etwas ungelenk ein Taschentuch. Was weint er denn auch gleich!

Der Kleine schneuzt kräftig und stellt dankenswerterweise die Tränen ein.

»Also gut«, versuche ich mich nun an einem etwas weniger ehrlichen Ansatz. »Ich denke, du hast vollkommen recht. Es gibt Monster. Jede Menge sogar, wenn ich besser darüber nachdenke. Manche ...« *Fressen Kinder,* möchte ich sagen, beiße mir aber noch rechtzeitig auf die Zunge, aus Sorge um weitere Kindertränen. »... erschrecken Kinder und manche erschrecken sogar die Erwachsenen.«

»Hihi.« Der Kleine lacht.

Ich bin erleichtert.

»Mein Papa hat Angst vor dem Virusmonster. Das kriecht manchmal in seinen Computer. Und er hat Angst vor der Frau des Hausmeisters. Zumindest müssen wir immer ganz schnell laufen, wenn wir sie irgendwo sehen. Dann wird sie doch sicher auch ein Monster sein, oder?«

Ich nicke, in der Hoffnung, dass die Frau des Hausmeisters es mir verzeihen möge.

Der Kleine reibt sich mit der Handfläche über die Nasenspitze und denkt offensichtlich nach, bis er meint: »Und das Monster, das gar kein Monster ist, hast du das vorhin auch gehört?«

»Ja, selbstverständlich«, behaupte ich. »Das habe ich auch gehört. Ich wollte dich vorhin nur nicht damit ängstigen. Ich bin immer auf der Hut vor ihm. Ich höre es jedes Wochenende. Manchmal sogar unter der Woche und immer in der Nacht. Es kriecht irgendwann in das Bett ...« *Zwischen den Mann und mich und lässt mich erstarren.*

»Uih. Und dann?«

»Dann springe ich auf, schnappe mir meine Sachen und laufe weg, so schnell ich kann. Jedes Mal.«

»Sehr gut!«, lobt mich der Kleine. »Und wie sieht das
Monster, das gar kein Monster ist, aus?«

»Ich weiß nicht genau.« Die Lüge geht mir leicht von den
Lippen.

»Hat es Ohren?«

»Ja. Sie sind ganz spitz. Es hört ganz genau zu und wartet
nur darauf, dass ich etwas Falsches sage.«

»Hat es Augen?«

»Riesengroße. Es sieht alle meine Schwächen, weißt du.«

»Und hat es einen Mund?«

»Keinen Mund. Es hat ein Maul, wie ein Löwe. Und es
kann brüllen, so laut, dass dir das Blut in den Adern gefriert.«

»Boah!« Der Kleine schüttelt sich vor Schrecken. Er zieht
seine Beine fest an den Körper und vergräbt sein Kinn zwischen den Knien. »Hat es vorhin mit seinen spitzen Ohren
genau zugehört und seine Augen aufgerissen und ganz laut
losgebrüllt, so dass du dich im Fahrstuhl verstecken muss-
test?«

Mit einem Mal ziehe ich ebenfalls meine Beine fest an den
Körper und vergrabe mein Kinn zwischen den Knien.

»Nein. Nein, das hat es nicht.«

»Das heißt, es hat gruselige Ohren und riesengroße Augen
und ein schreckliches Maul, aber es hört und sieht und schreit
nicht?«

»Es hat ganz friedlich geschlafen.«

»Dann ist es vielleicht ein liebes Monster.«

»Das ist …« Ich stocke kurz, dann fange ich mich wieder.
»Das kann schon sein. Aber es ist zu gefährlich, das zu überprüfen«, sage ich mehr zu mir selbst als zu dem Jungen.

Auf einmal steht er auf, läuft die drei Schritte bis zu mir
und legt seine kleinen Finger auf meine Schulter, ehe ich ihn

davon abhalten kann. So hockt er neben mir und sieht von der Seite zu mir auf.

»Hmm. Das verstehe ich. Und ich hätte auch ganz große Angst vor diesem Monster, aber weißt du, man soll nicht immer davonrennen, wenn man sich vor etwas fürchtet. Dann wird man nämlich ein Angsthase und schrecklich einsam.« Einen Moment sitzen wir einfach so da. Dann steht der Junge wieder auf und läuft zu den Aufzugknöpfen. Er stellt sich auf die blanken Zehenspitzen und streckt seinen kleinen Körper, so weit es geht. Zuerst macht er eine Faust und haut fest gegen den unteren Teil der Knopfleiste, so dass ich zusammenzucke. Mit seinem Zeigefinger drückt er dann den obersten aller Knöpfe.

Der Fahrstuhl ruckelt – und setzt sich wieder in Bewegung.

»Aber«, will ich wissen, »wie hast du …«

Er grinst, wie es nur kleine Jungen können.

Ich rapple mich auf, während der Aufzug die letzten Stockwerke in die Tiefe fährt. Schulter an Schulter stehen der Meter Schlafanzug und ich, als sich die Türen öffnen. Doch keiner von uns beiden tritt in die Eingangshalle des Hochhauses. Sekunden vergehen. Die schweren Türen schieben sich ächzend wieder ineinander.

Eine kleine, kalte Kinderhand greift nach meiner. Der Junge sieht zu mir auf mit seinen blauen Augen und lächelt aufgeregt.

Und ich?

Ich lächle zurück. Aufgeregt. Und drücke den Knopf zur vierzehnten Etage.

Silke Schütze

Frau Schröder fährt ans Meer

*B*en zieht den Reißverschluss seiner Jacke hoch und tritt auf die stille Straße. Der Sommer ist vorbei. In der Nacht ist der alte Brensen gestorben. *»Er hat sehr gekämpft«*, hat die Oberschwester gesagt. Ben hatte Brensen nicht gemocht: ein muffeliger Greis, schmal, knochig. Immer am Meckern. Wie eingerollt in sich, mit einem runden Rücken, eine Schnecke in ihrem Haus. Dass er sich auch beim Sterben widerborstig zeigte, passt zu ihm. Ben ist froh, dass er nicht dabei war. Wenn es nach ihm geht, muss er nie dabei sein.

Ben denkt an Merle. Sein freier Tag liegt wie eine Bedrohung vor ihm. *»Ruf an, wenn du weißt, was du willst«*, hat sie gesagt. Er hat nicht angerufen, er lässt sich nicht unter Druck setzen. Das Abi liegt erst zwei Jahre zurück.

Auf der Bank der Bushaltestelle wartet Frau Schröder aus Apartment 230 neben ihrem Rollator. Schroff, verstummt. Als der Bus Richtung Innenstadt kommt, schiebt sie die Gehhilfe an den Randstein. Sie sagt nichts, aber Ben spürt ihren Blick. Also hilft er ihr, in den Bus zu steigen und den Rollator abzustellen. Sie sind die einzigen Fahrgäste. Frau Schröder klopft auf den Platz neben sich.

Das ist mein Problem, denkt Ben niedergeschlagen. *Ich bin kein Arsch.* Er rutscht neben Frau Schröder. Ein Arsch würde auch kein soziales Jahr im Altenheim machen, um seine Eltern zu beruhigen.

Die alte Schröder umklammert den Griff ihrer Tasche mit braunfleckigen Händen. Ihre dünne, faltige Haut rutscht dabei wie eine zu große Hülle über ihre Knochen.

Er hört ihre Stimme. »Haben Sie Lust, heute mit mir nach Amrum zu fahren?« Die Worte fliegen an ihm vorbei. Ballons, die in die Luft steigen. Ben meidet ihren Blick.

Die Sonne scheint durch die stumpfe Fensterscheibe. Ben sagt: »Heute Nacht ist Herr Brensen gestorben.«

Am Hauptbahnhof begleitet Ben Frau Schröder zum Zug. Sie bewegt den Rollator mit einer steifen Wackeligkeit, die ihn an einen Einsiedlerkrebs erinnert. Jede Stufe ist ein Hindernis für sie.

Nur wenn die schwere Handtasche im Korb der Gehhilfe liegt, geht es schneller. Auf dem Bahnsteig finden sie einen Platz auf einer Bank. Beide atmen auf.

»Wir haben unsere Flitterwochen auf Amrum verbracht«, sagt Frau Schröder. Ihre Stimme tastet sich unsicher durch die Worte, als müsse sie über glitschige Steine gehen. »Als er starb, war ich erleichtert. Der Alltag hat uns aufgerieben.« Sie sieht auf ihre Hände. »Er wollte immer noch einmal nach Amrum. Aber ich wollte neue Orte sehen.«

Der Zug fährt ein. Ben hilft Frau Schröder ins Abteil. Sie fragt: »Werde ich mit dem Rollator durch die Dünen ans Meer kommen?«

Das Schweigen steht wie eine Wand zwischen ihnen. Ihre Augen sind sehr blau in der Blässe ihres Gesichts. Ben denkt an Himmel über Wellen, an Strand und an früher. Ein Tag am Meer wäre eine gute Idee. Sogar mit Frau Schröder.

Er setzt sich auf den Platz am Fenster und zieht den Reißverschluss seiner Jacke herunter.

Drei Stunden später kommen sie am Hafen in Dagebüll an. Auch Ben ist erschöpft, als sie den Speisesaal der Fähre erreichen. Frau Schröder inspiziert die Karte und erklärt: »Keiner wollte mitkommen. Meine Tochter hat keine Zeit. Die meisten meiner Freunde sind tot. Im Heim sind alle zu alt.« Ben hat das Schweigen zwischen ihnen besser gefallen. »Wir hätten einen leichten Rollstuhl mitnehmen können«, sagt er schließlich. »Das wäre kein Problem gewesen, wenn Sie mich früher gefragt hätten.« »Hätte ich Sie früher gefragt, säßen wir jetzt nicht hier.«

Schon eine halbe Stunde bevor die Südspitze der Insel vor ihnen auftaucht, stehen sie an der Reling. Am Hafen dirigiert Frau Schröder Ben zur Bushaltestelle. Sie fahren vorbei an Reetdachhäusern und Wäldchen. Vorhin, als die Insel aus den gischtigen Wellen auftauchte, hätte Ben am liebsten Merle angerufen. Er fühlt ein leises Summen von Vorfreude. Das mag an den zwei Bieren liegen, die er auf der Fähre getrunken hat. In Norddorf nehmen sie beim Hotel Strandblick den Dünenweg.

Sie gehen über Holzplanken, die sich durch die sandige Kraterlandschaft ziehen. Möwen kreischen hoch über ihnen, das Meer ist noch nicht zu sehen und ist doch schon um sie. Frau Schröder schwankt plötzlich. Sie keucht: »Ich muss eine Pause machen.«

Ben dreht den Rollator so, dass sie sich setzen kann. Ihm fallen schwarze Schatten unter ihrer Nase auf. Auf ihrer Stirn steht Schweiß. Bens Magen zieht sich zusammen, als krümme sich eine Hand um ihn. Unruhig kaut er am Daumennagel. Frau Schröder lehnt sich nach vorn wie ein Läufer nach dem Zieldurchlauf. Ihr Rücken bebt. Ben legt seine Hand darauf. Durch den Mantelstoff fühlt er das Rückgrat, Knochen, Fleisch. Das Zittern verebbt. Ben hört den Wind. »Ich hätte mit ihm hierherfahren sollen«, sagt Frau Schröder. Sie richtet sich auf und mustert ihn mit der bitteren Demut eines Flüchtlings, der sich einem fremden Schlepper ausliefert. Sie flüstert: »Das Glück von damals.« An dem Wort *Glück* kaut sie wie an einer zu großen Frucht. »Mein Mann hat sich von mir entmutigen lassen.« Ben liest Enttäuschung in ihren Augen.

Endlich sehen sie das Meer. Erst den schmalen lichten Streifen über dem Strandhafer. Dann eine flirrende Fläche, die den Himmel verlängert. An der nächsten Weggabelung liegt das Wasser vor ihnen, als habe sich ein Theatervorhang geöffnet. Es sind noch lange zwanzig Minuten, bis sie den Strand erreichen.

Den Rollator müssen sie am Ende des Holzwegs zurücklassen und tiefen Sand in einer Dünenschlucht überwinden, bis ihre Füße auf den festen, harten Strand treffen. Frau Schröder hängt unbeholfen an Bens Arm. Am Hochsitz einer DLRG-Station lässt sie sich auf die Holzstufen nieder.

Nur wenige Spaziergänger sind zu sehen. Ben atmet tief ein. Wasser, Wind und Horizont verschwimmen zu einer schaumigen Wolke, in die er sich hineinwerfen möchte. Dass er die Hände ausstreckt, als wolle er jemanden umarmen, merkt er nicht. Frau Schröder sieht ihn von der Seite an. »Laufen Sie schon!«, sagt sie.

Ben zögert nur einen Moment. Er reißt sich die Schuhe

und Strümpfe von den Füßen und rennt los. An der Wasserkante krempelt er seine Hosenbeine hoch und läuft barfuß durch die kalten Wellen. Er ist wieder ein kleiner Junge, und die Unendlichkeit der Sommerferien liegt vor ihm. Ben ist glücklich.

Im Sand schimmern Muschelschalen. Er wählt eine kleine aus. Weiß mit einem rosa Rand. Hauchdünn, zerbrechlich, hart.

Ben legt Frau Schröder die Muschel in die Hand. »Warum wollten Sie unbedingt heute nach Amrum?«

Sie sieht an ihm vorbei auf das Wasser. Ihre Finger streichen über den geriffelten Kalk. Sie steckt die Muschelschale in ihre Manteltasche und sagt: »Wir dürfen den Sonnenuntergang nicht verpassen.«

Sie kämpfen sich durch den Sand zurück zum Rollator. Die Holztreppe zur Aussichtsdüne ist sehr steil. Die Gehhilfe bleibt zurück. Sie brauchen lange.

Oben finden sie grobe Holztische und Stühle vor, ähnlich wie auf Parkplätzen an der Autobahn. Aus ihrer Tasche holt Frau Schröder eine Plastiktüte, darin ist eine Sektflasche. Sie ist mit Kühlverbänden umwickelt, die die Klebemarkierung der Pflegestation tragen. Auch zwei in Zeitungspapier eingeschlagene Sektgläser sind in der Tasche. Frau Schröder schiebt Ben die Flasche zum Öffnen hin.

»Woher haben Sie gewusst, dass ich mitkomme?«

Frau Schröder lächelt. »Das habe ich nicht.«

Das Blau des Himmels verblasst zur Abenddämmerung. Die leuchtende Orangenhälfte der Sonne steckt im Horizont.

Frau Schröder hebt ihr Glas: »Auf das, was wir versäumt

haben!« Der Sekt prickelt auf Bens Zunge, der Wind auf seiner Stirn. Die linke Hand von Frau Schröder wischt unruhig über die Tischplatte. Es scheint Ben das Richtige, sie zu ergreifen. Ihre Haut fühlt sich warm und trocken an. So sitzen sie Hand in Hand auf der Bank und sehen auf das Meer.

Frau Schröder stellt ihr Glas ab. Sie holt die Muschel aus der Manteltasche und legt sie auf den Tisch. Wie eine rosa Wolke schwimmt die Muschel über das dunkle Holz.

Der Wind setzt für einen Herzschlag aus. Ben hört das Meer nicht mehr. Die Hand der alten Frau erschlafft in seiner. Frau Schröder lehnt sich an Ben, ihr Kopf rutscht auf seine Schulter. Ihr leeres Glas kippt, rollt über den Tisch und zerschellt auf dem Boden.

Ben spürt, dass sie nicht mehr atmet. Ein Schreck durchfährt ihn, als blähe ein Windhauch seine Jacke. Er ruft ihren Namen, doch er weiß, dass sie ihn nicht mehr hört. Er bleibt sitzen, ihren Körper neben sich, schwer und unbeweglich. Der Wind braust in seinen Ohren, das Meer rauscht.

Bens Herz rast, aber er weiß genau, was er tun wird. Nachdem er Frau Schröder auf die Bank gelegt hat, wird er zum Hotel Strandblick gehen. Von dort kann er die Polizei verständigen und das Heim informieren. Und dann wird er Merle anrufen.

Er sieht zum Meer, das schwarz mit dem Himmel verschwimmt. Bevor er sich auf den Weg macht, steckt er die Muschel in seine Jackentasche.

Kirsten Rick

Die 1000 Hügel von Langeland

Die Taschen, die Andreas mir in die Hand drückt, sind knallorange und haben komische Häkchen an der Seite. »Da kannst du deine Sachen reintun«, sagt er aufmunternd und lächelt mich dabei von oben herab an. Das ist vermutlich nicht arrogant gemeint, er ist einfach ein Baum von einem Mann. Ein ausgesprochen attraktiver Baum, knapp zwei Meter groß, mit kantigen Schultern und einem ebensolchen Kinn, das verwegener Bartwuchs ziert, der nahtlos ins widerspenstige Haupthaar übergeht. Andreas ist eindeutig kein Mann für Aftershave, und das gefällt mir genauso eindeutig gut. Oder ist er einfach nur zu faul zum Rasieren? Es würde mich auch nicht wundern, wenn er die letzten Jahre hauptsächlich im Freien verbracht hätte. Vielleicht sollte mir das zu denken geben … Ach was.

Andreas sieht bei Tageslicht sogar noch besser aus als bei dem Konzert gestern Abend, wo ich ihn kennenlernte. Eine finnische Band mit unaussprechlichem Namen, die sich an elektronischer Frickelmusik versuchte. Sehr cool, sehr hip, leider auch sehr unhörbar, wie wir beide fanden, nachdem ich Andreas bei einem besonders durchdringenden Schrillgeräusch meinen Weißwein über die Jeans kippte. »Du brauchst einen neuen Drink«, war seine trockene Reaktion auf die nasse Hose. »Vielleicht sollten wir den in einer weniger störanfälligen Umgebung einnehmen?«

Wir wechselten ins *Kurhaus,* eine winzige Bar. Dort tranken und redeten wir, beides in Mengen. Die Worte flossen wie Wein und Whiskey, und auf einmal sponnen wir abenteuerliche Pläne. Wegfahren wollten wir gemeinsam, eine tollkühne Idee, sozusagen ein Beinahe-Blind-Date auf Achse. Andreas sagte irgendwas mit Südsee, ich ergänzte in Gedanken: *Wie romantisch!*

Eins sollte in diesem Zusammenhang nicht unerwähnt bleiben: Ich fahre *nicht* gerne weg. Ich liebe mein Zuhause, es gibt für mich keinen Grund, aus Hamburg zu flüchten. Wenn ich meine Heimatstadt doch einmal verlasse, dann nur, wenn ich genau weiß, was mich erwartet. Ich gehöre zu den Menschen, die zuerst alle Bewertungen eines Hotels im Internet studieren, bevor sie buchen. Und ohne eine Reiserücktrittsversicherung geht bei mir gar nichts. Ich bin zwar erst zweiunddreißig, aber in dieser Hinsicht, sagen wir mal, konservativ.

Trotzdem: Die laue Sommernacht, die unverhoffte Begegnung mit dem charmanten Mann und sicher auch das vierte, fünfte und eindeutig das sechste Glas hatten mich abenteuerlustig gemacht. Ich fühlte mich frei, alles war möglich – warum nicht ein spontaner Trip in die Südsee mit einem völlig Fremden. Eine Affäre zu Hause, das kann jeder. Aber gemeinsam in Urlaub fahren? Das ist die Königsdisziplin, an der schon alltagserprobte Ehepaare gescheitert sind. *Wer wagt, gewinnt,* dachte ich.

»Pack ein paar Klamotten ein, die möglichst schnell wieder trocknen« – an diese Empfehlung von Andreas konnte ich mich heute Morgen noch erinnern, als ich mit leicht verkatertem Kopf Bikini, Yoga-Hose und ein paar Kleidchen in meinem kleinen Rimowa-Koffer verstaute. Ich sah mich schon am Strand, unter Palmen, umspült von warmen Wellen, kein Seestern würde zwischen uns passen, ich würde eine Woche lang nichts anderes sehen als das Meer und seine schönen Augen … Ob wir einfach zum Flughafen fahren und dort den nächsten Flug nach St. Lucia buchen würden? Oder hatte er gar schon etwas arrangiert?

Statt einem Flugticket gibt er mir nun bei mir vor der Haustür zwei Taschen.

»Wozu sind diese Haken?«, frage ich.

»Das sind Fahrradtaschen«, sagt Andreas und guckt mich leicht belustigt an.

»Wozu brauche ich die?«, frage ich weiter und komme mir ein wenig dämlich vor.

»Damit du sie an deinem Rad festmachen kannst.«

»An meinem Rad?« Hat der etwa ein Rad ab?

»Du hast doch eins, habe ich gestern gesehen. Hollandrad, Gazelle Primeur, fünf Gänge, Bremsen ganz okay«, rattert er los, »insgesamt gut in Schuss, leider kein Nabendynamo, aber den wirst du auch nicht brauchen. Wie alt sind deine Schläuche?«

»Wie alt meine *was* sind?« Das hat mich ja noch niemand gefragt. Klingt auch irgendwie unanständig. »Keine Ahnung.«

»Macht nichts, ich habe Ersatz dabei. Soll ich dir beim Umpacken helfen?«

Ich schüttele etwas verwirrt den Kopf, öffne aber folgsam den Koffer und fülle den Inhalt unter Andreas' prüfendem Blick in die orangefarbenen Taschen um. Die ganze Sache scheint mir mehr als einen Haken zu haben.

»Nimm doch noch eine Fleecejacke oder einen warmen Pulli mit. Und eine Regenjacke. Wasserfeste Schuhe wären auch gut.« Er deutet auf meine Blundstones.

Unter normalen Umständen hätte ich widersprochen. Aber wenn ich verkatert bin und ein erstaunlich attraktiver Mann klare Ansagen macht, sind die Umstände nicht normal. Also in meinem Leben zumindest nicht.

Wenig später trägt Andreas mein Fahrrad aus dem Keller hoch, ganz Gentleman, pumpt noch etwas Luft in die Reifen, hängt die Taschen dran und schließt dann sein Rad los. Es sieht aus wie die futuristische Studie eines neuartigen Panzers: voller Hightech und schwer bepackt.

»Das ist ja alles ganz amüsant«, bemerke ich, »aber wir wollten doch in die Südsee und nicht bloß ins Alte Land. Oder hast du kalte Füße gekriegt?« Mein Blick bleibt an seinen wahnsinnig hässlichen Trekkingsandalen hängen. Sollte man den Verkauf nicht gesetzlich reglementieren? Aber gepflegte Füße, immerhin.

»In die dänische Südsee«, sagt Andreas. »Erinnerst du dich nicht?«

Dänische Südsee? Was soll das denn sein! Nein, ich erinnere mich nicht. Weder, davon je gehört, noch, einer Reise dorthin zugestimmt zu haben.

»Ach komm«, sagt er und guckt mich aus kugelrunden braunen Augen an wie ein hungriger Dackel. »Gestern Abend warst du noch ganz begeistert.«

War ich? Ich versuche, mir den Schock nicht anmerken zu lassen, und erinnere mich tapfer an mein alkoholseliges *Wer wagt, gewinnt.* Außerdem scheint Andreas die Sorte Mann zu sein, der man nicht oft begegnet und die man deswegen keinesfalls allein in irgendeine Südsee fahren lassen sollte.

Also gebe ich mir einen Ruck, packe mein Rad fest am Lenker und schwinge mich auf den Sattel:»Na dann – auf geht's!« Ich werde jetzt sofort in einen neuen Lebensabschnitt starten. Nichts kann mich stoppen.

»Zum Hauptbahnhof geht es in die andere Richtung!«, ruft Andreas mir nach.

Die Fähre der *Vogelfluglinie* ist wie ein Wartesaal zwischen den Welten: Man fühlt sich nicht wie auf einem Schiff, sondern wie auf einem Flughafen, und obwohl wir an Deck sitzen, ist das Meer nicht wirklich da. Das Schiff nach Langeland, das wir danach besteigen, ist da ganz anders: unmittelbarer, kleiner und aus den sechziger Jahren. Doch genau wie vorher in der *Vogelfluglinie* suche ich auch hier vergeblich nach Reiseprospekten oder anderen Informationen über unser Urlaubsziel.

»Ach, wir lassen uns einfach überraschen«, sagt Andreas, zieht mich an einen der Tische draußen und kramt zwei Dosen und zwei Tafeln Schokolade heraus.»Picknick mit *Hyldeblomst*-Cider.« Er öffnet die Dosen und stößt mit mir an.

Was ist *Hyldeblomst?* Klingt irgendwie ungenießbar.

»Auf Langeland!«, sagt Andreas und stößt mit mir an. Am Horizont ist die Insel bereits in Sicht.

Ich riskiere einen vorsichtigen Schluck. Das Dosengetränk schmeckt … kribbelig-süß. Darauf kann man doch aufbauen!

»Ich liebe dänisches Design«, sage ich voller Optimismus. »Die Ferienhäuser sind bestimmt wunderbar.« Ich stelle mir einen von Arne Jacobsen entworfenen Bungalow vor. Das SAS Radisson in Kopenhagen ist von ihm, bestimmt wird es also auch ein paar Designerhäuschen auf Langeland geben.

Schade, dass ich keine Gelegenheit hatte, das vorher zu googeln.

»Ferienhäuser? Klar, da haben die schon schöne zu bieten. Wir werden ja an einigen vorbeifahren. Möchtest du nach Norden oder nach Süden?«

»Nach Süden!«, entscheide ich. Wenn schon dänische Südsee, dann wenigstens so südlich wie möglich. Aber wieso vorbeifahren? Das kann ich leider nicht klären, denn die Fähre legt schon an. Von den zwei Tafeln Schokolade habe ich nur drei Stückchen abbekommen. Aber Süßes ist eh nicht mein Ding. Ich brauche richtiges Essen: viele Vitamine, viel Gemüse, am besten zwei Mal am Tag warm. Fleisch eher nicht, dafür gerne Fisch. Da dürfte ich auf einer Insel richtig aufgehoben sein. Der Gedanke daran lässt mich viel optimistischer in Richtung Landungssteg blicken. Was Andreas wohl isst? Außer Schokolade, meine ich.

Im Hafen von Spodsbjerg gibt es keine Fischräucherei. Noch nicht mal einen Laden, der frischen Fisch verkauft. Angelausflüge werden angeboten, aber das scheint mir dann doch ein wenig zu aufwendig nur für eine Mahlzeit …

Zum Glück gibt es ein paar hundert Meter weiter einen Supermarkt, *Dagli Brugsen*. Ich liebe ausländische Supermärkte! Die geben mir einerseits ein Gefühl von Heimat (es ist so normal und herrlich alltäglich, Lebensmittel zu kaufen) und andererseits ein überschaubares Gefühl von Exotik (was könnte in der Packung mit der Aufschrift *Hytteost* sein?). Außerdem bin ich beruhigt, wenn die Lebensmittelversorgung gesichert ist. Begeistert werfe ich Produkt um Produkt in den Einkaufswagen.

»Interessant«, kommentiert Andreas meinen Aktionismus. »Und wie willst du das alles transportieren?«

Ach ja. Das muss ja mit. Ohne Kofferraum. »Ich möchte es gar nicht transportieren, ich möchte es essen«, entgegne ich trotzig.

»Hunger habe ich auch«, lenkt er ein. »Und in meinen Taschen ist auch noch etwas Platz.«

Wir einigen uns auf Pasta und Pesto. Die von mir ausgewählten Cashewkerne schaffen es ebenso in die Auswahl wie der Joghurtdrink. Seine Favoriten sind ein rundes Knäckebrot und Marmelade in einer Art Tube, dazu ein Rotwein von zweifelhafter Qualität. Der Rest wandert ins Regal zurück. Alles ganz entspannt. *Ein Mann, mit dem man einkaufen kann,* denke ich beglückt. Das ist nicht selbstverständlich: Normalerweise braucht man diverse Dates Eingewöhnungszeit, bevor man auch nur ansatzweise Alltagstätigkeiten in eine neu entstandene Beziehung einfließen lassen kann. Und das auch nur tröpfchenweise. Männer fühlen sich sonst so gebunden und scheuen. Als ich meinen letzten Verflossenen nach sechs Monaten bat, mit mir gemeinsam Altglas zum Container zu tragen, wurde unsere Beziehung gleich mit entsorgt. Andreas und ich dagegen legen die Waren abwechselnd aufs Einkaufsband wie ein eingespieltes Team. Zum ersten Mal in meinem Leben bekomme ich Lust, an der Supermarktkasse jemanden zu küssen. Lächerlich, oder? Ob wir uns gestern Nacht geküsst haben, weiß ich leider nicht mehr so genau. Könnte sein. Vielleicht aber auch nicht.

»Es ist schon acht Uhr«, stellt Andreas fest, als wir den Laden verlassen. »Wollen wir uns den Campingplatz nebenan mal ansehen?«

Das Wort *Campingplatz* löst bei mir sofort Fluchtreflexe aus. Aber dann lächelt Andreas mich an, und das wischt alle Bedenken davon. Was macht es schon, dass ich Übernachten unter fast freiem Himmel schrecklich finde. Ich bin gerade viel zu fasziniert, um Forderungen zu stellen. *Außerdem ist es Freitag, und Bettenwechsel in Dänemark ist ja bekanntlich erst am Sonnabend,* rationalisiere ich. *Und wahrscheinlich liegen die richtig schönen Ferienhäuser etwas weiter entfernt, und auf eine längere Radtour habe ich heute wirklich keine Lust.* Deshalb sage ich nur: »Okay.« Mal gucken, was da kommt. Auf Campingplätzen soll es ja sehr nette Hütten geben.

Schwungvoll rollt Andreas das Zelt auf dem Rasen aus und erzählt mir von seiner mobilen Behausung, als wären sie alte Freunde. »Es ist ein Hilleberg«, lerne ich, »fünfzehn Jahre alt und immer noch top in Schuss, dabei noch kein einziges Mal nachimprägniert.«

»Das ist ja … praktisch?«

»Hilleberg ist so etwas wie der Porsche-Mercedes-Rolls-Royce-Ferrari unter den Zelten«, erklärt Andreas weiter. Ich erfahre, dass das Zelt nicht nur ein Automobil, sondern auch ein Juwel ist, das sich zu so niederen Veranstaltungen wie Rockfestivals und dergleichen nicht herablässt. Einsame Bergtouren liegen ihm mehr. Andreas erzählt von einer Silvesternacht im Schnee, nur er und sein Hilleberg in den Alpen. Welche Frau kann da schon mithalten? Mir schwant: Wenn das je etwas mit uns wird, werde ich immer hinter dem Zelt zurückstecken müssen. Fürs Erste darf ich froh sein, darin zu nächtigen. Aber worauf und worin?

»Ich habe dir eine Isomatte und einen Schlafsack mitgebracht. Komforttemperatur bis −8 °C, das müsste reichen«, beruhigt Andreas mich, während wir die Pasta essen, die er auf einem winzigen Campingkocher zubereitet hat.

»So kalt wird das hier? Ich denke, wir sind in der Südsee?«

»Notfalls wärme ich dich.«

Oha! Ist das ein Annäherungsversuch? »Ich werde gegebenenfalls darauf zurückkommen«, entgegne ich. Nun ist mir auch ohne Komforttemperatur-Schlafsack warm ums Herz. Nachdem wir uns gegenseitig über Lieblingsfilme (ich: *Frühstück bei Tiffany*, er: *Kill Bill*), Berufsstand (ich: Berufsschullehrerin, er: eigentlich Flugzeugmechaniker, baut aber nun Gitarren), Styling-Fehltritte (ich: Dauerwelle, er: wasserstoffblonder Irokesenschnitt), schlimmste Ferienjobs (er: Dixieklo-Reiniger, dem konnte ich nichts annähernd so Grauenhaftes entgegenhalten) und die eigenartigsten Dorfdiscos, in denen wir je waren, in Kenntnis gesetzt haben, könnte für mich unmittelbar der gemütliche Teil des Abends beginnen. Vielleicht sollte ich ihn jetzt küssen? Oder warten, bis er den ersten Schritt macht? Andreas steht auf.

»Ich brauche noch ein bisschen Bewegung«, sagt er, schwingt sich auf sein Rad und verschwindet in der Abenddämmerung. Das war's. Ich bleibe zurück – verdattert, allein und verlassen auf einer einsamen Insel. Na ja, nicht ganz so einsam, aus dem Vorzelt des benachbarten Wohnwagens plärren drei Kinder und ein Fernseher, aber das ist kein echter Trost. Ich bin nicht der Typ Frau, der gerne alleine vor einem Campingkocher sitzt. Das muss er doch einsehen!

Hilflos starre ich auf unser schmutziges Geschirr, zwei Blechnäpfe mit Griff an der Seite. Nein, ich werde jetzt nicht den hausfraulichen Pflichten nachkommen, die Generationen um Generationen von Frauen vor mir klaglos erfüllt haben, als sei es ihnen ins Genmaterial geritzt. Ich werde hier sitzen und entrüstet sein! Das klappt so lange, bis mich eine Mücke ins Bein sticht, eine Nanosekunde später eine in den Arm und ein feindseliges Etwas einen offensichtlich düsengetriebenen Angriff auf mein rechtes Ohr fliegt. Seufzend schnappe ich mir die Schalen, das Spülmittel und das Geschirrhandtuch, das Andreas – wahrscheinlich in weiser Voraussicht – griffbereit rausgelegt hat, und suche ein Spülbecken.

»Willst du gar nicht wissen, wo ich war?«

Andreas ist wieder da. Ich widerstehe dem brennenden Verlangen, meine Mückenstiche zu kratzen und antworte: »Nö.« Er wird es mir eh gleich erzählen.

»Ehrlich nicht?«

»Ist mir völlig egal.«

»Hmm.« Er ist verwirrt. Ich merke, wie es in seinem Hirn rattert. »Du bist jetzt aber nicht sauer, weil ich dich noch mal kurz alleingelassen habe, oder?«

»Ich bin ganz gerne mal allein.« Das ist nur zur Hälfte gelogen. Zu Hause bin ich wirklich ganz gerne mal allein – mit meinem Sofa, meinem Kühlschrank, meiner Badewanne, meiner Zentralheizung, meinem iPad … »Und ich bin natürlich nicht sauer. Wenn du also noch ein wenig Konversation machen möchtest, kannst du mir natürlich erzählen, warum du plötzlich noch mal losmusstest. Im Gegenzug berichte ich dann von meinen Abenteuern hier.« Ich finde, das ist ein faires Angebot.

»Abenteuer?« Er guckt, als hätte ein Campingplatz keinerlei Abenteuer zu bieten.

»Abenteuer ist vielleicht das falsche Wort«, rudere ich zurück. Als mir dann allerdings der Gedanke kommt, er könne denken, dass *ich* keinerlei Abenteuer zu bieten habe, setze ich sofort hinterher: »Sensation oder Superlativ beschreibt meine Begegnung vielleicht besser. Aber jetzt bist erst mal du dran.«

»Aha«, sagt er. Und: »Ja, also.«Und dann schließlich: »Ich war in Rudkobing, das ist die einzige größere – nun, das ist ja relativ – Stadt hier, da gibt es nämlich den nächsten Geldautomaten. Ich hatte völlig vergessen, dänische Kronen zu besorgen. Oder hast du daran gedacht?«

Ob ich daran gedacht habe? Nachdem ich heute Morgen noch nicht einmal wusste, wo ich landen würde? »Nee, ich habe nur ein bisschen Muschelgeld eingesteckt«, gebe ich süß lächelnd zurück. »Und in meinem Koffer hatte ich natürlich noch diese gigantischen Mühlsteine, die mit dem Loch darin, mit denen man auf *Südseeinseln* bezahlt.«

Er grinst. Immerhin. Solange man mit ihm lachen kann, ist noch nicht alles verloren. »Nun habe ich auf jeden Fall Kronen und kann dir weiter schöne Sachen kaufen wie im *Dagli Brugsen*.«

»Ja, mein Kronprinz«, sage ich – und frage, nur so für mich, hinterher: *Wie hast du eigentlich gerade im Supermarkt gezahlt?* Ich habe gar nicht darauf geachtet, war viel zu sehr damit beschäftigt, ihn anzuhimmeln. Ich merke, ich bin dabei, in eine ungewollt klischeehafte Rollenverteilung hineinzurutschen. Das muss sich schleunigst ändern! Leider fällt mir so schnell kein passender Machospruch ein, der das Gleichgewicht wiederherstellen könnte.

Deshalb erzähle ich ihm als Ablenkungsmanöver von meiner Begegnung mit Hannelore und Hannibal. Über letzteren wäre ich nämlich fast gefallen. Hannibal ist ein zu klein geratener Zwerg-Chihuahua, eine Handvoll Hündchen mit flummigroßen, murmelblanken Glubschaugen, und er war gerade im Begriff, einen Neufundländer anzugreifen, als ich mit unserem Geschirr die Spülküche verließ. Ich kam ins Stolpern, Hannibal wurde dadurch abgelenkt und unterbrach seine Attacke auf seinen kalbsgroßen Widersacher. Hannelore behauptete, ich hätte ihn gerettet (ich dachte, ich hätte ihn fast totgetreten) und wollte mir Likörchen ausgeben, um mir die ganze Lebensgeschichte mitsamt Stammbaum ihres zu klein geratenen Lieblings zu erzählen. Likörchen lehnte ich ab, dem Rest konnte ich mich trotzdem nicht entziehen. Das hat meinen Kommunikationsbedarf für heute fast gedeckt. Trotzdem erzähle ich die Geschichte so pointiert, als gälte es, einen Poetry Slam zu gewinnen. Ich will mein Gegenüber schließlich beeindrucken, auch wenn ich das ganz entschieden nicht wollen sollte.

»Ich kann Hunde nicht leiden«, ist der einzige Kommentar von Andreas.

»Ich auch nicht«, antworte ich.

Hoffentlich ist das nicht unsere einzige Gemeinsamkeit.

Genauso fremd wie der Mann ist die Umgebung. Ich weiß gar nicht, woran ich zuerst denken soll. An Dinge wie: Wo ist das nächste Klo? Wie finde ich zurück zum Zelt (das praktischerweise dunkelgrün ist)? Was mache ich, wenn ich über eine Zeltleine stolpere und mir den Kopf an einem Findling blutig schlage? Wie entkomme ich Hannibals Frauchen? Ich bin vollends mit Überleben beschäftigt. Das macht müde, nicht romantisch. Kaum bin ich in den Schlafsack gekrochen, befinde ich mich auch schon in der ersten REM-Phase. Ob Andreas sich etwas anderes erhofft hat? Das verrät mir sein Schnarchen, das mich mitten in der Nacht weckt, nicht.

Als ich am nächsten Morgen aufwache, bin ich wieder allein. Wenn ich nicht todsicher wüsste, dass ich mir diese Art von Ferien nie selbst hätte ausdenken können, würde ich vermuten, ich bin eine alleinreisende Frau auf der Suche nach naturnahen Erlebnissen. Das wäre mal eine Facette meiner Persönlichkeit, mit der ich mich vorher noch nie bekannt gemacht habe.

Die Ferienhäuser sind wirklich sehr schön. So im Vorbeifahren. Wir halten bei keinem an, keinem einzigen. Das macht mir weniger aus, als ich gedacht habe, denn die Nacht im Zelt war erstaunlich komfortabel. Die Isomatte ist weicher als ein Futon, der Schlafsack mollig warm.

Die Landschaft ist auch sehr schön: goldene Getreidefelder, sattgrüne Wiesen und dann diese entzückenden Hügel. Hübsch anzuschauen, auch die Steigungen sind nicht so schlimm, jedenfalls bei den ersten dreien, dann ist auch mal gut, finde ich.

Bei der nächsten Pause, geschätzte hundertfünfzig Hügel später, die übrigens alle an Brüste erinnern, Brüste in mehr als Doppel-D, konsultiere ich einen Touristenprospekt, den ich vom Campingplatz mitgenommen habe. *Genießen Sie die 1000 Hügel von Langeland,* steht da. 1000? Wieso 1000? Und warum haben die keine einzige Straße drum herum gebaut?

»Wusstest du, dass Langeland 1000 Hügel hat?«, frage ich Andreas.

»Nö«, antwortet er ungerührt. »Meinen die diese kleinen Erhebungen?« Ich erfahre, dass Andreas gerne Bergwandern geht, dass er davon träumt, mit dem Rad die Alpen zu überqueren, und dass »Hügel« ein viel zu mächtiger Ausdruck für diese kleinen Ausdellungen der Erdkrume sei. Dinge, die ich nie wissen wollte.

Immerhin sagt er mir nicht, wie bescheuert ich mit dem zu zwei seitlichen Zöpfen gebundenen Haar, dem geröteten Gesicht, den Schweißflecken im T-Shirt und der vor Anstrengung wahrscheinlich seitlich schlaff aus meinem Mundwinkel hängenden Zunge aussehe. Auch der leichte Ausdruck von Panik in meinem Gesicht scheint ihn eher zu faszinieren als abzustoßen.

Gerade als ich kurz vorm Kapitulieren bin, biegen wir in eine Allee ein und halten vor einem Herrenhaus. Eine Informationstafel erläutert, dass in diesem kein Herr, sondern eine Dame residierte, eine, die Langeland – genau genommen: ihr großzügiges Anwesen – nie verlassen hat. Sie ist weder umgezogen noch verreist. Wozu auch, sie hatte ja alles, jeden Menge Dienstboten, hin und wieder Gäste und jeglichen Komfort. Ein Konzept, für das ich mich spontan erwärmen könnte, vor allem, als ich durch die großzügigen Räume des Hauses schlendere, das heute ein Museum ist.

»Tolle Wandfarbe«, sagt Andreas. Der Farbton sieht aus wie verwelkter Flieder mit einem Schuss Betongrau. Kann man mögen. Muss man nicht. Trotzdem denke ich anerkennend: *Ein Mann der sich für Wandfarbe interessiert. Das kommt nicht oft vor.*

Die Dame des Hauses hatte keinen Mann, erfahren wir. »Keinen, der sie gezwungen hat, ihr behagliches Haus zu verlassen und sich auf eine beschwerliche Reise ins Ungewisse zu begeben«, neckt Andreas mich.

»Das wäre damals sicher auch nicht schicklich gewesen«, gebe ich zu bedenken.

»Das moderne Leben mit seinen Möglichkeiten hat eben auch seine Tücken«, grinst er zurück.

Von wegen modernes Leben! Ich bin in ein Zeitloch gefallen und direkt in der Steinzeit wieder rausgekommen.

»Du könntest schon mal Feuerholz sammeln«, sagt Andreas, bevor er wegfährt und mich mutterseelenallein in der Wildnis zurücklässt. Die Wildnis ist ein Wäldchen direkt an der Steilküste. Ein struppiges, Brennnessel-durchwachsenes Wäldchen, in dem ich vorsichtig herumstakse und massenweise Kellerasseln aufschrecke, wenn ich einen weiteren morschen Ast vom Boden aufklaube. Bündelweise schleppe ich meine Beute zur Feuerstelle, die durch einen Ring aus Steinen gekennzeichnet ist.

Es ist schon der vierte Tag unserer gemeinsamen Reise, gefühlte 10 000 Hügel später, und ich bin am Ende meiner körperlichen Belastbarkeit. Es hat geregnet. Es hat gestürmt. Mücken haben mich gestochen, auch an Stellen, an denen ich mich nicht kratzen kann. Meine Klamotten sind nass geworden, ausnahmslos alle. Das Kriterium »sauber« wurde durch »gerade noch akzeptabel (wenn auch nicht in geschlossenen Räumen)« ersetzt. »Dann ist es doch gut, dass wir uns nicht in geschlossenen Räumen aufhalten«, hatte Andreas versucht, mich aufzumuntern. Vermutlich meinte er das ernst. Ich habe ihn angeschrien, als sei er der Wettergott persönlich, doch meine Worte sind an ihm abgeperlt wie die Regentropfen an seinen Funktionsklamotten. Er fuhr danach nur noch etwas schneller.

Ich hasse ihn dafür, dass er das tut, dafür, dass es regnet, dafür, dass Langeland so hügelig ist, dafür, dass er immer ein paar Stunden am Tag verschwindet und ich dann nicht weiß, was ich mit mir anfangen soll. Ich hasse ihn dafür, dass er so perfekt ausgerüstet ist, dass das ach so tolle Zelt wahnsinnig wasserdicht ist, dass er alles vorher geahnt haben muss, dass er mich in diese Falle gelockt hat. Vor allem hasse ich ihn dafür, dass er sich all mein Gezeter gleichmütig anhört, ohne sich die Laune verderben zu lassen. Und dann lächelt er auch noch! Das macht mich wahnsinnig.

»Du siehst wahnsinnig gut aus, wenn du dich so aufregst«, hat er gestern Abend gesagt.

»Brat dir 'n Ei drauf«, habe ich ihn angeblafft, stocksauer, mir die Schlafsackkapuze über den Kopf gezogen und mich weggedreht. Zum Glück ist das Geräusch des prasselnden Regens auf dem Zeltdach so beruhigend, dass ich jeden Abend in Sekundenschnelle einschlafe.

Wenn ich morgens aufwache, bin ich alleine im Zelt. Andreas schraubt draußen an seinem Rad herum oder ist gar nicht da. Immerhin hat er mir heute einen Tee gekocht, der vor dem Zelt steht, mit dem Teller als Abdeckung, damit keine Tierchen drin baden. Schwarzer Tee mit Zucker. Ich hätte gerne noch Milch dazu oder Sahne, aber an solch verderblichen Luxus ist nicht zu denken. Wir bewegen uns nämlich inzwischen fernab der Zivilisation. Einen Campingplatz haben wir nicht mehr angesteuert, jedenfalls keinen mit Waschhäusern, Kiosken, Kleinsthunden und Vorzeltambiente. Nein, Andreas lotst uns zu Plätzen, die nur auf seiner Hölle-auf-Erden-Karte verzeichnet sind. Ganz einfachen Zeltplätzen, genau genommen: einem Stück Wiese mit einem kleinen Schild davor, dass man dort für ein, höchstens zwei Nächte sein Lager aufschlagen darf. Aber nur, wenn man nicht motorisiert angereist ist. Die Ausstattung: eine Feuerstelle. Manchmal ein Wasserhahn, den muss man aber erst suchen. Mit sehr viel Glück ein Plumpsklo. Dusche? Fehlanzeige. »Duschen wird eh überschätzt«, findet Andreas. »Ist auch für die Haut gar nicht gut.« Über die Auswirkungen von

Dreck und Schweiß, der auf der ungewaschenen Haut langsam zu einer starren Kruste wird, weiß er nichts. »Das bildest du dir nur ein«, meint er. »Du siehst einfach gesund aus. Ich wette, deine Durchblutung ist so gut wie seit Jahren nicht mehr. Wenn wir ins nächste Dorf kommen, testen wir mal deinen Puls.«

Das macht mich wahnsinnig. Dieses entspannte Lächeln! Ansatzlos schreie ich ihn an: »Du testest mich! Du testest aus, ob du mich kleinkriegst! Ob ich das aushalte hier!«

Er sieht mich verdutzt an. »Du glaubst, dass ich dich ... teste? Interessanter Ansatz«, sagt Andreas und reibt sich nachdenklich das Kinn. »Wie kommst du darauf?«

»Ich ... ähhh ... wir sind hier nur zu zweit!« Ich deute auf die menschenleere Landschaft um uns herum; der Bauer auf seinem Mähdrescher, der am Horizont die Ernte einfährt, zählt in diesem Moment nicht. »Und das ist doch eindeutig ein Belastungstest. Ob das Material taugt oder ob ich Konstruktionsfehler habe. Ein Elchtest.«

»Könnte es nicht sein, dass ich einfach nur mit dir Ferien machen will?«, fragt er mich. »Ich wusste nicht, dass das für dich so schlimm wird«, schickt er hinterher und setzt mit einem Lächeln hinzu, »und dass sich die Welt nur um dich dreht, inklusive allem, was ich tue.«

Darauf werde ich ihm nun natürlich eine wohlüberlegte und gepfefferte Antwort entgegenschmettern. Aber alles, was mir einfällt, ist: »Hunger habe ich auch!«

»Okay«, sagt er, als ob das eine Antwort wäre. Dann schwingt er sich auf sein Rad und fährt davon.

Ein paar Schreckminuten lang stehe ich vor dem Haufen aus Packtaschen. Ein neuer Zeltplatz auf einer kleinen Lichtung. Das Gras ist nicht gemäht, hier mag im vorigen Jahr-

163

tausend zuletzt ein anderer Mensch gewesen sein. Wahrscheinlich haben ihn die Mücken gefressen. In der Nähe rauscht das Meer, von oben nieselt der Regen. Ich habe keine Ahnung, wie man das Zelt aufbaut, ich habe nichts zu essen. Einen Unterstand gibt es nicht. Wütend breche ich einen Ast von einem morschen Baum. Das Holz kracht splitternd. Die beste Musik, die seit Tagen an meine Ohren gedrungen ist! *Schade, dass ich vergessen habe, ein Beil mitzunehmen,* hat Andreas gestern gesagt. Wenn ich jetzt ein Beil hätte, ich würde mich auf die Lauer legen und auf seine Rückkehr warten. Aus dem Nichts würde ich mich auf ihn stürzen und ihm den Schädel spalten.

Was für eine Frechheit, mir vorzuwerfen, ich würde mich für den Mittelpunkt der Welt halten! Wie kann ich ein Mittelpunkt sein, wenn noch nicht mal er mich beachtet? *Krach,* der nächste Ast muss dran glauben. Wie kann er glauben, dass ich alles auf mich beziehe, nur weil ich mich mal ein bisschen beschwere? *Wumms,* ich trete einen kleinen Baum um, das zarte Pflänzchen hat keine Zukunft mehr.

Er lässt *mich* alleine, darum geht es doch! *Zack,* drei Äste auf einmal. Ich meine, wenn er mich erst hier in die Wildnis schleppt und sich dann nicht um mich kümmert, wer sollte es dann tun? Da ist doch sonst niemand! Niemand außer mir. *Rums,* ich lasse einen wüsten Scheiterhaufen neben die Feuerstelle fallen.

Niemand außer mir.

Ich.

Ich sollte mich um mich selbst kümmern.

Wer sonst, denke ich grimmig und bin im gleichen Moment erstaunt. Einfache Erkenntnis, ein bisschen zu naheliegend. Kitschig dadurch in Szene gesetzt, dass der Nieselregen aufhört und Sonnenstrahlen durch die Blätter fallen, direkt auf mein Gesicht.

Die schmutzigen Hände wische ich mir an der Hose ab, dann steige ich auf mein Rad und fahre ebenfalls los. Einfach geradeaus. Nach einer halben Stunde entdecke ich am Straßenrand einen kleinen Stand. Gurken und Tomaten liegen dort auf einer geblümten Wachstuchtischdecke, abgepackt in Tüten. Es ist wie im Schlaraffenland. Gierig schlinge ich das Gemüse in mich hinein, der Tomatensaft rinnt mir aus dem Mundwinkel. Mit jedem Bissen merke ich, wie es mir bessergeht. *Ich tue etwas für mich,* denke ich, während ich die dritte Gurke aufesse. *Es geht mir gut!* Dann erst fällt mir die Geldkassette auf, die, gut getarnt, neben einem Turm aus Marmeladegläsern steht. Zwanzig Kronen kostet eine Tüte. Kronen! Muss erwähnt werden, wer in den letzten Tagen nicht daran gedacht hat, welche zu besorgen?

Ich krame in meiner Tasche, ein zweiter Schreck durchfährt mich, als ich merke, dass ich mein Portemonnaie in einer der Packtaschen vergessen haben muss – also mitten in dem Gepäck- und Ausrüstungshaufen, den ich achtlos habe liegen lassen. 4,58 Euro finde ich in meinen Hosen- und Jackentaschen. Reicht das? Keine Ahnung. Ich lege sie schnell in die Kasse und fahre mit brennend schlechtem Gewissen davon. Dem nächsten Bauern, der mir auf seinem Trecker entgegenkommt, kann ich nicht ins Gesicht gucken. Vielleicht habe ich gerade ihn und seine Frau bestohlen.

Trotzdem: Ich fühle mich schon besser. Den Weg zurück zum Zeltplatz finde ich auch; zwar verfehle ich zunächst drei Mal die unscheinbare Abzweigung ins Wäldchen, doch dann stehe ich wieder vor unserem unberührten Taschenhaufen und dem von mir gesammelten Holzhaufen. Mit dem ich nun aber herzlich wenig anfangen kann.

Oder? Als Kind habe ich es geliebt, im Garten meiner Eltern herumzukokeln. Wo ich war, stand etwas in Flammen ...

Okay, es dauert ein bisschen. Aber dann wird aus den klammen Ästen mit der Hilfe einer Pasta-Packung und ein paar trockenen Scheiten, die ich gut versteckt unter einer Plane finde, ein loderndes Lagerfeuer.

»Du kannst ja ... du hast ja schon ...«, staunt Andreas nicht schlecht, als er zurückkommt.

»Wenn sich die Welt schon um mich drehen soll, muss ich auch etwas dafür tun«, unterbreche ich sein verwundertes Stammeln. Nicht zickig, nicht genervt, einfach nur vergnügt. Natürlich kann ich ein Feuer anzünden. Also bitte.

Er sagt gar nichts mehr, sondern packt aus, schüttet Mehl in einen der Kochtöpfe, gibt Wasser und Hefe dazu und knetet. Ich lege etwas Holz auf das Feuer. Er stellt den Teig beiseite. Ich gucke zu, wie er das Zelt aufbaut. Es sieht ganz einfach aus. Genau wie das ganze Leben hier einfach zu sein scheint. Wir haben einen trockenen Schlafplatz, wir haben ein Feuer und bald auch etwas zu essen. Zum ersten Mal seit Tagen merke ich: Mir fehlt nichts. Es ist gut.

Den Teig, den Andreas geknetet hat, wickeln wir um lange Zweige und halten ihn über die Glut. Das Stockbrot schmeckt köstlich.

»Wir sind ein gutes Team«, sagt Andreas, als wir in der Dämmerung am Feuer sitzen.

»Hmm«, gebe ich nur von mir, weil ich nicht weiß, ob er das ernst oder ironisch meint.

Er geht nicht weiter darauf ein, sondern sagt: »Komm mal eben mit.« Nimmt meine Hand und zieht mich einen kleinen

Weg entlang. Was will er denn mit mir im Unterholz? Es war doch eben so gemütlich, kann der Mann denn keine Minute still sitzen und genießen?

Nach fünfzig Metern ist der Weg zu Ende. Ist Langeland zu Ende. Wir stehen am Rande einer Steilküste, vor uns die Ostsee, sanft wogende Weite, mit leuchtenden Tupfern darauf. Schiffe, die den Hafen oder die Ferne suchen. Eine morsche Bank steht da, Andreas zieht mich neben sich. Ein perfekter Moment!

Ich beuge mich zu ihm und küsse ihn; ich kann gar nicht anders, es ist, als würde das so im Drehbuch stehen, im großen Drehbuch des Universums, wo man einfach mitspielen muss. Ob Andreas die gleichen Regieanweisungen bekommt?

Er küsst zurück.

Wir küssen uns. Das ist mal etwas, das uns gemeinsam wirklich gut gelingt. In einer kurzen Atempause sagt Andreas: »Na endlich. Das wollte ich schon viel früher machen. Du auch?«

»Ich war zu beschäftigt, ich musste versuchen zu überleben.«

»Das ist dir ja hervorragend gelungen.«

»Danke.«

Dann küsse ich ihn weiter. Reden können wir später. Machen wir dann auch.

Aber nicht nur.

Die restlichen 896 545 Hügel von Langeland sind ein Klacks. Ein köstlicher Klacks, wie Sauerrahm auf Kürbissuppe. Es ist alles eine Frage der Einstellung. Natürlich dreht sich die Welt jetzt immer noch nicht nur um mich, aber das will ich eigentlich auch gar nicht. Sie ist eben so, wie sie ist, und ich versuche nicht, sie zu ändern. Genau wie Andreas. So wie meine Klamotten die Sonne brauchen, um wieder zu trocknen, braucht er jeden Tag etwas Zeit für sich. Und, erstaunlich: ich auch für mich.

Wehmütig schiebe ich mein schwerbepacktes Rad auf die Fähre. Andreas gurtet unseren Fuhrpark neben einem Laster an der Bordwand fest, ich nehme eine Flasche *Hyldeblomst* mit an Deck.

Am Horizont verblasst Langeland, Andreas packt aus einer Schachtel zwei hübsche Törtchen aus. Wo er die nur wieder herhat?

»Die Zeit ging so schnell vorbei«, sage ich.

»Meinst du, wir werden uns in geschlossenen Räumen auch so gut verstehen?«, fragt Andreas.

»Einen Versuch wäre das wert«, stelle ich in Aussicht. Natürlich. »Tschüss Langeland, wir kommen wieder!« Ich winke, setze die Flasche an und nehme einen großen Schluck.

Der Schreck verzerrt mein Gesicht, zieht die Muskeln und Nerven in alle Richtungen, nur weg von der unerträglichen Süße, die wie ein Lavastrom aus Zucker alles vereinnahmt, ein riesiger Hammer aus klebriger Zuckerwatte, der mich umhüllt. Es ist widerlich!

Als ich meine Gesichtszüge wieder unter Kontrolle habe, ist Langeland schon nicht mehr zu sehen. Andreas nimmt mir vorsichtig die Flasche, die ich noch immer fest umklammere, aus der Hand.

»Das ist Sirup«, stellt er fest. »Holunderblütensirup. Sollte man 1:12 mit Wasser mischen, steht drauf.« Er reicht mir ein Törtchen und beißt beherzt in seines.

Ich mache es ihm nach und kaue mich langsam durch eine dichte Teig-Marzipan-Schokoladen-Masse. »Die würden 1:12 auch besser schmecken.«

Manche Dinge erträgt man eben nicht in jeder Konzentration. Bei Sirup und dänischen Törtchen ist das sicher. Aber auch das Leben und die Liebe gewinnen manchmal an Geschmack, wenn man sie ein wenig verdünnt.

Anette Göttlicher

Der Jungbrunnen

München, April 2012, Café Luitpold

*I*ch sag's Ihnen gleich in aller Deutlichkeit – das Ganze ist eine reine PR-Maßnahme. Ich brauche eine Story in der BUNTEN, denn ich habe es satt, nur ab und zu in Dienstags-Komödien eine Nebenrolle als nervige Schwiegermutter zu spielen.« Sie holte tief Luft, schloss kurz die Augen und schluckte ihren Ärger sichtbar hinunter, bevor sie in geschäftsmäßigem Ton fortfuhr: »Ich habe den kompletten Ablauf der Aktion mit meiner Agentin geplant, hier steht alles drin.« Sie legte ein spiralgebundenes Dokument auf den Tisch des Cafés, das ungefähr die Dicke einer Seminararbeit hatte.

»Alles klar«, sagte er und kam sich dumm vor. Jung und dumm. *Aber,* dachte er, *das ist natürlich genau das, was sie sucht: einen jungen, gutaussehenden Mann, der in erster Linie scharf aufs Geld ist.* Und sie zahlte nicht schlecht. Allein das Fixum für die sechs Monate, die er sie begleiten sollte, war mehr, als er im letzten Jahr verdient hatte, und wenn alles nach Plan lief, konnte sich aus den 15 Prozent Beteiligung an ihren Engagements von 2013 bis 2015 auch noch eine hübsche Summe ergeben, für die er dann nicht mal mehr etwas leisten müsste.

Greta Lohengrin. Wie alt mochte sie sein? Er nahm einen Schluck von seinem Latte macchiato und betrachtete sie über den Milchschaum hinweg. Auf ihrer Website nannte sie 1957 als ihr Geburtsjahr, aber viele Schauspieler verjüngten sich im Internet; auf anderen Websites war von 1950 die Rede. Für eine Zweiundsechzigjährige hätte sie sich hervorragend gehalten, obwohl er ihr ansah, dass sie die Spuren des Alters mit geschmackvollem, aber sichtbarem Make-up überdeckte. Er blickte auf Gretas Hände. Sicher cremte sie diese täglich mit sündhaft teurer Lotion ein, denn sie sahen erstaunlich jung aus. Auch ihre Gestik passte nicht zu einer älteren Dame, sondern wirkte jünger. Wer weiß, vielleicht war sie wirklich erst fünfundfünfzig.

»Eins ist für unser kleines Arrangement wichtig: Verlieben Sie sich nicht in mich. Tun Sie nur so.« Sie lächelte. Die vielen winzigen Fältchen rund um ihre Augen und ihren Mund kräuselten sich leicht. Dann machte sie eine Handbewegung, als wolle sie sich eine Haarsträhne aus dem Gesicht streichen, doch da war keine; sie schmiegten sich alle brav und silbern in einen modernen und doch zeitlosen Bob, den man sich schwer in einer anderen Form als in ebendieser Perfektion vorstellen konnte.

Er beschloss, von Greta Lohengrin fasziniert zu sein.

Philipp Landinger, fünfunddreißig Jahre jung, 1,90 Meter groß, sportliche Figur, ohne künstlich trainiert zu wirken, dunkelblonde Haare, lässig aus dem Gesicht gewuschelt, grüne Augen, eine feine, gerade Nase, ein schön geschwungener Mund, markante Wangenknochen. Und als kleinen Makel, der seine sonstige Perfektion nur noch mehr strahlen ließ: ein paar dezente Narben einer lang zurückliegenden

Pubertätsakne. Er war genau der Richtige: attraktiv, selbstbewusst, nicht die hellste Kerze im Leuchter, aber auch nicht dumm. Sie ertappte sich dabei, sich ganz unprofessionell auf die kommenden Monate zu freuen.

»Wir sind uns also handelseinig?«

»Absolut. Ich fühle mich geehrt und freue mich sehr, Frau Lohengrin«, erklärte er, ganz Gentleman.

»Greta. Wir müssen uns natürlich duzen. Der erste Termin ist ein Charity-Event am 15. Mai in einer Privatvilla am Englischen Garten. Ein Probelauf sozusagen; es gibt dort keinen roten Teppich, deswegen ist es eine gute Gelegenheit, dich mitzunehmen, ohne dass die Presse dich schon als meinen neuen Freund mit ihren Kameras abschießen kann. Die Details besprechen wir telefonisch ein paar Tage vorher.«

»Alles klar«, sagte er. »Ich bin Philipp.«

»Ich weiß.«

Wohlgemut-Klinik, Starnberger See, Anfang Mai 2012

»Frau Wagner? Bitte entschuldigen Sie, wenn ich störe …«

Sie öffnete die Augen ein paar Millimeter und blinzelte in die Frühlingssonne, die so hell war, dass sie sofort leichte Kopfschmerzen bekam. Über ihr stand eine junge Schwester in mintgrüner Tunika.

Ja, Sie stören mich, hauen Sie ab!, wollte sie zischen, hielt sich aber zurück. Die Klinik war der wohl diskreteste Ort in ganz Deutschland, das Personal war vom Küchenjungen bis zum Chefarzt vertraglich zu absoluter Verschwiegenheit verpflichtet. Trotzdem war es besser, nicht die kapriziöse Diva heraushängen zu lassen. »Was gibt's denn?«, murmelte sie also stattdessen und tastete nach ihrer Sonnenbrille, die sie auf dem Tischchen neben ihrer Liege abgelegt hatte.

»Sie haben einen Termin zur Lymphdrainage und Entspannungsmassage mit anschließendem Gurkenvollbad. Darf ich Sie in unseren Spa-Bereich begleiten?«

Innerlich stöhnend, äußerlich aber ruhig und gelassen, erhob sie sich von ihrer Liege und folgte der Schwester den gekiesten Pfad entlang, der durch den üppig blühenden Rosengarten zum ehemaligen Pferdestall führte, in dem heute der Wellness- und Spa-Bereich untergebracht war. Der Blick vom Gelände der Klinik, die auf einem Hügel über dem Starnberger See lag, war grandios: im Vordergrund die Rosen, dahinter sanft zum Wasser hin abfallende sattgrüne Wiesen, umrahmt von den mächtigen Eichen des Bernrieder Parks. Und dann der See, dunkelblau in der fast senkrecht stehenden Mittagssonne, die Alpen im Hintergrund zum Teil noch schneebedeckt. Sie sah die Pracht dieses Frühlingstages, konnte sie aber nicht genießen, im Gegenteil, sie verursachte ihr Schmerzen an Körper und Seele. Die Kopfschmerzen, die von der grausam hellen Frühjahrssonne und von den Operationen herrührten, wurden stärker, und das Wissen, dass sie den Rest des Tages in abgedunkelten Räumen verbringen würde, während andere Leute barfuß durch die Wiesen liefen, quälte sie. Doch sie straffte ihre Schultern – *autsch*, auch das tat weh. *Reiß dich zusammen. Du wolltest es so. Es muss sein. Es geht vorbei. Bald wirst du dich wie neugeboren fühlen und vor allem auch so aussehen, also hör auf zu jammern und beiß die Zähne zusammen!*

München, Privatvilla am Englischen Garten, Mitte Mai 2012
Philipp gestand sich ein, nervös zu sein. Nicht, dass er ein Problem mit Auftritten in feiner Gesellschaft hätte: Seine Manieren waren erstklassig, erlernt in einem wohlhabenden, stren-

gen Elternhaus und perfektioniert in einem Elite-Internat auf der schweizerischen Seite des Bodensees; dass er diese Steilvorlagen bisher in keine nennenswerte Karriere verwandelt hatte, war bedauerlich – doch das würde sich mit dem Startkapital, das Greta ihm zahlen würde, ändern. Es war eher die Münchner Bussi-Bussi-Gesellschaft, die ihm Magenschmerzen bereitete. Er hatte Sorge, dass Greta diese Menschen unterschätzte. Philipp spürte die Blicke der anderen Gäste förmlich in seinem Rücken. Würden sie sich wirklich das Theater vom jüngeren Mann und der älteren Dame vorspielen lassen? War das tatsächlich glaubwürdig? Würde er eine Beziehung mit einer Frau eingehen, die seine Mutter sein könnte?

Er lehnte sich an das Geländer der riesigen Terrasse und blickte auf den Eisbach, der die Villa vom Englischen Garten trennte. Die Geräuschkulisse der dreihundert gutgekleideten Menschen, die sich das Flying Buffet von Feinkost Käfer schmecken ließen, glich der eines Bienenstocks. Was hatte er hier verloren?

Eine Hand legte sich besitzergreifend um seine Hüfte, gefolgt von einem Hauch Boss XX. Greta Lohengrin.

»Na, alles klar?«, fragte sie mit sanfter Stimme.

»Passt schon«, übertrieb Philipp.

»Du fühlst dich hier nicht wohl?« Es war kein Vorwurf und keine Kritik; in ihrer Stimme schwangen Verständnis mit und Wohlwollen.

»Nicht besonders«, gab er zu, legte den Arm um sie und zog sie leicht an sich, spürte ihren Körper an seinem. Die Frau war gut beieinander für ihr Alter. Wahrscheinlich ging sie jeden Morgen mit eiserner Disziplin zehn Kilometer joggen und machte Pilates.

»Wir können hier bald abhauen«, flüsterte Greta ihm zu, »ich denke, dieser erste Auftritt hat seine Wirkung nicht verfehlt, wir müssen es auch nicht übertreiben. Sollen wir es in einer Viertelstunde packen?«

»Gerne«, sagte er dankbar und hörte sich fortfahren: »Hast du Lust, im Seehaus noch ein Bier mit mir zu trinken? Der Abend ist zu schade, um ihn nicht draußen zu verbringen.«

»Nein«, sagte Greta, und er spürte echte Enttäuschung. »Nein, nicht im Seehaus, das ist mir zu bussi-bussi. Lieber am Chinesischen Turm.« Sie kicherte wie vor zwei Wochen im Café Luitpold, und wenn ein rascher Seitenblick auf ihre make-up-kaschierten Fältchen und das silberne Haar ihn nicht eines Besseren belehren würden, hätte er fast das Gefühl haben können, neben einer jüngeren Frau zu stehen. Fünfzehn Minuten später verließen Philipp und Greta Arm in Arm die Villa in der Mandlstraße.

Castillo Hotel Son Vida, Palma de Mallorca, Juni 2012
Sie stand im Bad und betrachtete sich im Spiegel. Gut, dass sie erst gegen halb zehn zur Party im Puro Beach Club gehen würden, bis dahin würde es fast dunkel sein. Die letzten Tage waren sehr anstrengend gewesen: Bei der sommerlichen Hitze, die auf Mallorca herrschte, war es nicht einfach, ihr Spezial-Make-up aufzutragen. Sie verwendete zwar schon etwas weniger davon als noch vor ein paar Wochen und reduzierte die Menge jeden Tag ein wenig mehr, achtete jedoch streng darauf, nicht nachlässig zu werden. Alles musste nach Plan verlaufen, jetzt, da die Presse angebissen hatte und die ersten Schlagzeilen über *Die skandalöseste Liebe des Sommers* erschienen waren.

Philipp funktionierte ganz wie gewünscht. Er sah gut aus, machte alles mit, war immer gut gelaunt, freundlich und höflich und sogar ein anregender Gesprächspartner. Und wie er sie manchmal ansah und anfasste, natürlich nur vor Publikum, ganz wie ihr internes Protokoll es vorschrieb ... Sie musste lächeln. Tatsächlich fiel es ihr schwer, sich jeden Tag eine neue Ausrede einfallen zu lassen, warum sie nicht mit ihm schwimmen gehen konnte. Während sie die beige Pampe auf ihren Hals aufklopfte, erlaubte sie sich einen kleinen erotischen Traum, in dem Philipps muskulöser Körper eine Rolle spielte, salziges Meerwasser, in der Sonne funkelnde Tropfen auf seinen gebräunten Schultern und seine Hände, die sich um ihre Taille legten ... Ob er wohl mutig genug wäre, im Wasser seine Badehose abzustreifen, so dass sie sich rittlings auf ihn setzen und ... *Stopp,* sagte sie zu sich selbst. *Du hast Tagträume wie ein verliebter Teenager, der heimlich Softpornos gesehen hat. Sieh lieber zu, dass du fertig wirst.* Am Abend fand eine feierliche Gala statt, die gesamte deutsche Klatschpresse würde anwesend sein und sich an die Fersen der A-Prominenz heften. Das barg aber auch die Gefahr, als alternde deutsche Schauspielerin einfach übersehen zu werden. Sie beschloss, das erste Mal wild – und vor allem öffentlich – mit Philipp zu knutschen, auch wenn dies laut dem Terminplan erst für nächste Woche und eine Filmpremiereparty vorgesehen war.

Philipp fühlte sich wie elektrisiert. Etwas lag in der lauen Luft der mediterranen Sommernacht, und das hatte nichts zu tun mit dem mondänen Beach Club, der ins Meer hineingebaut worden war, dem spektakulären Sonnenuntergang vor einer halben Stunde oder dem amerikanischen Top Model, das an der Bar versucht hatte, mit ihm zu flirten. Nein, es lag an Greta, die nun seine Hand nahm. Sie elektrisierte ihn. Und zwar so, wie es schon lange keine Frau mehr getan hatte.

Wenn er auf seine kurzen Beziehungen und zahlreichen Affären zurückblickte, kamen sie ihm oberflächlich und substanzlos vor: flirten, verlieben, Sex, ausgehen, reisen, Spaß haben und bloß keine langfristigen Pläne. Irgendwann war dann die Luft raus. Eine einzige Frau fiel ihm ein, bei der es anders gewesen war. Bettina. Die hatte ihn verlassen. Er war damals dreißig gewesen, sie stand kurz vor ihrem vierzigsten Geburtstag und hatte gesagt: »Schatz, ich verstehe ja, wenn du dich noch nicht binden willst. Aber sei mir nicht böse, wenn ich dich deswegen verlasse. Ich möchte verheiratet sein, ich möchte Kinder und ich bin neununddreißig. Mit viel Glück schaffe ich das alles noch, aber ich habe keinen einzigen Monat zu verschwenden.«

Nun: Das würde ihm mit Greta nicht noch einmal passieren. Hatte sie nie Kinder gewollt? Bei seiner Internetrecherche hatte er ein Gerücht gelesen, dass es angeblich eine Tochter gab, die in Amerika lebte – oder war es Australien gewesen? Greta hatte nie etwas davon erwähnt, obwohl sie sich in den letzten Wochen, in denen sie durch Deutschland und Europa gereist waren, über alles unterhalten hatten. Sehr offen und manchmal so ehrlich, dass sie sich erschreckten – oder gemeinsam in lautes Lachen ausbrachen. So, wie er noch nie mit einer Frau gesprochen hatte.

»Komm, ich habe da vorne ein schönes Plätzchen für uns gefunden«, flüsterte Greta ihm ins Ohr, und er merkte, dass er hart wurde. Aber es fühlte sich anders an als das Verlangen nach Sex, als die reine körperliche Begierde. Da war noch mehr. Ja, er wollte mit Greta schlafen, natürlich, aber er spürte auch eine tiefe, fast schmerzhafte Sehnsucht danach, sie im Arm zu halten und von ihr gehalten zu werden, ganz dicht neben ihr zu sitzen, ihren Duft einzuatmen und schweigend aufs Meer hinauszublicken.

Philipp Landinger, du bist verliebt. In eine Frau, die zwanzig Jahre älter ist als du. Mindestens. Ihre Falten mögen irgendwie sexy sein, aber hast du eine Ahnung, wie fünfundfünfzig Jahre alte Brüste aussehen und sich anfühlen?

Gretas Mund jedenfalls fühlte sich sensationell an. Das war das Letzte, was er dachte, bevor er die Augen schloss und sich in einem langen Kuss und dem Blitzlichtgewitter davontreiben ließ.

München, eine mondäne Schwabinger Wohnung,
August 2012

Sie stand in der Küche und überlegte: Wo waren die Dessertschüsseln? In keinem der Oberschränke hatte sie diese finden können. Aber es gab doch welche. Verdammt!

»Alles in Ordnung?«, hörte sie Philipp aus dem Wohnzimmer rufen.

»Ja klar, die Nachspeise kommt gleich!«, antwortete sie und nahm kurzerhand zwei wuchtige, große Whiskeygläser aus dem Küchenbuffet. Aus denen schmeckte das Tiramisu genauso gut. Sie füllte die cremige Masse mit der dicken Kakaoschicht in die Gläser, nahm zwei Dessertlöffel und brachte alles ins Wohnzimmer. Sie hatte nie eine häusliche Ader gehabt, im Gegenteil. Aber die Zeit mit Philipp hatte sie verändert. Sie spürte, dass sie bereit war, ihr altes und sorgenfreies Leben aufzugeben, um mit ihm etwas ganz anderes zu beginnen.

Da gab es nur ein entscheidendes Problem …

»Einen Espresso dazu?«, fragte sie und hoffte, Philipp würde ja sagen. Das würde ihr ein paar wertvolle weitere Minuten zum Nachdenken bescheren, während sie mit der Jura-Maschine und deren höllisch kompliziertem Brühvorgang kämpfen würde.

»Nein danke«, sagte Philipp. »Warum setzt du dich nicht wieder zu mir?«

»Weil ich trotzdem einen möchte«, sagte sie und floh zurück in die Küche. Während sie die Kaffeebohnen in die Mühle füllte, versuchte sie, Ordnung in das Chaos in ihrem Kopf zu bringen.

Fakt eins: Philipp ist hier, er ist verliebt, und du bist es auch.

Fakt zwei: Philipp will bleiben und die Nacht mit dir verbringen.

Fakt drei: Das geht nicht!

Wie schmeißt du ihn raus, ohne dass er sauer ist? Welche Erklärung gibst du ihm? Oder erzählst du ihm einfach die Wahrheit?

Nein, das geht nicht.

Sie brühte sich ihren Espresso und schaufelte zwei Löffel braunen Zucker hinein. Sie hasste braunen Zucker. Leider konnte sie keinen weißen finden. Dann ging sie zurück ins Wohnzimmer.

Wohlgemut-Klinik, Starnberger See, November 2012

Sie war sauer. Und verwirrt. Zum zehnten Mal ließ sie das Gespräch Revue passieren, das sie ratlos und verärgert zurückgelassen hatte. Hier, alleine im goldenen Käfig, in dieser wunderschönen Privatklinik, die sie nicht verlassen konnte, weil man sonst die Schwellungen in ihrem Gesicht und die

Narben am Haaransatz sehen würde. Täglich Lymphdrainagen und noch drei, vier Wochen Geduld, dann sei sie wieder gesellschaftsfähig, hatte der Chefarzt ihr versichert. Drei, vier Wochen – das war eine Ewigkeit! Vor allem, wenn draußen etwas schieflief. Und dass da etwas gewaltig schieflief, war zu befürchten.

Gegen neunzehn Uhr hatte sie Lotta angerufen. Es war seltsam gewesen, diese Nummer zu wählen, die ihr vertraut war wie keine andere und die sie doch zum ersten Mal in ihr Mobiltelefon eingab. »Ich bin's.«

»Hi, wie geht's dir? Du, ich bin grad im Stress und habe gar keine Zeit, sorry. Kann ich dich morgen anrufen?« Im Hintergrund hörte sie etwas brutzeln und das Geräusch von blubberndem Wasser. Lotta ... kochte?

»Mir geht's gut, danke der Nachfrage«, sagte sie und ignorierte Lottas Ansage, »in drei Wochen kann ich hier raus.«

»Oh, wie schön.« Lotta war noch nie eine gute Lügnerin gewesen.

»Wie läuft es? Alles nach Plan?«

»Ja, klar, alles super! Du, ich muss jetzt echt weitermachen, sorry.« Sie hörte im Hintergrund etwas zischen und Lotta leise fluchen. »Wir telefonieren morgen. Hab dich lieb. Gute Nacht.«

Lotta hatte aufgelegt.

München, eine mondäne Schwabinger Wohnung,
November 2012

Sie schlug die Augen auf und erschrak. Durch die Ritzen der Jalousien drang bereits das erste graue Tageslicht. Ihr Blick wanderte rasch zum Radiowecker. 06:58. *Shit!* Sie unterdrückte den Impuls, aus dem Bett zu springen. Zentimeter für Zentimeter schob sie sich langsam zum Bettrand, richtete sich dann behutsam auf, bis sie saß und ihre Füße den kalten Dielenboden berührten. Hinter ihr bewegte Philipp sich. Sie erstarrte. Doch er schlief weiter, hatte sich nur auf die andere Seite gedreht. Langsam verlagerte sie ihr Gewicht auf die Füße und stand vorsichtig auf. Noch ein Blick zurück auf den Schlafenden, dann schlich sie zur Tür.

Als sie im Bad war, atmete sie auf und verschloss rasch die Tür von innen. Ihre Hände zitterten, als sie das Make-up auftrug. Sehr viel weniger als noch im Mai, aber es war immer noch notwendig. Zwanzig Minuten brauchte sie für die Prozedur, bis sie mit ihrem Spiegelbild zufrieden war. *Immerhin ist es inzwischen kalt,* dachte sie. *Da schmilzt die Schminke nicht so leicht weg wie im Sommer, und ich muss mir keine Ausreden ausdenken, warum ich nicht schwimmen gehen will. Außerdem kann ich jetzt Rollkragenpullover tragen, ohne mich dafür rechtfertigen zu müssen.*

Mist! Sie hatte etwas vergessen: Sie trug lediglich ein dünnes Seidenhängerchen, das sie sich irgendwann letzte Nacht über den verschwitzten Körper gestreift hatte, um nicht ganz nackt zu schlafen. Hektisch riss sie die Schränke im Badezimmer auf, in der Hoffnung, dort etwas zum Anziehen zu finden. Doch es gab nichts außer Dutzenden von weißen Handtüchern, Tiegeln und Tuben. Halt, was war das dort unten in der Ecke? Sie zog ein Stoffpaket heraus, das in Zellophan eingeschlagen war: ein Bademantel mit dem Logo von Schloss Elmau in Österreich. Perfekt! Sie zerriss die Verpackung, schüttelte den Bademantel aus und zog ihn an. Dann schlich sie zurück ins Schlafzimmer, wo Philipp immer noch fest schlief, um an ihren Kleiderschrank zu kommen.

Erst, als sie komplett angezogen in der Küche saß und

einen heißen Milchkaffee vor sich stehen hatte, beruhigten sich ihre Nerven etwas. Das war noch mal gutgegangen. Und natürlich war diese Nacht mit Philipp es wert gewesen – die Nacht, von der sie seit so vielen Monaten geträumt hatte. Gestern hatte sie ihren Gefühlen endlich nachgegeben, und sie würde nichts lieber tun, als das Schicksal noch einmal herauszufordern. Aber das Risiko war zu hoch. Wie leicht konnte alles auffliegen, jetzt so kurz vor dem Ziel.

Mit Bestürzung registrierte sie, dass ihr ein paar Tränen übers Gesicht liefen. Warmes Salzwasser war Gift für ihr Make-up.

Dann kam ihr ein ganz anderer Gedanke. Was, wenn sie Philipp die Wahrheit sagte? Schließlich wollte sie eine Beziehung mit ihm. Und die konnte man doch nicht auf einer Lüge aufbauen.

Philipp, ich habe mich in dich verliebt. Ich möchte mit dir zusammen sein, mit dir alt werden. Wie doppelsinnig. Fast schon wieder komisch. *Deswegen sage ich dir jetzt die Wahrheit. Ich bin …*

Nein. Das ging nicht. Greta brauchte Philipp. Ohne ihn wäre ihre ganze PR-Aktion wertlos, ohne ihn würde niemand an den Jungbrunnen natürlicher Art glauben. Und wenn gar die Wahrheit ans Licht käme, würde der Schuss nach hinten losgehen und kein Produzent ihr jemals wieder eine Rolle anbieten.

Sie musste sich an den Plan halten: sich weiterhin jeden Tag ein bisschen weniger alt und faltig schminken, bis Gretas Schwellungen im Gesicht verschwunden, die Narben nicht mehr zu sehen waren und sie zehn Jahre jünger aussah. Dann musste Greta wie geplant Philipp übernehmen, der natürlich nichts merken durfte. Was er auch nicht würde. Bis auf das

Alter glichen sich Lotta und Greta wie ein Ei dem anderen. Dieselbe Stimme, dieselbe Gestik und Mimik. *Mein Vater muss ein sehr unscheinbarer Kerl mit rezessiven Genen gewesen sein,* dachte Lotta. *Vielleicht doch nicht schade, dass ich ihn nie kennengelernt habe. Sein Geld scheint das Einzige an ihm gewesen zu sein, das etwas wert war.* Das Geld, das ihr als Erbe zustand, wenn Greta es nur endlich freigeben würde. Und das würde sie, wenn Lotta sich an den Plan hielt.

Sie würde die Sache durchziehen. Wenn Greta aus der Wohlgemut-Klinik zurückkehrte, würde sie ihr wie geplant Philipp überlassen und nach Hause zurückkehren, dorthin, wo sie seit ihrer Geburt bei ihrer Tante lebte. Ihre Mutter würde noch ein Vierteljahr mit Philipp verbringen, drei Monate, in denen Greta ihr neues, glattes Gesicht und ihren jungen Lover überall präsentieren und interessante Rollenangebote einheimsen konnte. Die bis ins Detail geplante dramatische Trennung würde ihr zu weiterer PR mit Mitleidsbonus verhelfen. *Vielleicht kann ich ihm dann die Wahrheit sagen,* dachte Lotta und lächelte hoffnungsfroh. *Vielleicht kommt er dann zu mir. Kanada wird ihm gefallen. Dort können wir gemeinsam alt werden, statt alt zu sein.* Ein Zitat von Jean-Jacques Rousseau fiel ihr ein: Geduld ist bitter, aber sie trägt süße Früchte.

»Guten Morgen, mein Schatz!« Die süßeste aller Früchte kam verwuschelt in die Küche. Lottas Herz ging weit auf. Wie wunderbar würde es erst werden, wenn Philipp sie sehen konnte, wie sie wirklich war. Wenn er ihre absolut glatte, fünfundzwanzig Jahre junge Gesichtshaut sehen würde und ihren ebenso glatten und straffen Körper. Wenn sie sich nicht mehr ständig den Haaransatz nachfärben musste und wieder ihre langen, schwarzen Haare hätte.

Zugspitzgipfel, ein Luxushotel, Silvesterabend 2012
Typisch Greta, dachte Lotta, als sie aus dem Auto stieg und den Schal enger um ihren Hals zog. War klar, dass sie sich einen besonderen Tag für die Übergabe von Philipp aussuchen musste. Und damit nicht genug: Es durfte natürlich nicht privat in ihrer eigenen Wohnung stattfinden, nein, der höchste Berg Deutschlands sollte es schon sein. Klotzen, nicht kleckern! Lotta fand diesen Teil der ganzen Inszenierung übertrieben und albern.

»Kommst du, Liebling?« Philipp holte ihr Gepäck aus dem Kofferraum. Sie sperrte den roten Mini ab und folgte ihm zur Talstation der Zugspitzbahn. Im Eingangsbereich lösten sie ihre Tickets. Berg- und Talfahrt, hinauf 2012, wieder hinunter 2013. Philipp wusste allerdings nicht, dass er dann neben einer anderen Frau in der Gondel sitzen würde.

»Ich bin gleich wieder da.« Lotta ging noch einmal auf die Toilette. Im zerkratzten Spiegel überprüfte sie ihr Aussehen. Perfekt. Die Ähnlichkeit mit ihrer Mutter war nach wie vor unverkennbar, und doch stand dort nun eine ganz andere Frau: Eine Schönheit in hautengen schwarzen Leder-Leggings, grauen Stiefeln mit hohem Absatz, einem engen schwarzen Oberteil aus Samt, das tief ausgeschnitten war und ihren üppigen, aber absolut straffen Busen betonte. Darüber trug sie einen knallroten Lodenmantel. Nicht das, was ihre Mutter tragen würde, aber das, in dem sie sich wohl fühlte. Nur die Frisur erinnerte noch an die alte Greta – und die würde ihre Mutter demnächst als letzten Teil ihrer Verjüngung auch färben. Philipp würde die schwarzen, glänzenden Haare also doch sehen, nur nicht an Lotta.

Das muss dich nicht stören, sagte sie sich zum hundertsten, vielleicht tausendsten Mal in den letzten drei Wochen. *Du bekommst dein Geld, Philipp bekommt sein Geld, Greta ihre Karriere zurück. Jeder kann ein neues Leben anfangen.* Sie lächelte ihr Spiegelbild traurig an und trug noch etwas transparenten Lipgloss auf. Dann verließ sie die Toiletten und stieg in die Zugspitzbahn. Hinauf in ein neues Jahr, in ein neues Leben! Sie konnte es kaum erwarten.

Mitternacht

»Zehn, neun, acht, sieben, sechs, fünf, vier, drei, zwei, eins … Frohes neues Jahr!« Die übersichtliche Schar Menschen in der klirrenden Kälte auf dem Zugspitzplateau applaudierte, während unten im Tal ein buntes Flackern begann und man leises Knallen und Knattern vernehmen konnte. Das Feuerwerk von oben statt von unten zu betrachten, das war wirklich etwas Besonderes.

Auf dem Balkon ihrer Suite hob Philipp sein Champagnerglas und stieß mit Greta an, der Frau, die er über alles liebte. Was machte es schon, dass sie seit ihrem ausgedehnten Nachmittag im Spa-Bereich, zu dem sie ihn nicht mitnehmen wollte, verändert wirkte – weniger entspannt, härter, fordernder. Er schüttelte unmerklich den Kopf. Sicher bildete er sich das nur ein.

Sie senkten die Gläser, doch in dem Moment, in dem sich ihre Gesichter einander näherten und sie sich küssen wollten, trat Greta auf einmal einen Schritt zurück. »Was willst du hier?«

Irritiert blickte Philipp sie an. Dann bemerkte er, dass jemand unbemerkt ins Zimmer gekommen sein musste, und drehte sich um.

»Philipp«, sagte Greta und machte eine kleine Kunstpause, bevor sie weitersprach, »Philipp, darf ich dir meine Tochter Lotta vorstellen?«

»Hallo«, brachte Philipp heraus und starrte Lotta an. In seinem Blick lagen gleichsam Erkennen und Verwirrung. »Hallo, mein Schatz«, sagte Lotta und küsste ihn. Er küsste sie nicht zurück, sein Mund blieb hart und geschlossen. *Aber er wird mich gleich küssen*, dachte sie. *Sobald er versteht, dass ich das Spiel einfach nicht mehr mitspielen kann.* »Wobei, eigentlich kennst du sie ja schon. Ziemlich gut sogar, nicht wahr?«, sagte Greta und lachte hell auf. Lotta wand sich vor Scham. Warum konnte sich Greta nicht einfach ein Mal, ein einziges Mal, selbst hintanstellen und einfach verschwinden? Warum musste sie ihr und Philipp diesen magischen Moment zerstören?

»Komm, Schatz«, sagte Lotta zu Philipp, der nach wie vor sprachlos und wunderschön im Schnee stand und dessen Atemwolken wohl Fragezeichen geformt hätten, wenn das möglich gewesen wäre. »Wir gehen. Ich habe uns eine Suite im Hotel Post in Lermoos gebucht. Dort werde ich dir alles genau erklären.« Sie nahm seine Hand und wollte ihn mit sich ziehen, doch er blieb stehen. Wie festgefroren.

»Philipp wird nicht mit dir kommen. Er bleibt bei mir«, hörte Lotta die Stimme ihrer Mutter, ruhig und gelassen, als spräche sie über das Wetter des morgigen Neujahrstages. »Philipp steht nämlich nicht auf junge Frauen wie dich, auf unreife, alberne und oberflächliche Hühner«, fuhr Greta fort, und ihre Stimme war so warm, dass ihre Worte noch kälter wirkten. Sie war eben eine exzellente Schauspielerin. »Er hat sich in Greta verliebt, nicht in Lotta. In die lebenserfahrene Greta mit ihren Falten. In Greta, die sich mit Kunst und Kultur auskennt, die sich elegant und stilsicher kleidet, statt wie ein Flittchen herumzulaufen. Und in die Greta, die ihm etwas bieten kann im Leben, und sei es auch nur noch für drei Monate. Wobei«, sie ließ ihre Hand anzüglich über Philipps Schulter gleiten, »wir werden sehen.«

Einen Moment lang spielte Lotta mit dem Gedanken, ihre Mutter vom Balkon zu stoßen. Doch leider befand sie sich nicht in einem Fernsehfilm, in dem danach der Abspann kam und alles gut wurde. Also tat Lotta das, was sie schon als Dreijährige getan hatte, wenn ihre Tante ihr mal wieder erklärte, warum ihre Mutter sie unmöglich besuchen konnte, warum es immer nur um ihre Greta ging und sie dahinter zurücktreten musste: Sie fing an zu heulen, drehte sich um und flüchtete.

Vancouver, Januar 2013

»Ja?«, brummte Lotta verschlafen ins Telefon. Wer rief morgens um sieben bei ihr an?

»Hast du die BUNTE gelesen?«, klang die Stimme ihrer Mutter erregt und schneidend aus dem Mobilteil.

»Hast du vergessen, wo ich lebe?«

»Das tut nichts zur Sache«, knurrte Greta und verfiel dann in ihren üblichen Befehlston: »Geh online und sieh es dir an. Ich muss mit meinem Anwalt sprechen.« Tut-tuuuut. Sie hatte aufgelegt.

Lotta machte sich einen Pferdeschwanz, fuhr ihren Rechner hoch und wollte gerade die Webadresse der Zeitschrift eintippen, als ein kleines Pop-up unten rechts ihr meldete, dass sie eine neue E-Mail bekommen hatte – von philipp36@ tel-text.de.

Liebe Lotta!

Deine Mutter hatte recht – ich stehe nicht besonders auf Leder-Leggings, hohe Stiefel und Samtoberteile mit zu tiefem Ausschnitt. Das ist aber auch schon alles. Denn wenn der Mensch, der in diesem Outfit steckt, mir gefällt, ist es mir völlig egal, was er anhat.

Ich hatte mich in dich verliebt, obwohl ich glaubte, in Greta verliebt zu sein. Ja, ich mochte den Kontrast zwischen deiner alternden Haut und deinem mädchenhaften Wesen. Er hat mich fasziniert. Aber geliebt habe ich deine Persönlichkeit, Lotta. Dein Lachen, deine Augen, deinen Witz und deine Verrücktheiten. Nur eine Verrücktheit, die kann ich dir leider nicht verzeihen, und deswegen wird das leider auch nichts mit uns beiden, genauso wenig, wie zwischen deiner Mutter und mir jemals etwas sein wird. Ich hoffe, du verstehst das.

Alles Liebe
Dein Philipp

PS: Deine Mutter hat mir mein Honorar nie überwiesen, und ich habe keine Handhabe, da es nie einen Vertrag gab. Sei mir deswegen bitte nicht böse wegen der Enthüllungsstory in der BUNTEN.

Frauke Scheunemann

Fragen Sie den Dackel

Sie kennen die Situation: Der Nachmittag vor dem ersten Rendezvous tritt in seine entscheidende Phase. Sie haben sich bereits die Augenbrauen gezupft, die Haare aufgedreht und die Beine rasiert. Jetzt stehen Sie vor dem Kleiderschrank und überlegen, was Sie anziehen sollen. Das lange Geblümte? Das kurze Schwarze? Oder doch lieber Jeans und T-Shirt, weil es so schön lässig wirkt? Ja, Frauen können sehr wählerisch sein, und es wird mir als Dackel ein ewiges Rätsel bleiben, wieso es gestern der kurze Rock sein musste, morgen unbedingt die lange Hose und heute natürlich weder das eine noch das andere eine echte Option ist. Da habe ich es einfacher: Fell bleibt Fell und basta.

Jetzt fragen Sie sich wahrscheinlich, wer ich eigentlich bin, dass ich mich hier so ungefragt in Ihre Abendvorbereitungen einmische. Gestatten: Mein Name ist Carl-Leopold von Eschersbach, meine Freunde nennen mich allerdings einfach Herkules. Ich bin ein kleiner Dackel, genauer gesagt, ein Dackelmix. Seit ziemlich genau zwei Jahren lebe ich jetzt schon bei meinem Frauchen Carolin – und glauben Sie mir: In dieser Zeit habe ich so einiges über Männer und Frauen und die Frage, wie diese ungleichen Wesen zusammenfinden und vor allem, wie sie auch zusammenbleiben, gelernt. Von diesen Erfahrungen will ich Sie nun gerne profitieren lassen.

Als langjähriger Frauchenbeobachter frage ich mich oft, ob Frauen nicht hin und wieder die Prioritäten falsch setzten: Geben Sie sich eigentlich auch so viel Mühe bei der Auswahl des Kerls, der mit Ihnen diesen Abend verbringen darf, wie bei der obenerwähnten Schönheitspflege? Oder geht es Ihnen so wie vielen anderen Frauen, die sich im Zauber des ersten Augenblicks gerne über ein paar ganz wesentliche Eigenschaften des angehenden neuen Mannes an ihrer Seite täuschen lassen?

Ich bin oft erstaunt über das diesbezüglich völlig mangelnde Urteilsvermögen von Menschen, und hier insbesondere von Frauen. Bei meinen ausgedehnten Recherchen im Freundinnenkreis meines Frauchens kann ich das immer wieder beobachten, und auch bei Carolin selbst gab es einige Fehlschläge, bis *wir* endlich Mister Right identifiziert hatten. Deshalb sehen Sie es mir bitte nach, wenn ich Ihnen ein paar Tipps an die Hand gebe, wie Sie den passenden Partner auswählen. Es handelt sich hierbei um bewährte Ratschläge aus Zucht und Haltung, wie der Deutsche Teckelclub 1888 e.V. sie nicht schöner zusammenstellen könnte. Wenn Sie sich also schon immer gefragt haben, woran Sie den idealen Mann erkennen und ob Sie und er gut zusammenpassen: *Fragen Sie den Dackel!*

**Regel Nummer 1:
Erkennen Sie Ihr eigenes Naturell
und handeln Sie danach!**

Ein Hütehund ist ein großartiger Kümmerer: umsichtig, belastbar, dabei stets gut gelaunt. Ein Schaf büxt aus? Die Herde läuft auf einen Abgrund zu? Alles kein Problem. Mit dem Schäfer eine Nacht allein in der Schutzhütte im schottischen Hochland – auch eine leichte Übung, der nächste Morgen kommt bestimmt. Aber nimmt man ihm die Schafe weg und verfrachtet ihn zu einem alleinstehenden Investmentbanker nach Frankfurt, der schon immer einen Hund haben wollte, macht man gleich drei Leute unglücklich: Den Schäfer, den Hund und auch den Banker, der seine top sanierte Altbauwohnung bald nicht mehr wiedererkennen wird, nachdem er Bello stundenlang allein gelassen hat. Das kann nicht gutgehen.
Das Wesen des Hütehunds verlangt nach einer großen Gruppe, die betüddelt werden muss. Übersetzt auf Sie, bedeutet

das: Wo sind Ihre ganz persönlichen Schmerzgrenzen, wenn es mal nicht mehr rote Rosen regnet? Können Sie zum Beispiel nicht gut allein sein? Jeder Hund versteht das, Hütehunde erst recht, aber nicht jeder Mann. Deswegen Obacht, wenn die Zielperson beim romantischen Essen voller Begeisterung von den einsamen Trekkingtouren im nepalesischen Bergland erzählt. Von dem beeindruckenden Schweigen der schwedischen Wälder. Das ist auf Dauer nichts für Sie. Sie wollen nicht schweigen. Schon gar nicht allein im Wald.

Im Umkehrschluss folgt aus dieser Überlegung auch schon

Regel Nummer 2:
Sie finden nur dann den Richtigen, wenn Sie nach dem Richtigen suchen!

Klingt einfach. Ist es auch. Und beim Hundekauf ist es nicht anders: Jeder gute Jäger überlegt sich vorher, wofür er den Hund braucht, damit er weiß, worauf er bei der Auswahl zu achten hat. Sehen Sie mich an: Als Dackel bin ich ein toller Baustöberer, bei Kaninchen macht mir keiner etwas vor. Aber schicken Sie mich auf die Entenjagd – da ist der Reinfall vorprogrammiert. Dat wird nix, denn mit meinen kurzen Beinen kann ich nicht schnell genug schwimmen, geschweige denn gleichzeitig schwimmen und rechtzeitig eine startbereite Ente packen. Wenn Sie also auf die Entenjagd wollen, brauchen Sie einen Labrador. Oder noch besser: Nehmen Sie einen Wachtelhund! Im übertragenen Sinne also den Mann, der gerne das für Sie tut, was Sie von ihm brauchen. Sind Sie also die Königin der Cocktailpartys? Kein Empfang ist vor Ihnen sicher? Dann machen Sie sich auf die Suche nach dem gutgelaunten Salonlöwen, der mühelos selbst die verstock-

teste Firmenfeier im Alleingang unterhält und auch bei einer Beerdigung die richtigen Worte findet, um wieder ein bisschen Leben in die Bude zu bringen.

Genau aus diesem Grund gilt für Sie aber auch: Finger weg vom schüchternen Diplombibliothekar, und sei er noch so sexy. Selbst wenn *Sie* es aushalten, dass er auf Festen schweigend neben Ihnen steht, er kann das nicht. Spätestens nach der fünften Vernissage wird er vor lauter Frust sämtliches Fingerfood, das an ihm vorbeigetragen wird, hinunterschlingen, fünfzig Prozent der zur Verfügung stehenden Proseccovorräte vernichten, und Sie dürfen ihn dann unter den strafenden Blicken der Gastgeberin, einer sehr bekannten Galeristin, abtransportieren. Die lädt Sie garantiert nie wieder ein. Ich weiß, wovon ich rede. Ich darf auch nicht mehr zur Entenjagd.

Regel Nummer 3:
Reden ist Silber, Prüfen ist Gold!

Generell redet der Mensch viel, wenn der Tag lang ist. Nach meiner Beobachtung steigern vor allem Männer, die eine Frau beeindrucken wollen, ihren Wortanteil in gigantischem Ausmaß. Doch nicht alles, was da so erzählt wird, hält einer späteren Überprüfung auf den Wahrheitsgehalt auch stand. Hören Sie also sehr genau hin, fragen Sie nach und glauben Sie vor allem das, was nicht nur behauptet, sondern auch bewiesen werden kann. Jeder Zuchtwart würde sich doch schlapplachen, wenn ein stolzer Hundehalter ohne seinen Rüden bei ihm auftaucht, dafür aber mit der Behauptung, der Hund sei wirklich ganz toll, man habe ihn halt nur gerade nicht dabei und ob man ihn nicht trotzdem zur Zucht zulassen könne? Auch der Polizeihundeführer will nicht erzählt bekommen, dass Hasso schussfest ist, er will es in der Schutzhundprüfung sehen.

Seien Sie also nicht leichtgläubig, wenn es um Eigenschaften geht, die Ihnen wichtig sind. Nehmen wir einmal an, er weiß, dass Sie sich Kinder wünschen. Da er Sie großartig findet, sagt er: »Klasse!« Und dass er selbst auch sehr kinderlieb sei und ganz sicher später eine komplette Fußballmannschaft wolle. Können Sie ihm natürlich einfach mal so glauben. Besser ist es allerdings, wenn Sie seine Kinderliebe testen. Leihen Sie sich ein ganzes Rudel zusammen – von Ihrer Schwester, der alten Studienfreundin oder wer auch immer Ihnen seine Gören gerne mal für einen halben Tag anvertraut –, und dann ab an die Elbe zum großen Familienausflug. Der Mann Ihres Herzens erscheint im weißen Leinenoutfit und mit Schuhen, die bestimmt teuer, aber zum Bolzen oder Kinder-aus-dem-Wasser-Retten gänzlich ungeeignet sind? Schon mal ein ganz schlechtes Zeichen. Er lässt Sie die Riesentüte mit dem Sandspielzeug und dem Schaufelbagger, die Badmintonschläger, den Picknickkorb nebst Picknickdecke, die Barbiepuppen, das Einrad, das Schlauchboot, vier Paar Schwimmflügel, das Gummikrokodil *und* die Wickeltasche mit Windeln, Feuchttüchern und der ultimativen

Schnullerauswahl alleine schleppen, weil er hinter seinem Rücken eine Flasche Veuve Clicquot und zwei Gläser verstecken möchte? Na ja. Wenn er dann noch beleidigt die Kinder anranzt, weil Ihr zweijähriger Neffe beim begeisterten Burgenbauen eine Schippe Sand in eines der besagten Schampus-Gläser verfrachtet, dann darf die Prüfung wohl als *nicht bestanden* gewertet werden. Hier bestätigt sich wieder die alte Züchterweisheit: *Ein guter Schauhund muss noch lange kein guter Gebrauchshund sein.*

Nimmt Ihnen der Kandidat hingegen den ganzen Kram ab, verstaut ihn gekonnt in der Zwillingskarre und ist sogar noch in der Lage, das nunmehr sehr sperrige und schwere Teil mühelos über den Elbstrand hinter sich herzuziehen, und zwar so schnell, dass er schon alles aufgebaut hat, wenn Sie mit den lieben Kleinen eintrudeln, *und* kredenzt Ihnen dann noch gut gelaunt das eben erwähnte Glas Champagner, dann, ja dann lohnt sich ein zweiter Blick auf den Herrn. Wenn er im Laufe des Tages sowohl Erfinder als auch Leiter einer Strand-Kinder-Olympiade ist, den Neffen wickelt, während Sie sich sonnen, und sich für die Mädels eine sehr spannende Pferdegeschichte ausdenkt, verdient er eindeutig das Qualitätsprädikat Top-Gebrauchsmann. Ich würde sagen: *Prüfung bestanden,* kann sofort in Dienst gestellt werden.

Apropos *Prüfung bestanden:* Deutlich strenger als der Zuchtwart des Teckelclubs ist meist eine andere Person – Ihre beste Freundin. Das muss nicht immer schlecht sein. Daher ist

Regel Nummer 4:
Hören Sie auf Ihre Freundin!

Dieser Frau liegen Sie am Herzen, ihre Einschätzung ist also zumindest bedenkenswert, denn während Sie auf Wolke Sieben schweben, behält sie die Bodenhaftung und kann Ihr neues Herzblatt von einer ganz anderen Seite kennenlernen. Ein Beispiel? Sie haben zu einer Party eingeladen. Herzilein überreicht Ihnen einen bombastischen Rosenstrauß zur Begrüßung, alles wunderbar. Sie wissen ja nicht, dass er Ihrer Freundin zwei Minuten vorher die Tür vor der Nase hat zuknallen lassen, als sie fast zeitgleich mit ihm bei Ihnen eingetrudelt ist. Oder: Herzilein kümmert sich den ganzen Abend charmant um Sie. Ihnen wird in Ihrer Verliebtheit nicht auffallen, dass er dabei allen anderen Gästen beim Reden den Rücken zudreht. Ihrer Freundin schon. Es ist wahrscheinlich auch nicht hilfreich, dauernd zu gähnen, wenn Ihre Freundin dann eine Atempause seines Monologs dazu nutzt, auch einmal zu Wort zu kommen. Machen wir uns nichts vor – wenn Ihre Freundin meint, Sie hätten da leider einen Poser erwischt, hat sie wahrscheinlich recht und will Sie vor Unheil bewahren. Man kennt das von der Hundeausstellung: im Ring den Lauten machen, aber sofort Reißaus nehmen, wenn sich die erste Wildsau blicken lässt. So ein Kamerad wäre meinem Züchter, dem alten von Eschersbach, nicht in den Zwinger gekommen. Recht hatte er! Und so sollten Sie auch Ihrer Freundin nicht krummnehmen, dass sie Sie vor so einem Totalausfall bewahren will.

Was aber, wenn der Freundin keiner gut genug ist? Sie also ihrer Meinung nach immer wieder den Falschen anschleppen? Dieses Phänomen, das insbesondere auch gerne bei der eigenen Mutter beobachtet wird, führt uns zu

Regel Nummer 5:
Hören Sie nicht auf Ihre Freundin!

Der eben erwähnte Alte von Eschersbach hatte für solches Verhalten einen sehr derben, nichtsdestotrotz zutreffenden Spruch parat:

Wer Frauen und Hunde sucht ohne Mängel,
hat nie einen Hund im Haus,
im Bett nie einen Engel.

Oder ging es da um Pferde? Erinnere ich nicht mehr so genau, ist aber auch egal, denn die Grundaussage stimmt: Niemand ist vollkommen. Sie nicht, ich nicht, nicht einmal meine große Liebe, die Golden-Retriever-Dame Cherie. Die ist zwar wunderwunderschön, aber leider drei Köpfe größer als ich. Mache ich ihr deswegen Vorwürfe? Nein. Suche ich mir eine andere? Auf keinen Fall! Ich liebe sie so, wie sie ist. Und das eben ist auch das Wesen der Liebe – sie braucht keine Perfektion, um sich entfalten zu können.

Wenn Sie meine Regeln beherzigen, stehen die Chancen gut, dass Sie den Mann finden, der Ihre Liebe wert ist. Dann ist es völlig gleichgültig, was Ihre beste Freundin oder Ihre Mutter dazu sagen, ob Sie ihn um Haupteslänge überragen, das

Doppelte von ihm verdienen oder er Schlappohren hat. Die habe ich schließlich auch.

Ganz egal aber, ob Sie Ihren Traummann noch suchen oder schon gefunden haben, vergessen Sie bitte nie

Regel Nummer 6:
Vorsicht vor Experten!

Hiermit sind nun natürlich keine Dackel gemeint. Experten sind Menschen, die anderen die Welt erklären, weil sie angeblich besonders viel davon verstehen. Das kommt meiner Meinung nach daher, weil Menschen oft den ganzen Tag mit Denken beschäftigt sind. Darum haben sie nicht mehr genug Zeit, die Welt selbst in Augenschein zu nehmen und sich ihr eigenes Urteil zu bilden.

Gerade Frauen scheinen mir für Experten, auch Fachleute genannt, anfällig zu sein. Da werden dann fremde Menschen zu etwas so Persönlichem wie der Partnerwahl befragt – das ist doch vollkommener Unsinn! Warum ich mir da so sicher bin? Ganz einfach: Die beste Freundin meines Frauchens, Nina, ist selbst eine Expertin, sie ist nämlich Psylo … Pycho … Püschologin oder so was. Deswegen weiß sie angeblich genau, was im Kopf anderer Menschen vorgeht, und berät sie, wenn da irgendetwas querliegt. Auch für die Männerwahl hat sie meiner Carolin immer Expertentipps gegeben. Ausgerechnet Nina! Dabei behält die einen Mann nie so lange, dass man ernsthaft beurteilen könnte, ob der nun zu ihr passt oder nicht. Daher mein klares Urteil: Wer bei der eigenen Partnersuche so danebenliegt, kann von mir aus der größte Experte aller Zeiten sein – man sollte auf seinen Rat nicht allzu viel geben.

Noch schlimmer als der Rat von Experten, die Ihnen gegenübersitzen, ist Rat von Experten, die sich nicht einmal die Mühe machen, Sie kennenzulernen. Stattdessen schreiben sie Bücher oder Artikel darüber, wie die Menschen ihrer Meinung nach sein sollen oder auch nicht. Vor dieser sogenannten Fachliteratur kann ich Sie nur warnen! Geradezu exemplarisch dafür ein Zeitungsartikel, den mein Frauchen Carolin neulich über wahre Traummänner las. Kaum hatte sie die Zeitung aus der Hand gelegt, seufzte sie so abgrundtief, wie es nur Menschen können. »Schatz, eigentlich passen wir gar nicht zusammen«, teilte sie ihrem Mann Marc mit Grabesstimme mit. Der runzelte die Stirn, was beim Menschen ein Zeichen kritischer Abwägung ist.

»Aha. Warum?«

»Na ja, du bist ein Einzelkind, und ich bin eine große Schwester. Das wird hier als die ungünstigste Paarkonstellation überhaupt beschrieben. Lies mal: *Sie sind selbst eine große Schwester? Wollen Sie wahre Harmonie, müssen Sie unbedingt nach einem Partner suchen, der in seiner Herkunftsfamilie kleiner Bruder ist. Vermeiden Sie große Brüder oder, fast noch schlimmer, Einzelkinder. Das würde in einem ständigen Machtkampf münden. In einer Studie aus dem Jahr 2011 hat der bekannte amerikanische Therapeut ...«*

Marc unterbricht sie mit einem Räuspern. »Diese Erkenntnis kommt für uns mindestens drei Jahre zu spät. Denn jetzt bin ich schon unter deiner Knute, und es sieht auch nicht so aus, als würde sich das in absehbarer Zeit ändern. Mach dir also keine Gedanken mehr.« Recht hat der Mann! Ist es denn zu fassen? Partnerberatung per Ferndiagnose. Auf solchen Quatsch käme kein Hund. Wem ist das eingefallen? Richtig: einem Experten.

Was also tun, wenn solcher Rat Ihr Liebesglück trübt? Ganz einfach: immer freundlich lächeln – und ignorieren. Zeitschriftendossiers und -psychotests können Sie wahlweise rituell verbrennen oder an Ihre beste Freundin verschenken. Sie wissen schon – an die, die immer etwas zu meckern hat.

Ich mache derweil auch etwas entgegen der Expertenempfehlung: Ich gehe jetzt zur Entenjagd. Und zwar mit dem größten Vergnügen – und mit meiner Cherie. *Wuff!*

Tanja Heitmann

Rio im Kopf

W as auch immer du mir mitzuteilen hast, ich will es nicht wissen«, teilte Magda ihrem Handy mit, als sein Glöckchenton eine SMS ankündigte. Der mittlerweile sehr unbeliebte Glöckchenton.

Das Handy zeigte sich wenig beeindruckt und klimperte weiter, bis Magda sich geschlagen gab und die beiden Einkaufstaschen abstellte, um es aus ihrer Jackentasche zu angeln. Gar nicht so einfach mit klammen Fingern. Zwar sollte es laut Kalender Hochsommer sein, aber gefühlt war es eher ein düsterer Oktober. Endlich hielt sie das Handy und las:

Sonne pur, Laune blendend. Zur Hölle mit deiner Dispo-Phobie, komm nach Malle! Mit 23 bist du zu jung, um in Bremen Schimmel anzusetzen. Kuss, deine Tine

Aber sicher doch, meine liebe Tine, dachte Magda bitter, während die Einkaufstaschen langsam, aber stetig eine Pfütze aufsaugten. *Zur Hölle mit dem Dispo? Ich bin heilfroh, meinen Schuldenberg endlich abgetragen zu haben, den mir der Umzug nach Bremen eingebracht hat. Es wird mich schon nicht umbringen, dieses Jahr ausschließlich auf Balkonien zu verbringen. Ist ja nicht gerade so, als ob die letzten*

Urlaube traumhaft gewesen wären: Abenteuerurlaub mit Benjamin in der Pampa. Gut, dass ich beides hinter mir gelassen habe, sowohl den Kerl als auch das verflixte Zelt.

An Benjamin zu denken war so ungefähr das Letzte, das sie jetzt wollte. Sie hatten sich im letzten Herbst getrennt. Einvernehmlich. Aus Magdas Sicht war ihre Liebe eingeschlafen, wie ihr Hinterteil nach einer Nacht auf der Isomatte, während für Benjamin der tiefe Ausschnitt einer Kollegin aus der Anwaltskanzlei ausschlaggebend gewesen war, auch wenn er das bis zum Schluss geleugnet hatte. Letztendlich spielte das keine Rolle. Magda war ohne ihn meilenweit besser aufgestellt, auch wenn es schwer gewesen war, sich einen neuen Job in einer anderen Stadt zu suchen, in der außerdem eine Wohnung komplett neu eingerichtet werden musste – denn so leicht es Benjamin gefallen war, sich von ihr zu trennen, so anhänglich zeigte er sich gegenüber den gemeinsam angeschafften Möbeln. Magda hatte wenig Interesse daran gehabt, sich mit einem Juristen um eine Küchenzeile oder ein Bett zu streiten, in dem außer ihr womöglich auch besagte Kollegin gelegen hatte. Ein kompletter Neustart war genau das, was sie brauchte. Nach einigen echt harten Monaten hatte sie dann endlich alles auf die Reihe bekommen und sich auf einen wunderbaren Sommer gefreut. Den ersten in ihrem neuen, Benjamin-freien Leben.

Und wie sah er nun aus? Bibberkälte inklusive Dauerregen im August – und das nach einem der härtesten Winter seit Jahren.

Kein Wunder, dass alle Welt sich nach Sonnenschein auf der Haut sehnte und Magdas gesamter Bekanntenkreis der Wärme entgegengereist war. Seit Tagen trudelten E-Mails und SMS von urlaubsseligen Freunden ein, die sie unbedingt an ihrem Glück teilhaben lassen wollten. Antje hatte ihr sogar mehrere Postkarten geschickt, um jede einzelne Station ihrer Städtereise durch die Toskana zu bejubeln und ganz nebenbei zu erwähnen, was für ein großartiger Liebhaber ihre neuste Errungenschaft doch war. *Ohne die Partnerbörse im Netz wäre ich allein verreist und hätte jetzt nicht halb so viel Spaß*, schrieb sie aus Siena. *Italien und junge Liebe – was gibt es Schöneres? Du musst es unbedingt ausprobieren, versprich mir das!*

Unter normalen Umständen hätte die geballte Urlaubsfreude vielleicht auf Magda abgefärbt und sie von einem prickelnden Flirt träumen lassen, aber der Regen wusch alles mit seiner Monotonie und dem allgegenwärtigen Grau weg.

Wie auf Kommando begann es wieder zu regnen, und zwar wie aus vollen Eimern. Magda gelang es gerade noch, sich das Tuch übers Haar zu ziehen – was leider etwas schiefging und sie, halb blind unter dem Stoff hervorlinsend, von einer Pfütze in die nächste stolpern ließ. Sie rettete ihre Einkäufe gerade in den Hausflur ihres Mietshauses, bevor der Boden einer der beiden durchnässten Papiertüten endgültig durchriss.

»Wunderbar, Magda. Das ist wirklich dein Tag«, schimpfte sie mit sich selbst. »Wahrscheinlich kommt jetzt …« Doch dann wurde sie unterbrochen. Von einer männlichen Stimme.

»Moment, ich helfe dir, die Sachen einzusammeln. Obwohl … die Äpfel können direkt in den Mülleimer, die sind nach dem Fall Matsch. Tut mir leid.«

Magda schob das Tuch über ihre Brauen und blickte ihren Helfer in der Not an. Aha, der ungefähr gleichaltrige Kerl, der vor einigen Tagen die Wohnung am Ende des Flurs bezogen hatte. Sie sah seine dunklen Haare und sein strahlendes Lächeln, dann rutschte das Tuch schon wieder hinab.

»Das macht nun auch nichts mehr mit den Äpfeln«, stellte sie resigniert fest. Sie musste ein armseliges Bild abgeben mit ihrer triefenden Kleidung und dem hundertprozentig verlaufenen Make-up. Eine waschechte Regenhexe mit passender Miesepeter-Stimmung – und ohne die Energie, sich nun mit ihrem Nachbarn zu beschäftigen.

Ihrem durchaus süßen Nachbarn …

»Dieses Chaos ist nur das i-Tüpfelchen auf einer ganzen Anhäufung von Missgeschicken«, erklärte Magda ihren mitgenommenen Zustand. »Das ist nicht mein Tag … und nicht mein Sommer … und überhaupt.«

»Du solltest das trübe Wetter nicht so dicht an dich heranlassen. Stell dir einfach etwas anderes vor, am besten einen Ort, wo die Sonne scheint«, schlug Mister Tausend-Watt-Lächeln vor, immer noch eifrig damit beschäftigt, ihre Einkäufe einzusammeln. In die Eierschachtel warf er nur einen flüchtigen Blick und verkniff sich wohlweislich einen Kommentar.

»Meinst du, ich wäre gut darin beraten, mir warme Gedanken zu machen?« Magda stopfte eine Packung Reis in die noch intakte Tüte und linste schräg unterm Tuchsaum hervor.

»Na ja, wenn es draußen in Strömen regnet, muss man eben im Kopf auf Reisen gehen. Wohin würden Sie gerne entkommen, Madame? Nizza, Barbados oder vielleicht nach Rio, die aufregendste Stadt der Welt inklusive Traumstrand?«

Wenn das mal so einfach wäre, dachte Magda ärgerlich. »Meine Wohnung würde mir im Augenblick vollkommen reichen. Da ist es trocken und, wenn ich die Heizung aufdrehe, auch warm. Ich wünsche Ihnen allerdings viel Spaß in Rio, passen Sie nur auf, dass Ihr Oberstübchen nicht überhitzt.«

Ohne ihren verdutzten Nachbarn weiter zu beachten, schlüpfte Magda durch die Aufzugtür und lehnte mit dem Rücken dagegen. Ihr Benehmen war absolut unhöflich, aber die Frustration hatte die Oberhand gewonnen gehabt.

Rio ... Sie würde ihre Seele dafür geben, jetzt nach Rio reisen zu können. Gab es einen faszinierenderen Ort, als diese vor Leben vibrierende Stadt am Meer? Zumindest glaubte Magda, dass in Rio alles knisterte. Dort gewesen war sie nie, so wie an den meisten spektakulären Orten auf Mutter Erde. Allerdings rangierte Rio auf ihrer langen Liste von »Muss ich unbedingt gesehen haben«-Zielen ganz klar auf Platz eins, denn es brachte alles mit, wovon sie träumte: das Meer, die Berge, Wildnis und Großstadt nebeneinander, Sonne und Abenteuer.

Seufzend verbannte Magda den Gedanken an ein leuchtend blaues Meer samt Traumstadt, während sie die übervolle Tüte vom Aufzug zu ihrer Wohnungstür balancierte. Sie würde auch keinen Gedanken daran verschwenden, dass der Herr Nachbar nicht nur hilfsbereit gewesen war, sondern auch überaus anziehend gewirkt hatte. Vermutlich lag das an seiner sanften tiefen Stimme oder an dem Bronzeton seiner Haut ... Schluss damit! Schließlich musste sie, wie sie beim Betreten ihrer Wohnung sah, die Blumen auf dem Balkon vor dem Ertrinken retten. Als lege der Regen es darauf an, der Sintflut Konkurrenz zu machen, plädderte er vom Himmel und hatte bereits mehrere der Terrakottatöpfe unter Wasser gesetzt. Was für ein deprimierender Anblick.

Mit viel Liebe hatte Magda ihren Balkon in eine Grünoase

verwandelt, getrieben von der Hoffnung, herrliche Sommerabende zwischen Hibiskus und Lavendel zu verbringen, wenn alle anderen in den Urlaub ausgeflogen waren. *Verreist ruhig*, hatte sie sich gedacht, als sie den schulterhohen Olivenbaum über die Treppen bis in den vierten Stock schleppte, weil er nicht in den Aufzug passte. *Ich werde mit einem Glas gekühltem Weißwein in der Hand auf meinem Balkon sitzen und den Sternen zuprosten.* Seit diesem Entschluss hatte sie sich dank des miesen Wetters allerdings ausschließlich draußen aufgehalten, um braune Blätter aufzufegen und Opfer des berühmt-berüchtigten Küstenwinds zu entsorgen.

Während Magda ein verdächtig nach Moder riechendes Orangenbäumchen hochhob, um es ins Trockene zu tragen, hörte sie mit einem Mal eindeutige Motorengeräusche. Dabei galt das Wohngebiet als Flugverbotszone. Überrascht hielt sie inne und blickte zum Himmel – was von ihrem Balkon aus nur möglich war, wenn sie sich weit über die Brüstung lehnte. Kalte Tropfen fanden einen Weg durch ihr lockiges Haar, doch Magda bemerkte sie gar nicht.

Weit und breit war kein Flugzeug zu sehen, obwohl das Geräusch verwirrend war. Es kam allerdings nicht nur von über ihr … es war um sie herum! Ein beharrliches Surren, als ob sie im Flugzeug säße. Kopfschüttelnd wollte sich Magda umdrehen, damit sie das Orangenbäumchen retten konnte – was jedoch unmöglich war.

Sie war nämlich angeschnallt.

In einem Flugzeugsitz.

Vollkommen verwirrt sah sie zur Seite und entdeckte neben sich eine füllige Dame im besten Alter, die ein wild geblümtes Sommerkleid trug. Die Frau verdeckte das kleine Bordfenster, indem sie wie festgenagelt vor ihm hing.

Ich kann ihr Parfüm riechen, stellte Magda fassungslos fest. *Sie wirkt so echt, kein bisschen wie ein Tagtraum. Kann das wirklich sein …*

Magda kniff sich in den Arm. So etwas sollte doch helfen, um wieder zur Besinnung zu kommen. Nun, weh tat es – aber an ihrer Umgebung änderte sich nichts.

Das ist alles nicht real, sagte sie sich, streckte die Finger aus und berührte kurz entschlossen die gut gepolsterte Schulter der Frau, die sich ebenfalls verblüffend echt anfühlte. Magda stieß ein Quieken aus, als die Frau sich ihr zu allem Überfluss auch noch zuwandte.

»Tut mir leid, Kindchen«, sagte diese mit einem breiten Lächeln; ihre Wangen waren vor Aufregung gerötet. »Ich versperre Ihnen die Aussicht, dabei kann man die Bucht schon sehen. Da, schauen Sie, der Zuckerhut! Hätte nie gedacht, dass ich diese berühmte Küstenlinie mal mit eigenen Augen zu sehen bekommen würde. Großartig, wie auf einer Postkarte, nicht wahr?«

Magda lehnte sich über den Schoß der Frau, als wäre sie ein kleines Kind, das aus dem Staunen nicht mehr rauskam, und nicht eine erwachsene Frau, die offensichtlich gerade eine Halluzination hatte. Was sie zu sehen bekam, war viel zu schön, um wahr zu sein: ein in der Sonne glitzerndes Meer und in der Ferne die berühmte Hügelkette, dazwischen das weiße Band des Sandstrands der Copacabana. Das war eindeutig …

»Rio de Janeiro«, flüsterte Magda mit vor Unglauben bebender Stimme.

»Ja, was dachten Sie denn, Kindchen?« Ihre Sitznachbarin lachte aus vollem Hals, und Magda stimmte mit ein. Sie konnte einfach nicht anders.

Ich sitze in einem Flugzeug nach Rio de Janeiro. Wirklich und wahrhaftig. Magda lachte noch ein bisschen lauter. *Ich muss über die Balkonbrüstung gefallen sein und bin im Anflug auf den Himmel, so sieht das aus. Das hier ist mein Paradies, damit wäre alles geklärt.*

Nur: Wenn man sich dem Himmel näherte, dann würde wohl kaum eine besorgt aussehende Stewardess neben einem auftauchen und fragen, ob alles in Ordnung sei, oder?

Vermutlich lag es an ihrer guten Erziehung, dass Magda ihr ins Irre abdriftende Lachen sofort unterdrückte und auch nicht »Ich leide unter Wahnvorstellungen!« hinausposaunte, obwohl ihr durchaus danach zumute war. Stattdessen versuchte sie, ruhig durchzuatmen, so ruhig jedenfalls, wie das mit einem bis zur Kehle schlagenden Herzen möglich war, während die Finger sich ganz von selbst in die Sitzkante krallten und sie spürte, wie Hektikflecken auf ihrem Hals und den Wagen erblühten.

»Haben Sie Angst vor der Landung?« Magdas Sitznachbarin tätschelte ihr besorgt das Knie. »Sie fliegen wohl zum ersten Mal, Sie armes Ding. Nur keine Panik.«

Panik? Wer spricht denn hier von Panik? Plötzlich war die Flugzeugkabine viel zu eng, Luft gab es von einer Sekunde zur anderen auch keine mehr. *Ich muss hier raus! Sofort!*

Magda schnallte sich ab, sprang auf den schmalen Gang. Sie schaute in lauter gutgelaunte Gesichter, überall um sie herum herrschte Urlaubsstimmung. Wie ihre Sitznachbarin schauten die anderen Reisenden voller Vorfreude aus den Fenstern. Niemand außer Magda schien zu bemerken, dass sie sich auf einem Flug in den Wahnsinn befanden!

Dann blieb ihr Blick plötzlich an einer vertrauten Gestalt hängen. Obwohl vertraut ein wenig zu hochgegriffen war.

Diesem Lächeln war sie heute schon einmal begegnet, da war es allerdings einen Tick schüchterner gewesen …

Magda blinzelte ungläubig – aber ein paar Sitzreihen hinter ihr erkannte sie ihren Nachbarn mit den dunklen Haaren, der ihr gerade mit einem Sektglas zuprostete. Dabei formte er mit den Lippen ein lautloses »Willkommen in Rio«.

Magda wurde schwindelig, was ein wenig schade war, weil sie gerade zu einer wilden Beschimpfung ansetzen wollte. *Dieser Kerl ist an allem schuld,* erkannte sie instinktiv, während sich alles um sie herum zu drehen begann. *Er hat mir einen Floh ins Ohr gesetzt mit diesem »Verreisen im Kopf«. Garantiert löst sich gleich das Flugzeug in Luft auf, und ich stürze in die Tiefe wie in diesen Alpträumen, die ich nach der Trennung von Mister Frischluftfanatiker Benjamin hatte!*

Doch anstatt abzustürzen, fand Magda sich unvermittelt auf ihrem Balkon wieder, den Blumentopf mit der muffig riechenden Orange noch in der Hand und klitschnass bis auf die Haut. Als gälte es, etwas längst Überfälliges nachzuholen, ließ sie den Blumentopf fallen. Leider genau auf ihre Zehen. Das tat dermaßen verflixt weh, dass sie die Frage, ob sie wieder in der Wirklichkeit angekommen war, gar nicht erst stellte.

Den zerbrochenen Topf ließ sie liegen, wie er gelandet war, und humpelte schnurstracks in die Küche, wo sie sich ein Glas Rotwein einschenkte. Randvoll. Aber runter bekam sie nur den ersten Schluck. Dann war ihr Hals vor Aufregung wie zugeschnürt.

Der Wein schmeckte nach Limone, braunem Zucker und Zuckerrohrschnaps … oder anders ausgedrückt: nach Caipirinha. Ganz eindeutig und doch unmöglich.

Magda wollte einen prüfenden Blick auf die bordeauxfarbene Flüssigkeit im Weinglas werfen – und sah, dass sie etwas ganz anderes in der Hand hielt, nämlich ein schweres Glas mit zerstoßenem Eis und einem giftgrünen Strohhalm. Wo gerade noch die weiße Arbeitsplatte ihrer Küche gewesen war, schimmerte plötzlich poliertes Teakholz, ganz im Stil einer edlen Bar. Irgendwo hinter ihr, wo sie noch einen Augenblick zuvor ihren Kühlschrank vermutet hätte, stießen einige Urlauber auf ihre Ankunft an, genau wie sie es gerade tat. Vor ihr stand ein Mann, der seine Hemdsärmel wegen der Wärme aufgekrempelt hatte; ihre Hand lag ganz selbstverständlich auf seinem Unterarm, während er ihr vorschlug, wie sie den Rest des Tages verbringen könnten. Magda fing die Worte »wunderbares Fischrestaurant« und »ein langer Spaziergang am Meer« auf. Seine Stimme war ihr vertraut, tief und weich zugleich.

Okay, Magda. Nun ist genau der richtige Zeitpunkt für einen kleinen Schreianfall. Doch bevor sie den Mund öffnen konnte, merkte sie, dass ihr gar nicht nach Hysterie zumute war. Sie fühlte sich gut gelaunt, ihr war nach Lachen zumute, sie war …

Offenbar am Rande eines Nervenzusammenbruchs! Magda schüttelte entschlossen den Kopf.

Diesmal dauerte es eine Weile, bis das Glas in ihrer Hand wieder ein Weinglas war und sie wieder Bordeaux schmeckte, nicht den Cocktail.

»Was du eben erlebt hast, ist die verrückte Mischung aus einer Überdosis miesem Wetter, Einsamkeit und Fernweh«, versuchte sie, sich zu beruhigen. »Sehnsucht kann einem schon den Kopf verdrehen, du bist bestimmt nicht die Einzige, die sich fortwünscht. Du musst deine Tagträumereien bloß wieder in normale Bahnen lenken. Genau, normal ist das Zauberwort.« Dann schloss sie abrupt den Mund, als ihr klarwurde, dass laut geführte Selbstgespräche auch nicht gerade für geistige Gesundheit standen.

Dabei war Magda ein durch und durch realistischer Typ. Nun, vielleicht nicht vollkommen durch und durch – ein realistischer Typ, der gelegentlichen Träumereien nicht abgeneigt war. Aber das war doch nicht ungewöhnlich, oder? Genauso wenig wie ihre romantische Neigung, die sich manchmal genau dann zeigte, wenn Magda es nicht gebrauchen konnte. Etwa als sie Benjamin eine Bank im Park geschenkt hatte. *Nirgendwo anders möchte ich mit dir träumen,* stand auf dem Messingschild. Benjamin fragte bloß, was der ganze Zauber denn kosten würde. Mit dem Geld hätte man nämlich locker eine Woche in der Uckermark zelten können. Nun war sie Mann und Zelt los – und, so vermutete Magda, jetzt auch noch ihren gesunden Menschenverstand.

In diesem Moment kündigte das Glöckchen im Handy eine eintrudelnde SMS an.

Handygebimmel, das war Alltag, jawohl. Da befand man sich doch gleich wieder auf dem Boden der Tatsachen. Dankbar wischte Magda über das Display und starrte auf ein Foto, das nichts anderes als blaues Wellenspiel zeigte. Darunter die Nachricht:

Das kannst du auch haben. Du musst bloß wollen.

Die SMS stammte erneut von Tine, die ihre Hoffnung offenbar immer noch nicht aufgegeben hatte, ihre beste Freundin zu der Dummheit eines nur über Schulden zu finanzierenden Mallorca-Urlaubs zu überreden. Trotzdem kam Magda das Foto nun wie ein Zeichen vor.

»*Es liegt in deiner Hand, ans Meer zu gelangen*«, flüsterte eine Stimme in ihrem Kopf, die verdächtig nach ihrem neuen Nachbarn klang. »*Ich habe dir ja verraten, wie man es anstellt.*«

»Nein, das hast du keineswegs«, antwortete Magda automatisch, um sich daraufhin vor Wut auf die Zunge zu beißen. Keine lauten Selbstgespräche, keine lauten Selbstgespräche, keine la…

Dann beschloss sie, dass es besser war, einen gewissen Herrn direkt anzusprechen, anstatt fiktive Gespräche mit ihm in ihrer Küche zu führen. Zwar war die Gefahr groß, dass sie sich bis auf die Knochen blamierte, aber das war eindeutig besser, als umgeben von Ikea-Küchenschränken darauf zu warten, dass sie sich in Flugzeugwände und Hotelbars verwandelten.

Magda hatte bereits zwei Mal den Klingelknopf der Wohnung am Ende des Hausflurs gedrückt, als ihr bewusstwurde, dass ihre Haare tropften und ihr nasses Kleid wie eine zweite Haut an ihren Rundungen klebte. *Jedes Mal, wenn ich vor ihm stehe, sehe ich wie aus dem Wasser gezogen aus,* stellte sie fest und wollte gerade kehrtmachen, als die Tür aufging.

Ihr Nachbar sah sie verblüfft an. »Rohrbruch?«

»Wie bitte? Ach, du meinst wegen meiner nassen Sachen.« Magda machte eine wegwerfende Geste mit der Hand, von der sie inständig hoffte, sie möge lässig aussehen. Mindestens so lässig wie ihr Gegenüber mit dem offenen weißen Hemd und den aufgekrempelten Ärmeln, die seine braungebrannten Unterarme zur Geltung brachten. Seine überaus sexy behaarten Unterarme. »Ich habe zu lange auf meinem Balkon herumgestanden.«

»Ach so. Auf dem Balkon ... im Regen. Warum auch nicht.«

Sie schwiegen einen Moment lang zusammen, in dem Magdas Augen gegen ihren Willen wieder zu seinen Unterarmen wanderten. Ob sich wohl die Gelegenheit ergeben würde, da einmal flüchtig drüberzustreichen?

Ihr Nachbar lächelte. »Kann ich dir irgendwie helfen? Ich meine: Ihnen helfen. Oder sind wir jetzt doch wieder beim Du? Irgendwie ist das ein wenig durcheinandergeraten.«

Das und einiges andere ebenfalls, dachte Magda, während sie verzweifelt nach einer plausiblen Ausrede für ihren Auftritt suchte. »Ich bin für gewöhnlich nicht so«, platzte es stattdessen aus ihr heraus. »So durch den Wind und komplett ohne Plan. Okay, das mit dem Plan ist nicht ganz richtig, gelegentlich geht es mit mir durch. Aber wirklich nie, niemals auf diese Gaga-Art. Ich verschenke Parkbänke, und wenn ich zu viel trinke, bin ich der Partyhit, aber ...«

»Hast du vielleicht gerade etwas getrunken?«

»Natürlich nicht, es ist schließlich erst nachmittags, wenn auch ein Freitagnachmittag. Da würde ich doch nie ...« Magda schlug sich die Hände vor den Mund. Konnte er den Wein in ihrem Atem riechen? Oder gar Caipirinha?

Einige kaum auszuhaltende Sekunden blickten sich beide an, dann wurde das Lächeln ihres Nachbarn breiter, was ihm ausgesprochen gut stand.

»Mein Vorschlag: Wir vergessen alles, was bislang zwischen uns passiert ist, und fangen noch einmal von vorne an.« Mit diesen Worten schloss er die Tür vor Magdas Nase, um sie sogleich wieder mit Schwung zu öffnen. »Oh, hallo. Das ist ja eine nette Überraschung, ein Anstandsbesuch von meiner Nachbarin. Ich bin übrigens Jan, Jan Peterson. Und du heißt Magda, richtig?«

»Das stimmt«, brachte sie verdutzt hervor. »Woher weißt du denn das?«

Jans Grinsen wurde breiter. »Im Flur hast du mit dir selbst gesprochen. *Magda, das ist nicht dein Tag,* hast du gesagt. Was ich persönlich sehr schade finde. Das mit dem Tag, meine ich. Möchtest du reinkommen? «

Magda verknotete ihre Finger zu einem komplizierten Gebilde, dann sprang sie über ihren Schatten und trat ein. Sie hatte die großzügig geschnittene Wohnung vor ein paar Wochen besichtigt, als sie noch leer stand. Für eine Person war sie fast zu groß. *Was soll man nur mit dem vielen Platz machen,* hatte Magda sich gefragt, als der Hausmeister ihr stolz die nach Süden gehenden Räume mit den hohen Fenstern gezeigt hatte – ein klarer Gegenentwurf zu ihrem Schlupfloch, in dem die Pflanzen vor Lichtmangel dahinsiechten, das jedoch ausgesprochen gemütlich war. Gemütlich konnte man Jans Zuhause nicht nennen, dafür aber sehr smart. Magda verscheuchte den Gedanken, denn eigentlich interessierte sie sich für etwas ganz anderes als das graue Ledersofa oder die Vorhangfarbe …

Obwohl sie sich dermaßen gründlich in dem weitläufigen Wohnzimmer umsah, dass Jans Grinsen noch breiter wurde, entdeckte sie nichts, was mit Rio in Verbindung stand: keine aufgerollten Landkarten, keine Samba-CDs, keine Gipsnachbildung der berühmten Christusstatue. Auch von magisch angehauchten Utensilien wie schwarzen Kerzen war keine Spur auszumachen, und erst recht kein Pentagramm aus Salz auf den geölten Holzdielen. Nur eine wunderbar hell und zurückhaltend eingerichtete Altbauwohnung.

»Wenn man es so schön hat, braucht man sich doch gar nicht woandershin denken«, sagte Magda.

Jan strich sich übers Kinn. Sein Ausdruck war mit einem Mal ungewöhnlich ernst. »Die Umgebung ist die eine Sache, eine ganz andere ist die Gesellschaft. Was bringt es einem, in der schönsten Wohnung oder an den tollsten Orten der Welt zu sein, wenn man allein ist?«

Magda wusste nicht, was sie damit anfangen sollte: War Jan einfach nur ein vereinsamter Stadtmensch? Jemand, der aus irgendeinem Grund in ihrem Kopf herumpfuschen und sie auf eine seltsame Reise schicken konnte? Oder beides? Schwer zu sagen, darum beschloss sie, den Ball zurückzuspielen. »Man kann doch überall Menschen kennenlernen, ob zu Hause oder auf Reisen.«

»Ich würde sagen: Zwischen kennenlernen und kennenlernen gibt es Unterschiede. Ein netter Plausch ist oft drin, keine Frage. Allerdings meine ich mehr jemanden, der einen begleitet, denn ich bin oft ... unterwegs.« Nun spielte wieder ein Lächeln um seine Lippen. »Meine Art zu reisen ist nicht jedermanns Geschmack, die meisten Menschen haben noch nicht einmal von ihr gehört. Wahrscheinlich wäre es auch nichts für sie.«

»Das möchte ich meinen!« Magdas Temperament flammte auf. »Wer findet sich schon gern im Anflug auf Rio de Janeiro wieder, obwohl er gerade noch auf dem heimisch verregneten Balkon gestanden hat? Richtig, niemand. Das ist keine Reise, sondern eine Entführung!«

Als würde sie nicht wie die Empörung in Person vor ihm

stehen, begann Jan zu lachen. »Für ein Entführungsopfer siehst du aber ganz schön munter aus. So schlimm kann es also gar nicht gewesen sein. Und wenn ich mich nicht täusche, blitzt da auch Unternehmungslust in deinen Augen.«

»Da irrst du dich gewaltig! Meine Augen blitzen höchstens vor Ungeduld, ich möchte nämlich umgehend wissen, was du mit mir angestellt hast.«

»Angestellt habe ich nichts, sondern dich lediglich eingeladen. Und du hast meine Einladung überaus begierig angenommen.«

»Von wegen begierig«, schnaubte Magda.

Dann wurde ihr klar, dass sie Jans Geständnis, für den Kurztrip nach Rio verantwortlich zu sein, problemlos akzeptiert hatte. Eigentlich wäre jetzt der richtige Zeitpunkt, die Flucht anzutreten oder einen entsprechenden Anruf zu tätigen, damit man sie beide abholte, denn zweifelsohne litt Jan an ansteckenden Wahnvorstellungen. Stattdessen musterte Magda den jungen Mann, der ihrem Blick tapfer standhielt.

Jan war vollkommen anders als Benjamin, nicht nur in ihrem Äußeren unterschieden sie sich in so ziemlich jeder Hinsicht. Während man Benjamin den geradegestrickten Typen auf den ersten Blick ansah, war Jan … von einem Geheimnis umgeben. Und dieses Geheimnis bestand nicht nur darin, sie im Handumdrehen nach Rio zu bringen. Oder um den Verstand. Nein, es ging tiefer, und je länger Magda ihn ansah, umso sicherer fühlte sie: Es war richtig, hier bei ihm zu sein, auch wenn sie es nicht verstand.

Verreisen … mit Jan … im Kopf?

»Warum nimmst du ausgerechnet mich mit?«, fragte sie. »Die Auswahl dürfte doch riesengroß sein, warum fällt deine Wahl ausgerechnet auf deine Nachbarin, die nicht sonderlich freundlich zu dir gewesen ist und die meiste Zeit über aussieht, als sei sie gerade aus der Regentonne geklettert?« Das brachte es so schonungslos ehrlich auf den Punkt, dass Magda schlucken musste. Das kam davon, wenn man nie seinen Mund hielt, da redete man sich selbst ins Abseits. Allerdings schien Jan die Situation vollkommen anders einzuschätzen. »Ich habe bis heute gar nicht gewusst, dass mich jemand begleiten kann. Außerdem bin ich schon länger nicht mehr auf diese Weise verreist, es macht nämlich einsam. Deshalb hatte ich beschlossen, mir erst einmal ein Leben an *einem* Ort aufzubauen, ohne Fluchtmöglichkeit quasi. Aber als ich dich heute sah, da habe ich die gleiche Sehnsucht erkannt, die mich immer wieder umtreibt. Als ich dann Rio erwähnte und du reagiertest, wusste ich: Treffer! Also habe ich mich auf den Weg gemacht und dich dabei mitgenommen, auch wenn ich nicht weiß, wie das möglich ist. Manchmal«, er stockte kurz, »manchmal stimmt einfach alles, da braucht man keine Auswahl treffen, weil die Entscheidung von vornherein feststeht.«

Wow, dachte Magda. Und noch einmal: *Wow*.

Sie brachte keinen einzigen Ton heraus und zupfte stattdessen an ihrem Kleid herum, das hartnäckig an ihren Hüften klebte.

»Und was dein Aussehen anbelangt … also wegen deines nassen Kleides musst du dir keine Sorgen machen, das sieht ziemlich sexy aus.« Jan schüttelte gespielt sorgenvoll den Kopf. »Aber sexy ist in diesem Fall leider nicht sonderlich gesund. Soll ich dir einen Bademantel leihen? Wenn wir beide zusammen aufbrechen, werden wir sicherlich ein paar Stunden wegbleiben, und …«

»Stopp, wir beide gehen nirgendwohin.« Magda hob die

Arme, als wolle sie Jan auf Abstand halten. »Einmal davon abgesehen, dass ich ungefähr tausend Fragen habe und bislang nicht einmal ansatzweise begreife, wie du das anstellst, bin ich mir auch gar nicht sicher, ob das überhaupt richtig ist.«

»Meinst du das Verreisen im Kopf – oder mit mir zusammen zu sein?«

Himmel, der Kerl legt ein Tempo an den Tag, unglaublich! Wenn Magda vor Aufregung noch heißer wurde, war zumindest das Problem mit der klammen Kleidung gelöst, die Nässe würde schlichtweg verdampfen. Ratlos zuckte sie mit der Schulter.

Jan nickte, dann schnappte er sich eine Decke vom Sofa und legte sie Magda um die Schultern. »Es ist sicherlich das Klügste, die ganze Sache in Ruhe bei einem Spaziergang zu besprechen.«

Bevor Magda nachfragen konnte, wie er das denn bitte schön meinte, spürte sie Sonnenstrahlen auf ihren Wangen, warm und wunderbar weich, so dass sie gar nicht anders konnte, als es zuzulassen. Sie beobachtete, wie die Sonne im Meer versank, so kitschig schön, dass es kaum auszuhalten war. Mit der Dämmerung kam ein leichter Wind auf, der ihre nackten Waden umspielte und den Saum ihres Sommerkleides zum Tanzen brachte. Auf ihrer Zunge lag der Geschmack von Mango und Acerolakirschen, dem frischen Obst, das es als Nachtisch in dem Fischrestaurant gegeben hatte. War es möglich, dass sie Rio seit ihrem Drink an der Bar nie verlassen hatte?

Dicht an ihrer Seite ging Jan; er hatte die Hosenbeine umgeschlagen und lief barfuß durch den weißen Sand des Strandes, der so weit wie das Auge reichte.

»Du hast es getan. Schon wieder«, fauchte sie ihn an.

»Und du hast mitgemacht. Schon wieder.«

Sie gingen einige Schritte nebeneinander her, während in Magda der Wunsch, Jan abzustrafen, mit der wunderschönen Umgebung konkurrierte, die sogar die unzähligen Fragen in ihrem Kopf nebensächlich erscheinen ließ. Von der einen Seite drang ferner Verkehrslärm zu ihnen durch und versprach eine lebendige Stadt, auf der anderen Seite rauschte das Meer. Konnte sie Jan wirklich böse sein?

»Ein Spaziergang kann ja eigentlich nicht schaden, in Bremen regnet es ja eh nur, und alle sind verreist. Aber danach bringst du mich nach Hause, und dann lass ich mir das Ganze in Ruhe durch den Kopf gehen«, entschied Magda. Ihre Zehennägel schimmerten goldfarben, und eine Welle leckte spielerisch nach ihnen. In Bremen waren ihre Nägel unlackiert – wozu auch? Dort hatte es seit Wochen keine Gelegenheit gegeben, Sandalen anzuziehen.

»Nach dem Spaziergang kehren wir zurück, versprochen.« Jan lächelte sie an. Auf eine gerissene Weise, wie Magda fand. Als wäre es reiner Zufall, streiften seine Finger ihre Hand, und im nächsten Moment hielt er sie auch schon fest umschlossen. »Nach dem Spaziergang … wenn du dann noch sofort zurückkehren möchtest.«

Der Protest lag Magda schon auf der Zunge, aber sie schluckte ihn hinunter, als sie es ganz vermittelt spürte: die vibrierende Energie von Rio, die ihren Körper durchfuhr wie ein eigener Herzschlag. Oder war es etwa ihr eigenes Herz, das sich plötzlich ganz leicht und beschwingt anfühlte?

»Wir werden sehen«, sagte Magda und erwiderte Jans Lächeln.

Constanze Behrends

Minas Blog

4. Oktober 2011. Heute geht's nach Recklinghausen. Wo genau am Arsch der Welt liegt das eigentlich? Ich kotz so ab. Meine Mutter schleift mich wieder in den Zirkus. Wie ich diese fake Glitzerwelt und dieses übertriebene Getue hasse! Am Ende jeder Nummer heben die Artisten die Hände, damit die Dösbaddel im Publikum wissen, wann sie klatschen müssen. Das ist peinlicher als Justin Bieber! Aber noch schlimmer: Vorher erwarten mich VIER Stunden Zugfahrt mit meiner weiblichen Erziehungsberechtigten. Und ich darf nicht rauchen. Kotz, Doppel-Kotz! Bis bald Welt, ich grüß deinen Arsch! Mina

»Mina, klapp den Laptop zu! In einer halben Stunde müssen wir am Bahnhof sein!«, ruft Sybille ihrer Tochter zu.

»Jaaaaaaaaaaaaaaaaaaaaa!«

Nöliger hätte dieses Ja nicht klingen können. Doch es ist mehr als nur nölig: Mina legt all ihre Abscheu über die bevorstehende Zugfahrt, den Zirkusbesuch, die Tatsache, dass sie keinen schwarzen Nagellack tragen darf, sowie ihre Ablehnung von Justin Bieber und Unzufriedenheit mit dem Leben an sich in diesen langgezogenen Vokal. Solch bedeutungsschwangere Umlaute bringen nur Teenager hervor. Zwischen Clearasil und Klausuren fühlt sich die Sechzehnjährige zerrissen und ist grundsätzlich gegen alles, heute im

Gothic-Look, morgen als Möchtegern-Manga. Sie ist auf der Suche nach sich selbst und nichts Geringerem als dem Sinn ihres Lebens. Mitten in der Pubertät, dieser Zeit intensivster Gefühle, Hautprobleme und Hormonstaus, wächst in Minas Unterbewusstsein aber auch die Angst, bald nicht mehr ihren Eltern die Schuld an allem geben zu können.

Mina und Sybille erreichen den Berliner Hauptbahnhof. Eine mit Hall unterlegte, sanfte, weibliche Computerstimme verkündet in abgehackten Einzelwörtern: »Achtung AN *Gleis* 8. DIE *Abfahrt* des *Intercity Express* 556 von BERLIN OstBAHNhof nach RECKling*hausen über Hamm* WEST-falen verzögert *sich* UM *wenige* MI*nuten.* Wir bitten um Ihr Verständnis.«

Das klingt wie ein Gespräch zwischen Mama und mir, denkt Mina. *Aneinandergeklatschte Wörter. Infos ohne Meaning.*

»Warum ziehst du denn schon wieder so ein Gesicht?«, will Sybille wissen. »Freust du dich denn nicht auf den Zirkus König?«

»Mama, ich bin nicht mehr fünf! Hallo?« Mina verdreht die Augen und fragt sich, ob es möglich ist, sie so weit herumzudrehen, dass man in sich selbst hineinsehen kann.

»Ich bin auch nicht mehr fünf und habe trotzdem Spaß am Zirkus.«

»Ja, klar! Du hast ja auch sonst *soooo* viel Spaß im Leben!« Mina zieht ihre Mundwinkel zu einem spöttischen Grinsen hoch, das vor Ironie nur so trieft. Ihr Kommentar trifft Sybille mit der kalten Schärfe einer Edelstahlklinge.

»Also, wenn du so schlechte Laune hast, können wir gerne wieder nach Hause gehen.«

Sybille hatte gehofft, ihrer Tochter auf diesem Ausflug

wieder etwas näher zu kommen. Das Verhältnis zwischen den beiden ist so angespannt wie eine Katze, die an der Steckdose geleckt hat, seit sich Sybille von Klaus getrennt hat. Es hatte keine Affären gegeben, kein großes Drama oder gar einen Rosenkrieg; nur nebulöse, stille Resignation füllte den Raum, als die Anwälte die Habseligkeiten der Ex-Ehepartner monoton auflisteten und eine Gütertrennung vereinbarten. Sybille schien die exakte Inventur jedes kleinsten Besitztümchens so absurd, dass sie auch Dinge auf die Liste setzte, die gar nicht im Haushalt vorhanden waren. Im Protokoll hieß es:

Frau Sybille Schenk erhält den Rasenmäher, die Mikrowelle, den Laptop, die Lexika sowie die Vibratoren-Kollektion nebst Duracell-Batterien.

Während Sybille und Klaus ihre Ehe beendeten, begann ihre Tochter mit etwas anderem: ihrem Blog.

5. Mai 2008. Dies ist mein erster Eintrag. Ich muss mir einfach mal was von der Seele schreiben, sonst platze ich noch. Und das gäbe 'ne ganz schöne Sauerei. ;) Scheiße, ich bin bald ein Scheidungskind! Meine blöden Eltern trennen sich. Wieso denn jetzt? Können die nicht warten, bis ich groß bin? Alles doof. Wieso kann mein Leben nicht ein bisschen cooler sein? Ich mach mir jetzt 'ne Frisur wie Bill Kaulitz. Gezeichnet: Mina

Sybille steckt die Hände in die Taschen ihres Mantels und starrt auf die Werbung für ein Seniorenzentrum an der Wand des Gleises gegenüber. Das Beste, was ich für dich tun kann, motiviert auf dem Plakat eine circa sechzigjährige Tochter ihre Mutter dazu, ihr bisheriges Leben aufzugeben. *Wenn das mit uns so weitergeht, ist das »Beste«, was ich von Mina erwarten kann, vermutlich eine feuchte Matratze im Heizungskeller,* denkt Sybille.

Mina starrt auf den Boden des Bahnsteigs und kratzt mit ihren dunkelblauen Chucks festgetretene Kaugummis ab. »Ist schon okay. Ich meine, immerhin hast du ja die Karten schon bezahlt, und so kurzfristig kriegen wir die auch nicht mehr auf eBay los. Also fahren wir.«

Im Zug packt Sybille Schnittchen und Apfelstücke aus und gießt Tee in den Deckel der Thermoskanne. Mina hätte lieber einen Schoko-Käsekuchen-Muffin und eine Latte von Starbucks, aber ihre Mutter findet 3,60 Euro für einen Kaffee viel zu teuer. Stumm schlürft Mina den Tee, bevor sie ihr Smartphone zückt.

4. Oktober 2011. Hilfe! Werde ins Nirgendwo verschleppt und gezwungen, Tee zu trinken. Auch noch Kamille! *Würg!*

»Weißt du noch, als wir zum ersten Mal im Zirkus König waren? Deine Augen waren so groß wie die von Sailor Moon!«, erzählt Sybille. Mina ist irritiert.

»Hä? Woher kennst du denn Sailor Moon?«

»Na, das hast du doch früher immer geguckt.«

»Ja, schon. Hätte nur nicht gedacht, dass du das noch weißt.«

»Tja, Überraschung!« Sybille lächelt.

»Sailor Moon ist voll uncool«, ätzt Mina.

Sybille lächelt einfach weiter. »Also, Zirkus König. Woran erinnerst du dich?«

Mina schaut aus dem Zugfenster und überlegt, was die Scratchings an den Scheiben zu bedeuten haben. Währenddessen fragt sich Sybille, ob es einen emotionalen Unterschied macht, ob man in Fahrtrichtung oder Gegenrichtung sitzt. Auf der einen Seite fährt man auf das Ziel zu, auf der anderen schaut man zurück. Mina schaut zurück.

»Keine Ahnung, wie alt war ich? Drei oder vier?«

»Dreieinhalb! Wir hatten dir die Karten zu deinem dritten Geburtstag geschenkt«, erklärt Sybille. In Gedanken spricht Mina den immer gleichen Text mit – wie oft hat sie den nun schon gehört in den letzten Jahren: *Da hattest du aber die Masern. Deshalb sind wir ein halbes Jahr später nach Bremen zu einem anderen Auftritt des Zirkus König gefahren. Und daraus wurde dann unsere Familientradition.*

Mina war von ihrem ersten Zirkusbesuch verzaubert. Es war ein Märchen in 3-D. Sie liebte die funkelnden Kostüme und den schreitenden Gang der Artisten, wie Feen und Zauberer, die die Schwerkraft überwinden konnten. Über ihnen flogen die Trapezkünstler im Salto mortale durch die Luft. Mina kniff jedes Mal ihren Vater in den Arm, wenn einer drohte abzustürzen. Eine schöne Frau mit langen roten Haaren schwebte auf zwei beleuchteten Halbkugeln im Spagat über die Zuschauer hinweg. Die asiatische Schlangenfrau verdrehte sich so, dass Mina nicht mehr erkennen konnte, wo oben und unten war. Als Highlight der Show faltete sie sich in einen winzigen Glaskasten zusammen. Das konnte nur mit Magie gelingen.

Mina erinnert sich lebhaft an den Weißclown Papageno, die spektakulären Feuerschlucker und den Geruch der schwarzen Araberhengste. Es gab einen Pantomimen, der auf der einen Seite wie eine Frau und auf der anderen wie ein Mann geschminkt war und sich selbst und damit seine beiden Persönlichkeiten umarmte. Doch von all den bunten Fetzen ihrer Erinnerung erzählt Mina ihrer Mutter nichts. »Ich weiß bloß noch, dass Papa mir Currywurst und drei Mal Zuckerwatte gekauft hat und ich auf der Heimfahrt kotzen musste.«

»Ja, stimmt«, sagt Sybille und überspielt geschickt ihre Enttäuschung. »Das hatte ich ganz vergessen.«

Nach dem ersten Besuch packte Minas Familie die Leidenschaft: Fast zehn Jahre lang reisten sie dem Zirkus König immer wieder durch ganz Deutschland hinterher, nach Köln und Duisburg, Leipzig und Warnemünde, Hannover und München. Mina war so stolz, wenn ihre Mutter ihr eine Entschuldigung für die Schule schrieb, obwohl sie gar nicht krank war. In Wahrheit durfte sie schwänzen, weil sie dem Zirkusfieber verfallen war.

Auch Klaus' und Sybilles Liebesleben blühte nach jeder Vorstellung auf: Sie tranken Champagner im Spiegelzelt, und Sybille kaufte sich einen glitzernden Body, der ein bisschen so aussah wie das Kostüm der Rothaarigen auf den Halbkugeln. Klaus war ganz wild darauf, seine Artistin nachts im Hotel nach allen Regeln der Kunst zu verführen.

Von Show zu Show kam die Familie intensiver mit den Zirkusleuten ins Gespräch und wurde schließlich namentlich begrüßt. Der Weißclown Papageno ließ Mina sogar seinen Kakadu füttern. Dieser große Mann mit den roten Herzchen auf den Wangen hatte es ihr angetan – sie war zum ersten Mal verliebt.

Im letzten Sommer vor der Scheidung bekniete Mina ihre Eltern, einen Zirkus-Workshop machen zu dürfen. Zwei Wochen lang lernte sie Jonglieren, Seiltanzen, sich wie ein

Clown zu schminken und ein Rad zu schlagen. Als Mina jedoch nach Hause kam und ihren Eltern eine Zirkusvorstellung im Wohnzimmer präsentierte, lächelten beide so merkwürdig abwesend.

Als Mina wenig später zwölf wurde, nahm Klaus eine neue Stelle in Köln an und war von da an nur noch an den Wochenenden zu Hause. Mina weiß nicht, ob die Beziehung ihrer Eltern dadurch zerbrochen ist oder ob der Abstand ein letzter Rettungsversuch war. Die Reisen auf den Spuren des Zirkus König wurden danach jedenfalls immer seltener und hörten mit der Trennung ganz auf. Einmal gingen Mina und Sybille noch zu zweit in eine Vorstellung, als der Zirkus in Berlin gastierte. Aber es war nicht dasselbe. Der Lack war ab. Die Bewegungen der Artisten schienen Mina nicht mehr zauberhaft, sondern scheinheilig und gekünstelt. Sie konnte das eingefrorene Lachen der Tänzerinnen nicht mehr ertragen. Sybille lachte genauso, seit Klaus ausgezogen war. Die Clowns wirkten plötzlich gruselig, und Minas feenhafte Phantasiewelt war zu einer Fratze verzerrt. Auch ihr Freund Papageno hatte den Zirkus verlassen.

9. August 2008. War heute mit meiner Mutter im Zirkus König. Hatte mich eigentlich darauf gefreut. Es war aber echt doof und total langweilig. Irgendwie roch alles nach Affenkotze, mir war so schlecht. Oleg, der Clown, hat wieder seine Pferdenummer gemacht. Da soll das Pferd, das er sich umgeschnallt hat, über ein Hindernis springen und am Ende furzt es ins Publikum. *Gähn!* Meine Mutter fand's super. War ja klar!

Ich lasse mir meine blöde Tokio-Hotel-Frisur rauswachsen. Was hab ich mir nur dabei gedacht?

In Recklinghausen angekommen, machen sich Mutter und Tochter auf zum Zirkus. Der Zirkus König macht aus jedem Platz einen Ort mit Geschichte: Die goldfarben verzierten Buden erinnern an Jahrmärkte der Jahrhundertwende, das verschnörkelte Spiegelzelt an eine Art-déco-Bar. Selbst der Kantinenwagen ist romantisch dekoriert. In Sybille erklingt ein wohliges Gefühl der Nostalgie, als sie das rot-gelbe Zirkuszelt mit den wehenden Fahnen sieht. Ein Elefant mit indischem Kopfschmuck steht am Eingang und trötet fröhlich in die Luft. Einige Clowns jonglieren und machen die hereinströmenden Zuschauer nach. Mina sucht unwillkürlich nach Papageno, obwohl ihr letztes Treffen bereits Jahre zurückliegt.

»Ist schon toll, oder?«, fragt Sybille.

»Weiß nicht.« Mina versucht, ihre schummrig aufflackernde Begeisterung zu verbergen.

Am Tickethäuschen pustet der Clown Oleg riesige Seifenblasen über die Köpfe der Zirkusbesucher und lacht dreckig, wenn sie zerplatzen und das Publikum nass gespritzt wird. »Hey, das sind doch die Berliner Mädels!«, ruft er Sybille und Mina zu und quietscht mit seiner Hupe. »Wo wart ihr denn so lange?«

»Hallo, Oleg!« Sybille strahlt ihn an. »Mina hatte lange keine Lust auf Zirkus!«

»Keine Lust auf Zirkus? Wo gibt's denn so was? Hast du etwa keine Lust auf Lachen, auf Leben? Hä?« Oleg pikst Mina in die Seite.

»Hör auf, ich hab keinen Bock auf so was! Ich bin doch kein Kind mehr!«, beschwert sich Mina.

»O nein! Nicht, dass ihr die Polizei ruft!« Oleg setzt sich ein Blaulicht auf den Kopf, springt davon und rennt gegen das Tickethäuschen. *Boing!* Er fällt um und bleibt auf dem Rücken liegen. Dabei streckt er die Beine hoch und strampelt wie ein Maikäfer. Sybille prustet laut los, aber Mina befiehlt ihren Mundwinkeln, unten zu bleiben. So einfach will sie sich nicht mitreißen lassen.

Die beiden Frauen kaufen Popcorn und setzen sich in die Loge. Der Platzanweiser kann sich noch gut an die beiden erinnern und schickt sie einfach in eine teurere Kategorie. Die Vorstellung beginnt mit dem Einzug der Band. Musikanten in Sergeant-Pepper-Uniformen tanzen mit Flöten und Oboen durchs Publikum und nehmen dann ihren Platz auf der Bühne ein. Begleitet werden sie von barocken Engelsgestalten und Traumcharakteren, gehüllt in phantasievolle Kostüme mit Federn, Puderperücken und leuchtenden Reifröcken. Ein buckliger Zeremonienmeister in violettem Wams lüftet seinen Zylinder und heißt die Gäste willkommen.

Die erste Nummer vollführt eine ätherische, fast durchsichtige Frau, die ihren kindlichen Körper in weiße, seidige Tücher wickelt, zur Zeltdecke schwebt und hoch oben ihre Kunststücke darbietet. Dazu spielt die Band ein sphärisches Lied, gesungen von einem glitzernden Schmetterling. Am Ende der Nummer rollt sich die Artistin aus den Tüchern, landet auf dem Bühnenboden, lächelt, hebt die Arme – und das Publikum applaudiert. Mina hält es nicht mehr aus.

»Ich geh mal kurz raus!«, murmelt sie und kämpft sich ins Freie. Dieses verdammte eingefrorene Lächeln. Mina tigert hinter dem Zirkuszelt herum und weiß nicht, ob sie weinen oder schreien soll. Wie gerne hätte sie eine Zigarette! Vor Wut tritt sie gegen eines der dicken Seile, die mit einem schweren Hering im Boden verankert sind. »Scheiße. Scheiße. Scheiße!«

»Also, wenn du das Zelt zum Einsturz bringen willst, musst du den Hering herausziehen.«

Mina schaut sich verdutzt um. Da steht ein schlanker junger Mann mit dunklen Locken, beide Hände in den Taschen seiner leicht abgewetzten Cordhose. Über seinem halb aufgeknöpften Leinenhemd trägt er eine rote Weste. Mina bleibt die Spucke weg.

»Ähm, was?«, stammelt sie.

»Gegen das Seil treten bringt nichts!« Er deutet auf Minas Fuß, der noch immer in der Luft hängt. Sofort stellt sie ihn auf den Rasen. »Obwohl *ein* Hering natürlich auch nicht reicht. Du müsstest schon mindestens fünfzig herausziehen, damit das Zelt einstürzt. Soll ich dir helfen?«

»Nein danke. Schon okay. Ähm … arbeitest du hier?«

»Ja, ich helfe beim Aufbau, Umbau und Abbau. Bin seit dieser Saison dabei. Ich heiß übrigens André.«

»Mina. Hast du vielleicht 'ne Zigarette?«

»Das Gleiche wollte ich dich auch gerade fragen. Aber ich weiß, wer welche hat. Komm mit …«

»Backstage? Klar, wieso nicht.« Mina versucht, so cool wie möglich zu klingen, ihr Herz schlägt jedoch mit der Geschwindigkeit eines Technotracks, ihre Wangen glühen. André führt sie durch eine Absperrung zu den Wohnwagen der Akteure und dem großen Schminkzelt. Von hier aus hat Mina den Zirkus noch nie gesehen. Alles sieht so normal aus, wie auf einem Campingplatz. Vor den Wohnwagen sitzen Clowns und Artisten, essen Sandwiches oder machen gymnastische Übungen, um ihre Muskeln aufzuwärmen. Mina spürt eine angenehme Unaufgeregtheit.

»Das ist Kolby. Er ist Pantomime *from Canada.* Die schlimmste Raucherlunge des gesamten Zirkus König!«

»*And proud of it. Hi!*« Kolby hustet trocken.

»Das ist Mina. Gibst du uns zwei Zigaretten? Bitte, bitte«, bettelt André und fiept dabei wie ein kleines Hündchen.

»*Sure. But what's up with you, Mina?* Warum du bist nisch in die Show?«, fragt Kolby.

»Ich musste mal Luft schnappen.«

»*O yeah!* Isch kenne das. Manschmal du schnappst disch Luft, damit disch deine Gefühle nisch schnappen.« Kolby reicht Mina eine Zigarette. Sie guckt verdutzt.

»Ist der vom Dr.-Sommer-Team oder ein Philosoph oder was?«, fragt sie André.

»Alle Clowns sind Philosophen.«

»Ah … okay?« Mina ist skeptisch. André gibt ihr Feuer. Sie zieht an Kolbys filterloser Marlboro und pustet weißen Rauch in den nächtlichen Himmel. In diesem Moment humpelt die kindliche Frau mit den Seidentüchern an ihnen vorbei.

»He, Anna, was ist passiert?«, fragt André.

»Ich hab mir bei der Landung meinen scheiß Fuß verknackst! Das ist passiert. Der Sanitäter meint, es ist 'ne Verstauchung. Dauert 'ne Woche. Mit ein paar Ibus sei es auszuhalten. Dabei weiß der ganz genau, dass mir von Ibus immer schwindlig wird. Toll, jetzt darf ich dreizehn Vorstellungen mit Schmerzen spielen.« Sie seufzt. »Hat jemand ein Bier?«

Kolby reicht Anna eine Flasche. Sie lässt sich auf einen Campingstuhl fallen und wirkt alles andere als elfengleich.

»Aber kann denn nicht jemand anderes für dich einspringen?«, erkundigt sich Mina vorsichtig. Anna schaut sie an, als hätte Mina behauptet, die Erde sei eine Scheibe.

»Ich habe drei Monate an der Nummer gefeilt«, erklärt sie überdeutlich, »und da gibt es natürlich keine Zweitbesetzung!« Sie trinkt ihr Bier, atmet geräuschvoll aus und legt ihren Kopf auf Kolbys Schulter. Der hustet leise; Annas Kopf wippt auf und ab. Mina und André ziehen sich zurück.

»Krass«, entfährt es Mina. »In der Vorstellung hab ich davon überhaupt nichts mitgekriegt.«

»Tja, Anna ist eben ein Profi. Die ist sogar schon mit einem gebrochenen Handgelenk aufgetreten. Da haben die Kostümleute ihren Gips mit Glitzersteinen verziert, und kein Schwein hat's gemerkt.«

»Heftig! Dabei wirkt das immer alles so easy. Nur das Grinsen, das sieht voll unecht aus!«, sagt Mina.

»Na ja, isses ja auch. Versuch du mal, nach so einer körperlichen Anstrengung noch echt zu lachen. Anna hatte sogar Schmerzen heute. Aber soll sie das den Leuten zeigen? Du kannst das Publikum nicht erst in eine Zauberwelt entführen, und dann schmeißt du es wieder raus, indem du ihm sagst: *Mir geht's gerade voll scheiße, und ihr seid schuld.* Manchmal muss man eben eine Maske tragen.«

»Aber das ist so was von verlogen«, regt Mina sich auf.

»Ich nenne das Verantwortung«, kontert André.

So hat Mina das noch nie gesehen. Sie denkt nach. »Mmmm, stimmt.«

Die beiden setzen sich auf eine hölzerne Transportbox und schauen zu, wie die Tiger anmutig durch den vergitterten Gang ins Zelt schreiten.

»Warum bist du hier?«, fragt André.

»Weil wir Zigaretten schnorren wollten.«

»Nein, ich meine, warum bist du hier in der Show, wenn du so anti Zirkus bist?«

»Ich bin nicht total anti Zirkus. Als Kind hab ich's geliebt. Ich war mit meinen Eltern in fast vierzig Vorstellungen.«

»Und was ist passiert?«

»Sie haben sich getrennt und ich wurde ... erwachsen.«

»Aber da kann der Zirkus doch nichts dafür!« André stupst sie mit seiner Schulter an. Mina lächelt.

»Nee ... keine Ahnung. Ich halte nicht so viel von dieser Smiley-Happy-Show. Die Menschen ziehen im Leben schon oft genug eine Show ab.«

»Das versteh ich. Aber was ist die Alternative? Ständig depri sein?«

Mina wird wütend. »Das hab ich doch gar nicht gesagt! Aber man kann doch einfach ehrlich sein, oder? Als sich meine Eltern getrennt haben, hat meine Mutter so getan, als hätte sich nichts geändert. Dabei hat sie mein ganzes Leben zerstört! Und dann dieses scheiß Grinsen!«

»Vielleicht wollte deine Mutter dich nur beschützen?«

»Indem sie mir was vormacht? Na danke!« Mina nimmt noch einen Zug und beobachtet einen Tiger, der angestoßen werden muss, um in die Manege zu gehen. Die Raubkatze faucht ihren Pfleger an.

»Und was machst *du* hier?«, fragt sie André.

»Ich sitze hier mit einem echt hübschen Mädchen, das sehr verletzt worden ist, und gucke den Tigern zu!«

Ein echt hübsches Mädchen, hallt es wie ein Echo durch ihren Kopf. »Mann«, sie stößt ihm den Ellbogen in die Rippen, um ihren Schreck zu überspielen. »Ich meine doch, wie bist du zum Zirkus gekommen?«

»Na ja, erst habe ich in Hannover mein Abi gemacht«, erzählt André. »Und meine Eltern wollten, dass ich sofort BWL studiere.«

»Boah, kotz!«

»Du sagst es. Ich hatte echt keinen Bock, gleich an die Uni zu gehen. Ursprünglich wollte ich mit Interrail durch Europa. Dann hab ich aber einen Freund in Hamburg besucht, und da war der Zirkus König auf der Reeperbahn. Wir sind abends feiern gegangen und haben ein Schild gesehen: *Junger Mann zum Mitreisen gesucht.* Ich wollte wissen, was damit gemeint ist, und Kolby hat mir erzählt, die suchen Roadies. Seitdem bin ich dabei.«

»Und wie ist das so?«

»Echt toll. Wir sind wie eine große Familie: Wir lieben uns, wir kloppen uns. Es gibt Eifersucht, Flirts, Freundschaft. Die ganze Palette.«

»Na, ich wette, du hast viele Flirts!«, rutscht es Mina heraus und sie hofft, dass sie nicht rot wird wie eine Clownsnase.

»Also isch muss doch sehr bitten, *young Lady!* Wofür Sie halten misch?« André imitiert Kolby und hebt eine Augenbraue. Mina kann nicht anders: Sie prustet los.

Als sie sich wieder beruhigt hat, bemerkt sie eine weiße Gestalt zwischen den Wohnwagen. Mina kneift ihre Augen zusammen.

»Was hast du?«, fragt André.

»Ich dachte … nee, das kann nicht sein … Arbeitet Papageno wieder hier?«

»Der Weißclown? Ja, der hat 'ne Weile pausiert, ist aber wieder dabei. Da isser doch. Soll ich dich ihm vorstellen?«

»Musst du nicht, den kenn ich schon.« Mina strahlt, läuft zu Papageno und tippt ihm auf die Schulter. »'tschuldigung?«

Papageno dreht sich um. »Ja bitte?«

»Ich bin's, Mina!«

Seine Augen weiten sich. »Hey! Du bist ja groß gewor-

den!« Dann lächelt er sie an, ein breites, warmes Lächeln.
»Aber du bist trotzdem noch mein Mädchen, oder?«

Bevor sie recht weiß, was sie tut, nimmt Mina Papageno in den Arm. André ist inzwischen hinterhergekommen.

»Willst du mir die Tour vermasseln, du Clown?« Er ballt die Fäuste. »Die Lady gehört mir!«

Papageno hebt die Arme. »Na, dann bist du wohl in besten Händen. Ich muss gleich auftreten. Siehst du's dir an?«

»Ja, wir sitzen in der Loge.«

»Ich kenne einen besseren Platz«, sagt André, greift Minas Hand und führt sie durch den Artisteneingang in eine Seitengasse.

Die Clowns sind direkt nach den Tigern dran: Oleg und der dumme August wollen einen Plüschtiger dressieren, der natürlich nicht reagiert, also bringt der elegante Weißclown ihnen bei, selbst durch einen Reifen zu springen. Zwischendurch zwinkert Papageno in die Seitengasse. Minas Augen leuchten.

»In den war ich früher echt verschossen!«, flüstert sie André zu.

»Wenn das so ist, muss ich ihn leider doch verprügeln.«

»Mach keinen Quatsch!« Mina boxt André scherzhaft gegen den Oberarm.

»Wieso? Das gehört zu meinem Beruf. Ich kann gleichzeitig Quatsch machen und dir ehrlich sagen, dass ich dich echt toll finde.«

»Man kann nicht gleichzeitig so und so sein«, behauptet Mina schnell und guckt auf die weißen Gummikappen ihrer Chucks.

»Und wie man das kann«, sagt André, bevor er sie auf die Wange küsst.

Sybille geht nervös vor dem Zelteingang auf und ab. Ihre Tochter ist seit über einer Stunde wie vom Erdboden verschwunden, und langsam wird Sybille panisch. *Wurde sie entführt? Ist sie mit einem Clown durchgebrannt?* Der Gedanke scheint verrückt, aber bei Mina ist alles möglich. *Vielleicht ist sie auch nur zurück nach Berlin gefahren,* versucht sie sich zu beruhigen. Fast hätte Sybille den Kassierer im Tickethäuschen tätlich angegriffen, als der ihr erklärte, dass er kein Mikrofon für eine Durchsage habe. Da biegt plötzlich ein Mädchen um die Ecke, das ihrer Tochter verdammt ähnlich sieht. Aber es kann nicht Mina sein, denn das Mädchen lächelt.

»Hallo, Mama! Tolle Show, oder?«

Nimm dich zusammen, flüstert Sybille sich in Gedanken selbst zu, *sie ist doch nur ein Kind, sie weiß nicht, was sie tut, du musst Verständnis haben und …* »Sag mal, hast du sie noch alle?«, schreit sie los. »Wo warst du denn die ganze Zeit! Du kommst nicht zurück, gehst nicht an dein Handy. Bist du verrückt geworden? Ich hab mir totale Sorgen gemacht!«

Mina lacht.

»Jetzt reicht's ja wohl!« Sybilles Stimme überschlägt sich, und sie merkt, wie ihr wütendes Gesicht dunkelrot anläuft. »Wieso lachst du jetzt? Ich hab echt die Schnauze voll von deinen ewigen Zickereien. Ich bin so wütend auf dich!«

Auf einmal kullern dicke Tränen über Minas Wangen, als sie ihre Mutter wortlos in den Arm nimmt.

»Was ist denn?«, fragt Sybille, die sofort von *wütend* auf *besorgt* umschwenkt.

»Danke Mama!«

»Wofür?«

»Dass du endlich mal ehrlich bist.«

5. Oktober 2011. Auf dem Rückweg vom Zirkus hab ich seit Jahren mal wieder so richtig offen mit meiner Mutter reden können. Sie glaubt, ich würde sie später mal in den Heizungskeller sperren. Krass! ;-) Dafür mussten wir erst nach Recklinghausen fahren! Keine Ahnung, wie das jetzt weitergeht. Vielleicht wird sie jetzt endlich mal aufhören, diese Lächelmaske zu tragen. Und vielleicht leg ich mir mal eine zu ... Was aber viel wichtiger ist: Ich bin verliebt. Juhu! André hat mich auf Facebook geadded und mir schon eine SMS geschickt. Ich treffe ihn bald wieder. ;-) ;-) ;-) Aber dazu später mehr.

Alles Liebe, eure Mina

Tatjana Kruse

Ausfahrt mit Piero

Die wahren Abenteuer sind nicht im Kopf. Sie sind da draußen.

Dieses *da draußen* hat mich immer schon gereizt. Jede Reise ist für mich wie ein Regenbogen, an dessen Ende ein Topf voller Gold warten könnte. Oder *mein* persönlicher George Clooney. Oder doch wenigstens ein Designerkleid im Schnäppchenausverkauf.

Schon als Kind habe ich statt irgendwelcher Backfischbücher lieber Jules Verne gelesen – *Reise zum Mittelpunkt der Erde* oder *Reise um die Erde in 80 Tagen*. Mir war klar, dass ich irgendwann einmal das Reisen zu meinem Beruf machen würde. Glasklar war mir das. Marco Polo ist schließlich auch nicht fürs Zuhausebleiben berühmt geworden.

Aber im Leben kommt es ja immer anders, als man denkt. Das Übliche eben: Kopulation, Kurzschlussheirat, Kinder, Kleinstadtmief.

Mein Name tut nichts zur Sache. Ich bin weiblich, ledig – eigentlich geschieden, aber *ledig* klingt abenteuerlustiger –, postklimakteriell und ich arbeite in der Müllentsorgung.

Mein Job ist nicht nur olfaktorisch bedenklich, aber einer muss ihn ja tun. Und nachdem die Kinder aus dem Haus waren und mein Mann fand, dass er mich durch eine halb so alte Ausgabe meiner selbst ersetzen sollte, was mich nach zwanzig Jahren Haushalt auf den Arbeitsmarkt spülte, konnte ich beim Wiedereinstieg ins Berufsleben nicht allzu wählerisch sein, also wurde es die Abfallbeseitigung.

Immerhin die mobile Abfallbeseitigung.

»Schau dir das an. Ist das nicht …? Ist das nicht einfach …?«

Fieberhaft suche ich nach dem passenden Adjektiv, während ich in einem nicht ganz unriskanten Manöver die vor mir fahrende Seniorenschaukel überhole, in der andere einen schnittigen Ferrari Testarossa sehen mögen, ich aber erkenne das graue Haupt des Fahrers. Und die Kleine neben ihm ist mit Sicherheit nicht seine Enkelin. Mein Fuß bleit noch mehr aufs Gaspedal.

All das auf einer kurvigen Gebirgsstraße. Links der Berg, rechts der Abgrund. Piero gibt jedoch keinen Kommentar zu meiner Fahrweise ab. Nada. Nichts. Niente. Das schätze ich so an ihm. Cool. Gelassen. Ganz Gentleman.

Also, mit welchem Adjektiv lässt sich diese Schweizer Hochgebirgslandschaft beschreiben?

Ergreifend? Bewegend? Mitreißend? Unsagbar schön?

»… toll?«, sage ich schließlich und zeige auf die grandiose Alpenkulisse vor uns.

Die Schweiz. Einer meiner Sehnsuchtsorte. Schon beim Grenzübertritt hat mir das Herz bis zum Hals gepocht. Obwohl mich die Grenzer einfach durchwinkten.

Piero teilt meine Begeisterung schweigend. Gut so. Ich mag keine Schwätzer. Wenn ich es mir recht überlege, mag ich überhaupt keine Männer. Mehr. Das hat mir mein Ex gründlich ausgetrieben. Vielleicht ist es nur eine Phase, aber derzeit bin ich im Grunde am liebsten allein. Nur nicht auf Reisen. Schönheit gewinnt, wenn man sie teilen kann.

Der Testarossa-Fahrer hupt wie verrückt. Möglich, dass ich mit meinem Cabrio doch etwas sehr knapp vor ihm eingeschert bin. Ich hebe die bis zum Ellbogen behandschuhte Linke und winke lässig.

Soll er sich doch bei meinem Ex beschweren. Wie ich bin, *was* ich bin, habe ich Christian zu verdanken. Rückblickend betrachtet ein mieses Wiesel, das mein Urvertrauen in die holde Männlichkeit nachhaltig ausradiert hat.

Aber das Leben geht ja weiter. Man kommt über alles hinweg. Auch über miese Wiesel. Und im Augenblick habe ich ja Piero.

Piero. Gut fünfzehn Jahre jünger als ich. Schätze ich mal. Gefragt habe ich nicht. Ein Bild von einem Mann. Mit widerspenstigen, dunklen Locken, sexy Dreitagebart und einem unwiderstehlichen Lächeln. Südländer. Mucho Macho, aber in genau der richtigen Dosis für ein Vollweib.

Wir düsen weiter, immer im Schatten der majestätischen Gletscher der Welschschweiz, die wir zügig hinter uns lassen. Bei meinem Tempo kann ich den Blick nicht wirklich lange vom Asphalt abwenden, bin ja nicht suizidal, aber innerlich visualisiere ich Bergziegen, Almhütten, Kühe mit Glocken. Heidiland. Das volle Programm.

Plötzlich ein Hinweisschild.

»Ich fasse es nicht. Ein *McDonald's*. Hier?«

Piero scheint über meine Naivität zu schmunzeln. Okay, ich bin eben noch nie zuvor in der Schweiz gewesen. Wir sind mit den Kindern früher jedes Jahr nach Holland ans Meer gefahren. Ich habe folglich mit urigen Rösti-Stuben gerechnet und finde mich stattdessen unversehens in der globalisierten Welt des 21. Jahrhunderts wieder. Aber ich bin ja anpassungsfähig. Ich kann damit leben.

Fünfhundert Meter weiter erhebt sich am Straßenrand ein Betonklotz mit den typischen Insignien der Kette.

»Ist es dir recht, wenn ich kurz halte und mir einen Snack besorge?«

Ich parke direkt vor dem Eingang, obwohl ein Schild verkündet, dass das Parken dort verboten ist. Gesetze und Regeln betrachte ich grundsätzlich nur als optionale Vorschläge, niemals als bindende Vorschriften.

»Du willst ja sicher nichts, oder?« Ich schenke Piero ein Lächeln.

Nein, er will nichts. Das mag ich an Männern. Wenn sie pflegeleicht sind.

»Bin gleich wieder da.« Ich nehme meine Clutch, lege noch den Deckel auf die Hutschachtel und steige aus. An diesem Tag trage ich mein rotes Reisekleid. Knitterfrei, knielang, eng. Viel ist nicht los vor dem *McDonald's,* nur ein paar Versprengte. Alle schauen mir nach. Die Männer auf den Po, die Frauen aufs Gesamtbild. Letzteres ist umwerfend, wenn ich das selbst sagen darf. War ja, weiß Gott, auch teuer genug. Aber nicht zuletzt dank Piero kann ich mir das jetzt leisten.

Das *McDonald's* befindet sich auf einem kleinen Plateau. Wir sind wohl schon in der Deutschschweiz, aber in der Ferne sieht man noch die schneebedeckten Berge. Ich gehe quer durch den Verkaufsraum zur Aussichtsplattform.

Ein Rundblick zum Niederknien.

Wir müssen die Welt durchreisen, um das Schöne zu finden, aber wir müssen es in uns tragen, sonst finden wir es nicht. Hat Ralph Waldo Emerson gesagt. Ich liebe Zitate und Aphorismen und kluge Sprüche. Wenn ich kein solcher Menschenfeind wäre, hätte ich das laut ausgesprochen, denn neben mir stehen wild knipsend zwei Touristen aus Indien, die sichtlich ebenso begeistert sind wie ich. Aber ich werfe meine Spruchweisheiten keinen Indern vor die Füße. Auch sonst niemand.

Ich atme ein paar Mal tief die frische Bergluft ein, dann gehe ich hinein. Es sind gerade Schweizer Wochen. Es gibt Cheeseburger mit Raclettekäse und McFlurry Toblerone. Ich greife beherzt zu. Lässt sich ja alles wieder absaugen.

Beim Gehen kaufe ich draußen am Kiosk auch noch Drops (*Wer hat's erfunden?*) und das Schweizer Äquivalent der BILD-Zeitung.

»Macht 15 Franken 50.«

Ich würde ja den Devisenkurs umrechnen, wenn ich nicht so schlecht in Mathe wäre. Aber dann würde ich mich nur ärgern.

Außerdem bin ich in diesem Moment damit beschäftigt, zu einem Abbild meiner Großmutter zu werden. Die hat, blind wie ein Maulwurf ohne ihre Lesebrille, die sie un- weigerlich zu Hause neben dem Kreuzworträtsel vergaß, ihr Münzgeld auch immer dem Kassierer vor die Nase ge- kippt mit den Worten: »Suchen Sie sich das Passende raus.« Ich kann diese Schweizer Münzen einfach nicht unterschei- den, halte die großen für mehr wert als die kleinen, was aber irgendwie nie stimmt oder doch oder eben keine Ahnung.

So wühlt der eidgenössische Kioskbetreiber, der so breit wie groß ist, in meinem Kleingeldhaufen, aber er beschwert sich nicht, weil er sich – vorn übergebeugt, wie er ist – nur

Millimeter von meinem Dekolleté entfernt befindet, und das ist zum Reinbeißen, wenn ich das selbst sagen darf. Bodenseeklinik. Keine billigen Ost-Implantate.

»Soll ich dir die Schlagzeilen vorlesen?«, frage ich Piero, als ich wieder im Cabrio sitze, aber er hat kein Interesse.

Burger kauend gehe ich das Revolverblatt durch. Piero bewundert derweil die Aussicht. Oder meinen Körper. Oder schläft mit offenen Augen.

In der Zeitung steht nur der übliche depressive Mist: Krieg, Klimakatastrophe, Kaskaden des Bösen. Kann man lesen. Muss man aber nicht. Mich interessiert ohnehin immer nur mein Horoskop.

An diesem Tag lautet es für Löwinnen: *Sie sind auf dem richtigen Weg. Genießen Sie die kleinen Dinge.*

Na bitte, wie für mich gemacht.

Ich werfe den Rest des Burgers in hohem Bogen auf den Parkplatz und fahre los.

Mir gefallen diese ziellosen Ausflüge. Bei denen es nicht wichtig ist, wann man ankommt. Ob man überhaupt ankommt. Weil man unterwegs merkt, dass man vielleicht doch wo ganz anders hinwill. Dieses Sich-treiben-Lassen im Strom des Lebens. Das Abenteuer der Reise. Auch mal Irrwege riskieren. Oder wie es Hélène Cixous formuliert hat: Ich finde Orientierung da, wo ich mich verirrt habe.

Nie weiß man, was einen erwartet. Wirklich nie. Das Exotische. Das Außergewöhnliche. Das prickelnd Gefährliche, das einem einen Kick gibt. Hinter jeder Ecke kann es auf dich warten.

In der Schweiz ist natürlich das Risiko gering, auf Menschenfresser zu stoßen. Oder eine bis dato noch unbekannte

Felsformation oder Tierart oder fleischfressende Pflanze zu treffen. Aber mir geht es ja auch nicht um die großen Dinge. Nur auf die kleinen Dinge kommt es an. Die muss man genießen. Da bin ich ganz deckungsgleich mit meinem Horoskop.

Ich muss lächeln.

Piero lächelt ebenfalls. Er ist ein Dauerlächler. Zu süß.

Die Sonne lacht auch. Ein herrlicher Tag für eine Ausfahrt. Es geht über Viadukte, durch idyllische Dörfer und Felstunnel, an Weiden vorbei und unter Felsüberhängen hindurch. Eine Zeitlang verläuft die Trasse einer Bergbahn parallel zur Straße. Und immer wieder fällt es neben ihr steil ab, in einen gähnenden Schlund, der den unachtsamen Fahrer mitsamt Fahrzeug in die Tiefe saugen will. Aber ich bin eine exzellente Fahrerin. Deswegen fahre ich auch immer selbst und lasse mich nie fahren. Schon gar nicht von Männern. Es gibt zwei Sachen, von denen ein Mann nie zugeben wird, dass er sie nicht gut kann: Sex und Autofahren. Hat Stirling Moss gesagt. Der muss es wissen.

Es ist nicht viel Verkehr an diesem Wochentag außerhalb der Feriensaison und abseits der großen Straßen. Wir sind so gut wie allein unterwegs. Je abgeschiedener es wird, desto menschenleerer wird es. Uns begegnen zwei Postbusse und ein Traktor. Gott sei Dank nicht an den Stellen, an denen die Straße so schmal ist, dass zwei Fahrzeuge nicht aneinander vorbeifahren können.

Mir fällt allerdings der Kombi in undefinierbarer Tarnfarbe mit Schmutzschicht auf, der uns seit geraumer Weile zu folgen scheint.

Auch hier oben, im abgelegensten Winkel der Schweiz,

wohnen Menschen. Vielleicht ist der Fahrer einer von ihnen. Auf dem Heimweg vom *Migros*-Großeinkauf, den Kofferraum randvoll mit Sprüngli-Schoggi, Maroni, Veltiner, Fondue-Spießen und Alphörnern – was man hier für den täglichen Bedarf eben so ersteht.

Doch ich glaube das nicht. Ich bin misstrauisch. Und das aus gutem Grund.

»Bist du angeschnallt?«, frage ich Piero, obwohl ich natürlich weiß, dass er gut gesichert ist. Meinem Süßen darf nichts passieren.

Er lächelt nur.

Ich trete aufs Gas.

Wie gesagt bin ich in der mobilen Abfallbeseitigung tätig. Ich bin nicht auf einem geruhsamen Urlaubsausflug in Helvetien, ich bin beruflich unterwegs.

Wenn ich Abfall sage, meine ich das im weitesten Sinne. Ich rede hier von besonderem Müll: Biomüll. Also, ich kann's ja gleich offen sagen: Ich entsorge Leichen.

Meine Auftraggeber sind russische Oligarchen, asiatische Triaden-Shogune, italienische Paten und freiberufliche Auftragskiller. Ich agiere international und vorurteilslos. Der Job liegt mir – ich habe immer schon gern für Ordnung gesorgt. Ich bin Schwäbin, da hat man Kehrwochen aller Art im Blut.

Und meine Leichen sind ja keine unbescholtenen Familienväter, sondern durch die Bank üble Gestalten – konkurrierende Drogenhändler oder Waffenschieber oder korrupte Politiker, hie und da auch mal im Privatauftrag ein Kinderschänder oder Frauenschläger. Die Welt ist ohne diese Typen besser dran. Wiewohl Piero – keine Ahnung, ob er so hieß, als er noch lebte, ich nenne ihn nur so, weil Piero ein so schöner Name ist und so gut zu diesem sexy Schädel passt –, wiewohl also Piero unmöglich ein Schurke gewesen sein konnte, da bin ich mir sicher.

Langer Rede kurzer Sinn: Ich töte nicht, ich sorge nur für die korrekte finale Endlagerung. Wenn Sie mich fragen: Frauen können das besser als Männer. Keine meiner Leichen wurde je gefunden, und das soll sich auch in Zukunft nicht ändern. Spontanität und Vielfalt sind mein Geheimnis. Ich fahre einfach los und schaue, was mich unterwegs inspiriert. Meine Klappschaufel habe ich grundsätzlich dabei, denn in einem frisch ausgehobenen Grab lässt sich nachts um zwei problemlos noch ein Zusatztoter unterheben. Auch die Kettensäge ist immer mit dabei, wegen der besseren Kleinteilentsorgung. Die Details tun nichts zur Sache, jedenfalls bin ich flexibel.

Meine Konkurrenz hat dagegen zumeist feste, wie in Stein gemeißelte Methoden – Sergio deponiert seine Toten grundsätzlich in Müllverbrennungsanlagen, Jean-Claude ist für seine Entsorgung in Güllegruben berüchtigt, aber hören Sie auf meine Worte: Wenn man von denen jemals auch nur *eine* Leiche findet, kommt die Lawine ins Rollen, eine Leiche führt zur nächsten, und meine Konkurrenten fliegen schnurstracks auf. Bei mir wird dagegen jeder Tote individuell entsorgt. Das garantiert mir größtmögliche Sicherheit vor Enttarnung.

Mein Erfolg stößt leider nicht überall auf Gegenliebe.

Der Kombi folgt mir im immer gleichen Abstand, obwohl die Tachonadel sich jetzt im dreistelligen Bereich bewegt. Was, wie ich anmerken möchte, aufgrund der Straßenführung – eine kurvenreiche Gefällstrecke – eine hervorzuhebende Leistung ist.

Aber der Kombi lässt sich nicht abschütteln. Der Fahrer versteht etwas von seinem Handwerk. Handelt es sich um ein Zivilfahrzeug der Exekutive? Interpol? Schweizer Polizei?

Mit quietschenden Reifen fahre ich in die nächste Kurve. Hinter mir quietscht es.

Der Fahrtwind spielt mit meinen Haaren. Extensions. Dennoch ein herrliches Gefühl.

»Geronimo!«, brülle ich so laut ich kann. Ich spüre das Adrenalin. In Momenten wie diesen kribbelt mein ganzer Körper vor Lust, am Leben zu sein. Ist das Glück?

Plötzlich steht vor uns auf der Straße eine Kuh.

So eine schwarz-weiße, die angeblich besonders robust bei gleichzeitig guter Milchleistung ist.

Ich trete auf die Bremse.

Das Hinterteil meines Wagens bekommt dieses Manöver nicht so schnell mit. Während vorn alle Räder stillstehen, versucht das Heck, die Vorderräder zu überholen. Wir drehen uns im Kreis wie ein Derwisch.

Mein Wagen schlittert an der Kuh vorbei, die entweder in Schreckstarre verfallen ist oder sich meditativ mit ihrem Schicksal abgefunden hat.

Das Cabrio kommt zum Stehen.

Der Kuh ist nichts passiert.

Ich schlucke und hole mehrmals tief Luft. Wie gut, dass wir hier auf einer Weide und nicht an einem der klaffenden Abgründe von gerade eben noch sind.

»Bei dir alles okay?«, frage ich Piero.

Doch da kommt auch schon der Kombi, nur Millimeter

vor dem wiederkäuenden Kuhmaul, zum Stehen. Es riecht nach verbranntem Gummi.

Ich ziehe meine Walther PPK aus meinem Louis-Vuitton-Shopper, befehle Piero »Rühr dich nicht!« und rolle mich aus dem Wagen. Eine solche Konfrontation habe ich immer gefürchtet. Aber natürlich war sie unausweichlich. Und ich bin vorbereitet. Ich bin eine gute Schützin. Wenn es sein muss, schieße ich einem Erpel den Bürzel weg. Auch wenn ich noch nie im Leben jemand getötet habe – selbst Spinnen trage ich auf einem Blatt Papier aus dem Badezimmer und trete sie nicht platt –, so werde ich mein Leben doch keinesfalls hinter Gittern beenden. Ich sehe Butch Cassidy and the Sundance Kid vor mir, die im Kugelhagel tanzend untergehen. Mein Motto: Furios abtreten!

Die Gestalt im Kombi rührt sich nicht.

Ich kann nur erkennen, dass es sich um einen männlichen Fahrer handelt.

Es ist auf gar keinen Fall ein unbescholtener Schweizer. Der wäre schon längst aus dem Wagen gesprungen und hätte nachgeschaut, ob er helfen kann.

Es ist aber auch kein Bulle. Ich kenne deren Prozedere. Der hätte mittlerweile einen Notruf abgesetzt und Verstärkung angefordert.

Die Welt scheint stillzustehen.

Also, die Welt schon, die Kuh nicht. Sie deponiert noch einen dampfenden Fladen, dann schreitet sie gemächlich ins satte Grün der Wiese.

Die Beifahrertür des Kombis geht auf, und jemand lässt sich herausrollen. Wir haben also dieselbe Technik drauf.

Jäh streife ich meine hochhackigen Pumps von den Füßen und ziehe den Saum meines Kleides so weit nach oben, bis ich ihn in den Gürtel schieben kann. Das Kleid ist sonst zu eng. Für das, was ich vorhabe, brauche ich Beinfreiheit. Auch wenn man jetzt meine *Unaussprechlichen* sehen kann. Was mich nicht kratzt, sie sind von *La Perla* und halten jedem noch so kritischen Blick stand.

Ich bin schnell. Sehr schnell. Der Kombi-Fahrer hat sich noch nicht ganz in Positur gekauert, da husche ich auch schon an kratzigem Buschwerk vorbei auf ihn zu, baue mich hinter seinem in Tweed gewandeten Rücken auf und belle: »Keine Bewegung!«

Er erstarrt.

»Waffe fallen lassen!«, befehle ich.

Seine Glock plumpst ins Gras.

»Hände hoch!«, ordne ich an. »Schön langsam!«

Er gehorcht.

Wenn im Entsorgungsgeschäft mal alle Stricke reißen, kann ich immer noch als Domina arbeiten.

»Und jetzt umdrehen. In Zeitlupe, wenn ich bitten darf.«

Erstaunlich, wie ruhig ich bleibe.

Was vielleicht daran liegt, dass ich ihn in dem Moment erkenne, als ich sein Profil sehe. Die Nase, unverkennbar.

»Jean-Claude!«, rutscht es aus mir heraus. Ich kann es nicht glauben. Mein Güllegrubenkonkurrent!

Er spürt mein Zögern, springt auf mich zu und will mir einen linken Haken versetzen, aber Jean-Claude ist ein Schrank von einem Kerl, und seine gigantische Linke ist zwar massig, aber für jemand, der so fix ist wie ich, zu langsam.

»Was soll denn das?«, rufe ich und ducke mich weg.

»Hier ist kein Platz für uns beide!«, brüllt er, und ich bin mir sicher, dass er nicht nur diese einsame Bergstraße, sondern die ganze Schweiz meint, wenn nicht gar ganz Europa oder den Globus als solchen.

Das wurmt mich dann doch. Ich habe nie irgendwem eine Leiche abspenstig gemacht. Meine Kollegialität steht völlig außer Frage. Und es gibt doch weiß Gott genug tote Schurken für uns alle, oder?

Ich versetze Jean-Claude mit dem Griff meiner Walther eine knallharte Kopfnuss und treffe ihn voll auf die Nase. Er schreit auf. Um auf Nummer sicher zu gehen, trete ich ihm noch schwungvoll in die Weichteile. Jean-Claude sackt jaulend in sich zusammen. Frauen älteren Semesters werden ja grundsätzlich unterschätzt. Das hat er nun davon!

Jean-Claude bleibt in Embryonalstellung wimmernd liegen, und ich kann in aller Seelenruhe zum Cabrio gehen, das Pfefferspray aus dem Shopper fischen, »Bin gleich fertig« zu Piero sagen und zu Jean-Claude zurückkehren, um ihm ausgiebig die Augen pfeffrig zu sprayen.

Er brüllt wie am Spieß. Aber ich lasse ihn immerhin am Leben. Ich erwähnte ja schon, dass ich nur entsorge. Ich kille nicht.

In der Ferne höre ich ein Motorengeräusch.

»Man sieht sich«, sage ich zu Jean-Claude, der mich über sein Geschrei wahrscheinlich nicht hören kann, und ziehe mir schwungvoll mein rotes Reisekleid wieder in Position.

Im Grunde gehe ich aber nicht davon aus, ihn jemals wiederzusehen. Es ist ja nicht so, als ob wir einen »Entsorger«-Stammtisch mit regelmäßigen Kegelausflügen hätten.

»Huh, das war aufregend!«, sage ich, während das Cabrio wieder an Fahrt zulegt. Die Schweizer Landschaft saust an uns vorbei. Ich habe mich schon lange nicht mehr so lebendig gefühlt.

Piero scheint mir allerdings etwas bleich. Ich streiche ihm eine dunkle Locke aus der Stirn.

Was immer ich aber noch zu ihm sagen will, bleibt mir im Hals stecken, denn ein Schweizer Streifenwagen taucht im Rückspiegel auf und signalisiert, dass ich anhalten soll.

Verdammt!

Ich sammle mich. Selbst wenn man mich mit einem Fernrohr beobachtet haben sollte, was habe ich schon getan? Ich habe einen massigen Franzosen in die Zeugungsunfähigkeit getreten. So what? Ich werde behaupten, er hätte mich schon den ganzen Tag wie ein Stalker verfolgt und ich hätte einfach in einem angstinduzierten Aggressionsschub die Contenance verloren.

Ich lege den Deckel auf die Hutschachtel.

»Grüezi«, sagt der Beamte und tippt sich an die Stirn. »Sie wissen, dass Ihr Bremslicht hinten rechts beschädigt ist?«

»Was?«

Bin ich bei dem Kuh-Ausweich-Manöver doch gegen irgendetwas geprallt? Einen Fels? Einen Baum? Den Hinterlauf der Kuh?

»Äh … nein, ich hatte keine Ahnung.«

»Möchten Sie es sich ansehen?«

Ich möchte nicht. Aber er insistiert.

Er wird mich doch hoffentlich nicht den Kofferraum öffnen lassen? Wie erkläre ich ihm Klappspaten und Kettensäge?

Ich besehe mir den Schaden. Ja, ich bin definitiv irgendwo gegengeknallt.

»Ach herrje«, stöhne ich gespielt. »Das habe ich gar nicht mitbekommen. Ich lasse das natürlich sofort richten.«

Der Carabiniere – heißen die hier so? – empfiehlt mir überaus freundlich die Werkstatt seines Vertrauens in der nächsten Stadt und lässt mich weiterziehen. Er will nicht einmal meine Papiere sehen.

»Noch einen schönen Tag«, wünscht er mir in dieser reizenden Sprachmelodie der Bergbewohner. »Und fahren Sie nicht mehr gar so schnell, versprechen Sie mir das. Das hier ist nicht Le Mans.«

Ich schenke ihm mein breitestes Lächeln. »Versprochen!«

»Da haben wir aber noch mal Glück gehabt, was?«, sage ich zu Piero.

Ich sehe ihn liebevoll an. Bezüglich seiner näheren Zukunft muss ich mir aber allmählich konkrete Gedanken machen.

Ich habe ihn bei einem Herrn in Genf abgeholt. Ein reizender, sehr distinguierter, sehr alter Mann, der Zeit seines Lebens Köpfe gesammelt hat. Ich meine das nicht im übertragenen Sinne. Er hat sich formschöne Schädel besorgt, in Leichenschauhäusern oder bei Bestattungsunternehmen – Trauerfeiern mit geschlossenen Särgen sollten Sie immer misstrauisch machen! –, hat sie in Alkohol eingelegt und in großen Glasbehältern im Keller seiner Genfer Villa gelagert. Aber nun fühlt er wohl sein Ende nahen und will die Köpfe entsorgt wissen, damit sich seine Erben nicht damit herumschlagen müssen. Ein für mich überaus lukrativer Großauftrag.

Piero ist der letzte. In meiner Hutschachtel habe ich ihn einmal quer durch die Schweiz kutschiert. Aber nun heißt es, Abschied zu nehmen.

Ich schaue in seine samtig braunen Augen und seufze.

Wie ich später aus der Zeitung erfahre, hat mein persönlicher Kantonspolizist – der wegen einer verkehrsgefährdenden Kuh verständigt worden war – kurz nach unserer Begegnung Jean-Claude und dessen fette Glock gefunden. Und weil Jean-Claude zudem eine Karte der Schweiz mit allen großen Güllegruben bei sich hatte, wurden Nachforschungen angestellt, und man entdeckte in diversen Jauchegruben noch die eine oder andere Hüftprothese, auch einen oder zwei Goldzähne, die man vermissten Toten zuordnen konnte. Jean-Claudes Karriere war beendet.

Am Abend dieses Tages komme ich an dem Schild *Hotel Schloss Ragaz* vorbei, fasse spontan den Entschluss, mich dort einzuquartieren und einen Schlummer fördernden Gin Tonic oder auch zwei zu trinken, und was sehe ich, als ich in die Auffahrt zum Schloss einbiege? Einen Kopflosen! Will heißen, eine Steinskulptur ohne Schädel.

In dem Moment weiß ich noch nicht, dass ein durch Spaltenfrost verursachter Steinschlag die Statue im Winter zuvor enthauptet hatte und man den Kopf bald darauf wieder aufsetzen will. Ich sehe nur den kopflosen Steinkörper und weiß, das ist ein Zeichen des Schicksals. Hier werde ich Piero entsorgen.

Bevor ich einchecke, lächele ich Piero in der Hutschachtel noch einmal besonders wohlwollend zu. Was haben wir es schön gehabt. Irgendwie ist er mir ans Herz gewachsen. Nicht so sehr, dass ich ihn mitnehmen und in meinen eigenen Keller stellen will. Aber genug, um ihn in wohliger Erinnerung zu behalten, nachdem ich ihn irgendwann heute Nacht auf dem Hotelgelände verbuddelt habe.

Ciao, Piero. Es war schön mit dir!

Esther Hell

Rollermädchen

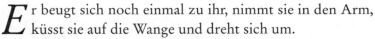

*E*r beugt sich noch einmal zu ihr, nimmt sie in den Arm, küsst sie auf die Wange und dreht sich um.
Rollermädchen hält sich an ihrem Helm fest. Sie hat das Gefühl, sie kippt sonst um.
Er geht. Er geht, ohne sich noch einmal umzublicken. Und ein Stück ihres Herzens weiß noch nicht, wohin es gehört.
Rollermädchen setzt sich auf ihre Vespa, tritt sie an und knattert langsam davon. Wie in Trance fährt sie nach Hause. Sie weiß nur eins: Er nimmt den Nachtzug. In weniger als einer Stunde ist er auf dem Weg nach Zürich, weil das Heimweh ihn fast auffrisst. Er kann nicht länger bleiben.
Sie auch nicht.
Rollermädchen packt in Windeseile ein paar Sachen zusammen, sucht die Verbindung heraus und schafft es gerade noch rechtzeitig zum Bahnsteig, bevor der Zug abfährt. Als sie durch den ersten Großraumwagen taumelt, hält sie die Luft an, dabei ist sie sowieso schon außer Atem. Nichts!
Der Zug hat sich mittlerweile in Bewegung gesetzt. Großraumwagen zwei: Hier ist er auch nicht. Im nächsten verliert Rollermädchen fast die Nerven. Ein paar Wagen weiter die Hoffnung.

Im letzten Abteil hat sie schließlich Erfolg. Rollermädchen kann nicht anders: Sie starrt ihn durch die Scheibe an. Unglücklich sieht er aus. Ihr Herz legt spontan einen 1000-Meter-Sprint hin, und sie hofft, dass es nicht ins Schleudern kommt oder gar fällt, auf den letzten Metern. Sie öffnet die Abteiltüre. Er schaut nicht zu ihr, starrt weiter bewegungslos aus dem Fenster. Rollermädchen atmet tief ein. Ihr Mut treibt sie an, sich neben ihn zu setzen. Vielleicht sind es aber auch ihre wackligen Knie.

Keine Reaktion.

Rollermädchen fasst sich ein Herz, kramt nach ihren Zigaretten, hält ihm das Päckchen unter die Nase: »Wenn du möchtest, rauchen wir im nächsten Bahnhof noch eine Zigarette. Wenn nicht, dann geh ich, und du musst mich nie wiedersehen.«

Er löst sich irritiert aus seiner Versteinerung. Rollermädchen rutscht beinahe das Herz in die Hose. Sie hält die Luft an, vor Anspannung und Aufregung.

Erst blickt er auf die Zigaretten, dann in ihr Gesicht. Die Überraschung ist kaum zu übersehen. Am liebsten würde sich Rollermädchen sofort aus dem Staub machen. Die Sekunden vergehen wie Stunden. Bis er sie endlich in den Arm nimmt. Mit seinem unwiderstehlichen Schweizer Akzent flüstert er: »Danke, dass du hier bist!«

Rollermädchen atmet erleichtert auf. Jetzt weiß sie, dass es nicht bei dieser letzten Zigarette bleiben wird. Draußen rasen Landschaften vorbei. Die Sonne geht unter. Rollermädchen und ihr Schweizer fahren gen Süden, der Heimat entgegen.

Volker Klüpfel & Michael Kobr

Osterwunder unter Palmen
Eine Liebesgeschichte, fast zu schön,
um wahr zu sein

*E*s war das, was Tim einen perfekten Tag zu nennen pfleg-
te: Die Sonne schickte ihre herzerwärmenden Strahlen
auf die märchenhafte Insellandschaft, wattig-wollige Schäf-
chenwolken verliehen dem Firmament ein heiteres Antlitz.
Eine warme Brise hauchte über die karibische Insel und ließ
Tims Leinenhemd sanft wogen. Während er auf einem Ma-
hagoni-Deckchair im feinen Sand lag, dessen strahlendes
Weiß perfekt zu seinen frisch gebleachten Zähnen passte,
ließ er sich vom meditativen Meeresrauschen einlullen.

Er blinzelte zu dem Schatten hinüber, den die sich sanft im
Windhauch wiegenden Palmen hinter ihm spendeten, und
freute sich über seinen Entschluss, wieder einmal die Arbeit
in der Leinenfabrik-Dynastie seines verstorbenen Vaters
frühzeitig beendet zu haben, um das schöne Wetter zu genießen. Man musste die 364 Sonnentage im Jahr auf der Insel
ausnutzen, viel zu schnell begann die vierundzwanzigstündi-
ge Regenzeit.

Sein Gedankengang brach jäh ab, als sein Blick auf einen
muskulös-schlanken Körper am Strand fiel. Sonnenge-

bräunte Beine streckten sich der Sonne entgegen, auf der Haut glitzerten winzige Wassertröpfchen wie diamantene Tränen. Der Anblick raubte Tim fast den Atem: Wie konnte es in der Natur nur solche Perfektion geben, fragte er sich verzückt. Und dann gestand er es sich ein: Ja, er war schön! Er selbst hätte sich nicht anmutiger erdenken können. Unfassbar, dass ein so vollkommenes Geschöpf wie er noch keine adäquate Partnerin gefunden hatte. Dass er das anstehende Osterfest wieder nur mit der Familie feiern würde.

Wie immer, wenn er daran dachte, welche Vergeudung es war, dass ausgerechnet jemand wie er ohne Frau durchs Leben gehen musste, sandte er ein kurzes Stoßgebet gen Himmel mit der Bitte, ihm doch endlich eine Frau fürs Leben zu schicken. Er verlangte ja nicht viel, es war ihm egal, ob sie dick oder dünn, reich oder arm war, für ihn zählte nur Schönheit und Geld. Diese beiden Attribute hatte schließlich auch er im Überfluss zu bieten. Wenigstens um ein Zeichen, wo er so eine Liebe finden könnte, bat er.

Von all der Grübelei ganz schwermütig geworden, nippte er an dem frischen Cocktail in der Kokosnussschale mit dem putzigen Papierschirmchen, den ihm sein treuer Butler Mortimer gerade gereicht hatte. Der Diener hatte sich sofort wieder zurückgezogen, um etwas abseits auf weitere Wünsche seines Herrn zu warten.

»Ahhhh«, entfuhr es Tim und er leckte sich den Kokosmilchbart von der aufgespritzten Oberlippe. Wohlig reckte er seine geschmeidigen Glieder: Ja, er liebte das einfache Leben, den Naturgewalten ausgesetzt, ohne jegliche Errungenschaften der Zivilisation, nur er, sein Diener, sein Rolls Royce und ein Cocktail. Er würde auch seine morgigen Termine alle absagen, falls es welche geben sollte, um diesen Moment voller Askese und Entsagung noch zu verlängern. »Mortimer«, rief er, »bring mir doch bitte mal mein Satellitentelefon, ja? Aber hurtig!«

»Sehr wohl, Master Tim«, hörte er als Antwort, dann knirschten Mortimers Schritte im pulverweichen Bounty-Sandstrand.

Tims Augen glitten wieder über seinen makellosen Körper, und verzaubert von der Grazie seiner eigenen Gestalt bemerkte er gar nicht, wie eine Frau in einer geblümten Kittelschürze aus dem Palmenwäldchen heraustrat. Auch sie schien Tim nicht wahrzunehmen, obwohl der nur wenige Meter neben ihr im Sand lag. Doch ihr Blick haftete versonnen auf der Flasche in ihrer Hand. Wie so viele Male zuvor, seit sie ihren Entschluss gefasst hatte, las sie noch einmal die Aufschrift des Etiketts, dessen geschwungene Buchstaben sich zu einem verheißungsvollen Namen formierten: »Nacktmannsdorfer Nippelberg, Spätlese, lieblich«. Es schien das perfekte Behältnis für ihre Botschaft, die sich im Inneren auf einem zusammengerollten Stück Papier befand.

Sie wusste, dass alles, was sie nun tun würde, hochgradig irrational war, auch wenn sie das Wort irrational gar nicht kannte und es in ihrer Einfachheit einfach nur »sauseckldumm« genannt hätte. Aber es war ihre letzte Hoffnung, und in den Geschichten, die sie so gerne las, wurden solche Aktionen immer mit einem Happy End belohnt. Sie atmete noch einmal tief durch, schloss die Finger ihrer mächtigen, stark behaarten Hand noch fester um die Flasche und schmiss sie mit einer Wucht, die man einer jungen Frau nie und nimmer zugetraut hätte, in die Fluten des Meeres.

Just in dem Moment, in dem die Flasche ihre Hand verließ, frischte der Wind auf, und die Brandung reckte überrascht den Kopf wie eine wütende Klapperschlange. Dann erfasste eine tosende Welle die Flasche und warf sie energisch zurück auf den Strand, wo sie an Tims makellos onduliertem Schädel scheppernd zerbrach.

Tim war gerade noch in der Lage, den Inhalt der sich vor seinen Augen entfaltenden Botschaft zu lesen, dann umfing ihn die Ohnmacht mit einer Schwärze so tief wie der Schoß einer Jungfrau unter dem Keuschheitsgürtel.

Auf dem Zettel stand in unregelmäßiger, krakeliger und doch femininer Handschrift: *Liehber Osterhas, ich wünsche mier zu deinem Feste so sehr einen Mann, meinen Mister Right, der wo mit mier durchs Leben geht, durch Dick und Dünn, bitteh, bitteh. Und wenn du schon dabei bist, auch einen Ranken Krakauer Fleischwurscht, die gibt es hier auf der Inßel ja leider nicht, aber ich ess sie doch so gern.*

Ein gleißend heller Sonnenstrahl kitzelte Tims aufwendig operierte Stupsnase. Wo war er nur? Benommen schlug er die Augen auf, und sein Blick fiel auf einen duftig-leichten Leinenvorhang vor einer offenen Tür, der sich in der Meeresbrise blähte. Solch ein feines Stöffchen machte man nur in der Leinenfabrik-Dynastie seines verstorbenen Vaters: Kein Zweifel, er war zu Hause, in einem seiner Lieblings-Schlafgemächer im Westflügel. Doch wie war er hierhergekommen? Er rieb sich schnell den letzten Sandmann-Sand aus den Augen, da wurde sein Blick magisch angezogen von einem muskulösen, braungebrannten Körper. Doch diesmal war es nicht der seine! Noch konnte er nur verschwommen sehen, aber er war sich sicher: Jemand stand in seinem Zimmer, direkt an seinem Bett. Waren das nicht Birkenstock-

Sandalen, in denen diese großen, rissigen Füße steckten? Seine Augen glitten hoch über muskulöse, volle Beine, zu einer Art Blumenkleid, wie es die Köchin seiner Großmutter immer getragen hatte. Eine voluminöse, rosig überhauchte Brust, langes, blondes Haar, ein einfaches, aber markantes Gesicht. Tims Herz begann heftiger zu schlagen, er kam wieder völlig zu sich, ganz wie ein Dieselmotor, der an einem taubenetzten Morgen allmählich seine Betriebstemperatur erreicht. Wer war nur diese jugendliche Schönheit, die ihn ansah wie eine Mutter ihr Kind, das aus einem langen, fiebrigen Schlaf erwacht?

Und doch war es nicht nur Mütterlichkeit, die aus diesen Augen blitzte: Tim entging nicht, dass auch ein heftiges erotisches Knistern im Raum lag. Ihm wurde abwechselnd heiß und kalt und dann wieder heiß, kurz darauf wieder kalt, nur um dann erneut in Hitze überzugehen. Zaghaft nickte die Frau ihm zu, und ihre große, behaarte Hand streckte ihm ein kleines, braunes Fläschchen entgegen.

»Da hast du Kügele gegen das Schädelweh!«, sagte die Fremde, und ihre Stimme klang so rauh und kratzig wie ein Schafwoll-Stallpullover.

Was war nur geschehen? War er nicht mehr am Leben?

»Bin ich denn im Himmel?«, fragte er mit belegter Stimme und nahm das Medikament an sich. Nux vomica – Brechnuss stand lapidar darauf.

»Ach was, Himmel! Du bischt bei dir daheim!«

Was war das nur für ein melodischer Dialekt? Dieser fremdartige Zungenschlag gepaart mit ihrem zarten Rosenduft war für ihn voller Exotik und prickelnder Erotik.

»Woher kommst du denn, holde Maid?«

»Vom Strand. Ich hab dich … gefunden, du bist da im

Sand drin gelegen und hast nur noch gottserbärmlich gegrunzt, dann hab ich mir gedacht: Bevor der jetzt ganz verreckt, helf ich halt mal …«

Tim schlug die Hand gegen seine erhitzte Stirn. Natürlich, jetzt fiel ihm alles wieder ein. »Du bist ein Engel«, hauchte er und richtete sich auf, die zitternde Hand nach seiner Besucherin ausgestreckt. »Du hast mir das Leben gerettet! Der Himmel schickt dich – damit du an meiner Seite bleibst und mich behütest Tag wie Nacht! Komm an mein Herz, Engel, bitte, liebe mich!«

»Na, i bin bloß die Herta. Wie die Fleischwurst. Und wer bist du?«

Seine Antwort klang für sie wie fremdartige Musik: Sir Timothy Southbury Lord Chatterly Earl of Right, verstand sie. Etwa *ihr* Mister Right?

»Hä?«, versetzte Herta.

»Du darfst Baron zu mir sagen!«

Herta nickte schlicht, und Tim glaubte, Dankbarkeit und Freude über seinen großzügigen Akt in ihrem Gesicht zu lesen. Ja, er konnte sich einfach so mit dem Volk gemeinmachen, einer der ihren werden.

»Sag mir, meine Holde, aus welchem Hause bist du?«

»Woher ich komm? Von Nacktmannsdorf!«

Nacktmannsdorf, diesen Namen würde er sich merken müssen. Es konnte kein Zufall sein, dass Herta in sein Leben getreten war – hier musste das Schicksal seine wurstigen Finger im Spiel gehabt haben. »Von Nacktmannsdorf …«, wiederholte Tim versonnen. »Mir war, als hätte ich schon einmal von diesem Hause gehört, kurz bevor mir diese Flaschenpost das Bewusstsein geraubt hat. Sag, meine Liebe, weißt du denn, was mit der Flasche geschah?«

»Flasche? I weiß nix von einer Flasche!«

»Aber es müssen doch Scherben neben meinem hübschen Haupte gelegen haben, als du mich fandest!«

»Hä? Neben deinem Grind?«

Unwillkürlich huschte ein Lächeln über Tims Gesicht: Diese naive Einfachheit ihrer Sprache, diese rustikale Natürlichkeit zogen ihn mehr und mehr in Bann.

»… jedenfalls weiß i nix von einer Flaschenpost. So, und jetzt muss i schaffen gehn!«

»Nein, enteile nicht, meine Schöne – sag mir erst: Welchen Ursprungs ist deine liebliche Sprache?«

Ihr Blick war ein einziges Fragezeichen.

»Wo spricht man wie du?«

»I bin vom Westallgäu!«

Ja, dachte Tim bei sich, *das Allgäu* … Er konnte förmlich vor sich sehen, wie Herta in ihrer geblümten Kittelschürze über die sattgrünen Wiesen dieses wundervollen Landstrichs tänzelte, ein munteres Spiel mit den kräftigen Bullen trieb … Doch er konnte sich die plötzliche Eile nicht recht erklären, von der das Mädchen auf einmal getrieben schien.

»Du, Baron«, presste sie hervor, »i muss jetzt gehen, echt. I hab einen Haufen Arbeit! Pfiatigott! Ach ja, übrigens, dein Zipfel schaut raus!«

Zipfel? Schoss es Tim durch den Kopf – und mit einem Schlag kam sein Blut in Wallung: Meinte sie seine prächtige Männlichkeit? Nannte man in den Kreisen der einfachen Landbevölkerung den Liebesdegen so?

»Zipfel?«, flüsterte er schmachtend und benetzte sich mit der Zunge lasziv die Lippen.

»Jetzt schau nicht so notwendig – da hängt es raus.«

Mit diesen Worten kam sie noch einmal dicht an sein Bett

heran und schob ihre Hand mit einer schnellen Geste unter seine Decke. Erwartungsvoll bebend schloss er die Augen, da stopfte sie eine Ecke seines Hemdes, die unter der Leinendecke hervorgelugt hatte, energisch zurück. Ohne Tim eines weiteren Blickes zu würdigen, eilte sie aus dem Zimmer.

»Entschwinde nicht, mein Engel!«, hauchte er ihr nach, doch alles, was sie im Gehen noch vernehmen ließ, war: »Na, Baron, i krieg sonst einen Riesenanschiss!«

Ein wenig orientierungslos irrte Herta im breiten Korridor des Westflügels umher, den Weg nach draußen suchend. Ihre schweren Schritte hallten durch den Gang.

Aus einer Tür schien Tageslicht auf den Flur – ging es dort hinaus? Sie warf einen Blick in den riesigen Raum, in dem eine blonde, ältere Dame in weißem Leinenkleid versonnen ein Bild malte, Palette in der linken, Pinsel in der rechten Hand. Eine Staffelei stand vor einer geöffneten Terrassentür, ein Leinenvorhang wogte im Wind.

Auf den Spitzen ihrer fleischigen Zehen schlich Herta weiter – doch die Künstlerin hatte sie bemerkt. »Ach, kommen Sie doch kurz in mein Atelier, junge Frau!«, rief sie ihr zu.

Zaghaft trat Herrta in das lichtdurchflutete Atelier.

»Nicht so schüchtern, meine Liebe!«

Herta taxierte die Frau vor sich: Sie musste zwischen sechzig und siebzig sein, wirkte von weitem jedoch jünger. Erst als Herta näher kam, bemerkte sie einige Falten in ihrem keramikweißen Gesicht. Sie würde sich bald wieder liften lassen müssen.

Die Dame streckte Herta eine Hand entgegen, doch nicht um sie zu grüßen, sondern um den Ausschnitt ihrer Kittelschürze ein Stück weiter zu öffnen, als der ohnehin schon aufklaffte.

»Herrlich!«, entfuhr es der Frau, »dieser Busen, diese Mischung aus derber Einfachheit und fleischlicher Begierde, die von Ihrem Körper ausgeht! Sagen Sie, würden Sie mir für einen Akt Modell sitzen?«

Herta warf ihr einen erstaunten Blick zu.

»Verzeihung, ich habe mich nicht einmal vorgestellt, wie töricht von mir: Ich bin Lady Degeto zu Kubitschek – Timothys Mutter! Mit wem habe ich das Vergnügen?«

»I bin die Herta!«

»Welch melodischer Name«, sagte Lady Degeto sanft.

»Wissen Sie, wie sehr ich Ihnen zu Dank verpflichtet bin, dass Sie meinen kleinen Racker vor dem sicheren Tod bewahrt haben? Stellen Sie sich vor, die Flut wäre über ihn hereingebrochen!«

»Ach was, i war eh grad am Strand …«

»Nein, nein, nein, meine liebe Herta, Ehre, wem Ehre gebührt! Hören Sie – Sie würden mir eine große Freude machen, wenn wir Sie bei unserem traditionellen Ostermahl in unserem Tafelsaal begrüßen dürften. Sehen Sie es als kleinen Dank für die Rettung meines Sohnes. So gegen zwanzig Uhr in der Osternacht? Wir feiern nur ein schlichtes Fest im kleinen Kreise der reichsten Freunde der Familie!«

Herta zögerte. Eigentlich hatte sie sich für die Abendschicht an Ostern eingetragen – sie hatte ja ohnehin niemanden, mit dem sie diese vermaledeiten Ostertage hätte verbringen können.

»Eine Absage wird nicht akzeptiert, mein *liebes* Fräulein Herta!«

»Also gut, na komm i halt. Soll i noch was mitbringen?«

»Ein fröhliches Gesicht und ein gesegneter Appetit müssten reichen.«

»Daran fehlt's nicht. Und mit dem … mit dem … Hinhocken für des Bild kömmer ja dann an dem Abend ausmachen. Pfiagott, Frau Degeto, i muss jetzt schaffen!«

Sanft strich Lady Degeto Herta noch einmal durch ihr wallendes Haar und bedachte sie mit einem warmen, mütterlichen Blick, als sie in ihren alten Sandalen schlurfend den Raum verließ.

»Wenn ich nun für immer entstellt bleibe?«, murmelte Timothy bedrückt vor sich hin. In seinem silbernen Schminkspiegel hatte er es entdeckt: Eine mikroskopisch kleine Scherbe der Flasche hatte sich direkt unter seinem linken Auge in sein Gesicht gebohrt, nun klaffte dort eine Wunde von gut und gerne zwei, vielleicht sogar drei Millimetern Länge. Ob er es nähen lassen sollte? Schließlich hatte er es nicht weit in die Klinik unter Palmen. Andererseits: Es schien gar nicht zu bluten. Tim erhob sich und schritt, vor Schwäche wankend, auf den mannshohen Spiegel neben der Zimmertür zu. Wenn er hier, einen halben Meter vom Spiegel entfernt, stand, konnte man den Schnitt beim besten Willen nicht erkennen. Es gab also Hoffnung, dass die Wunde ohne chirurgischen Eingriff heilen würde. Mit der nötigen Schminktechnik würde er die Narbe verbergen können. Und doch löste sich eine glitzernde Träne aus seinem Augenwinkel und rann die Wange hinab. Sein ebenmäßiges Antlitz hatte den ersten Makel bekommen, das Leben hatte nunmehr seine Spuren hinterlassen – aus dem jungen, unbeschwerten Lord war ein vom Schicksal gezeichneter Mann geworden.

Er schluchzte auf. Die Fügung hatte ihm in dieser schweren Stunde eine schöne, liebevolle und zärtliche Frau geschickt. Und er hatte sie leichtfertig gehen lassen. Wusste nicht mehr als ihren Namen: Würde er Herta von Nacktmannsdorf je wiedersehen?

Weinend drehte er sich um – und bemerkte unter dem Stuhl, auf dem die schöne Herta an seinem Bett gewacht hatte, einen kleinen Papierfetzen. Ob es die Botschaft aus der Flasche war, die sich ihm für immer und ewig ins Gedächtnis eingebrannt hatte? Erstaunlich behende für seinen körperlichen Zustand ging er in die Knie – und schluckte: Es war nicht nur die Botschaft, die dort lag, sondern auch das Etikett der Flasche, die ihn so übel zugerichtet hatte. Zitternd nahm er es auf. Mit bebender Stimme las er sich selbst den Namen vor: »Nacktmannsdorfer Nippelberg, Spätlese, lieblich.«

Eine Weindynastie? Kam Herta aus einem alten Winzergeschlecht? Timothys Gedanken überschlugen sich. Entkräftet legte er sich erneut auf sein Bett. War dies Etikett eine Art Schatzkarte, mit der es ihm gelingen würde, Herta wiederzufinden? Immer wieder las er die Botschaft und das Etikett der Weinflasche in seiner Hand. So bemerkte er gar nicht, wie leise die Tür geöffnet wurde und Mortimer sein Zimmer betrat. Erst als der neben dem Bett stand, hob Tim den Kopf – und erschrak. Mortimer, der Schwarzafrikaner, war kreidebleich geworden: Sein Blick haftete am Etikett.

»Was ist los, mein getreuer Diener?«, fragte Tim besorgt, doch Mortimer räusperte sich nur rasch und gab ein lapidares »Alles in Ordnung!« zurück.

»Nein, so lasse ich mich nicht abspeisen«, blaffte Tim, doch seine Stimme war brüchig. Er folgte Mortimers Blick, verstand aber nicht, was seinen treuen Diener an dem Etikett in seiner Hand so erschreckt hatte.

»Was ist? Verbirgt sich ein Geheimnis hinter diesem Stück Papier?«, drängte er, aber Mortimer schüttelte nur sein Haupt und flüsterte: »Lassen Sie das nur Ihre Mutter nicht sehen, Master Tim.« Dann verließ er still das Zimmer.

Timothys makellose Stirn hätte sich in Falten gelegt, doch die Botoxspritze von letzter Woche verhinderte das glücklicherweise. »Ich muss der Sache wohl selbst auf den Grund gehen«, seufzte er und erhob sich.

Schon eine halbe Stunde später saß er in einem seiner Rolls Royce und brauste über die Inselstraße. Er hatte kurz überlegt, ob er den grauen oder den braunen nehmen sollte, hatte sich dann aber für den Chauffeur in der beigen Uniform entschieden, weil der für seinen rasanten Fahrstil bekannt war. Und Tim hatte es eilig. Er musste Herta wiederfinden. Und er wollte wissen, welches Geheimnis der Nacktmannsdorfer Nippelberg barg.

Seine erste Station war Professor Klaus-Jürgen Brinkhehn, Chefarzt der Klinik unter Palmen. Er war der vielleicht am besten informierte Mensch auf der Insel, denn die Patienten vertrauten ihm all ihre Sorgen und Geheimnisse an, und Tim erinnerte sich gerne an die feuchtfröhlichen Abende, an denen der Arzt sie bei dem einen oder anderen guten Glas Wein zum Besten gab. Als er im riesigen Büro des Chefarztes saß, schenkte der ihm erst einmal aus einer Whiskykaraffe einen Drink ein.

»Na, alter Junge, wo drückt denn der Schuh?«, fragte er jovial, und sein blütenweißer Leinenarztkittel wogte weich im Wind des Deckenventilators. Doch schon als Tim das Etikett des Weines hervorzog, versteinerte sich die Miene des Arztes, und seine vorher noch so sanften Gesichtszüge wirkten nun wie die schroffe Felswand des Inselvulkans nach einer Eruption.

»Ich muss weg«, sagte er schnell, »ich habe ganz vergessen, dass ich heute noch drei Brustvergrößerungen habe – bei ein und derselben Patientin. Schwieriger Fall, du verstehst. Tut mir leid, dass ich dir nicht helfen kann.« Damit ließ er Tim alleine zurück.

Dieses Spiel wiederholte sich auch bei den weiteren Besuchen, die Tim all den Menschen auf der Insel abstattete, die fast so wichtig waren wie er selbst: Er wurde freundlich hereingebeten, ihm wurde ein Drink eingegossen, Leinenvorhänge blähten sich im Wind – doch sobald er den Nippelberg erwähnte, verdunkelten sich die sowieso schon sonnengebräunten Mienen noch mehr, und am Ende konnte oder wollte ihm keiner seiner Gesprächspartner auch nur die geringste Auskunft geben. Alle speisten ihn mit fadenscheinigen Ausreden ab: Die Inhaberin der Rosenblätterdynastie hatte es plötzlich eilig, weil ihr Eselsmilchbad kalt zu werden drohte, das Inselregionalkrimi-Autorenduo musste auf einmal die Leiche in seinem Keller begraben, und selbst beim Pastor, seiner letzten Hoffnung, kam er nicht weiter: Nachdem Tim sich in dessen Sprechzimmer, den Beichtstuhl, gesetzt und ihm das Etikett durch den kleinen Schlitz hinübergeschoben hatte, kam es mit einem bis zum Rand gefüllten Glas zurück: »Manchmal kann nicht mal der Heilige, sondern nur noch der Weingeist helfen«, flüsterte es von der anderen Seite.

Ebenso entmutigt wie besoffen machte er sich auf den Rückweg. Nun gab es nur noch einen Ausweg aus der Verzweiflung: eine ayurvedische Haarwurzel-Thalassomassage mit anschließender Handentspannung. Oder ein Besuch bei *ihr*. Timothy dachte nicht lange nach: Er ließ sich ins Familiengestüt fahren, das sein Vater einst als zweites Standbein zur Leinendynastie hatte aufbauen wollen, doch als man ihn dann eines Nachts in der Box der Zuchtstute erwischt hatte ... Tim schüttelte sich. Er wollte nicht noch mehr düstere Gedanken in seinem süßen Köpfchen herumschwirren lassen. So ging er schnurstracks auf die Koppel zu seinem Lieblingspferd, dem weißen Schimmel mit dem klangvollen Namen Black Beauty: ein stolzes Ross, dem er seit seiner frühesten Kindheit seine Sorgen anvertraut hatte.

Leider war es auch das Lieblingspferd seines Vaters gewesen ... Timothy massierte seine pochenden Schläfen. Er war lange nicht hier gewesen, doch Blacky, wie er es nannte, denn es konnte seiner Meinung nach immer nur eine Beauty in seiner Nähe geben, und das war er, Blacky also hob sofort den Kopf, blähte die Nüstern und begrüßte ihn mit einem leidenschaftlichen Wiehern, das so viel heißen sollte wie: »Na, du alte Schwuchtel, ich riech's doch: Du hast wieder gesoffen!«

Als Timothy mit der rassigen Stute den Strand entlangpreschte, die schaumige Gischt ihre schlanken Fesseln umtoste, ihr Schweiß die Muskeln ihres sehnigen Körpers plastisch hervortreten ließ und ihr Atem stoßweise keuchend immer schneller wurde, da musste Tim unwillkürlich an seinen Vater denken. Doch plötzlich bäumte sich Blacky unter ihm auf und ging in ein noch schnelleres Tempo über, so dass er regelrecht durchgeschüttelt wurde. Er war sich nicht mehr sicher, wer hier wen ritt, dann sah er es: Ein Lastwagen fuhr auf der Straße vorbei. Ein Lastwagen mit einer Aufschrift: Nacktmannsdorfer Nippelberg.

»Gut gemacht, meine Stute«, rief er und gab dem Pferd die Sporen. Sie verfolgten das Gefährt, flogen über Wiesen und Felder, bis der Lastwagen vor einer Bar anhielt. Tim hatte schon von diesem Etablissement gehört, hatte es allerdings noch nie betreten. Denn die Pilsbar *Uli's Inselwurzelstüble* galt nicht gerade als die erste Adresse. Doch das war ihm nun egal: Bang bebend sprang er von seinem Pferd, stieß die Tür auf, worauf sofort jegliche Gespräche in der verrauchten, dämmrigen Wirtsstube verstummten. Durch gelbgetönte Butzenscheiben drang nur gedämpftes Licht. Ungepflegt wirkende Männer starrten ihn feindselig an. Er war bestürzt darüber, dass diese Männer offenbar nicht Kunden bei seinem Friseur Edwaldo Detlefsen waren.

Langsam schritt er durch ihre Reihen, da hörte er Geschirrklappern hinter einer Tür. Er schritt hindurch – und da stand sie: Wie ein Engel mit strähnigem Haar, das an ihrer schweißnassen Stirn klebte, hatte sie sich über die Spüle gebeugt und ihre behaarten Unterarme im schaumgekrönten Spülwasser versenkt.

»Herta!«, rief er erregt aus.

»Sir ... äh ... Lord, ich mein Tim ...na ... BARON!«, erwiderte sie ekstatisch.

»Meine Heidelerche«, fügte er sanft hinzu.

»Hä?«

»Ach, egal, komm her.«

Er stürmte leidenschaftlich auf sie zu, legte einen Arm um ihren Hals, den anderen um ihre Taille und versuchte, ihren massigen Körper hochzuwuchten, doch er schaffte es nicht, sie auch nur einen Millimeter anzuheben.

»Wart mal«, sagte sie, wischte sich ihre vom vielen Spülen ganz runzligen Hände an der Schürze ab und hievte ihn auf ihre Arme, in denen er aussah wie ein Putto am Busen einer barocken Heiligenfigur. Sie stieß mit ihren Beinen, die in quietschgelben Gummistiefeln steckten, die Tür zur Gaststube auf, und als die Menschen sahen, was da gerade vor sich ging, fingen sie an zu applaudieren, erst zaghaft, dann immer schneller und lauter, und ein Streicherquartett tauchte plötzlich neben ihnen auf und stimmte die »Schicksalsmelodie« an. Doch diese Eindrücke verschwammen zu einem leinenfarbenen Schleier aus Glück, der im Takt ihrer beiden Herzen wogte.

Nur eine halbe Stunde später standen sie Hand in Hand auf der Klippe mit dem für Tim atemberaubendsten Blick über die ganze Insel: Denn nur von hier aus sah man das fußballfeldgroße Ganzkörpermosaik von ihm, das ihm seine Mutter zum Bestehen des Freischwimmerabzeichens im letzten Jahr geschenkt hatte. Er zeigte darauf und erkannte, dass Herta von diesem Anblick fast noch mehr ergriffen war als er selbst.

Er wollte den Moment nutzen und blickte hinter sich: Sein Chauffeur hatte das faltbare Baldachinbett bereits aufgebaut, und die Leinentücher wogten im Wind hin und her und zurück und wieder vor. Er sah den Mann fragend an, worauf dieser seine Arme um sich schlang und die Zunge in wilden Verrenkungen und schmatzenden Geräuschen aus dem Mund streckte. Er wollte seinem Herrn den zarten Hinweis geben, dass er finde, die Zeit sei gekommen, mit einem ersten, scheuen Kuss von ihrem Mund Besitz zu ergreifen. Tim wandte sich also wieder Herta zu, die die Magie des Augenblicks ebenfalls verspürte, denn die dunklen Härchen auf ihrer Oberlippe wurden von einer Gänsehaut in Hab-

Acht-Stellung versetzt. Dieser Anblick stürzte Tim endgültig in einen emotionalen Ausnahmezustand, und er küsste Herta mit zitternden Lippen, erbebte, als ihre Zunge in seinen Mund Einlass begehrte, jeden noch so entlegenen Winkel darin erforschte und sein Zäpfchen umspielte wie ein Boxer einen Punchingball. Auch Herta drohte vor Glück zu zerspringen, und als sie seine pochende, harte Männlichkeit spürte, versagten ihr die Sinne und die Knie, und sie glitt mit einem liebreizenden Grunzen auf das Bett.

Sofort warf sich Timothy neben sie, und ihre Leiber schoben sich übereinander wie zwei Kontinentalplatten während eines Erdbebens. Glühende Lava schoss durch ihre Venen und natürlich auch durch die Arterien, und entfachte ein alles verzehrendes Feuer des Gefühlstaumels, in dem sie verschmolzen wie Figuren beim Bleigießen. Dabei suchten ihre Lippen einander wie Tiefseetaucher das Mundstück der Sauerstoffflasche.

»Oh, Geliebte«, hauchte Tim.

»Oh … Baron«, entgegnete Herta, um dann atemlos hinzuzufügen: »Hopp jetzt, zeig mir den kleinen Prinzen und die Ostereier.«

Im Liebestaumel riss sich Tim den Gürtel aus der Hose und reichte ihn seinem Chauffeur, der ihn sofort ordentlich zusammenrollte, schlüpfte aus seiner Hose und dann lag er vor ihr, nackt wie die Schönheitschirurgie ihn geschaffen hatte, und brachte nur mehr ein heiseres »Komm!« hervor. Doch in diesem Moment legte sich Hertas Stirn in Falten, und sie wandte sich von ihm ab.

»Nein«, schluchzte sie plötzlich, »es geht nicht.«

Eine Welt brach für Tim zusammen und ebenso schnell auch seine aufgerichtete Männlichkeit. Er blickte an seinem

Körper hinab, was eine Weile dauerte, denn er konnte sich kaum von dem Anblick seiner zarten Haut, der kunstvoll modellierten Bauchmuskeln, der seidigen Lenden lösen. Doch als seine Augen schließlich auf dem Zentrum seiner Lust ruhten, stammelte er: »Doch Herta, das geht bestimmt, wenn man es genauer betrachtet, ist er gar nicht mehr so klein ...« Mit einem fragenden Blick zum Chauffeur wollte er sich Unterstützung holen, doch der zuckte nur mit den Schultern, als sei er sich da nicht so sicher.

Da drehte sich Herta um und schluchzte: »Nein, das ist es nicht. Es ist deine Mutter.«

»Meine ...? Ich schwöre dir, ich hatte nie etwas ...«

»Ich will ihren Segen.«

Verwirrt blickte er in ihre Augen, in denen sich seine eigenen spiegelten wie der Polarstern in einem Bergsee. »Wie meinst du das?«, fragte er betört.

»Meine Eltern sind tot, bei einem Unfall gestorben. Deine Mutter ist der einzige Elternteil, der noch lebt.«

»Das ist ja schrecklich. Also, das mit deinen Eltern, meine ich«, sagte Tim ehrlich bestürzt darüber, dass sein Lustdegen heute nicht mehr ins Futteral gesteckt werden würde. »Was ist denn passiert?«

»Darüber will ich nicht reden. Ich sag bloß so viel: Faschingsumzug – Kuhkostüm – Bullenherde.«

Tim streichelte ihr sanft über die Schulter. »Aber du wirst den Segen meiner Mutter bekommen, das weiß ich.« Dann griff er ihr beherzt an ihre drallen Liebesäpfel.

Doch sie entwand sich seinem Griff. »Nein. Es darf noch nicht sein. Es darf noch nicht sein. Nicht so.«

Dann sprang sie auf und flüchtete sich in die tiefe Schwärze der dunklen Nacht.

Tim saß in seinem abgedunkelten Schlafgemach und schob trübe Gedanken von einer Ecke seines Hirns in die andere. Aus der Ferne hörte man, wie im Hauptgebäude allmählich die ersten Gäste eintrafen. Heute Nachmittag hatte er zusammen mit seiner Mutter noch das Osternest befüllt – es war Familientradition, diese Arbeit nicht den Dienern zu überlassen, diese fünf freien Minuten im Jahr waren ihr Ostergeschenk an ihre Leibeigenen. Die hatten sich dann den großen Kronleuchter im Speisesaal vorgenommen, von dem nun ein beleuchteter Hase mit einem Ei im Mund baumelte.

Trotz all dieser emsigen Vorbereitungen, des Raumsprays, das vom Personal seit gestern ständig versprüht wurde, der bunt blinkenden elektrischen Kerzen am Baum und der Musik, die vom Privatorchester seit Tagen gespielt wurde: Feststimmung wollte bei Tim nicht aufkommen. So sehr hatte er gehofft, dieses Jahr mit der Frau seines Herzens feiern zu können – und einmal etwas anderes im Osternest vorzufinden als den Schlüssel für sein inzwischen dreizehntes Cabriolet von seiner Mutter.

Doch Herta von Nacktmannsdorf hatte sich nach ihrem abrupten Auseinandergehen auf den Klippen nicht mehr gemeldet – und Timothys Hoffnung, dass sie doch noch kommen würde, schmolz jede Stunde mehr dahin wie ein Flöckchen Butter über einer Portion Krautspatzen.

Ein langes, ausgeklügeltes Klopfsignal an der Tür sagte Tim, dass Mortimer Einlass begehrte. Kurz darauf streckte der Butler seinen Kopf herein, und die Fellmütze mit den lustigen Hasenohren bildete einen wundervollen Kontrast zum erdigen Braun seines Gesichts.

»Sir, Ihre Frau Mutter erwartet Sie, die ersten Gäste treffen ein!«, tönte er beschwingt, doch er stockte, als er bemerkte, dass sein Herr offenbar in einer ganz und gar nicht österlichen Stimmung war.

»Mortimer, mir ist so kalt ums Herz!«

»Doch nicht etwa wegen dieser … Herta?«

Timothy stöhnte auf.

»Sie werden sehen, es ist am besten so. Irgendwann werde ich Ihnen alles erklären können. Und schließlich haben auch noch andere Mütter reiche Töchter! Möglicherweise bringt Lady Raffaello heute ihre Jüngste mit!«

Timothy stieß die Luft aus. »Pah! Ihre Tochter? Claudia Bertami? Die mit den Piemontkirschen? Diese affektierte Schnepfe? Schönen Dank! Wer beehrt uns denn noch, von diesen Schmarotzern, die sich unsere Freunde nennen?«, fragte er abschätzig.

»Nun, Ihr Bruder Giselher hat sich angesagt, vorausgesetzt, sein kraftraubendes Leben als Playboy lässt eine Reise zu. Dann kommen diese beiden unverschämt gut aussehenden Krimiautoren, Sie wissen schon, dieses Schriftstellerduo, das die Inselkrimis verfasst. Ganz bescheidene Leute – und so sympathisch. Der Pastor wird da sein, Professor Brinkhehn und auch Ihre Großmutter aus dem Altersheim.«

»Ach, Großmama kommt auch? Ist sie denn nicht mehr böse auf Mutter, weil sie sie ins Heim outgesourct hat?«

»Nun, Sir, ich denke, Ihre Großmutter hat eingesehen, dass wir hier ohnehin schon zu beengt wohnen. Immerhin hat sie ein Einzelzimmer bekommen. Dreizehn Quadratmeter … Ihre Frau Mutter ist eine so großzügige Frau! Aber Master, hören Sie denn nicht, sie läutet bereits das Glöckchen! So kommen Sie doch wenigstens zum Essen und zur Bescherung!«

Timothy seufzte schwer. »Na gut, es hilft ja nichts – ich

verspüre Hunger –, nicht dass diese gierigen Autoren wieder alles wegfressen! Danke, du bist ein weiser Diener.«

»Aber Herr, ich bin doch schwarz …«

Eine knappe Stunde später hatte sich die ganze Festgesellschaft um die lange Tafel des Speisesaals versammelt. Die Vorspeise, eine schlichte Kaviar-Kokossuppe mit Curryschäumchen und Parmesanhippe mit Blattgold, war bereit, da öffnete sich die Tür: Herta trat, in Bergschuhen und knallpinkem Dirndl, ohne anzuklopfen in den Raum. In der Hand hielt sie eine Jumboflasche Nacktmannsdorfer Nippelberg.

»'tschuldigung, dass i zu spät komm, aber i hab noch abspülen müssen – die Drecksspülmaschine im Pilsstüble ist im Arsch!«

Mit einem Schlag verstummten die Gespräche, und alle Augen richteten sich auf Herta. Timothy sprang auf, schwebte in Zeitlupe auf seine Liebe zu, deren Dirndl ebenso wogte wie ihr erwartungsvoller Busen. Er küsste sie mit rasender Leidenschaft und begann sogleich, an ihrem Dekolleté zu nesteln.

»Tim, nicht! Die Leut!«

Tim fuhr energisch herum und sah in die entsetzten Gesichter der Gäste. »Die? Die werden sich ab jetzt an deinen prallen Anblick gewöhnen müssen, mein Engel! Darf ich vorstellen? Meine Lebensretterin und zukünftige Frau: Herta von Nacktmannsdorf!«

Stille senkte sich wie eine Sonnenfinsternis über die Festgesellschaft. Mindestens zwanzig, wenn nicht sogar achtundzwanzig Sekunden lang war kein Laut zu hören, bis Lady Degeto auf einmal ihr Weinglas aus der Hand gleiten ließ, woraufhin es klirrend auf dem Marmorboden zersplit-

terte. Mit einem gellenden Schrei stürmte die Dame des
Hauses aus dem Raum. Unter den Gästen erhob sich ein er-
stauntes Murmeln, alle sahen zu Tim und Herta, die noch
immer eng umschlungen dastanden.

»Mein Junge«, tönte mit krächzender Stimme auf einmal
Tims Großmutter und rauschte mit ihrem Elektrorollstuhl
ganz nah an sie heran, »nun ist es also so weit. Ein Geheimnis, das seit langem in unserer Familie schlummert, muss
jetzt gelüftet werden – bevor eine verbotene Liebe dich und
die schöne Herta ins Unglück reißt.«

Timothy zog die gezupften Brauen zusammen.

»Hör nur gut zu – und du wirst erfahren, warum der Name
Nacktmannsdorf derartige Reaktionen auslöst in unseren
Kreisen: Dein Vater, Gott hab ihn selig, du weißt selbst, was
für ein Schlingel er war, brach damals, es müsste jetzt um die
dreißig Jahre her sein, auf zu einer Geschäftsreise in das schöne, pittoreske Allgäu: Ihm schwebte vor, unserer Leinendynastie und den anderen dreizehn Dynastien noch eine Heidel-
beerweindynastie hinzuzufügen. Die Reise führte ihn zum
Hause derer von Nacktmannsdorf, die im Westallgäu einen
lieblichen Beerenwein ausbauten. Ich möchte den Anwesenden die unappetitlichen Einzelheiten, den pappsüßen Wein
betreffend, gern ersparen – nur so viel sei gesagt: Ein Kind der
Liebe mit einer Baroness von Nacktmannsdorf kam neun
Monate später auf die Welt. Ein kleines Mädchen. Und es
müsste schon mit dem Teufel zugehen, wenn es sich dabei
nicht um deine niedliche Freundin hier handeln würde.«

O mein Gott, schoss es Timothy durch den Kopf – und er
stieß Herta ein Stück von sich weg.

»Herta, wusstest du davon? Sind wir wirklich Geschwister?«

»Schwachsinn!«, versetzte Herta laut und zog ihren geliebten Tim wieder an sich.

»Aber du bist doch eine von Nacktmannsdorf!«

»Ja, nein! I bin Herta. Von Nacktmannsdorf!«

»Eben!«, schluchzte der Jüngling auf.

»Herrgottzack – ich bin von Nacktmannsdorf! I hab da gewohnt. I heiß doch mit Nachnamen Häberle!«

Häberle? Dieser Name klingelte so sanft in Timothys Ohr wie das Hoppeln des Osterhasen.

»Aber der Wein?«

Herta sah versonnen auf die Jumboflasche.

»Ach, Tim, i kam damals auf die Insel, weil ich einen Getränkehandel aufmachen wollte, eine Filiale der *Getränkekiste Greggenhofen*, die mein Onkel und meine Tante führen. Aber i hab schnell kapiert, dass ein Getränk mit diesem Namen hier nicht so ankommt. Und so bin ich im Pilsstüble gelandet. I bin nur ein einfaches, armes Mädle, das geliebt werden möchte!«

Ein erleichtertes Raunen ging durch den Raum, Tim küsste sie innig. Lady Degeto, die heimlich vor der Tür gelauscht hatte, trat mit einem neuen Champagnerglas herein und jubilierte: »Herta, komm an mein Herz, du dralles Luder! Du kannst meinem Tim zeigen, wo der Bartel den Most holt – in jeder Hinsicht! Sei willkommen in meinem bescheidenen Heim – endlich habe ich die Tochter, die ich mir immer gewünscht habe!«

Timothy klatschte in die Hände, da ging auf einmal das Seitenportal auf: Mortimer trug ein goldenes Tablett vor sich her, auf dem zwei Ringe lagen: ein goldener Diamantring, und, was Herta noch viel schöner fand, ein ganzer Ring feinster Krakauer Fleischwurst im Naturdarm. Sie fiel ihrem

Bräutigam um den Hals und biss sogleich beherzt in den Wurstring.

»Eine Verlobung! Das muss gefeiert werden – bringt endlich den Hauptgang!«, befahl Lady Degeto, und wie von Zauberhand öffneten sich auf einmal alle Türen, und die Kellner trugen riesige Schüsseln mit dampfenden Kässpatzen auf, bedeckt mit Unmengen von frittierten Röstzwiebeln. Der Duft von heißem, schwerem Käse erfüllte wabernd den Raum. Die lukullische Lust blitzte in den Augen der Festgäste auf, doch die orgiastische Freude währte nur allzu kurz, denn ein schrilles Kreischen zerriss die festliche Betriebsamkeit. Es war von Herta gekommen. Sie sprang auf und starrte mit jäh aufgerissenen Augen auf die Kässpatzen.

»Nein, Baron, es darf nicht sein! Wir können nicht zusammenkommen!«, schrie sie.

»Ach was, Schwägerin«, versuchte Giselher, Timothys Bruder, zu beruhigen. »Ich kenn da einen Trick, da hält man es als Mann viel länger aus. Ich erklär meinem Brüderchen das, wenn du willst!«

»Nein«, wehrte Herta ab, »das wär's nicht, in dieser Hinsicht bin i wirklich nicht verwöhnt! Aber das da – es gibt keinen gemeinsamen Weg für uns!«

»Was ist es denn nur, meine Holde?«, brachte Tim gerade noch mit zitternder Stimme heraus, bevor Tränen seine Alabasterwangen herunterrannen.

»Es sind die Röstzwiebeln! Wir haben immer geschmälzte Zwiebeln auf den Kässpatzen gegessen – und i hab meiner Mutter nach ihrem Unfall damals noch auf dem Sterbebett in die Hand versprochen, dass ich mich nie mit einem Röstzwiebelfresser einlassen würde!«

Die Gesichter der Gäste wurden blass, alle sahen sich wissend an. Der Pastor stimmte ein leises Gebet an.

»Weiche von uns«, versetzte Tim plötzlich eiskalt und stieß Herta weg, »und den Ring lässt du da, den bekommt die Nächste!« Mit allem hatte Herta gerechnet, aber nicht mit einer so barschen Reaktion. Zitternd stand sie da wie ein frisch geschorenes Schaf im Eisregen. Eben war sie es doch noch, die Tim nicht wollen hat – und nun verwies er sie des Hauses?

»Du bist zu weit gegangen, schönes Kind«, zischte Tim sie eiskalt an. »Mein Großvater hatte damals die erste große Röstzwiebeldynastie aufgebaut, auf die das ganze Familienvermögen gründet. Nichts und niemand darf sich gegen sein Vermächtnis stellen in diesem Haus.«

»Aber, aber du bist doch mein Mister Right!«

»Right? Nein, da hast du was falsch verstanden. Mein Name ist Fried. Wie bei Fried Onions, Röstzwiebeln.«

»Himmelherrgottsackzement!«, presste Herta hervor, warf den Diamantring vor Tims Füße, griff sich die Krakauer und stürmte hinaus. Wenn sie jetzt gleich zum Pilsstüble fahren würde, könnte sie noch locker fünfzig Piepen machen – gerade an Feiertagen waren die Gäste besonders spendabel und soffen, was das Zeug hielt.

Als sie tränenblind die gekieste Auffahrt hinunterlief, blickte sie lächelnd auf die Wurst in ihren Händen: Ihr Wunsch war Wirklichkeit geworden, jedenfalls ein Teil davon. Und als Musik aus dem Haus drang, summte sie beseelt mit: »Häschen in der Grube, saß uhund schlief …«

Anne Hertz

Liebe macht Wuff

Ob du Pelle noch länger nehmen sollst?« Meine Schwester Bettina klingt erstaunt. »Ich denke, er ist eine nervige Töle, hat letzte Woche auf dein Sofa gepinkelt und außerdem deinen W-Lan-Router angenagt.«

»Er ist noch ein Welpe, das darf man nicht so eng sehen. Und er ist wirklich süß. Wenn du länger brauchst mit dem Umzug, dann spiele ich weiter den Hundesitter.« Und, füge ich in Gedanken hinzu, gehe noch mal mit Pelle in die Welpengruppe im Sternschanzenpark und treffe hoffentlich wieder auf diesen rattenscharfen Typen mit dem Boxer-Pudel-Mix.

»Wenn du es freiwillig anbietest, gerne!«

»Melde dich, wenn sich das Chaos bei euch gelegt hat«, verabschiede ich mich, wohl wissend, dass das bei meiner Schwester niemals der Fall sein wird. Wer sich mitten im Umzug zu den drei Kindern noch einen Hund zulegt, hat sie nicht mehr alle. Und wer muss wieder einspringen? Richtig. Tante Anna.

Aber diesmal ist die Geschichte eine Win-Win-Situation, denn ohne Pelle hätte ich Tom und Elmo nie kennengelernt. Unglaublich, wie einfach es ist, mit einem attraktiven Typen über das Thema Hund ins Gespräch zu kommen! Am Ende der Stunde verabschiedete sich Tom mit einem lässigen »Bis nächste Woche!« und mein Herz machte einen Sprung. Pelle muss bleiben! Jedenfalls so lange, bis sich Tom auch ohne Hund für mich interessiert.

Vor der nächsten Welpenstunde ziehe ich mich ungefähr zwanzigmal um und stehe gefühlte sieben Stunden vorm Spiegel. In der Zeit pinkelt Pelle leider fünfmal in die Wohnung und knöpft sich wieder den Router vor. Obernervig, der Köter! Hoffentlich interessiert sich Tom *schnell* für mich als Frau, eine Dauerlösung ist das mit Pelle nicht!

»Hey, da seid ihr ja wieder!«, begrüßt mich Tom und lächelt. Das lässt sich sehr gut an! Die nächste Stunde verbringe ich damit, mein mühsam angelesenes Hundewissen möglichst elegant bei Tom zu plazieren, um ihn zu beeindrucken. Tatsächlich nickt er anerkennend UND fragt mich am Ende der Stunde, ob wir am nächsten Tag mit den Hunden zusammen an die Alster wollen. Bingo!

Die Sonne scheint, es ist warm – der perfekte Tag für einen Spaziergang. Denken die anderen fünf Millionen Menschen leider auch, die sich mit uns um die Alster schieben. Es ist so voll, dass Pelle Angst bekommt, sich ständig hinsetzt und kläfft, schließlich muss ich ihn tragen. Mist, so wird das nichts mit der Romantik! Und heute muss es klappen, Bettina ist langsam maulig und will ihren Hund wiederhaben. Ich schlage vor, einen Kaffee zu trinken: »Ist für Pelle bestimmt entspannter.«

Aber für Tom nicht: Kaum sitzen wir im Café, befällt ihn eine Niesattacke, seine Augen tränen, die Nase schwillt an.

»Was hast du denn?«, erkundige ich mich mitfühlend. Tom schluckt. »Aber nicht böse sein: eine Hundeallergie. Als wir uns kennengelernt haben, hab ich für einen Kumpel auf Elmo aufgepasst. Tja, und dann wollte ich dich unbedingt wiedersehen. Im Freien geht's auch einigermaßen. Aber hier drin – keine Chance. Meinst du, wir könnten uns mal ohne deinen Hund treffen?«

Anna Koschka

Ein Mann für griechische Stunden

Strände sind das zeitgeistliche Mekka für verkappte Masochisten. Ganz ehrlich. Sandkörner und Sonnenöl setzen sich hartnäckig unter Fingernägeln, zwischen Pobacken und im Inneren des Bauchnabels fest. Dort beginnen sie, wenn man seinen verschwitzten Körper endlich in einen Liegestuhl gehievt hat, verlässlich zu jucken. Mit von der salzig flirrenden Meeresluft geröteten Augen und dem Geschmack von Nivea im Mund brät man anschließend, bis man klebrig, gar und paniert wie ein Wiener Schnitzel ist. Ich bin auf einer griechischen Insel geboren worden, ich weiß, wovon ich spreche.

Red nicht so einen Unsinn!, meine ich die unverkennbare Reibeisenstimme meiner Oma zu hören. *Du bist Griechin, Stella. Natürlich magst du das Meer.*

Ich hasse das Meer.

Dann wirst du gefälligst jetzt damit anfangen, es zu mögen!

»Can I help you, Miss?« Eine Männerstimme reißt mich aus meinen Gedanken. Sein Englisch ist so aufgesetzt wie sein Dreitagebartlächeln. Er trägt ein offenes weißes Hemd, das den Blick auf ein perfektes Sixpack sowie enganliegende hellblaue Frottee-Shorts preisgibt, deren deutlich erkennbarer Paketinhalt auch nicht zu verachten ist.

Ich lächle hilflos und habe ein beschissenes Déjà-vu. Ich war fünf und stand nackt und heulend am Strand von Kambos. Jetzt bin ich zwölfunddreißig, stehe neuerlich am Strand von Kambos und bedecke mit beiden Händen nur notdürftig meine bloßen Brüste. Mit einem vollendeten Zittern in der Stimme spreche ich die Worte, die jeder Frau mit der Konfektionsgröße eines mittleren Nashorns wie billiger Gloss von den Lippen gehen:

»My Träger is gerissen.«

»German? Deutsch?«

Er sieht überrascht aus. Zwar verrät mein mitteleuropäischer Schlechtwetterteint so gut wie nichts von meiner südländischen Herkunft. Dennoch stellt man sich unter der typischen alemannischen Touristin wohl kaum eine untersetzte, pummelige Matrone mit einem von dunklen Locken umrahmten Mondgesicht vor.

»Österreich«, entgegne ich.

»Land der Be-he-rge«, beginnt er, mit hübsch timbriertem Bariton leise zu singen, und schielt anzüglich auf meine wogende Oberweite.

»I am from Austria«, stimme ich geschickt in Alt mit Fendrich ein. Betrunkene Karaoke-Abende machen sich spätestens jetzt bezahlt. Mein junger Dreitagebart nickt wissend. Anschließend tritt er näher heran, bis ich seinen Atem auf meiner Haut spüren kann. Er riecht nach Kaffee und Honig. Nicht unangenehm. Beherzt greift er nach dem Träger meines viel zu knapp sitzenden Badeanzugs, ironischerweise das Modell *strapazierfähig und formbeständig* von Tchibo, zaubert mehrere Sicherheitsnadeln aus den Engen seiner Gesäßtasche und fixiert den gerissenen Stoff so, dass meine Brüste wieder bedeckt sind. Sofort schnappt er sich die Tube Sonnencreme von meinem Liegestuhl und zwinkert mir zu.

»Massage?«

Er ist schneller, als ich antworten kann. Mit geübten Handgriffen hat er die Creme auf seinen Fingern verteilt und lässt sie flink über meinen Nacken tanzen. Der Druck ist angenehm, meine Haut prickelt unter seiner Berührung, ein Gefühl von Entspannung stellt sich ein, und ich schließe die Augen.

Stella Charydis! Was habe ich dir gesagt? Wenn dir ein Mann den Rücken eincremt, will er nur das eine!

Was denn, Oma?

Kamaki, Kind, Kamaki!

»Kamaki?«

»Ganz recht. Kamaki.« Pohl, mein Chefredakteur, suchte in seiner Hosentasche nach einem Pfefferminzbonbon. Seit er zu rauchen aufgehört hatte, war er dem Zeug hoffnungslos verfallen. Er kaufte die Sorte im Metalldöschen, das man wie eine Zigarrendose aufklappen kann. Alte Gewohnheiten.

»Ich gebe dir den Urlaub, Stella, aber ich will ein Feature für die Sonntagsbeilage. Knackig, witzig, sexy, also ganz du.« Er lachte anzüglich und schob sich ein Bonbon in den Mund. Pohl war noch nie ein Kostverächter gewesen.

»Ein Artikel zum Thema *Kamaki heute*, gerade rechtzeitig zur Reisezeit. Etwas, das der Leserin Lust auf Sommer, Urlaubsflirt und heißen Sex am Pool macht. Daneben schalten wir die *Magic-Life*-Anzeige. Das wird bombig.«

Bombig war neben *oberscheiße* und *megasexy* eine Lieblingsvokabel von Alfons Pohl.

Weil in meiner griechischen Großfamilie alle paar Monate jemand den Bund der Ehe einging, blieb mir nichts anderes übrig, als auf meine Heimatinsel Patmos zu reisen. Ein beschissen kleines Fleckchen Erde, das nicht mal einen Flughafen, dafür aber siebenundachtzig Touristentavernen mit Sirtakifolklore besitzt. In einer davon hat mein Vater meine Mutter kennengelernt, in einer weiteren geschwängert, und ich wäre fast hinter der Theke einer dritten geboren worden. Darauf kaufte mein Vater sie alle und wurde wohlhabend. Sirtaki übersteht jede Wirtschaftskrise. Das war mein Glück. Mit zweiundzwanzig bin ich aufs europäische Festland geflohen, um Journalistin zu werden, und das war gut so. Auf Patmos hat man als Frau genau zwei Möglichkeiten: Man kann für die Touristen kochen und putzen oder für die eigenen Kinder kochen und putzen. Keines von beidem liegt mir im Blut. Am liebsten koche ich für meine Freundinnen und für mich selbst. Gutes Essen ist der Orgasmus moderner Singles, habe ich mal im Vorwort zu einem Promikochbuch gelesen. Da ist was dran.

Nun stehe ich am Strand von Kambos und lasse mir von einem Jungen, der rechnerisch mein Sohn sein könnte, den Rücken eincremen. Und alles wegen dem verfluchten Kamaki.

»Was ist Kamaki, Oma?«

Meine Großmutter, die selbst in glühender Strandhitze niemals ihr schwarzes Kopftuch abnahm, hockte im Schneidersitz auf einer alten, karierten Decke und rieb sich den Sand von den mageren Waden. Um uns herum buddelten knallrote Touristenkinder Löcher in den Boden, während ihre noch röteren Mütter Romane lasen und ihre Väter über die gewölbten Bierbäuche hinweg einheimischen Mädchen auf die kurvigen Hintern gafften. Griechenland in den Siebzigern, als das Moussaka noch nicht bio war.

»Kamaki ist Fischfang auf dem Trockenen«, antwortete meine Oma, während sie an einem Olivenkern lutschte. »Siehst du die gelbe Frau dort drüben?«

Mit *gelb* meinte meine Oma jede Haarfarbe, die nicht Kastanienbraun, Ölpestschwarz oder Altersgrau war. Wovon es am Strand von Kambos etwa vierhundert gab.

»Die mit dem engen blauen Bikinitop?«

»Nein, die ohne Bikinitop.«

Zwei knallrote Brustwarzen hingen antriebs- und trägerlos in der Gegend herum, während die Besitzerin ein Muster aus Sonnencreme darauf verteilte.

»Ja.«

»Das ist der Fisch. Eine glänzende Ölsardine. Und Männer haben Harpunen, verstehst du?«

»So wie Konstantinos?«

Konstantinos war der wichtigste Fischhändler der Insel mit den meisten Angestellten und dicksten Fängen.

Meine Oma spuckte den Olivenkern aus.

»So ähnlich. Nur dass sie ihre Harpunen hinterm Hosenstall verstecken. Die Fische wollen an Land gezogen werden. Sie kommen nur aus einem Grund hierher, sie halten Ausschau nach Harpunen. Das ist Kamaki, Stella. Also pass auf, wenn dir wer den Rücken eincremen will. Schließlich bist du kein Fisch.«

Nein. Ich war kein Fisch. Was ich war, hat mir mein erster Freund, Fílippos später präzise erklärt.

»Im Frühling, im Herbst und im Winter bist du mein Mädchen. Aber im Sommer regiert Kamaki. Das ist Sport, Süße, dafür leben wir.«

Ich war siebzehn und schlug Fílippos eine Boney-M.-CD an den und ihn mir aus dem Kopf.

Kamaki also. Die hohe Kunst der einheimischen Männer, möglichst viele Touristinnen flachzulegen. Es gab Wettbüros, wo auf den erfolgreichsten Hengst gesetzt werden konnte, und Listen, in denen akribisch Punkte gesammelt wurden, bis der Sieger des Sommers feststand. Mister Kamaki. Gerüchten zufolge gab es sogar einen griechenlandweiten Wettbewerb, wo die Inselkönige gegeneinander antraten. Grätenloser Sex als olympische Disziplin der Siebziger- und Achtzigerjahre.

»Gut?«

»Hm?«

Seine Fingerspitzen verteilen Sonnencreme gefährlich nahe an meinem Po-Ansatz. Erschrocken öffne ich die Augen und drehe mich um. Er verzieht seine rosigen Lippen zu einem verschmitzten Grinsen.

»Darf ich dich auf einen Drink an die Strandbar einladen?«

Das Grinsen gefriert. Das war sein Text. Ich habe ihm seine Zeile geklaut. Ratlos glotzt er mich an.

»Keine Sorge, ich will eine Gegenleistung.«

Er hebt erwartungsvoll eine Augenbraue. Ziemlich sexy.

»Stella Charydis vom *Österreichboten*«, stelle ich mich vor. »Ich habe ein paar Fragen, und *du*«, ich tippe auf seinen Waschbrettbauch, »wirst sie mir beantworten.«

Zehn Minuten später nippe ich an meinem schwarzen Kaffee, während Adám – so heißt Mister Dreitagebart – mit dem Schirmchen auf die Ananasscheibe seines tropischen Spezialcocktails einsticht. Sein dunkles Haar ist von der sal-

zigen Brise zerzaust. Ich widerstehe dem Drang, es zurecht-
zuzupfen.

»Noch mal zum Mitschreiben: Die deutsche Touristin erkennt man am Achselhaar, die französische am Dior-Bikini
und die englische an der Kühltasche mit den Bierflaschen?
Wo hast du das her? Aus der *Machopolitan*?«

Er malt mit dem Schirmchen unsichtbare Kreise auf die
Theke. Hätte ich je ein mütterliches Herz besessen, wäre mir
jetzt beidseitig die Milch eingeschossen.

»Erzähl mir etwas über Kamaki! Seit wann ist das denn
wieder in Mode?«, frage ich ein wenig sanfter.

»Es gibt einen Onlinewettkampf. Auf Facebook. Es nennt
sich *Maki-me-come*.«

»Maki-me-come? Im Ernst?«

»Es hat auf Mykonos und Lesbos angefangen. Mit den
Gays. Dann in Malia auf Kreta, Kavos auf Korfu und Falira-
ki auf Rhodos. Vorletzten Sommer oder so. Seit letztem Jahr
wird auch wieder mehr Hetero-Kamaki gemacht. Das ist
sehr in, besonders bei Frauen in …«

»… in meinem Alter?«, beende ich den Satz für ihn. Er
schenkt mir einen tiefgoldenen Blick.

»Meine Freunde und ich, wir sind erst seit diesem Sommer
dabei, wir wollen Kambos zur Maki-Location pimpen.«

»Pimpern meinst du.«

Seine Augen blitzen auf. Mein Herz kommt aus dem
Rhythmus. Für einen kurzen Moment verliert er alles Kindliche und versprüht Männlichkeit.

»Machst du in deinem Artikel Werbung für uns?«

Für einen kurzen Moment.

»Vielleicht. Wenn du mir mehr über deine Technik verrätst.« Ich gehe meine iPhone-Notizen durch. »Also, der

Trick bei deutschen Touristinnen ist die Sonnencreme. Wie machst du Französinnen auf dich aufmerksam?«

»*Le Monde.* Man trägt die Zeitung lässig unter dem Arm. Dann steckt man sich eine Zigarette in den Mundwinkel und fragt sie, ob sie Feuer hat. So.«

Er führt meine Finger zu seinen Lippen, als wären sie sein Feuerzeug. Dabei spüre ich das rauhe Kratzen seiner Bartstoppeln an den Knöcheln. Ich ziehe meine Hand hastig zurück und schüttle den Kopf.

»Wie originell! *Irrésistible,* wie die kleinen Französinnen hauchen würden. Und lass mich raten: Der Engländerin bietet man ein Bier an.«

Er nickt. Natürlich. Maki-Sex, das neue Fast Food der Facebook-Generation. Das Remake des olympischen Wettharpunenfischens. Nur technisch fortschrittlicher. Ich schlürfe vorsichtig den letzten Rest Kaffee vom Bodensatz und schiebe anschließend die Tasse weg, um mich über die Theke zu ihm lehnen zu können. Der tropische Cocktail hat eine ähnliche Roséfarbe wie seine Lippen. Ob er Gloss verwendet, dass sie so glänzen?

»Also gut, Adám, dann verrate mir mal, wie du eine waschechte Griechin rumkriegst.«

Er küsst mich.

Ehe ich mich entscheiden kann, ob der Geschmack nach Ananas oder Testosteron stärker ist, werde ich unsanft von meinem Barhocker gezogen, der umkippt und im Sand landet. Meine Mama, die im Gegensatz zu meiner Oma nie Kopftücher getragen hat, sondern ihre hundertzwanzig Kilo stets in die neueste Mode zu hüllen pflegt, steht mit in die breiten Hüften gestemmten Händen vor mir. Mein Papa, ein kleiner, kahlköpfiger Mann, dessen Schnauzbart immer donnerstags vom Inselcoiffeur in Form getrimmt wird, hält meinen Arm fest, während die zwei kräftigsten meiner Cousins, Argírios, der Doofe, und Kosmás, der Doofere, Adám Richtung Wasser zerren.

»Stella Charydis«, jammert meine Mama, »kannst du nicht aufpassen, was du in den Mund nimmst?«

Ich schmecke immer noch Ananas.

»Hey«, rufe ich Argírios zu, »lass den Jungen los!«

»Eine kleine Abkühlung wird ihm guttun.« Die Stimme ist weich und melodisch und klingt ein wenig so, als würde Julio Iglesias versuchen, ausnahmsweise nicht zu singen. Ich drehe mich um und sehe in die kakaobraunen Augen von Pavlos Yorgiadis, auf der Insel besser bekannt als »Kreuzfahrt-König Pavlos«.

Mein Puls geht schneller.

»Du?«

Ich bin mit Pavlos zur Schule gegangen. Er war zwei Klassen über mir, damals das Synonym für »nicht in meiner Liga«. Sein Vater arbeitete als Fischer, und die achtköpfige Familie lebte in einer Baracke in der Nähe des Hafens. Trotzdem war Pavlos der begehrteste Junge der ganzen Insel, weil er hübsch aussah und den Gerüchten zufolge die Mädchen nachts mit dem Fischerboot seines Vaters aufs Meer ruderte. Jedenfalls erklärte fast jedes weibliche Wesen, hoffnungslos in Pavlos verschossen zu sein. Ich inklusive. Er war der Grund, beim Verzehr des Pausenbrots zu erröten und heimlich im Bett mit der eigenen Faust das Küssen zu üben.

Von seiner Schönheit ist nicht mehr viel übrig. Er ist zwar immer noch schlank und drahtig, aber sein Haar ist bereits ziemlich ergraut, und sein Teint sieht fahl aus. Nachdem ich die Insel verlassen hatte, war sein Vater gestorben. Pavlos hat klug taktiert, staffierte die Fischerboote mit Samt und Seide aus wie venezianische Gondeln und schipperte einige Jahre lang Touristen zu den entlegenen Nacktbadestränden. Eine schlaue Geschäftsidee im Zuge der FKK-Bewegung der Achtziger. Heute besitzt er eine ganze Kreuzfahrtschiff-Flotte und gilt als der erste Selfmademan des Dodekanes.

»Freust du dich?«

»Das wäre übertrieben. Herrgott, lasst doch endlich den Jungen in Ruhe!«, brülle ich meinen Cousins zu, die mittlerweile dazu übergegangen sind, Adám mit nassem Sand zu bewerfen.

»Schön, dich zu sehen, Stella«, sagt Pavlos und küsst mir galant den Handrücken. »Ich höre, so macht man das in Wien.«

»Nicht in diesem Jahrtausend«, antworte ich kühl und entziehe ihm meine Hand. Mir fällt auf, dass er blass ist. Seine Tränensäcke sind nicht zu übersehen. Doch der Oberkörper ist muskulös wie eh und je, ein seltsamer Gegensatz. Wahrscheinlich arbeitet er bloß zu viel.

Adám ist es endlich gelungen, meinen Cousins zu entkommen. Ich beobachte, wie er den Strand entlanghetzt und Richtung Bootsverleih verschwindet. Gut. Ich hätte zwar gern noch mehr aus ihm herausgequetscht, aber ich werde einfach auf Facebook weiterrecherchieren. Pohl soll sein Feature bekommen.

»Stella-mou«, flötet meine Mama, »jetzt hast du genug mit den Kindern im Sand gespielt. Hör doch mal dem Herrn Pavlos zu, er hat eine Überraschung für dich.«

Ich hasse Überraschungen.

Veuveclicquotismus, der. Ein Zustand fortschreitender Un-
zurechnungsfähigkeit unter besonders teuren Umständen.

Meine Geduld schwindet mit den Bläschen in meinem
Glas, während es in meiner Nase ungut kribbelt. Die Zeichen stehen auf Sturm im Champagnerglas. Auf dem Son-
nendeck der Yacht, bei den Klängen von Shakira, merkt natürlich niemand etwas davon. Die zweihundert Gäste sind
zu beschäftigt damit, Kaviarpita auf ihren Tellern zu horten
und mit den freien Händen ihre Hüte festzuhalten. Irgendwo im Westen tut der Himmel so, als müsse er beweisen,
dass kitschige Sonnenuntergänge nicht nur griechische Postkarten zieren. Ich stehe an der Reling und zähle Bläschen.

»Du bist so still«, raunt mir Pavlos zu, während er seinen
Gästen mit einem gewinnenden Lächeln zuprostet. Dem
Kreuzfahrt-König steht die Dekadenz ins Gesicht geschrieben, sie lässt seine Haut Falten werfen. Die Gewinnergrüb-
chen um seinen Mund sind dieselben wie damals: kleine markante Egozentren männlichen Stolzes. Besitzergreifend legt
er eine Hand an meine Hüfte und wirft mir einen langen Ka-
kaoblick zu.

»Überraschung gelungen?«

Er hat eine Party samt Galadinner auf seiner Privatyacht
für mich organisiert. Schwimmkerzen im Pool des Sonnen-
decks, Kellner in Smokings, Champagner und Fischhäpp-
chen. Die Szene könnte aus einem Aida-Prospekt oder der
Euromillionen-Werbung sein.

Pavlos eilt einer Gruppe Spätankömmlinge entgegen, die
mir irgendwie bekannt vorkommen. Vermutlich bin ich mit
ihnen um drei Ecken verwandt, Patmos ist schließlich eine
kleine Insel. Meine gesamte Familie ist versammelt. Mama
führt die Haute Couture XL spazieren, Papa fachsimpelt mit

dem Coiffeur über Bartmoden, Doof und Doofer fressen massenweise Pita und werden von den verzweifelten Singletöchtern der Nachbarn belagert. Man könnte fast glauben, dass die Hochzeit, wegen der ich in die Heimat beordert wurde, hier und heute stattfindet.

»Hat er dich schon gefragt?«

Die Reibeisenstimme erklingt von schräg unter mir. Meine Oma trägt auch zu diesem festlichen Anlass ihr schlichtes schwarzes Kopftuch. Sie ist jetzt vierundachtzig und um einen Kopf kleiner als früher. Das macht die Osteoporose, meint Papa. Ich vermute viel eher, dass sie den Ehrgeiz hat, irgendwann durch die Schlüssellöcher zu passen, an denen sie für ihr Leben gern lauscht. Auf dieser Insel fällt kein Olivenblatt vom Baum, ohne dass meine Oma über Zeit und Ort Auskunft geben kann. Ich sehe ihr dabei zu, wie sie Olivenhaut aus ihren Zähnen pult, und liebe sie in dem Moment mit unendlicher Kinderliebe.

»Was gefragt?«, antworte ich und reiche ihr einen Arm, um sie zu stützen. Sie schiebt ihn beiseite und richtet ihre klugen schwarzen Augen auf mich.

»Wie, was gefragt? Warum glaubst du, bist du hier, Stella? Hab ich dir denn gar nichts beigebracht? Man erzählt sogar, du weißt immer noch nicht, was ein Mann will, der dir den Rücken eincremt.« Ihre Mundwinkel zucken. »Aber was ein Mann will, der dir Champagner einschenkt, das wirst du doch wohl wissen.«

Alles Blut verlässt fluchtartig meinen Kopf.

»Pavlos Yorgiadis will mir einen Heiratsantrag machen?«

Meine Oma schnappt sich ein Pitabrot vom Tablett eines vorbeieilenden Kellners.

»Es ist längst abgemacht. Schon seit zwei Monaten. Er hat

deinen Eltern einen Bungalow gekauft. So macht man heute Geschäfte, Eselchen!«

Eselchen hat sie mich zuletzt genannt, als ich sieben war. Etwas schnürt mir den Hals zu und lässt mich nach Luft schnappen.

»Aber ... aber ...«, die *Abers* rumpeln nur so aus meinem Hirn, »warum denn ich? Warum keine dünne zwanzigjährige Blondine aus Athen?«

»Griechische Männer. In Sachen Hochzeit sind sie altmodisch. Da muss es eine Einheimische mit gebärfreudigem Becken sein.«

Beim Wort gebärfreudig wird mir übel.

»Ich bin zweiundvierzig.«

»Tick, tack«, meint die alte Frau trocken und entfernt Krümel für Krümel den Kaviar von ihrem Weißbrot.

»Und ich lebe nicht mal hier«, protestiere ich.

»Das ist kein Problem. Pavlos ist sowieso das halbe Jahr mit seinen Schiffen unterwegs. Darum hat er auch noch immer keine Familie. Er überlegt, eine Zweigstelle in Hamburg aufzumachen. Da ist es natürlich vorteilhaft, dass du Deutsch sprichst.«

Ich beiße mir auf die Lippen. Er hat an alles gedacht. Er hat seine Angel ausgeworfen, und ich brauche nur anzubeißen. Was hätte ich als verknallte Sechzehnjährige dafür gegeben? Frau Kreuzfahrt-König, Designerklamotten bis zum Abwinken, Hamburger Schickimicki und Veuve Clicquot samt Egogrübchen jeden Tag. Und mit ein wenig In-vitro wird das mit dem griechischen Stammhalter auch noch klappen.

»Also, was ist? Hast du dir eine Antwort überlegt?«

»Ich muss hier weg, Oma!«

Sie nickt, fischt den Lachs von der Pitascheibe, schiebt ihn sich zwischen die Lippen und wirft das trockene Weißbrot ins Meer, wo sich eine Gruppe Möwen drauf stürzt. Im dunkelorange-farbenen Licht des Sonnenuntergangs beobachte ich, wie ihre Schnäbel gierig danach picken.

»Machs gut, meine Stella! Und denk dran, eine Frau kann sich vielleicht nicht selbst den Rücken eincremen, aber Champagner trinken allemal.«

Ich küsse sie fest auf beide Wangen und schaue über die Reling. Aus den Augenwinkeln sehe ich, wie Pavlos mich zu sich winkt, höre das Geräusch, als er mit einem Löffel an sein Champagnerglas klopft, erblicke das vor Freude glühende Gesicht meiner Mama, presse meine Handtasche an mich, halte mir die Nase zu und springe.

Scheiße, ist das kalt! Und nass. Prustend tauche ich aus dem Wasser auf und muss strampeln, um nicht von dem ruinierten Fetzen, der mal mein bestes Kleid war, in die Tiefe gezogen zu werden. Über mir höre ich das Geschrei der Festgäste auf der Yacht, doch ich nehme mir nicht die Zeit, hinaufzuschauen, sondern mache mit Armen und Beinen hektische Schwimmbewegungen. Das ging auch schon mal besser, als ich noch ein zweistelliges Gewicht und keine Dreihundert-Euro-Fendi unter den Arm geklemmt hatte. Stumm verfluche ich das vermaledeite Meer, meine vermaledeite Familie und das Schicksal an sich, als ich hinter mir Motorengeräusche höre. Verdammt! Ein Motorboot. Das wird mich gleich rammen oder – noch schlimmer – aus dem Wasser fischen und zu meinem potenten Bräutigam zurückbringen. Der Motor stoppt. Ich habe es geahnt. Ich strample heftiger.

»Stella Charydis?«

Die überraschte Stimme klingt vertraut. Ich hebe den Kopf und sehe eine Hand, die sich mir entgegenstreckt. Adáms Hand. Ausgerechnet. Beim Versuch, etwas zu sagen, schlucke ich Wasser und muss prusten. Ich halte meine Handtasche hoch. Er nimmt sie, wirft sie ins Boot und zieht mich anschließend aus dem Meer, wobei ich mir wie ein gestrandeter Wal vorkomme. Auf dem Trockenen hole ich tief Luft, halte mir den Bauch und huste ein Gemisch aus saurer Spucke und skurriler Heiterkeit heraus, bis mein Zwerchfell schmerzt. Zum ersten Mal an diesem irren Tag muss ich herzlich lachen.

»Alles okay?«, fragt Adám besorgt.

Ich nicke und ignoriere die Stimme meiner Mama, die mit den Möwen um die Wette kreischt.

»Die Fähre«, keuche ich. »Ich muss … die Fähre erwischen.« Panisch krame ich in meiner Handtasche. Der Pass, zum Glück, zusammen mit Geld und iPhone im wasserdichten Sicherheitstäschchen. In weiser Voraussicht am Flughafen gekauft, denn ich hatte noch nie großes Vertrauen zu Schiffen.

»Adám«, flehe ich ihn an, »kannst du mich zur Fähre bringen? Wir haben genau«, ich checke die Uhrzeit auf dem Handydisplay, »fünfundzwanzig Minuten.«

Er runzelt die Stirn, sagt aber nichts, sondern startet den Motor und lenkt das Boot aus dem Yachthafen. Das Kleid klebt an meinem Körper, und Wasser tropft aus meinen Haaren. Dennoch fühle ich mich mit jedem Meter, den wir uns entfernen, ein wenig besser. Als ob mir der Fahrtwind die Veuve-Clicquot-Bläschen aus dem Hirn föhnt.

»Verrätst du mir jetzt«, fragt er, als wir außer Sichtweite von Pavlos' Yacht sind, »warum du wie eine Wahnsinnige ins

Meer gesprungen bist und dich wie eine Geheimagentin auf der Flucht benimmst?«

Ich rubble gerade meine Locken mit dem Handtuch trocken, das er mir zugeworfen hat. Er trägt nach wie vor sein offenes weißes Hemd, hat aber die Aufreißerhotpants gegen knielange Blue Jeans getauscht. Die Meeresbrise zerstrubbelt seine Haare noch mehr, als sie ohnehin schon sind, und verleiht ihm eine aufregende Seemannsoptik.

»Meine Familie hat mich in die Falle gelockt. Ich bin zu einer Hochzeit angereist, doch keiner hat mir verraten, dass es meine eigene sein sollte.«

Am ganzen Körper zitternd, muss ich neuerlich hysterisch kichern.

»Und heiraten macht dir solche Angst, dass du lieber Hals über Kopf ins kalte Wasser springst?«

»Offensichtlich.«

»Warum hast du nicht einfach nein gesagt?«

Ich höre auf zu rubbeln und sehe ihn an. Warum eigentlich nicht? Ich bin eine emanzipierte zweiundvierzigjährige Europäerin. Ich weiß, welche Sorte Curry ich bevorzuge, wie viel Süßstoff in meinen Kaffee gehört, und besitze die erforderlichen Fähigkeiten, um Jahr für Jahr meine Steuererklärung selbst zu machen. Warum habe ich Pavlos Yorgiadis nicht in aller Würde eine gescheuert, anstatt »Hormonell überforderte Frau über Bord« zu spielen?

Vielleicht, weil ich tief drinnen immer noch ein Eselchen bin und in riesigen Lastkörben meine komplette Familie mit mir rumschleppe. Ich gehöre noch zu einer Generation griechischer Töchter, die niemals nein zu ihrer Mama sagt. Trotz Diplom und Karriere.

Oder vielleicht, weil ein Teil von mir ganz gern Frau Kreuzfahrt-König wäre und gebären möchte, was das Becken hergibt. Kein Wunder, dass *ne* in meiner Sprache *ja* heißt.

Vielleicht hat es aber auch keinen Sinn, das einem zwanzigjährigen Jungen zu erklären, dessen Leben ein einziges Facebook-Profil ist. »Springen war leichter«, sage ich deshalb knapp. Wir fahren schweigend weiter. Der Tag ist hinter dem Horizont verschwunden, und eine sternenklare Nacht spiegelt sich im Wasser. Vor uns sehe ich die Lichter von Skala und die unverkennbare, riesige Form der Fähre nach Athen. Abrupt drehe ich mich zu Adám um.

»Verrätst du mir auch etwas? Was hattest du eigentlich im Boot bei den Yachten zu suchen? Gab es keine Maki-me-Angebote am Strand?«

Er sieht mich ernst an.

»Vielleicht habe ich darauf gewartet, dass du irgendwo ins Wasser fällst.«

»Sehr witzig.«

Er hat Mondlicht in den Augen. Plötzlich ist es still, als er den Motor abstellt und nach dem Tau greift, um das kleine Boot geschickt zur Anlegestelle zu manövrieren. Ehe er nach oben auf den Steg klettert, nimmt er meine Hand in seine.

»Eine Frage hast du bei deinem Interview vergessen.«

»Ach ja? Welche?«

»Warum ich Kamaki mache.«

»Und warum machst du es?«

Mein Kleid ist fast trocken. Trotzdem zittere ich plötzlich stärker als vorher.

»Ich mag es, wie die Frauen riechen, die nicht von der Insel sind. Nach etwas anderem. Nach Städten, nach Kaufhäusern, nach Duty Free, nach Daunendecken und nach Schalenkoffern. Meine Eltern haben eine winzige Taverne in der Nähe vom Yachthafen. Nichts Tolles, doch es reicht zum Überleben. Irgendwann wird sie mir gehören. Ich werde Ouzo servieren und Sirtaki tanzen, weil das im Reiseprospekt inklusive ist. Aber ich schaue oft den Schalenkoffern nach, wenn sie in Reih und Glied im Inneren der Fähre verschwinden. Und vielleicht riecht zumindest das, was drinnen steckt, ein wenig nach mir.«

Er vergräbt seine Hände in meinem Haar und zieht meinen Kopf an sein Gesicht.

»Du riechst nach Meer.«

»Ich hasse das Meer.«

Seine Lippen finden meine, sie schmecken nach Salz, nicht mehr nach Ananas. Unter uns schaukelt das Boot im Wasser. Es ist kitschig und erhebend zugleich. Von der Anlegestelle erklingt der übliche Rummel der Aussteiger und Einsteiger, hupende Autos, schreiende Kinder, dröhnende Bassbeats aus der Hafendisco und zwischen allem, wie ein permanentes Rauschen, das leise Surren der Räder Dutzender Schalenkoffer. Ihr Inhalt? Erinnerungen.

Als die Fähre langsam den Hafen verlässt, stehe ich am oberen Deck und beobachte, wie Meter für Meter das Meer zwischen mich und meine Heimat schwappt. Im Schein der nächtlichen Lichter von Skala kann ich die Gestalt im weißen Hemd leicht ausmachen. Er lehnt an der Ecke einer geschlossenen Fast-Food-Bude, still, bewegungslos wie einer der Holzpfosten, und sieht der Fähre nach.

Und, Stella, höre ich in meinem Hinterkopf eine unverkennbare Reibeisenstimme fragen, *bedauerst du es, dass du dir nicht mehr als den Rücken hast eincremen lassen?*

Ich muss lächeln. Mit nichts als einer kleinen, ruinierten Fendi verlasse ich Hals über Kopf die Insel, auf der Flucht vor meiner eigenen Familie. Aber etwas habe ich trotzdem mitgenommen: Das hier ist mein Leben. Die Freiheit besteht darin, selbst zu entscheiden, was man in den Mund nimmt. So funktioniert Kamaki.

Adám löst sich ohne Eile von der Bude, vergräbt die Hände tief in den Hosentaschen und schlendert den Kai entlang. Ich sehe ihm nach, bis er ein kleiner, weißer Punkt ist, einer der vielen Flecken im nächtlichen Hafen. Der Wind weht mir meine Locken ins Gesicht, doch ich streiche sie nicht fort. Ein winziger Hauch von Kaffee und Honig, von Ananas, Salz und Testosteron hält sich darin fest.

Kerstin Gier

Widerstand ist zwecklos

Als ich aus dem Badezimmer kam, rümpfte Tante Babette die Nase. »Tchibo? Meine liebe Rosalie, was hatte ich dir über Unterwäsche für die Frau ab dreißig gesagt?«

»Dass sie ein Vermögen kosten muss, sonst kann man sie genauso gut ganz weglassen«, erwiderte ich und beeilte mich, mein Kleid überzustreifen. Durch die offene Balkontür wehte der Duft von Orangen und Rosen herein, Vögel sangen, und im Pool weiter hinten pflügte ein Gast einsame Bahnen durch das glitzernde Wasser. Eigentlich hätte alles so schön sein können. Urlaub eben – »die beste Zeit des Jahres«. Aber wer immer diese Redensart geprägt hat, musste sich kein Hotelzimmer mit meiner Tante Babette, zwei Perücken, einer geladenen Beretta 81 und einer Kameraausrüstung teilen, mit deren Teleobjektiv man jede einzelne Feder der Enten am anderen Seeufer erkennen konnte. Und nein, Tante Babette arbeitete nicht bei der CIA, sie war auch keine Auftragskillerin oder Privatdetektivin. Sie führte ein Geschäft für Damenoberbekleidung in Bottrop, und bis sie sich vor ein paar Wochen Hals über Kopf verliebt hatte, war sie noch vollkommen normal.

Jetzt blickte sie durch das Teleobjektiv auf die Terrasse und seufzte. »Eine Frau ab dreißig kann es sich nicht mehr leisten, schlechtsitzende BHs zu tragen, *das* habe ich gesagt. Jetzt trödel doch nicht so herum, sie können jeden Augenblick auftauchen, ogottogott, ich glaube, ich hyperventiliere gleich. Wenn sie besser aussieht als ich, springe ich vom Balkon.«

Ich tätschelte beruhigend ihre Schulter. »Es ist doch völlig unerheblich, wie sie aussieht. Du bist die Frau, die Karl liebt.«

»Das sagt er jedenfalls.« Tante Babette ließ das Teleobjektiv über die Terrasse schwenken. Wie gesagt, bevor die Liebe sie erwischt hatte wie eine unheilbare Krankheit, hatte sie das Leben einer ganz normalen Mittfünfzigerin geführt, ein ausgesprochen diszipliniertes und moralisch einwandfreies Leben. Sie arbeitete hart, in ihrer Freizeit spielte sie Tennis und Bridge, engagierte sich ehrenamtlich für die Kinderkrebshilfe, einmal im Monat ging sie zum Friedhof, um Unkraut vom Grab meines Onkels zu zupfen, und, ach ja, ihre Mascarpone-Pfirsich-Torte war ein Gedicht.

Jetzt war sie kaum wiederzuerkennen.

»Er sagt, dass sie wie Bruder und Schwester zusammenleben und dass er sie nach diesem Urlaub ganz bestimmt verlassen wird. Aber sind das nicht die Standardsätze aller Ehebrecher, mit denen sie einen hinhalten?«

»Nein«, erwiderte ich. »Jan zum Beispiel *kann* seine Frau gar nicht verlassen.« Obwohl fünfundzwanzig Jahre jünger als Tante Babette, hatte ich sehr viel mehr Erfahrung als heimliche Geliebte, ja man konnte mich guten Gewissens als Expertin für Beziehungen mit verheirateten Männern bezeichnen. Nicht dass ich es mit Absicht gemacht hätte, aber irgendwie schien ich mich immer nur in Ehemänner zu verlieben. Leider bisher ohne Happy End, weshalb ich diese Lebensform auch nicht wirklich weiterempfehlen konnte.

Mit Jan war ich nun schon fast ein Jahr zusammen. Jeden Dienstagabend waren wir sehr glücklich miteinander. Manchmal auch donnerstags. Natürlich wäre es schöner gewesen, wenn wir auch an den restlichen Wochentagen ein Paar gewesen wären – aber so ist das eben, wenn man sich mit verheirateten Männern einlässt. Man sollte von Natur aus geduldig, genügsam und verständnisvoll sein.

Jans sechsjährige Tochter war schwer krank, weshalb es unmöglich für ihn war, die Familie im Stich zu lassen. Was ihn in meinen Augen sogar noch ein bisschen liebenswerter machte. Es störte mich nicht, dass er kein Geld für teure Geschenke übrig hatte und immer ich diejenige sein musste, die das Essen im Restaurant bezahlte, wenn wir mal ausgingen, denn er arbeitete Sonderschichten und verzichtete auf alles, nur um die alternativen Therapien für das kranke Kind finanzieren zu können.

Das Leben als Geliebte ist nicht einfach. Nach außen hin führt man weiter ein Singleleben, nie darf man in der Öffentlichkeit Händchen halten, auf Familienfesten erscheint man immer allein, und auch die Wochenenden, Urlaube und Feiertage verbringt man getrennt voneinander. In meinem Fall auch die Montage, Mittwoche und Freitage. Nicht mal zu Hause anrufen kann man seinen Geliebten, egal, wie groß die Sehnsucht auch sein mag. Aber nach einer gewissen Zeit gewöhnt man sich daran und arrangiert sich mit dem Unvermeidlichen. Na ja, jedenfalls hatte *ich* mich arrangiert. Meine Tante hingegen war gerade mal fünf Wochen verliebt, und schon hatte sie die Schnauze voll.

»Ich bin einfach nicht der Typ Frau, der freiwillig an zweiter Stelle steht«, sagte sie.

Sicher, wer war das schon? Aber ein krankes Kind ist ein

wirklich starkes Argument – ich jedenfalls wollte auf keinen Fall die Person sein, die einem kranken Kind den Vater entriss. Jan sprach nicht oft über seine Familie, und ich belastete unsere ohnehin viel zu knapp bemessene Zeit nicht mit neugierigen Fragen. Aus früheren Beziehungen zu verheirateten Männern wusste ich, dass es nur schmerzte, wenn man zu viel über sein »richtiges« Leben und die andere Frau wusste. Und deshalb wollte ich auch gar nicht wissen, ob Jans Frau hübscher war als ich, ob sie längere Beine hatte oder besser kochen konnte – wozu auch? Ich kannte nicht mal ihren Vornamen. Es reichte mir zu wissen, dass sexuell nichts mehr zwischen den beiden lief und dass ich die Frau war, die Jan liebte und mit der er zusammen sein wollte, wenn die Lebensumstände es denn zuließen.

Tante Babette war von dieser Haltung allerdings noch Lichtjahre entfernt. Eifersucht, unbezähmbare Neugierde und Kontrollwahn hatten von ihr Besitz ergriffen, und niemand war darüber schockierter als sie selbst.

»Wenn Karl seine Frau nicht verlässt, ist es aus mit uns. Und wenn ich merke, dass er mich angelogen hat ...« Sie sah hinüber zum Bett, wo die Pistole lag, die sie vorhin überraschend aus dem Koffer geholt hatte.

»Denk nicht mal daran!«, sagte ich und unterdrückte den Drang, schreiend aus dem Zimmer zu laufen. Schusswaffen waren mir unheimlich. »Die werfen wir nachher in den See.«

»Jetzt hab dich nicht so.« Tante Babette wandte sich wieder der Kamera zu. »Die hat dein Onkel seinerzeit völlig legal erworben. Und ich hab sie *immer* dabei, wenn ich auf Reisen bin. Nur zur Abschreckung. Ogottogottogott. Da unten tut sich was. Wenn es diese vollbusige Blondine mit der umwerfenden Perlenkette ist, kann ich für nichts garantieren. Los, los, los! Du musst da jetzt runter! Ich hoffe, du hast dir alle Codewörter gemerkt.«

»Ja, alle vierhundertdreißig«, sagte ich mit einem tiefen Seufzer.

»Elf«, verbesserte mich Tante Babette, deren Sinn für Humor zusammen mit ihrer Gelassenheit verschwunden war. »Es sind nur elf Codewörter. *Polokragen,* wenn sie überhaupt keine Konkurrenz für mich ist, *Baumwollmischgewebe,* wenn sie zwar genauso gut aussieht, aber ein völlig anderer Typ ist, *Knopfleiste,* wenn du sicher bist, dass …«

»Ja doch«, fiel ich ihr ins Wort und warf einen Blick in den Spiegel, aus dem mir eine völlig fremde Person entgegenblickte. Die Perücke saß einwandfrei, aber mir standen weder rote Haare noch Pony, fand ich. »Bringen wir es hinter uns!«

»*Dreiviertellänge,* wenn meine schlimmsten Befürchtungen wahr werden …«, sagte Tante Babette, als ich schon fast an der Tür war, und da kehrte ich noch mal um, nahm die Beretta vom Bett und warf sie in meine Handtasche. Sicher war sicher.

Das Hotel war ein Fünf-Sterne-Traum, mitten in einem üppig blühenden Garten Eden gelegen, der sich bis hinunter an den See erstreckte und noch schöner aussah als auf den Bildern im Prospekt, mit denen mich Tante Babette als Reisebegleitung geködert hatte. Da ich ihr nicht hatte ausreden können, ihren Karl bis an seinen Urlaubsort zu verfolgen, war ich bereit gewesen, als moralische Unterstützung mitzukommen. Weil ich immer schon mal an den Lago Maggiore wollte. Und weil Jan zur gleichen Zeit mit seiner Familie in Griechenland weilte, wo es für seine Tochter eine spezielle Delfintherapie gab, für die er jahrelang gespart hatte.

Erst als Tante Babette kurz vor Stresa auf dem Parkplatz hielt und mich zwang, die rote Perücke aufzusetzen, hatte mir langsam gedämmert, dass sie sich nicht damit begnügen würde, Karl und seine Frau von weitem zu beobachten ... und dass der Erholungseffekt dieses Urlaubs wohl bei null liegen würde.

Natürlich hatte ich protestiert. »Also, das ist jetzt wirklich übertrieben, Tante Babette. Dein Karl weiß doch gar nicht, wie ich aussehe, weshalb soll ich mich da verkl...?«

»Dein Name ist Julia Müller, du bist Apothekerin aus Essen«, unterbrach mich Tante Babette, während sie sich selbst eine braune Lockenperücke über den akkuraten blonden Kurzhaarschnitt stülpte. »Ich bin deine Mutter, Edith Müller, mir gehört die Apotheke.«

»Tante Babette, das ist doch wirklich albern.«

»*Mutti!*« Tante Babette hätte mit den dunklen Locken gar nicht mal so übel ausgesehen. Wenn da nicht dieses irre Flackern in ihren Augen gewesen wäre. »Ab jetzt nennst du mich Mutti, sonst fliegt unsere Tarnung auf.«

Das war vor vier Stunden gewesen, und wenn ich in diesen vier Stunden eins begriffen hatte, dann, dass Widerstand bei Tante Babette – pardon, *Mutti* – völlig zwecklos war. Wenn ich überhaupt eine Chance haben wollte, mich jemals auf einer der gepolsterten Liegen mit Seeblick auszuruhen, dann musste ich mich in meine Rolle als Spionin fügen.

Und deshalb stöckelte ich nun, angetan mit der roten Pony-Perücke und einer riesigen Sonnenbrille, das Handy ans Ohr gedrückt, auf die Terrasse, während die Stimme meiner Tante: »Bergsteiger, bitte kommen, hier Textilmogul! Zielpersonen genau auf ein Uhr!« in meinen Gehörgang zischte.

»Ist es der Typ, der aussieht wie Sky du Mont?«, murmelte ich. Mein Blickfeld war durch die Ponyfransen ein wenig eingeschränkt. »Weißes volles Haar, schwarze Augenbrauen, imposante breite Schultern?«

»Ja, das ist er.« Tante Babette keuchte aufgeregt durch das Handy. »Wie sieht die Frau aus? Ich sehe nur den verdammten Sonnenhut. Und unerfreulich schlanke Beine.«

»Ähm. *Norwegermuster*«, sagte ich. Das war doch das Codewort für »*Sie sieht viel älter aus als du*«, oder?

»Das kannst du aus der Entfernung doch gar nicht sehen«, rief Tante Babette.

»Doch! Sie ist so was von *Norwegermuster* und *Polokragen*.« Ich konnte die Frau im Sonnenhut zwar nur im Profil erkennen, aber die Falten an ihrem Hals waren weithin sichtbar. Außerdem hatte sie ein fliehendes Kinn. Und eine schlechte Haltung.

Tante Babette genügte das natürlich nicht. »Du musst näher ran, ich will hören, was sie reden. Setz dich an den Nachbartisch, und sperr die Ohren auf!«

»Tante Ba…«

»*Ich warne dich!*«

»Alle Tische sind besetzt. Ich mach jetzt ein Foto mit dem Handy, und dann komm ich rauf und hole dich zum Abendessen ab. Heute steht Dorade auf der Menükarte, die magst du doch so gern. *Mutti.*«

»Wie kannst du in einem solchen Augenblick nur ans Essen denken? Direkt am Nachbartisch ist ein Stuhl frei.«

»Ja, aber an dem Tisch sitzt schon jemand.« Und zwar ein junger Mann, der einen Arm auf die steinerne Brüstung gelegt hatte und versonnen auf die sonnenbeschienene Wasseroberfläche des Sees schaute.

»Lächle ihn an, und frag, ob du dich zu ihm setzen darfst!«, kommandierte meine Tante.

»Das ... trau ich mich nicht ...«

»Stell dich nicht so an!«

Wie gesagt, Widerstand war zwecklos.

»Textilmogul unterbricht jetzt die Verbindung, bis Bergsteiger seine neue Position eingenommen hat.« Sie legte auf. Mit einem Seufzer warf ich das Handy in meine Handtasche und schob mich zwischen den Stühlen bis zur Brüstung vor. Auch von nahem hatte Karl durchaus Ähnlichkeit mit Sky du Mont. Während seine Frau eher aussah wie diese pummelige Hausfrau aus der Lindenstraße, wie hieß sie noch gleich? Egal, sie war jedenfalls ganz klar *Polokragen*. Und ihr Parfüm roch penetrant nach Maiglöckchen.

»Entschuldigung – ist der Platz noch frei?«

Der junge Mann schaute zu mir hoch. Er hatte schöne braune Augen, und weil er nicht sofort antwortete, versuchte ich es noch einmal auf Italienisch. »Scusi, è libero questo posto?«

»Ja, setzen Sie sich ruhig.« Er lächelte und entblößte dabei zwei Reihen perfekter, weißer Zähne. Ich hatte aber keine Zeit, genauer hinzuschauen, denn kaum hatte ich mich niedergelassen, klingelte das Handy wieder.

»Gut gemacht, Bergsteiger«, sagte Tante Babette. »Worüber reden sie?«

Ich rückte meinen Stuhl zurecht und betrachtete Karl und seine Frau durch die dunklen Gläser meiner Sonnenbrille. Sie hatten jeder ein Glas Weißweinschorle vor sich stehen und schauten zum Eingang hinüber, als würden sie auf jemanden warten.

»Es herrscht Schweigen im Walde. Und auch wenn ich

mich wiederhole: Norwegermuster!«, antwortete ich. »Können wir jetzt bitte Abend essen gehen?«

»Wo bleibt er denn nur?«, sagte Karl in diesem Augenblick. Auch seine Stimme hatte Ähnlichkeit mit der von Sky du Mont. Ich konnte durchaus verstehen, was Tante Babette so an ihm faszinierte. »Wir hatten doch sieben Uhr gesagt.«

»Sei doch nicht immer so ungeduldig mit deinem Sohn. Bestimmt muss er noch ein wichtiges Telefonat führen«, erwiderte *Norwegermuster.*

Karl stieß ein verächtliches Schnauben aus. »Mit wem denn?«

»Mit einer Frau. Mit einem Freund. Oder es ist was Berufliches. Vielleicht hat er einen neuen Job in Aussicht, aber wehe, du fragst ihn gleich danach. Dann ist die Stimmung gleich wieder dahin. Du schaffst es immer, dem armen Jungen mit wenigen Worten das Gefühl zu geben, ein Versager zu sein.«

Noch ein verächtliches Schnauben. »Er *ist* ein Versager, Annelore …«

Den Rest des Satzes konnte ich nicht hören, weil Tante Babette in mein Ohr trompetete: »Worüber reden sie? Ich sehe doch, wie sich seine Lippen bewegen. Gott, der Mann ist so sexy.«

»Ähm … Die Axt im Haus erspart den Zimmermann«, murmelte ich. »Bergsteiger sollte vielleicht zwecks besserem, äh, Klettern das Handy aus der Hand legen.« Ich verstummte, weil der junge Mann an meinem Tisch mich so merkwürdig anschaute.

»Verstehe, verstehe«, sagte Tante Babette eifrig. »Am besten legst du auf und schreibst mir alles per SMS. Nur vorher schnell noch: Wie ist denn die Grundstimmung so?«

»Du bist so ungerecht, Karl! Immer siehst du nur seine Fehler, niemals seine Stärken!«

»Ich würde sagen, da hat jemand Seidenwäsche bei neunzig Grad...«, improvisierte ich, dann drückte ich auf den Aus-Knopf.

»Ich bin nicht ungerecht«, erwiderte Karl. »Ich kann nur seine Stärken nicht wirklich erkennen, Annelore. Er wohnt immer noch bei seinen Eltern, hat keine Frau und keine Kinder und hält es in keinem Job länger aus als drei Monate. Und du machst ihm jeden Morgen sein Bett und wäschst seine Wäsche. Das ist doch nicht normal. Und welcher Mann in seinem Alter möchte noch mit seinen Eltern Urlaub machen?«

Das Handy piepste, Tante Babette grüßte per SMS vom Balkon. *Und?*

»Andere Väter wären dankbar, wenn ihre Kinder so anhänglich wären.« Annelores Stimme war ein wenig schrill. »Aber du willst den Jungen ja mit Gewalt aus dem Nest schubsen.«

»Ich bitte dich Annelore, der *Junge* ist siebenunddreißig.«

Zielpersonen zanken sich wie die Kesselflicker, fresse Besen, wenn sie noch Sex miteinander haben. Lass uns bitte abendessen, sterbe vor Hunger!, simste ich meiner Tante und zuckte zusammen, als sich eine Hand auf meinen Arm legte.

Ein Paar braune Augen schauten mich besorgt an. »Der Kellner möchte wissen, ob er Ihnen etwas zu trinken bringen kann.«

»Oh!« Den Kellner hatte ich gar nicht bemerkt. Wegen der Ponyfransen und der dunklen Sonnenbrille war ich praktisch blind. Außerdem war ich mit meinem Lauschposten und der gleichzeitigen Informationsweitergabe an den verrückten *Textilmogul* dort oben auf dem Balkon ein wenig überfordert. Ich bestellte einen Aperol Sprizz.

Das Handy klingelte erneut, und der junge Mann zog seine Augenbrauen hoch. »Wenn mein Handy im Urlaub so oft klingeln würde, würde ich es in den See werfen, glaube ich.«

»Ich weiß auch gar nicht, was heute los ist«, sagte ich. »Hallo?«

»Bist du ganz sicher?«, keuchte meine Tante.

»Ja, Ba..., Mutti. Ja, ich bin absolut sicher. Vollkommen inkompatibel ... diese beiden ... äh, Farben ... Grün und Blau schmückt die Sau ... bin sicher, dass hier keine Perlen mehr ... ich ruf dich später noch mal an.«

Die Augenbrauen meines Gegenübers waren noch ein Stückchen höher gewandert. Bestimmt hielt er mich für total gestört.

Obwohl er nun wieder lächelte und mir seine Hand hinhielt. »Ich bin übrigens Alexander Steiner«, sagte er.

»Oh ... freut mich. Ich bin ... Rosa ...« Das Handy klingelte wieder und erinnerte mich daran, dass ich ja gerade gar nicht Rosalie war. »Äh, Julia. Julia Müller, und das ist ... ich muss da leider drangehen ... Hallo? Ach, du bist es ... Textil...mo...tti ...«

Jetzt hatten die Augenbrauen beinahe den dunklen Haaransatz erreicht. Der Arme. Wahrscheinlich dachte er, ich sei direkt aus einer Klinik geflohen.

»Nicht flirten! Die Zielpersonen im Auge behalten!«, rief Tante Babette. »Der Sonnenhut steht auf!«

Tatsächlich. Annelore hatte sich erhoben. »Da kommt er ja«, sagte sie und nahm ihren Hut ab.

»Norwegermuster hat außerdem einen sehr schrumpeligen Truthahnhals«, erklärte ich und mied Alexanders Blick, aus Angst, seine Augenbrauen könnten nun ganz verschwunden sein.

Tante Babette kreischte entzückt auf. »Ich kann es sehen! Ich kann es sehen!«

»Na, Gott sei Dank! Apropos Truthahn – ich habe Hunger! Ist die Mission jetzt beendet, bitte?«

»Huhu! Janni-Männlein! Hier sind wir!«

Ich folgte Annelores Blick und erstarrte. Den Mann, der auf uns zukam, kannte ich nur allzu gut.

»Sieh nur, wie stattlich er aussieht«, sagte Annelore stolz, und da hatte sie recht. »Ich bitte dich inständig, Karl, verdirb uns heute nicht den Abend mit deinem Genörgele.«

Ich war immer noch zu keiner Bewegung fähig. Fassungslos starrte ich Janni-Männlein an. Nein! Das war unmöglich! Das konnte doch nicht *mein* Jan sein! Er sah zwar genauso aus – sogar das Muttermal neben seinem Mundwinkel, das ich so gerne küsste, fehlte nicht –, aber Jan war doch mit seiner Frau und seiner kranken Tochter in Griechenland beim Delfinschwimmen?

Er konnte nicht dieser Versagersohn sein, von dem Karl gesprochen hatte, auch wenn er jetzt mit Jans Stimme »Hallo, Mama« zu Truthahnhals-Annelore sagte und nach dem Eau de Toilette roch, das ich ihm vor zwei Wochen geschenkt hatte.

Er konnte mich unmöglich elf Monate so fürchterlich verarscht haben. Von wegen kranke Tochter, von wegen Delfinschwimmen, von wegen Sonderschichten ...

Das Handy war mir aus den Händen geglitten. Von der Tischplatte hörte ich Tante Babette plärren: »Bergsteiger, mach den Mund zu, das sieht selbst von hier oben sehr unvorteilhaft aus! Textilmogul Ende.«

»Ist alles in Ordnung?«, erkundigte sich Alexander, dessen Nachnamen ich vergessen hatte.

Ganz langsam löste sich meine Erstarrung, und ich schaffte es, meinen Blick von Jan abzuwenden, der nun mit seinen Eltern Richtung Restaurant verschwand. »Wie man's nimmt.« Ich bückte mich, um das Handy in meine Handtasche zu legen, und starrte dabei auf die Pistole meines Onkels. Wenn ich jetzt … ich meine, das waren doch sicher mildernde Umstände … Mord im Affekt … Andererseits hatte ich keine Ahnung, wie man das Ding bediente, und am Ende traf ich noch Karl … und dann würde Tante Babette doch noch vom Balkon springen.

»Da kommt Ihr Aperol«, sagte Alexander. »Vielleicht hätten Sie besser etwas Stärkeres bestellen sollen. Darf ich Sie auf eine Flasche Grappa einladen?«

Ich blies mir eine rote Ponysträhne aus dem Gesicht. »Eigentlich wollte ich gerade ein paar Schießübungen machen«, sagte ich. »Aber, wenn Sie so nett fragen – warum nicht?« Ich nahm die Sonnenbrille ab und sah ihm direkt in die Augen. »Stehen Sie eigentlich explizit auf durchgeknallte Rothaarige, oder mögen Sie auch ganz normale, ein bisschen naive Blondinen?«

Und dann zog ich mir einfach die Perücke vom Kopf.

Anne Hertz

Liebe auf den ersten Blick

Mein Name ist Lena Schmidt, ich bin zweiunddreißig Jahre alt und arbeite als Erzieherin. Und: Ich habe mich verliebt. Einfach so, von jetzt auf gleich ist es mir passiert, ohne dass ich damit gerechnet hätte. Die Liebe ist eine Himmelsmacht, wie es so schön heißt, und an einem unspektakulären Donnerstagnachmittag hat sie mich hingestreckt, hat mir den Boden unter den Füßen weggerissen und mich stattdessen auf eine rosafarbene Wolke plaziert, auf der ich seitdem durch die Gegend schwebe. Aber beginnen wir von vorne, an dem Tag, an dem alles begann …

Eigentlich wollte ich an diesem Nachmittag im Supermarkt nur schnell ein paar Zeitschriften kaufen, um mir nach einem anstrengenden Tag (im Kindergarten hatten wir mal wieder Läuse, und ich musste diversen Knirpsen erst den Kopf absuchen und sie dann gegen den elterlichen Protest nach Hause schicken) einen gemütlichen Leseabend auf dem Sofa zu gönnen. Während ich ungeduldig an der Kasse stand und darauf wartete, dass die Omi vor mir endlich ihre drei Becher Magerjoghurt, die Packung Schokolinsen für den Enkel und die Flasche Asbach-Uralt für Opi aufs Band stellte, wanderte mein Blick gedankenverloren durch den Markt.

Vorbei am Gewürzregal, den Getränkekästen und den praktischen Haushaltswaren, blieben meine Augen plötzlich wie hypnotisiert an der Truhe mit der Tiefkühlkost hängen.

Das heißt, eigentlich nicht an der Truhe, sondern an dem jungen Mann, der gerade damit beschäftigt war, mehrere Schachteln Alfredos Pizza extra scharf übereinanderzustapeln. Es gibt diese Momente im Leben, in denen man es einfach weiß: Der ist es, der – und kein anderer.

Tja, und genau das war eben so ein Moment, in mein Herz schlug es ein wie eine Feldhaubitze in den Acker. Zweiunddreißig Jahre lang hatte ich darauf gewartet, meinem Traummann zu begegnen, hatte zahllose Pleiten, Pech und Pannen in Kauf genommen und trotzdem immer noch daran geglaubt, dass ich eines fernen Tages meinen Seelenpartner finden würde. Fasziniert starrte ich ihn an.

Er war groß, bestimmt 1,90 Meter, etwa Mitte dreißig, hatte breite Schultern und schwarzes, lockiges Haar. Wie ein Ritter in schimmernder Rüstung kam er mir vor, denn er war von Kopf bis Fuß in Weiß gekleidet. Na gut, es war nur der Kittel, den alle Angestellten im Supermarkt tragen, aber er sah darin aus, als wäre er ein Engel, den der Himmel höchstpersönlich zu mir herabgeschickt hatte. Seine langen schmalen Hände umfassten Pizzakarton für Pizzakarton, hin und wieder fuhr er sich mit den Fingern durchs Haar, und als er einmal fast in meine Richtung blickte, bemerkte ich seine auffallend grünen Augen. Grün! Wie meine! Mein Herz machte einen Hüpfer, denn schon sah ich unsere gemeinsamen Kinder vor mir, ebenfalls mit grünen Augen, so wie er und ich.

»Vier Euro, bitte«, riss mich die Kassiererin rücksichtslos aus meinen Gedanken. Ich lief rot an, kramte mit zitternden Händen in meinem Portemonnaie und holte einen Fünf-Euro-Schein hervor, den ich ihr mit einem gekrächzten »Stimmt so« auf den Tresen schleuderte, bevor ich kopflos aus dem Markt stürzte. Draußen auf der Straße musste ich erst ein paar Mal tief Luft holen. Schließlich begegnet man nicht jeden Tag dem Mann seines Lebens, ich schon gar nicht. So was muss der Körper erst mal verkraften! Lena Schmidt, sagte ich mir, während ich mit einem breiten Grinsen nach Hause radelte, es ist tatsächlich passiert: Du hast dich verliebt! Nur: Wie sollte es nun weitergehen?

»Das ist doch wohl ganz klar«, stellte mein bester Freund Clemens fest, als ich ihm abends bei einem Glas Wein davon erzählte. »Du schwingst deinen Hintern ab sofort jeden Tag in diesen Supermarkt, bis der Typ dich anspricht und dich auf einen Kaffee einlädt.«

»Aber wie soll ich das denn anstellen?«, jammerte ich.

»Flirten, Schätzchen, flirten«, wurde ich von Clemens belehrt. »Lass deine weiblichen Reize spielen!«

»Flirten?«, entgegnete ich fassungslos. »Clemens, meine letzte Beziehung – wenn man denn die zwei Chaos-Monate mit Ralf so bezeichnen kann – ist über fünf Jahre her. Ich habe den ganzen Tag nur mit brüllenden Kindern und ihren hysterischen Eltern zu tun, woher zum Teufel soll ich wissen, wie man flirtet? Und meine weiblichen Reize kommen dank praktischer und kinderfester Kleidung nur zur Geltung, wenn man die nötige Phantasie mitbringt, sich unter einem mit Plakafarbe bekleckerten Schlabberpullover überhaupt ein menschliches Wesen vorzustellen.«

Clemens warf mir einen Blick zu, der Bände sprach. »Na ja«, gibt er zu, »deine Optik könnten wir schon ein wenig … optimieren. Aber das ist ja kein größeres Drama, ein, zwei neue Teile, ein Besuch beim Friseur und ein bisschen Make-up – wenn du wolltest, könntest du jeden Typen aus den Schuhen hauen.«

»Ehrlich?«, fragte ich gerührt und wurde mal wieder ein bisschen rot. Clemens nickte.

»Aber klar doch! Ich schlage Folgendes vor: Morgen, wenn du Feierabend hast, gehen wir shoppen und machen ein kleines Beauty-Programm. Und ab Samstag heißt es dann: Supermarkt-Attacke!«

Jetzt ist es Freitagabend, und ich drehe mich zufrieden vor meinem Spiegel hin und her. Clemens hatte recht, mit ein paar Kleinigkeiten haben wir auf wundersame Art und Weise die Frau in mir hervorgezaubert. Mit Hilfe von Clemens' männlicher Unterstützung habe ich mir zwei feminine Kleider und ein paar Shirts mit zwar noch anständigem, aber durchaus reizvollem Ausschnitt gekauft, habe mir beim Friseur einen neuen Haarschnitt und eine frische Tönung in Mahagoni verpassen lassen, dazu dann noch ein Hauch von Rouge und Lippenstift – fertig ist die neue Lena Schmidt, die Femme fatale des Supermarkts, die Königin des Tiefkühlregals!

Samstagfrüh stehe ich schon um zehn Uhr gut präpariert wieder im Supermarkt. An meinem Handgelenk baumelt lässig eine Einkaufstasche aus Baumwolle, meine Haare sind frisch gewaschen und geföhnt, der neue grüne Pullover mit V-Ausschnitt passt hervorragend zu meinen Augen. Betont lässig schlendere ich an den Regalen entlang, stecke hier und da etwas in meine Tasche, als wäre es für mich das Normalste auf der Welt, einkaufen zu gehen. Was es ja eigentlich ist, aber in diesem speziellen Fall ... nun ja.

Es dauert nicht lange, bis ich meinen Traummann entdecke. Diesmal stapelt er hinter dem Tisch mit den Fertiggerichten Cola-Dosen zu einer kunstvollen Pyramide auf. Schnell verstecke ich mich hinter den Hygieneartikeln und beobachte verzückt, wie mein Abgott Cola-Büchse auf Cola-Büchse stellt. Vermutlich würde ich noch stundenlang so dastehen, würde nicht plötzlich und unvermutet etwas völlig Überraschendes passieren. Denn ohne dass es dafür einen sichtbaren Anlass gibt, hebt der Mann meines Herzens plötzlich den Kopf, blickt direkt zu mir herüber und lächelt. Erschrocken suche ich Halt an dem Regal neben mir und greife wahllos nach dem erstbesten Artikel, der mir in die Finger kommt. Eine Familiengroßpackung Kondome, wie ich mit Entsetzen feststelle. Mit schamrotem Gesicht lasse ich sie in meiner Tasche verschwinden und eile zur Kasse.

Ungefähr drei Wochen lang gehe ich jeden Tag in den Supermarkt. Noch nie zuvor war mein Haushalt so gut mit allerlei nützlichen Dingen ausgestattet, sogar ein paar Ofenhandschuhe baumeln jetzt in meiner Küche. Die Auswirkungen auf mein Konto nehmen allmählich spürbare Formen an – nur meinem Traummann bin ich noch kein Stück nähergekommen.

Als ich Clemens eines Abends beim gemeinsamen Kneipenbesuch feierlich einen neuen Flusenroller und ein paar praktische Anknips-Schlaufen für Küchenhandtücher schenke, legt dieser den Kopf schief und guckt mich nachdenklich an.

»Du hast ihn immer noch nicht angesprochen, stimmt's?«
Verlegen schüttle ich den Kopf. »Warum denn nicht?« Ich
zucke mit den Schultern.

»Ich weiß auch nicht. Es passt irgendwie immer nicht. Mir
fällt auch keine gute Einstiegsfrage ein.«

»Hm. Frag doch einfach mal, wo du die Frischhaltefolie
findest oder die Kaffeefilter.«

»Nee, das ist mir zu platt. Ich brauche irgendwas Origi-
nelleres.« Eine Weile schweigen wir beide. Dann scheint
Clemens eine Idee zu haben.

»Weißt du was? Ich komme einfach mal mit. Zu zweit
wird uns schon etwas einfallen.«

»Ja, aber was denn?«

»Das kann ich dir jetzt noch nicht sagen. Ich werde mich
von der Situation spontan inspirieren lassen.« Aha. Da bin
ich mal gespannt.

Am nächsten Tag im Supermarkt: keine Spur von meinem
Traummann. Nicht bei den Tiefkühltruhen, nicht am Leer-
gutautomaten oder neben der Wursttheke – meine große
Liebe ist wie vom Erdboden verschluckt. Und das ausgerechnet heute, wo mich Clemens begleitet, um endlich Nägel
mit Köpfen zu machen. Ich könnte heulen.

»Wie heißt er denn eigentlich?«, will Clemens wissen,
während wir ein wenig ratlos bei der Käsetheke stehen.

»Dann könnten wir mal fragen, ob er heute überhaupt Dienst
hat.« Ich gucke Clemens aus großen Augen an.

»Keine Ahnung, wie er heißt, seinen Namen kenne ich
nicht.«

»Bitte? Du rennst seit drei Wochen wie eine Bekloppte
jeden Tag in diesen Supermarkt, betest diesen Typen an und

weißt nicht mal, wie der heißt?« Ich merke, wie ich mal wieder rot werde.

»Nicht so laut!«, zische ich ihn an. »Wenn uns jemand hört!«

»Das will ich doch hoffen. Dann erfahren wir vielleicht endlich, um wen es sich bei deinem Traummann handelt.« Clemens dreht sich um und macht sich zielstrebig in die Ecke des Supermarktes auf, in der sich eine Tür mit der Aufschrift »Marktbüro« befindet. Ehe ich ihn noch daran hindern kann, klopft er schwungvoll an ebenjene Tür. Ich laufe Clemens nach, entschlossen, ihn dort wegzuzerren. Aber ich komme zu spät: Als ich ihn gerade am Ärmel packe, öffnet sich die Tür, und eine ältere Dame bittet Clemens freundlich herein. Ich stolpere hinterher.

»Womit kann ich Ihnen helfen?«, erkundigt sich die Dame freundlich. Sie hat hoch aufgetürmte Haare, die in einem aparten Lila-Grau leuchten, und trägt ebenfalls einen weißen Kittel, an dessen Revers jedoch ein Namensschild prangt, das sie als »Frau Trenkner, Marktleitung« ausweist.

»Guten Tag, Höltgenkötter mein Name vom Forum für angewandte Kundeninteraktion«, fabuliert Clemens drauflos. Mir wird spontan schlecht. Was, zum Teufel, hat er vor? Frau Trenkner hebt die Augenbrauen und sieht uns reichlich irritiert an.

»Ja?«

»Frau Trenkner, das Forum hat eine anonyme Zufriedenheitsbefragung mehrerer Supermärkte in Hamburg durchgeführt. Es wird Sie freuen zu hören, dass einer Ihrer Mitarbeiter in der Kategorie ›Bester Verkäufer‹ den ersten Platz belegt hat.« Frau Trenkner guckt ungläubig. Kein Wunder. Dieses Gefasel ist doch wohl völlig offenkundig der größte

Mist. Dann jedoch wandelt sich ihr Gesichtsausdruck von skeptisch in erfreut, und sie beginnt zu strahlen. »Tatsächlich? Das ist ja toll!« Unfassbar! Sie glaubt den Unsinn offenbar. »Um wen handelt es sich denn?«

»Tja, und da kommen wir auch schon zum eigentlichen Grund unseres Besuchs«, erklärt Clemens mit wichtiger Miene. »Da die Kundenbefragung ja strikt anonym und doppelt blind durchgeführt wurde, wissen wir den Namen des glücklichen Gewinners noch nicht. Ich habe deswegen die Studienleiterin Frau Dr. Mögert-Hartheim mitgebracht, die Ihnen jetzt den betreffenden Mitarbeiter beschreiben wird. Frau Dr. Mögert-Hartheim, wären Sie dann bitte so freundlich?« Ich starre Clemens böse an. Der hat sie doch nicht mehr alle! »Frau Dr. Mögert-Hartheim, wir warten.« Unbemerkt von Frau Trenkner tritt mir Clemens beim letzten Wort kräftig auf den Fuß. Aua!

»Äh, ja«, stottere ich unbeholfen los, »also, wir suchen einen Herrn, circa Mitte dreißig, schwarze Locken, im Kinn ein kleines Grübchen, grüne Augen mit einem Hauch Blau und sehr, sehr langen schwarzen Wimpern, und wenn er lacht, dann ...«

»Ja danke, Frau Dr. Mögert-Hartheim«, unterbricht Clemens mich unsanft, »ich denke, Frau Trenkner weiß jetzt bestimmt, wen wir suchen.«

»Ach ja«, kommt es prompt von Frau Trenkner, »Sie meinen wohl unseren Herrn Ditopolos. Tja, der ist heute nicht da. Morgen erst wieder.« Dann dreht sie sich direkt zu mir: »Offen gestanden, habe ich mich schon gewundert, warum Sie hier seit einiger Zeit immer so rumschleichen. Dachte schon, Sie wären vielleicht Kleptomanin oder so was. Aber das erklärt dann ja alles – das war Teil Ihrer Studie, nicht wahr?«

Ich merke, wie ich schon wieder puterrot anlaufe. »Äh, genau. Teil der Studie. Ganz richtig.« Mir ist so heiß, als säße ich in der Sauna, und zwar beim dritten Aufguss in Folge ganz oben.

Clemens fängt an zu grinsen. »Ja, Frau Dr. Mögert-Hartheim ist da immer ganz gewissenhaft.«

Jetzt ist es an mir, ihn zu treten. Er zuckt zusammen.

»Tja, soll ich dem Iannis denn schon mal Bescheid sagen?«, will Frau Trenkner nun wissen.

»Nein, nicht nötig«, beeile ich mich, zu versichern. »Wir kommen dann wieder auf Sie zu.« Dann bedenke ich Clemens mit einem Blick, der hoffentlich ganz deutlich »Rückzug, aber sofort!« besagt.

Als wir wieder draußen stehen, mache ich meinem Ärger Luft.

»Sag mal, spinnst du total? Dr. Mögert-Hartheim? In dem Laden kann ich mich doch nie wieder blicken lassen, das ist dir wohl hoffentlich klar!«

»He«, erwidert mein Kumpel in beschwichtigendem Tonfall, »jetzt komm mal wieder runter. Ist doch gut gelaufen. Immerhin wissen wir nun, wie dein Goldstück heißt. Beim nächsten Mal sprichst du ihn gleich mit Namen an und fragst, ob ihr mal einen Kaffee zusammen trinken wollt.« Wie kommt es bloß, dass einige Männer so unglaublich platt und unsensibel sind?

»Clemens, bisher habe ich mich nicht mal getraut, ihn nach einem Becher saurer Sahne zu fragen. Da werde ich morgen bestimmt nicht hier aufschlagen und ihn gleich zu einem Kaffee einladen. Und schon gar nicht nach der Show, die du hier gerade abgezogen hast.«

Clemens guckt beleidigt. »Na gut, dann eben nicht. Aber beschwer dich nicht mehr bei mir, dass du mit dem Typen nicht weiterkommst.«

Die nächsten vier Wochen meide ich den Supermarkt wie der Teufel das Weihwasser. Was ein bisschen umständlich ist, denn jetzt muss ich immer drei Straßen weiter einkaufen statt wie bisher einfach auf dem Nachhauseweg von der Arbeit zu meiner Wohnung. Clemens habe ich trotzdem verziehen. Schließlich hat er es nur gut gemeint. Und als die Erinnerung an unseren peinlichen Auftritt im Marktbüro nach einem Monat wieder etwas verblasst ist, fasse ich schließlich wagemutig den Entschluss, den Stier endlich bei den Hörnern zu packen und Herrn Ditopolos anzusprechen.

Nervös kaue ich auf meiner Unterlippe herum, als ich mich durch das vertraute Drehkreuz im Eingangsbereich schiebe. Diesmal muss ich das Objekt meiner Begierde erst gar nicht lange suchen, es steht direkt vorne in der Gemüseabteilung und sortiert Äpfel mit Druckstellen aus. Ich gehe an ihm vorbei, zuerst muss ich mich etwas beruhigen.

Eine Viertelstunde lang laufe ich ziellos durch den Markt, stecke ein Glas Oliven, zwei Packungen Kaffee, eine Flasche Duschgel und ein Paar Nylonsöckchen ein. Verzweifelt überlege ich, wie ich ihn am besten ansprechen kann, aber mir will einfach nichts einfallen. Vielleicht war Clemens' Idee von der Kundenbefragung ja doch gar nicht so schlecht? Aus lauter Verzweiflung greife ich noch zu einer Vorratspackung Müllbeutel und den dazugehörigen Clips zum Verschließen.

An der Fleischtheke gebe ich mir schließlich einen Ruck, mache auf dem Absatz kehrt und steuere die Gemüseabteilung an. Jetzt oder nie!

Er sortiert noch immer Äpfel, scheint in seine Arbeit ganz versunken. Mit klopfendem Herzen nähere ich mich ihm, es gibt kein Zurück. Als ich ihn fast erreicht habe, drängelt sich eine rothaarige Frau an mir vorbei, stürzt auf meinen Traummann zu und wirft sich ihm mit einem »Hallo, Iannis! Was für eine Überraschung!« in die Arme. Mein Herzschlag setzt für einen Augenblick aus, das Blut in meinen Adern gefriert. Fassungslos beobachte ich, wie die Liebe meines Lebens die Umarmung der fremden Frau herzlich erwidert und ihr ein »Maja, das ist ja toll, ich freue mich, dich zu sehen!« entgegenschmettert.

Nur raus hier!, schreit es in mir. Kopflos stolpere ich zur Kasse, zwänge mich an den anderen Kunden vorbei und werfe mich gegen die großen Schwingtüren des Ausgangs.

Mit tränenverschleiertem Blick betrachte ich die Autos, die auf der Straße an mir vorübersausen. Aus, vorbei, das war's. Ein tiefer Seufzer entringt sich meiner Brust, das Unglück dieser Welt lastet auf mir. Oder zumindest eine Hand, die ich plötzlich recht deutlich auf meiner Schulter spüre. Überrascht drehe ich mich um und sehe direkt in die Augen meines Traummanns. Lächelnd sieht er mich an, die Zeit steht still.

Er ist mir nachgelaufen, er ist mir tatsächlich nachgelaufen! Er ist also doch genauso fasziniert von mir wie ich von ihm. Und jetzt wird er gleich die Worte sagen, auf die ich schon so lange warte. Dass er mich beobachtet hat, dass er sich unsterblich in mich verliebt, sich nur nicht getraut hat, mich anzusprechen. Die andere Frau – es ist offensichtlich, sie bedeutet ihm nichts. Weshalb hätte er sie sonst meinetwegen stehengelassen?

»Entschuldigung«, sagt er. Sein schüchternes Lächeln ist bezaubernd.

»Ja?«, ermuntere ich ihn, sich mir zu offenbaren.

»Würden Sie mir wohl einmal den Inhalt Ihrer Tasche zeigen?« Um Gottes willen, das darf doch wohl nicht wahr sein! Von jetzt auf gleich wiegt der Einkaufsbeutel an meinem Handgelenk wie zentnerschwere Bleisäcke. Ich hab vergessen zu bezahlen, bin einfach so aus dem Markt gelaufen!

»Also, ich weiß, Sie haben da jetzt gerade einen ganz falschen Eindruck von mir bekommen«, versuche ich, die Situation zu retten.

»Meinen Sie?«, kommt es relativ ungerührt von Ditopolos, und sein schüchternes Lächeln kommt mir jetzt eher ziemlich missbilligend vor.

»Ja, es ist nicht das, wonach es aussieht.«

»Machen Sie bitte die Tasche auf?«

Ich spüre, wie Verzweiflung in mir aufsteigt. Was mache ich jetzt bloß? »Ich kann das alles erklären.«

Ditopolos starrt mich an. Seine grünen Augen sind jetzt nicht mehr ganz so schön, wie ich sie in Erinnerung hatte.

»Da bin ich mal gespannt.«

»Das war, äh, eine angemeldete Aktion vom, äh, Kundenforum.« Gott, was rede ich da bloß?

»Kundenforum?«

»Ja. Kundenforum. Fragen Sie Frau Trenkner. Die kennt mich.«

Wenig später finde ich mich im Marktbüro wieder. Ich bete inständig, dass mich die alte Trenkner wiedererkennt, sonst wird es jetzt vermutlich unangenehm. Sehr unangenehm.

»Frau Trenkner, ich habe eben diese Frau entdeckt, wie sie …« Allein wie er »diese Frau« sagt, klingt nicht so zärtlich, wie ich mir das in meinen kühnsten Träumen erhofft hatte. Frau Trenkner unterbricht ihn.

»Ah, wie schön, Frau Dr. Mögert-Hartheim! Haben Sie Herrn Ditopolos endlich gefunden?«

Mir fällt eine ganze Wagenladung Steine vom Herzen, und ich nicke heftig. »Ja, ja, ich wollte ihm gerade vom Kundenforum berichten.«

»Das ist doch eine gute Idee. Tja, Herr Ditopolos, dann schlage ich vor, Sie machen jetzt mal Pause und gehen einen Kaffee mit der Dame trinken. Sie hat eine gute Nachricht für Sie.«

Iannis Ditopolos schaut verwirrt. Das verleiht seinen Gesichtszügen wieder die Sanftheit, die ich eben etwas vermisst habe.

Zehn Minuten später sitzen wir in dem kleinen Kaffee auf der gegenüberliegenden Straßenseite.

»Mensch, jetzt bin ich aber froh, dass Sie keine Ladendiebin sind, Frau Doktor …, ähm, wie war gleich Ihr Name?«

Ich beschließe, es zur Abwechslung mal mit der Wahrheit zu versuchen. »Nein, nicht Doktor. Ich heiße einfach Schmidt, Lena Schmidt.«

Iannis guckt zwar etwas kariert, enthält sich aber eines Kommentars zu meinem plötzlichen Namenswechsel.

»Ja, also, Frau Schmidt, wie gesagt. Ich bin echt froh.

Denn offen gestanden, sind Sie mir schon eine ganze Weile aufgefallen.«

»Tatsächlich?« Ich spüre, wie mein Herz zu wummern beginnt.

»Ja. Und ich wollte Sie schon immer mal ansprechen. Aber erst war ich zu schüchtern. Und dann waren Sie plötzlich wie vom Erdboden verschwunden. Tja, und als Sie heute endlich wieder auftauchten – da sah es für mich auf einmal so aus, als wollten Sie etwas mitgehen lassen. Doof, nicht?«

»Ja, ganz schön doof.« Wir schweigen.

»Und was hat es jetzt mit dem Kundenforum auf sich?«

Ich gebe mir einen kräftigen inneren Schubs. »Wissen Sie, Iannis – das war nur ein ebenfalls doofer Vorwand, um Sie kennenzulernen. Ich bin nämlich leider genauso schüchtern wie Sie.«

»Das verstehe ich nicht«, erwidert er, »was für ein Vorwand?«

Ich beichte mit hochrotem Kopf, in was mein Kumpel Clemens mich da reingeritten hat, und rechne damit, dass Iannis sich nun sehr schnell von mir verabschieden wird, weil diese ganze Geschichte ja tatsächlich vollkommen bekloppt und peinlich ist. Doch stattdessen bricht er in Gelächter aus, als ich mit meinem Bericht fertig bin.

»Lena«, bringt er prustend hervor und greift nach meiner Hand, »das ist wirklich das Lustigste, was ich je gehört habe.« Dann wirft er mir einen nachdenklichen Blick zu und senkt die Stimme. »Schade nur, dass ich nicht wirklich zum ›Besten Verkäufer‹ gewählt wurde.« Schmollend schiebt er seine Unterlippe vor und sieht damit absolut hinreißend aus.

»Das macht nichts«, ich drücke seine Hand, »in jedem Fall schaffst du mir es bei schon einmal auf Platz eins der Kategorie ›Bestes Kaffeedate‹.«

Er lacht auf, beugt sich vor und haucht mir einen schnellen Kuss auf die Wange. »Na«, zwinkert er mir zu, »das ist doch schon mal was.«

Da hat er recht. Das ist schon mal was. Lena Schmidt, verliebt von jetzt auf gleich – wer hätte das gedacht?

Anne Hertz & Friends

Die Autorinnen und Autoren,
die Illustratorin und
die Herausgeberinnen

Constanze Behrends, Jahrgang 1981, lebt mit ihrem Mann und ihrer Tochter in Berlin. Sie ist Schauspielerin, Autorin und Besitzerin des prime time theaters. Deutschlandweit wurde sie durch das preisgekrönte Comedy-Format *Switch reloaded* und zahlreiche weitere Film- und Fernsehproduktionen bekannt; in Berlin bringt die Erfinderin der weltweit ersten Theaterserie *Gutes Wedding, schlechtes Wedding* seit acht Jahren alle vier Wochen eine neue Folge auf die Bühne und hat insgesamt bereits über 90 Stücke geschrieben (mehr Informationen im Internet: www.primetimetheater.de). Als wäre das alles nicht schon genug, hat Constanze Behrends auch noch ein Buch geschrieben: *Kiffer Barbie – Das beste aus meinem Leben,* dessen Buchtrailer man sich unbedingt auf der Homepage von Knaur – www.knaur.de – ansehen sollte.

Janine Binder wurde 1981 in Aachen geboren. Nach der Ausbildung zur Polizeimeisterin und anschließendem Studium zur Diplom-Verwaltungswirtin (sprich: Polizeikommissarin) zog es sie nach Köln, wo sie dreizehn Jahre als eine der kleinsten Streifenpolizistinnen auf Kölns Autobahnen, dem sozialen Brennpunkt Chorweiler und dem schönen Porz verbrachte. Inzwischen hat sie den Streifenwagen gegen die Kripomarke getauscht und darf von ihrem Büro aus jetzt jeden Tag den Dom bewundern. Janine Binder lebt mit ihrem Lieblingsmenschen und einer Killerkatze auf dem Wachtberg und lässt in ihrem Buch *Seine Toten kann man sich nicht aussuchen* den Leser bei ihren dienstlichen Erlebnissen mitreisen.

Hören Sie auf den Dackel – und sehen Sie sich dazu an, wie **Katja Braasch** sich Herkules vorstellt. Die leidenschaftliche Illustratorin wurde 1970 in Frankfurt am Main geboren. Nach dem Abitur machte sie eine Ausbildung zur Metallbildnerin an der Staatlichen Zeichenakademie Hanau und arbeitete freiberuflich als Letterer für fast alle deutschen Comicverlage – meint: Sie schrieb die Texte für die Sprechblasen. Mitte der 90er Jahre zog sie nach Norddeutschland, seit 2000 ist sie freie Mitarbeiterin an der Kunstschule in Oldenburg. Inzwischen lebt Katja Braasch in Westerstede, entwickelt mit dem Team der Kunstschule Aurich interaktive Ausstellungen für Kinder und gibt Mal- und Zeichenkurse.

Kerstin Gier, geboren 1966, hat als mehr oder weniger arbeitslose Diplompädagogin 1995 mit dem Schreiben begonnen. Mit Erfolg: Alle Romane von Kerstin Gier – darunter *Männer und andere Katastrophen, Das unmoralische Sonderangebot, Für jede Lösung ein Problem, Die Mütter-Mafia, In Wahrheit wird viel mehr gelogen* und zuletzt *Auf der anderen Seite ist das Gras viel grüner* – werden mit enthusiastischen Kritiken von ihren Leserinnen bedacht. Kerstin

Gier lebt mit Mann und Sohn in einem Dorf in der Nähe von Bergisch Gladbach. Mehr Informationen über die Autorin im Internet: www.kerstingier.com

Anette Göttlicher, geboren 1975, ist Autorin, Journalistin und Fotografin. Aus ihrer Kolumne *Maries Tagebuch* auf Cosmopolitan.de entwickelte sie ihren ersten Roman *Wer ist eigentlich Paul?*, der auf Anhieb zum Bestseller wurde und dem neben vier weiteren Paul-Büchern *Mit Liebe gemacht* und *Die Melonenschmugglerin* folgten. Anette Göttlicher lebt in München. Mehr Informationen über die Autorin im Internet: www.anette-goettlicher.de

Tanja Heitmann wurde 1975 in Hannover geboren, studierte Politikwissenschaften und Germanistik, arbeitet in einer Literaturagentur und lebt mit ihrer Familie in Norddeutschland. Mit ihren ersten Romanen *Morgenrot* und *Wintermond* schaffte sie auf Anhieb den Sprung auf die Bestsellerlisten und ist nun auch mir ihren Jugendbüchern wie *Schattenschwingen* erfolgreich.

Esther Hell, geboren 1979 in Aschaffenburg, lebt seit Mai 2000 in Hamburg. Während ihres Studiums der Sozial- und Wirtschaftsgeschichte arbeitete sie bereits als Redakteurin für diverse Magazine, heute als freie Drehbuchautorin und PR-Beraterin. Unter dem Pseudonym *Miss Milch* bringt sie die sogenannten *Zigarettenromane* heraus: Kurzgeschichten in der Größe von Visitenkarten, die in Cafés, Kneipen und Bars ausliegen, um dem Leser den Alltag zu versüßen. Mehr Infos gibt es im Internet: zigarettenroman.de *oder* lyricsfromhell.de

Anne Hertz ist das Pseudonym der Hamburger Autorinnen Frauke Scheunemann und Wiebke Lorenz, die nicht nur gemeinsam schreiben, sondern als Schwestern auch einen Großteil ihres Lebens miteinander verbringen. Bevor Anne Hertz 2006 in Hamburg zur Welt kam, wurde sie 1969 und 1972 in Düsseldorf geboren. 50 Prozent von ihr studierten Jura, während die andere Hälfte sich der Anglistik widmete. Anschließend arbeiteten 100 Prozent als Journalistin. Anne Hertz hat im Schnitt 2 Kinder und mindestens 0,5 Männer. Mehr Informationen unter: www.anne-hertz.de

Miriam Kaefert wurde 1979 in Hamburg geboren – und ist aus vollster Überzeugung dort geblieben. Aus Liebesgründen ist sie mittlerweile allerdings zur Teilzeit-Saarländerin mutiert (Oh, wie schön ist Saarbrücken). Sie ist freie Journalistin für Frauen- und Männermagazine und arbeitet an ihrem ersten Roman. Wiebke Lorenz traf sie vor sieben Jahren im Flieger nach Kanada – beim Anstoßen mit dem Begrüßungssekt stellten beide fest, dass sie in Hamburg quasi Nachbarinnen sind. Mittlerweile hat ihre Freundschaft viele Flaschen Sekt, einige Männer und ein paar Lebenskrisen überstanden.

Volker Klüpfel, geboren 1971 in Kempten, aufgewachsen in Altusried, studierte Politologie und Geschichte. Er ist heute Redakteur in der Kultur-/Journal-Redaktion der Augsburger Allgemeinen und wohnt in Augsburg.
Michael Kobr, geboren 1973 in Kempten, studierte Romanistik und Germanistik, arbeitet heute als Lehrer und wohnt mit seiner Frau und seinen Töchtern im Allgäu.

Volker Klüpfel und Michael Kobr sind seit ihrer Schulzeit befreundet. Nach ihrem Überraschungserfolg *Milchgeld* er-

schienen *Erntedank,* ausgezeichnet mit dem Bayerischen Kunstförderpreis 2005 in der Sparte Literatur, *Seegrund, Laienspiel,* für das die Autoren den Weltbild-Leserpreis Corine 2008 erhielten, *Rauhnacht* und zuletzt *Schatzpatron* sowie *Zwei Einzelzimmer, bitte! Mit Kluftinger durch Deutschland.* Zudem gewannen sie 2008 und 2009 die MIMI, den Krimi-Publikumspreis des Deutschen Buchhandels. Mehr Informationen im Internet:
www.kommissar-kluftinger.de

Anna Koschka wurde 1978 geboren und lebt zusammen mit ihrer Katze in der Nähe des Wiener Naschmarktes. Sie arbeitet als Schriftstellerin, Theatermacherin und Übersetzerin. Ihr erster Roman *Naschmarkt* erscheint 2012 im Knaur Taschenbuch Verlag. Mehr über Anna Koschka im Internet:
www.koschka.at.vu

Tatjana Kruse, Jahrgang 1960, lebt und arbeitet in Schwäbisch Hall. Sie ist überzeugte Krimiautorin und wurde bereits mit dem *Marlowe* der Raymond-Chandler-Gesellschaft ausgezeichnet sowie mehrmals für den *Agatha-Christie-Preis* nominiert. Nach ihrem vielbeachteten Krimi *Kreuzstich, Bienenstich, Herzstich* (»Lokalkolorit, Witz, Spannung – hier stimmt alles. Und der handarbeitende Ermittler ist der Brüller!«, urteilte die *Für Sie*) gibt es inzwischen zwei weitere Fälle des Siegfried Seifferheld, dem eigenwilligen Kommissar im Unruhezustand: *Nadel, Faden, Hackebeil* und *Finger, Hut und Teufelsbrut.* Focus Online erkannte zu Recht: »Eine echte Ausnahmeerscheinung in der deutschen Krimilandschaft!« Mehr Informationen über Tatjana Kruse finden sich auf ihrer Website: www.tatjanakruse.de

Eva Lohmann, Jahrgang 1981, lebt in Hamburg. Als gelernte Werbetexterin und Inneneinrichterin schiebt sie mit Vorliebe Wörter und Möbel durch die Gegend. 2011 erschien ihr erster Roman *Acht Wochen verrückt,* in dem sie mit überraschend leichten Worten vom schweren Thema Depression erzählt. Man findet Eva Lohmann bei Facebook.

Wiebke Lorenz, geboren 1972 in Düsseldorf, lebt in Hamburg. Sie studierte Anglistik, Germanistik und Medienkommunikation, bevor sie als Redakteurin für verschiedene Zeitschriften arbeitete. Sie ist Absolventin der Internationalen Filmschule Köln und seit 2001 freie Autorin für Print, TV und Buchverlage. Gemeinsam mit ihrer Schwester Frauke Scheunemann schreibt sie unter dem Pseudonym *Anne Hertz* sehr erfolgreich Frauenromane und veröffentlicht unter ihrem eigenen Namen von Lesern und Kritikern gleichermaßen gefeierte Bücher aus verschiedenen Genres: die intelligente Komödie *Was? Wäre? Wenn?* (»In diesem Mutmachbuch gibt es eine Botschaft, die sich jede Frau in den Badezimmerspiegel fräsen sollte.« *Petra*), die mit Christian Clerici verfasste Glossensammlung *Er sagt & Sie sagt* (»Witzig und wahr!« *Kerstin Gier*) und den psychologischen Thriller *Allerliebste Schwester* (»Lorenz beweist, dass sie aus der Schar junger deutscher Autoren hervorsticht.« *Kulturnews*). Mehr Informationen über Wiebke Lorenz im Internet:
www.wiebke-lorenz.de

Michaela Möller, geboren 1980, studierte Modejournalismus und Medienkommunikation in Hamburg und München sowie Psychologie in Köln. Zurzeit lebt sie in der Domstadt, arbeitet tagsüber in der Psychiatrie der Uniklinik und schreibt nachts Romane: *Champagnerwillich, Beziehungsweise Blond, Mehrwegmänner, Einzelstücke* und *Die emotionale Obdachlosigkeit männlicher Singles.*

Kirsten Rick wurde 1969 in Hamburg geboren und wuchs in einem kleinen Dorf in der Nähe auf. Sie studierte Angewandte Kulturwissenschaften in Lüneburg und arbeitet seitdem, da sie nichts Vernünftiges gelernt hat, als Redakteurin für verschiedene Zeitschriften, zurzeit für das Hamburger Abendblatt Magazin. Außerdem schreibt sie hin und wieder einen Roman – bereits erschienen sind *Schlüsselfertig* und *Frischluftkur.* Kirsten Rick lebt mit Mann und Töchtern in Hamburg am Hafen. Gemeinsam fahren sie in den Sommerferien längs durch Deutschland oder quer durch Dänemark. Mit dem Rad, natürlich.

Frauke Scheunemann, geboren 1969 in Düsseldorf, lebt mit ihrem Mann und ihren vier Kindern in Hamburg. Die promovierte Juristin absolvierte ein Volontariat beim NDR und arbeitete anschließend als Journalistin und Pressesprecherin. Seit 2002 ist sie freie Autorin und schreibt zusammen mit ihrer Schwester Wiebke Lorenz unter dem Pseudonym *Anne Hertz.* Seit 2010 erscheinen außerdem ihre sehr erfolgreichen Bücher mit und über den kleinen Dackelmix Herkules (»Originell, hochkomisch und ergreifend, kurz: beste Unterhaltung.« *Für Sie*). Nach *Dackelblick* und *Katzenjammer* ist *Welpenalarm!* der dritte Band in dieser Reihe.

Silke Schütze lebt in Hamburg. Nach ihrem Studium der Philologie war sie Pressechefin bei einem Filmverleih und Chefredakteurin der Zeitschrift CINEMA. Sie hat zahlreiche Romane (u. a. *Links und recht vom Glück, Schwimmende Väter, Kleine Schiffe, Erdbeerkönigin*) und Kurzgeschichten veröffentlicht und hält Schreiben für die zweitschönste Sache der Welt. 2008 wurde Silke Schütze vom RBB und dem Literaturhaus Berlin mit dem renommierten Walter-Serner-Preis ausgezeichnet.

Im Alter von sechs Jahren beschloss **Jana Voosen,** entweder Schauspielerin oder Schriftstellerin zu werden. Vierzehn Jahre später absolvierte sie eine Schauspielausbildung in Hamburg und schrieb währenddessen ihren ersten Roman. Ihre Autorenkarriere verdankt sie zu einem nicht unwesentlichen Teil ihrer Freundin Wiebke Lorenz, die sie mit sanfter Gewalt dazu brachte, das verschämt in der Schublade versteckte Werk an die Öffentlichkeit zu bringen. Seitdem war Jana Voosen nicht nur in zahlreichen TV-Produktionen (*Tatort, Marienhof, Klinik am Alex* u. a.) zu sehen, sondern veröffentlichte bisher auch sieben Romane sowie diverse Kurzgeschichten und das Bühnenstück *Hunger.* Mehr zur Autorin im Internet: www.jana-voosen.de

Anne Hertz

Wunschkonzert

Roman

Stella hat in der Musikbranche Karriere gemacht, eine wunderbare Mutter und einen besten Freund, dem sie alles anvertrauen kann. Klingt super, oder? Ist es aber nicht: Der Freund ist ein Stoffhase namens Möhrchen, die Mutter hat das Wort Kontrollfreak erfunden und der schöne Job geht gerade den Bach runter, weil ein Konkurrent alles daransetzt, Stella auszubooten. Noch dazu sieht er umwerfend aus – Schweinerei! Nein, Stellas Leben ist im Moment ganz und gar kein Wunschkonzert. Es sei denn, sie schafft es, den Taktstock wieder an sich zu reißen …

»*Das Schwestern-Duo Anne Hertz liefert mit seinem siebten Roman wieder allerfeinsten Lesespaß, der die romantischen Seiten starker Frauen auch mal auf die Schippe nimmt. Urkomisch und lebensweise.*«

Petra

Knaur

»Anne Hertz ist Lebensfreude pur.«
Fernsehwoche

SAHNEHÄUBCHEN

Nina ist ein netter Mensch, aber neuerdings hegt sie Mordgedanken. Schuld ist Dwaine F. Bosworth, dessen Macho-Ratgeber »Ich kann sie alle haben« mit Ninas PR-Unterstützung zum Bestseller werden soll. Aber nicht nur, dass Nina seine Anmachtipps die Haare zu Berge stehen lassen: Dwaine glaubt auch noch, bei ihr landen zu können!

GOLDSTÜCK

Maike wäre gerne glücklich verliebt, erfolgreich und rundherum zufrieden. Leider ist sie das genaue Gegenteil davon. Doch manchmal muss man sich etwas wirklich nur richtig wünschen – denn Wünsche können ungeahnte Kräfte freisetzen. Aber sie haben auch erstaunliche Folgen …

Knaur Taschenbuch Verlag

»Die Autorin schreibt mit so viel Herz und Verstand, dass
jeder ihrer Romane zum Träumen einlädt.
Mitlachen, mitfiebern, mitleiden: Die Figuren von
Anne Hertz sind das Leben selbst.«
Bild am Sonntag, Alex Dengler

TROSTPFLASTER

Als Julia gekündigt wird, bekommt ihre heile Welt Schlag-
seite. Kurz entschlossen nimmt sie einen Job bei der Tren-
nungsagentur »Trostpflaster« an. Doch die Zusammenarbeit
mit ihrem Chef gestaltet sich schwierig, denn Julia ist nicht
sicher, ob sie Simon ins Herz schließen kann – oder doch
besser erschlagen sollte …

STERNSCHNUPPEN

Eigentlich läuft bei Svenja alles nach Plan: Gerade hat sie
ihren Traumjob angenommen und ist auf dem Sprung nach
ganz oben. Ausgerechnet jetzt wird sie schwanger – und bald
darauf Single. Aber kann man Kinder nicht ohne einen Kerl
großziehen, obwohl man Karriere macht?

Knaur Taschenbuch Verlag

»Es ist die Mischung, die Anne Hertz so einzigartig macht: Comedy mit Tiefgang, Lebensweisheit für den Hausgebrauch und eine Kuscheldecke für die Seele.«
kultur-geniessen.de

WUNDERKERZEN

Die glücklichen Zeiten zwischen der chaotischen Idealistin Tessa und dem smarten Karrieretyp Philip sind eigentlich lange vorbei. Doch dann sprengt Tessa versehentlich ihr Wohnhaus in die Luft, und der Einzige, der ihr jetzt helfen kann, ist der beste Strafverteidiger der Stadt: Philip …

GLÜCKSKEKSE

Wie findet man heraus, ob es die große Liebe wirklich gibt? Eine SMS an eine unbekannte Nummer zu schicken gehört sicher zu den ungewöhnlicheren Ideen. Genau das aber macht Jana, als sie an ihrem 35. Geburtstag von ihrem Freund verlassen wird. Und sie erhält tatsächlich eine Antwort – mit ungeahnten Folgen!

Knaur Taschenbuch Verlag